河出文庫

小松左京セレクション1
日本

小松左京
東浩紀 編

河出書房新社

序　文

小松左京セレクションの第一巻をお届けする。

小松左京は、一九三一年に生まれ、二〇一一年に他界した戦後日本を代表する小説家、とりわけSF作家である。

SFというジャンル名は、残念ながら――というのも筆者自身もまた日本SF作家クラブの末席に位置するからだが――、いまや、いささか懐古的な印象を与える言葉になってしまっている。SF小説、SF映画、SFアニメといった表現が、幅広い読者に訴えるため積極的に使われる機会はもはやほとんどない。しかし、その言葉は、かつて一九六〇年代から一九八〇年代にかけては、日本の娯楽小説の中心に位置する活気ある誇り高い表現形態を意味していた。小松はそのSFを日本に定着させた立役者のひとりであり、いくつものベストセラーを生みだし、無数の読者に影響を与えた。小松左京の名を知らなくても、『復活の日』『日本沈没』といった作品名を耳にしたことのある読者は多いだろう。

小松は「SF」というジャンルに誇りを抱いていた。SFならばあらゆる表現が可能になる、いや、むしろ、これからはあらゆる表現がSFになるというのが彼の信念だった。現実にいま、国内外の娯楽作品を覗《のぞ》いてみれば、ハリウッド映画からアキバ系のアニメ、ライトノベルまでSF的発想や表現はあらゆるところに見出せる。それゆえ小松の予言は成就《じょうじゅ》したとも言えるのだが、「SF的なもの」が拡散し浸透するにしたがって、逆に皮肉なことに「SF」という起源の言葉は狭い意味合いでしか受け取られなくなってしまった。いまの若い読者の多くは、おそらくすでにその狭い語感でしか「SF」を理解できなくなっていると思われる。

そこで筆者は、作品集を編集するにあたり、小松左京をSF作家のイメージから解き放つことを目的とした。

小松といえばSF、SFといえば小松という等式は、多少とも日本SFに親しんだ読者には頭に刻み込まれている。それゆえ、小松をSF作家のイメージから解放する、という筆者の目的は、一部読者にはとんでもないものに感じられるかもしれない。けれども、そもそも小松は、SF作家云々《うんぬん》以前に、「作家」のイメージにすら閉じ込めることがむずかしい、じつに多才な人物だったのである。

小松は一九六〇年代に三〇代で作家活動を開始した。デビュー当初から執筆意欲も旺《おう》盛《せい》で、彼の代表作は多くがその六〇年代に書かれている。

しかしその時期、小松はすでに作家の枠を超えた活動を始めている。当時の日本は高度経済成長期で、また世界的にも情報社会の萌芽期《ほうがき》にあたる。小松はその状況に刺激を受け、小説執筆の傍ら、梅棹忠夫や林雄二郎、川添登といった言論人や黒川紀章ら若い建築家と交流を深め、新しい知識人の一角を急速に占めていく。一九六八年には日本未来学会の創設に参加、一九七〇年には大阪万博でテーマ館のサブプロデューサーを務めたことはよく知られている。

他方で小松は一九七〇年代の後半には、自ら製作会社を立ち上げて若い作家を集め、大型ＳＦ映画の制作に乗り出してもいる。小松が原作、脚本、総監督、製作すべてにクレジットされ、一九八四年に公開された『さよならジュピター』は、興行収入こそ振るわなかったものの、ライトノベル作家やアニメーターなど、次世代のクリエイターの育成に大きな役割を果たした。また、関西出身の知識人として京阪地域への愛着はとりわけ強く、さまざまな場でブレイン役を務めたほか、一九九〇年に開かれた国際花と緑の博覧会では総合プロデューサーを引き受けた。ほかにもエッセイや対談、メディア出演は数知れず、小松は、一九九五年の阪神淡路大震災で大きなショックを受けて健康を害するまでは——二〇一一年の東日本大震災の前の、あのもうひとつの震災の小松にとっての意味についてはとてもこの短い序文では語りきれるものではない——、決して小説を書いていただけではない、学者や財界人を相手に文明論を語り、日本論を闘わせる精力的な人物だったのである。そのすがたはおそらく、いま多くの読者が「作家」という言葉で想像するものよりも、「思想家」や「運動家」のほうにはるかに近い。

そして本当は小松の作品世界は、彼のそのような作家以外の活動から切り離せないのだ。たとえば、一九七三年のベストセラー『日本沈没』の魅力のひとつは政財界の反応のリアルな描写にあるが、それは万博の経験抜きには決して生まれなかったことだろう。なるほど、小松はたしかに最後まで「SF作家」を自認していた。しかし、それは決して「SF」というジャンルへの盲目的な愛を意味するものではない。SFならばなんでも書ける、という彼の有名な言葉は、なにもSFならばどのような荒唐無稽《こうとうむけい》な物語でも記すことができるという意味ではない、以上のような領域横断的な、八面六臂《ろっぴ》の雑食的な活動を前提にして理解しなければならないのである。彼はしばしば、SFは文学よりも大きいとも述べていた。

だから筆者は、小松という書き手を、いまあらためて作家よりも「大きいもの」として位置づけるべきだと考える。

小松は、戦後日本を代表する娯楽作家だっただけではない。また日本SFの創設者だっただけでもない。小松はそれよりもなによりも、まずは知識人であり教養人であり、その溢《あふ》れる知性に文学というかたちを与えるとき、SFという表現形式を見出したひとりの思索者だったのだと筆者は考える。

この作品集は、そのような観点から編まれている。

というわけで、この「小松左京セレクション」は、一般の作品集とは異なった編集方針で作られている。

本作品集は全三巻の予定である。各巻はいずれも短編集ではない。そもそも小松の短編集は、組み合わせを変えいくどもいくども出版されており、いまこの時点であらためて屋上屋を架する必要性を筆者は感じなかった。かわりに各巻はむしろ、ある統一された主題のもとに、フィクションとノンフィクションの境界なく重要な文章を集めた、領域横断的なテクスト集として構想されている。普通の短編集を予想し手に取った読者は戸惑われるかもしれないが、筆者は、そのようないっけん相互に異質な文章を横に並べ、にもかかわらずそれらを貫く通奏低音の存在を間接的に浮かび上がらせることによってでしか、小松という作家の「大きさ」を伝えることはむずかしいと考えたのである。

筆者は第一巻の主題として「日本」を選んだ。

小松は、有名な『日本沈没』をはじめ、日本を舞台としたSF小説を数多く執筆している。日本社会や日本文化を主題としたエッセイも数多く記しており、一般に、日本と日本人への愛に満ちた作家として知られている。

しかし実際には事態はそれほど単純ではない。小松は前述のように一九三一年に生まれている。その生年は、彼が敗戦を思春期に迎え、復興期に青年期を過ごしたことを意味している。それゆえ彼のいくつかの作品には、SF作家という言葉の印象からすると意外なほど、敗戦の記憶が濃く影を落としている。

たとえば本書収録の短編「地には平和を」は、そのような「敗戦もの」の代表作である。また小松の作家としての出発は、前述のように高度経済成長にほぼ重なっている。それゆえ彼はデビュー直後から、科学技術の力を肯定的に描く（ことを社会的に期待される）ＳＦ作家として、一方で日本社会の「発展」「進歩」を言祝《ことほ》ぎながらも、他方ではその過程で失われる風景にも強い哀切の視線を向け続ける、いささか両義的な立場に身を置くことになった。まえがきだけを収録した長編『日本アパッチ族』は、そのような小松の両義性を示す重要な初期作品である。

　小松の日本観、そして戦後日本に向けられた感情を要約するのは容易ではない。ただし編者として私見を述べさせてもらえば、小松はおそらくは、小説からエッセイまで、あるいはシリアスな長編からコメディタッチの短編まで、さまざまなタイプの文章を通じて一貫して、「日本的なもの」を、確固とした地盤に固定された、もはや動かない完成された伝統としてではなく、むしろ変化し続ける光景のなかに、つまり未来のなかに見出そうと試み続けており、それが彼なりの敗戦や経済成長への回答だったのだろうと推測することはできる。小松は一九六〇年代に、日本全国を巡る紀行文を何種類か残しており（本書にはそのひとつへのあとがきを収録している）、一九七〇年代以降は、古典芸能の世界とＳＦを融合し、独特の叙情性を湛《たた》えた実験的作品を意欲的に発表している（本書所収の「お糸」もその系列の作品だが、残念ながら代表作は頁数の関係で収録できなかったので後巻に収めたい）。

小松は、未来のなかに、すなわちＳＦのなかに、ありうべき日本のすがたを幻視しようとした。もしこの見立てが妥当なのだとすれば、小松がいま日本ＳＦの代表者だと見なされていることには、単に彼がもっともよく売れ、よく知られる日本のＳＦ作家だったというだけではない、深い本質的な意味があると言うことができる。彼は、日本で、日本人にしか書けない、そして日本人こそが必要とする小説形態としてＳＦを捉《とら》えた希《け》有《う》な作家だった。

本作品集は、第二巻の主題は「未来」を、第三巻の主題は「文学」を予定している。三つ並べると、日本・未来・文学。日本の未来を切り開く文学。日本で書かれる未来の文学。「小松左京セレクション」全三巻の出版を通して、その小松の夢の大胆さと繊細さを、かつてのＳＦの輝きを、そして戦後日本の豊かさや明るさをまったく知らない若い読者たちに対して少しでも伝えることができれば、この作品集の企画は成功ということになる。

最後に二つほど蛇足を。

筆者は小学生以来の小松左京の熱心な読者である。中学にあがるまえに、当時角川文庫と新潮文庫で出版されていた長編と主要短編集はほぼ読破した。自宅住所を調べ、ファンレターも書いた（小松宅のどこかにいまでも打ち棄《す》てられているかもしれない）。

中学進学以降も、エッセイや対談集を含め、未読の作品に出会うたびに必ず読み、記憶に止めるように心がけてきた。小松読者としてはなかなかの知識量だと自負しており、実際、数百ある短編も、たいていはタイトルだけであらすじを思い出すことができる。

しかしSF界はじつに奥が深い。おそらくこの世界には、筆者よりもはるかに小松の経歴や作品に詳しく、また正確な知識をお持ちのかたが何十人と、いや何百人といることだろう。それになによりも、筆者は小松の愛読者というには年代が若すぎ（筆者が小松を読み始めたのは一九八〇年代で、そのころにはすでに彼の執筆ペースはがくんと落ちていた）、またいまにいたるまで同人誌やファンダムとの付き合いもほとんどない。そのため、小松についての知識はいわばすべて「独学」のかたちになっている。したがって、収録作品の位置づけや選択についても、SF界の常識からすると幼稚な誤りや看過できぬ漏《も》れがあるかもしれない。筆者としてはとりあえず全力を尽くしたので、お叱《しか》りは甘んじて受けたいと思う。

本作品集についての最初の打診は、小松の生誕八〇周年を記念するものとして、昨年、すなわち二〇一〇年の夏にいただいた。小松を、単なる作家ではなく「それ以上」の存在として位置づけ、短編集ではなくノンフィクションも含めた実験的な構成にするという上記の方針も、そのときにすでに決まっていた。

残念ながら、二〇一一年の七月二六日、本作品集の出版が始まるまえに小松氏は永眠されてしまった。この作品集の構成には、最初に氏の作品に出会ってから三〇年、さまざまなひとに会いさまざまな原稿を書きながら考えてきた、筆者なりの小松左京観が、SF観が、そして戦後日本観が詰まっている。だから、この作品集の序文は、小松氏に対する三〇年ぶりのファンレターとしても書かれる予定だった。筆者は生前、小松氏にいくどかお会いする機会があったが、口頭ではとてもその複雑な思いは伝えられなかったからである。

結局のところ、その最後の手紙は届かないことになった。それはとても残念だが、他方、その手紙が届くようであればこのような大胆な編集方針は採れなかったかもしれない。だからそれは結果的によかったようにも思う。

小松左京という書き手から筆者が受けた影響はあまりに大きく、その負債を返すことは結局ほんの一部でさえかなわなかった。氏の死にあたっても、葬儀は親族のみで行われ出席することはかなわなかった。そこで、本書と続く二巻の編集をもって、筆者なりの手向《たむ》けの花に替えさせていただきたいと思う。

小松先生、本当に長いあいだありがとうございました。

それでは、みなさん、小松左京の世界にようこそ。

二〇一一年一〇月三日

東浩紀

小松左京セレクション1　目次

小松左京セレクション1

1 戦争

地には平和を

1963

小松が「小松左京」のペンネームを用いて記した、記念すべき最初の短編。一九六一年に早川書房主催の第一回空想科学小説コンテスト（のちのハヤカワSFコンテスト）に投稿され、努力賞に選ばれる。本作は結局『SFマガジン』に掲載されず、デビュー作の栄誉はほかに譲ることとなるが、序文でも記したような小松の戦争体験、およびその体験を文学的に昇華するにあたっての独特のSF的な手法がすでにはっきりと確認され、実質的なデビュー作として重要な位置を占めている。

本作はいわゆる「歴史改変もの」である。太平洋戦争が一九四五年八月一五日で終わらず、日本が絶望的な本土決戦に突入した世界。そんななか、死を覚悟したゲリラ少年兵のまえにひとりの未来人が現れ、この歴史は「まちがって」いて、正しい歴史では少年兵も友人も、日本人はだれひとりもはや米軍と戦っていないと告げるのだが――。

主人公が未来人に向ける「なぜそれ［日本が八月一五日で降伏する歴史］が正しいんだ？」「お前らに、そんな事をいう権利はないぞ」という叫びは、小松の戦後日本に対する両義的な感情を凝縮するものであると同時に、のち一九六五年の傑作長編『果しなき流れの果に』に直結しているきわめて思弁的な懐疑である。小松がSFを、そのキャリアの最初期から、あらゆる歴史、あらゆる前提を疑う文学的な装置として発見していたことがよくわかる。個人的には、本作のエピローグ部分、主人公がもうひとつの歴史から迷い込んだ（と思われる）あるアイテムを手にしたときの感情描写が白眉だ。

初出は同人誌『宇宙塵』六三号（一九六三年）。

人影が動いた。彼は反射的に身をひそめて安全装置をはずした。息を殺して見つめる照星の先に、芒《すすき》の穂がそよいでいる。黄ばんだ草ががさがさと動いて汚い手拭《てぬぐい》で包まれた頭があらわれた。薪《まき》を背負った、こすからそうな百姓爺《じじい》だ。彼は隠れ場所から立ち上ってゆっくり出て行った。用心して、まだ銃をかまえたままだった。

百姓はびくっとして身を引いた。恐怖の色が消えないうちに、軽蔑《けいべつ》と憎悪がその渋紙色の顔の上を複雑に走った。しかし彼が正面切って向きあった時は、もう無表情にかえっていた。

「食物をくれよ」と彼は言った。「ひもじいんだ」

百姓は、河原で陽《ひ》にさらされたざらざらの小石みたいな眼《め》で、彼の姿を上から下へ、下から上へと見た。軽蔑と憎悪が、その腐れた眼蓋《まぶた》の下から再びちらとのぞいた。――服はぼろぼろで、骨の露《あら》わな手首や頸筋《くびすじ》の皮膚が、鳥の脚《あし》みたいに鱗状の垢《あか》で蔽《おお》われている。痩《や》せっぽっちの餓鬼。

「何で鉄砲向けるだ」百姓は吼《ほ》えるように言った。「同じ日本人でねえか」

彼は銃先《つつさき》を下に向けた。安全装置はかけなかった。

「家は遠いか?」彼はきいた。

「この下の谷間だ」と百姓は言った。

「何か食わしてくれよ。弁当もほしい」

再びこすっからい憎悪の表情が親爺《おやじ》の顔をかすめた。

こんなちびに鉄砲でおさえられて腹を立てているのだ。

大人に向ってまるで命令するようにえらそうに喋《しゃべ》る。当り前のような顔をして食物を持って行く。そして英雄気取りなのだ。兵隊なら我慢するが、こんなガキまで……。

「あんた等《ら》の仲間、まだこの辺に残ってるだか?」

彼は首をふり、ちょっとあたりを見まわす。

「俺《おれ》、斥候《せっこう》に出てたんだ。帰ってみたら本隊は殆《ほと》んどやられて、あとの奴《やつ》はどこか行っちまった」

「つかまっただよ」と百姓は意地悪そうに口を曲げて言う。

「そこの道をな、みんな手をあげてぞろぞろ降りて行った。台尻《だいじり》で殴られ殴られ……負傷してた奴もあっただ」

「逃げた奴だっているだろうさ」

「あんた、これからどうするだ? いずれつかまっちまうによ」

彼は不機嫌《ふきげん》さを現わすために、遊底桿《ゆうていかん》をがちゃりと言わせてみせた。百姓は口をつぐんで彼の方を牛のように血走った眼で見つめる。

「信州へ行くんだ」と彼は顎《あご》をしゃくって言う。「あそこには、まだ大勢頑張《がんば》ってるからな」

「信州だと？」百姓はいやな笑いを浮べた。「どれだけあるか知ってるかよ？　街道筋はみんな押えられてるだ」

「山づたいに行くさ」

「行くまでにつかまっちまうにきまってるだ」そう言って彼の表情をうかがいながらぼそりと言う。「降参しちまった方が楽できるに」

彼は銃を持ちなおす。ほらこれだ。こう言うとすぐカッとする。追いつめられているから、悪くすると殺されるかも知れない。こいつ等は鉄砲をもった狂人だ。

「非国民め！」と彼は歯の間から押し出すように呟《つぶや》く。「お前みたいな奴がいるから負けるんだ」

「おら達に責任はねえだ」そう言って百姓はあわててつけ足す。「お前さん達にだって責任はねえだ。向うが強すぎるだよ。物がうんとある。こっちには飛行機だって一台もねえしよ」

「負けやしない」と彼は固い表情で言う。「降参するくらいなら、戦って死ぬ。あっちの連中だって、その気で頑張ってるんだ」

「そんな事したら日本人は根絶やしになっちまうに」

「お前、奴等の奴隷になってまで生きたいか」彼は声を荒げて言う。下級生への説教口調がつい出てくる。「俺達みたいな若い連中だって、戦って死んで行くのに、お前は何だ？　大人のくせに……」

「中風の婆《ばあ》さまと娘がいるだ」と親爺はぶつぶつ言う。「それに百姓が働かねえで誰がお前さん等におまんま食わせるだね？」

彼が答えにつまって逆上しかけるのを見てとると、親爺はすかさず歩き出しながら言った。

「来なせえ」

谷間の一軒屋だ。やせこけて肋《あばら》の見える牛が、諦《あきら》めきった表情で草をはんでいる。谷ぞいの田は刈り入れがすみ、藁塚《わらづか》が大男のようにあちこちに立っていた。

「奴等はちかくにいるか？」と彼はきいた。親爺は首をふった。

「ひきあげただ。この先の村に少しばかりいるらしい」

その言い方をきいて、彼の中で疑念が少し動いた。この親爺、油断出来ないかも知れない。

「お婆、帰っただ」と親爺は大声でどなる。そばで見ると大きな家だった。中は暗く、すえた臭いが強くした。鶏がいる。卵が食えると思うと唾《つば》が湧いた。

殆んど真暗に近い奥の間で、ごそごそ動くものがあった。親爺はそばへ行って、何か低い声で話している。老いさらばえた、白い眼が彼の方をのぞく。「心配ねえ」と親爺は言っていた。婆さまは早く追い出せと言っているらしい。彼は上《あが》り框《がまち》に腰かけて、汗をぬぐった。腰をおろすと、ふらっとしそうだ。待ちかまえたように睡気《ねむけ》がおそって来る。

「すぐ、まんま食わすで」と、親爺は土間をわたって来ながら、急に愛想のいい声で言った。「娘がいねえでな。冷やこいまんまだ。ええか?」

「何でもいい」もう喉《のど》がぐびぐび鳴っている。口糧が切れてから一昼夜、腹がへって気が変になりそうだ。

「あり合せで、虫をおさえてもらうべ。晩げには鶏をつぶすで。今夜は泊って、明日の朝立ちなせえ」

「そんなにしてもらわなくっていい」彼は掌《てのひら》をかえしたような親爺のそぶりを警戒しながら言った。「飯と弁当だけでいい。鶏なんかつぶしたら勿体《もったい》ない」

「老いぼれが一羽いるんだ。おいとけばどうせ奴等が持ってくだよ」

しかし「奴等」は彼みたいに只《ただ》では持って行かない。何かおいて行く。親爺は土間を行ったり来たりしながら、大声で喋り続けた。

「しっかり食べてもらわにゃ、信州まで行けねえだよ」

白い飯、野菜の煮つけ、卵、魚の乾物《ひもの》。食いすぎたら立ち所に腹をこわすし、場合によっては死ぬという事がわかっていながら、がつがつつめこまずにはいられない。渋茶をのみながら、もし胃袋が許すならば、もっと食いたいと言う衝動をおさえるのに苦労した。飢餓はまるで悪鬼のように彼にとりついていた。それは消化器だけでなく、全身をくまなく手足の先までうずかせる浅ましい虫だ。――外に誰か来た足音がした。彼は銃を引き寄せた。それをちらと見て、「娘だ」と声をかけながら親爺は足早に出て行った。彼はそれでも銃をひきつけて窓際ににじりよった。若い女の話し声がした。親爺の声は急に低く、せきこんだようになり、それから二人は何か言い争うように早口の方言で喋り合った。ふと窓の端をかすめるように、丸く平べったい女の顔がのぞいてすぐ消えた。軽い足音が裏手の方へ走り去った。親爺はのっそり土間にはいりこんだ。不機嫌な顔をしていたが、彼の刺すような視線にあうと作り笑いをした。

「親にたてつく娘だ」と百姓は言った。「一眠りしなさるか?」

意地でも眼蓋をあいていられなかった。腹がくちくなり、けだるい疲労に四肢《しし》は痺《しび》れ出した。

「眠るがええだ。風呂《ふろ》をたてるで」

「風呂はいらない」と彼は言った。

「汗を流すとええに。ひでえ垢だ」

「いらないと言ったらいらない」

ここは味方の陣地内ではない。風呂は禁物だ。例え、親爺が本当の親切から言ったにしても。

「今、時間は？」

「三時一寸《ちよつと》すぎだよ」

「日が暮れたら起してくれ」

眼がとろけそうになるのを、やっとの事で銃に油をさし、拳銃《けんじゆう》と銃をしっかり抱いて彼はその場で鉛のように眠りこんだ。


腹痛のために眼がさめた。あんな食べ方をすれば当然の報いだ。日は今沈んだ所らしかったが、部屋の中は空の照りかえしでやっと物の輪郭が見える位だった。明りはなく、親爺はいないらしい。便所のありかをきこうと思って大声で呼んだが、返事はなかった。奥で寝たきりの老婆がごそごそうごいた。仕方なしに彼は銃を持って外へ出て裏手へ走った。いい按配《あんばい》に便所は裏手に見つかった。ひどい下痢だった。しかし、晩飯に鶏をつぶしてくれるなら、俺は食うぞ、と彼は自分に言ってきかせた。下痢位平気だ。歩くのが困難だが、死ぬほどの事はない。それにしても親爺の奴、どこへ行ったのか？――便所を出た時、彼は遠くで何か唸《うな》るような音をきいたが、気にもしなかった。出て来た時と反対側からまわって行くと、家の裏手に母屋《おもや》にくっついて、離屋《はなれ》のような一棟《ひとむね》が建っていて、中に明りがともっていた。通りしなに、何げなしに窓からのぞくと、赤とピンクの色彩が眼についた。彼は思わず立ちどまってのぞいた。壁に真赤な服と桃色の服がかかっていた。鏡の前にいた娘は、はっとしたようにこちらをふり向いた。平べったい丸い顔、それが白粉《おしろい》で濃くぬりたくられ、眉《まゆ》を引き、唇《くちびる》を毒々しくぬっている。娘は彼を見てうろたえたように眼をそらした。彼は固い表情をしていた。娘はにっこり笑おうとし、それから困ったように立ち上った。彼は物も言わず娘の顔をじっと見ていた。部屋の隅《すみ》に美しい箱があり、蓋が開かれて、きちんと綺麗《きれい》につめこまれたこまごましたものが見えていた。彼にはそれが何であるかすぐわかった。煙草《たばこ》、レモンパウダー、ビスケット……敵軍のC口糧《レイシヨン》だ。

「あんた……」と娘はしわがれ声で言って、ためらった。

「奴等、ここへ来るんだな」と彼は声を押し殺して言った。

娘は決心したように早口で言った。

「あんた……。お逃げよ。すぐ出て行った方がいいよ。今夜は来ないと思うけど、ひょっとしたらお父っつっつぁん……」

そう言うと娘は、急に耳をすました。

「お前、敵兵の妾《めかけ》だな」と彼は喉の奥で言った。彼は若すぎたので、女の事だけは許す気にならなかった。彼の母は喉を突いて死んだ。姉も恐らく空襲で死んだろう。男の捕虜はまだ許せるような気がする。彼だって負傷をすればつかまるかも知れないからだ。しかし奴等の手に落ちて、辱《はずかし》めを受けないうちに舌を噛《か》み切らないような女は……彼は拳銃をぬき出した。自分が何をしようとしているか分らなかった。彼が安全装置を無意識にまさぐっているのを見ると、女は青ざめたが、同時にその鈍重な顔に怒りが浮んだ。

「馬鹿《ばか》たれ！」と女は言った。その怒りの激しさは、彼の方がたじろぐ程だった。彼自身も怒りに身をふるわせていた。しかしその怒りは、彼に理解出来ない壁にぶつかってためらっていた。彼の中に、女の唯一の表象としてあった母の鮮烈なイメージと、今眼前に、全身で怒りを押しつけて来る雌牛のような女の姿の間に引きさかれ、彼は一瞬戸惑っていた。その時、車の音が聞えた。彼ははっとして表の方をうかがった。車はすごくふかしながら、ブレーキを軋《きし》ませて表にとまった。重い何人もの足音と、聞き慣れぬ話し声がした。娘は一足飛びに部屋の奥へとびこむと、Ｃレイションの箱をかかえて、彼にほうった。

「逃げな！」と娘は言った。「藪《やぶ》伝いに裏山にぬけられる」

走り出した途端に、後で叫び声がした。親爺が離屋の窓の所で大声でわめきながらこちらを指さしていた。片手で娘の襟首《えりくび》をつかんでこづきまわしている。兵隊のサーチライトが彼の姿をとらえる前に、彼は後をふり向きざま、拳銃を一発打った。親父の横で娘がくずれ折れるのが見えた。忽《たちま》ち自動小銃の掃射がおそって来た。彼は窪地《くぼち》にとびこんで横へ横へと這《は》った。拳銃をサックにもどし、帯皮で肩にかけた銃をす早くつかむ。右手で肩に吊《つ》った手榴弾《てりゅうだん》をもぎとり、歯にくわえて安全栓をぬく。

「出て来い《カム・アウト》！」

掃射の合間に奴等のバタ臭い声がわめく。

「逃げられんぞ《ユー・キャント・エスケイプ》。抵抗をやめて出て来い《ギヴ・アップ・ファイティング・アンド・カム・アウト》」

そのくらいの英語は彼にもわかる。中学校の教師の発音はずいぶん出鱈目《でたらめ》だったが、彼はにじりながら横にまわりこみ、サーチライトを持った兵隊との距離をはかった。下痢腹で力がはいらない。ぐるぐるまわる眩光《げんこう》が向うを向いた時を狙《ねら》って彼は手榴弾を投げた。爆発と同時に、低い崖《がけ》をとび下り、見当をつけた山際《やまぎわ》の森まで一気にかける。自動小銃の掃射は、見当ちがいの方角で激しく鳴りつづけている。森にとびこんだ彼は、藪の中にわけ入ってぜいぜい息をついた。腹がまたぐるぐる鳴り始める。Cレイションの箱は落してしまった。銃声も遠ざかり、外は一面の虫の声だ。

……報告は悪いものばかりだった。どの区域からも、発見のしらせはない。

「一八〇五区――」局長は呼んだ。通話器から歪《ゆが》んだ声がかえってくる。

「まだ見つかりません……」

「急いでくれ！」局長は歯を食いしばって言った。「急ぐんだ。ばかな事にならないうちにな――。悲惨の上《うわ》ぬりにならないうちに……」

「急いでいます」

「もっと人数をまわそうか？」

「大丈夫です」

声が切れる。局長はいらいらと指をもんだ。こうしている間にも、あの狂人は、次々と犯罪を重ねているのだ。そしてその狂人は、今どこにいるのか、それさえわかっていない。――突然呼び出し信号がついた。局長はとび上った。

「局長。特別通信です」と声が叫んだ……。

爆音が突然裂くように近づいて来た。彼は急いで草むらに身をかくした。山頂の草は浅いから上から見られたらわかってしまう。思い切って岩蔭《いわかげ》まで駈《か》けて身を投げた。じめじめした岩の下から大きな百足《むかで》がはい出して来る。彼は躊躇《ちゅうちょ》せず二本の指で首根っ子を押えた。石で頭をつぶす。油があればいい薬になるのだが……。青黒くぬられた飛行機が物凄《ものすご》い音を立てて頭上を飛びこえて行く。山頂の上空を高度五十くらいの超低空で。なめてやがる！　白くぬかれた星のマーク、脂《あぶら》ぎった鼻のようにつき出しているプロペラ・スピンナー。そいつは一たん山頂を通りすぎ、反転してまた引き返して来る。見つかった？

翼をかしげて山頂をかすめた時、眼も鮮やかな黄色の飛行服を着た操縦士が、そのピンク色に輝く顔をつき出して、のんびりとあたりを眺《なが》めまわしているのが、手がとどきそうな所に見えた。彼は思わず銃をにぎりしめた。畜生、ぶちこんでやりたい。しかし仕損じたらそれまでだ。山頂では逃げ場はない。昔、教練でならった対空射撃の事を思って、彼は吹き出しそうになった。逆射ちのかまえ、雀《すずめ》でも射つ気だったのだろう。艦載機は性こりもなく、もう一度旋回の姿勢をしめした。細い胴、逆ガルタイプ――コルセアだな。翼の折れ曲った所から、二十ミリ機関砲が無気味につき出している。腹の下には二百五十キロ爆弾が一つ。畜生、畜生、畜生！　味方の戦闘機が一機もいないなんて……艦載機はぐいと頭を起した。下腹がえいのそれのように青白く光った。急上昇するとそいつは鰯雲《いわしぐも》の浮いている空の方へとび去ってしまった。ひよどりの鳴声が急にはっきり聞えて来る。彼は起きあがると一丁ばかり先の尾根のようになった山頂へ向けて歩き出した。喉がからからで眼まいがした。腹の立つような秋日和《びより》だった。

山頂へ来ると、彼は坐《すわ》りこんで汗をふき、残りすくない水筒の水をのんだ。腹は依然として下りっ放し。信州まであとどのくらいあるだろう。ふと頭をめぐらして見て、彼は眉をひそめた。眼前の尾根の切れ目に海が見えた。こいつはおかしい。ひょっとすると湖かな？

しかしそうではなかった。水平線の少し下を、黒く細長い文鎮のようなものがゆっくり動いている。空母だ！

無論、味方のであるはずはない。赤城《あかぎ》も加賀《かが》も、瑞鶴《ずいかく》、翔鶴《しょうかく》、信濃《しなの》もみんな沈んでしまった。日本列島周辺に、かつて世界を圧した帝国海軍の艨艟《もうどう》の影はない。噂《うわさ》では日本海の方に、傷だらけの軽巡が二、三隻かくれていると言うが、撃沈されるのは時間の問題だろう。――それにしても海とは……恐らく方角をまちがえたのだ。あの百姓家でつかまりかけて以来、彼は夜ばかりえらんで歩いて来た。月がないので星を見て歩いたが、夜の山道はすぐ方角を見失う。尾根は東南に走っているが、向うの海はいったいどこの海か見当もつかない。どこかで民家を見つけて聞かなくては。今度は銃をかくして戦争孤児みたいな哀れっぽい恰好《かっこう》で行ったほうがいいだろうか？　だがそれも癪《しゃく》だった。ここは自分の国だと言うのに逃げかくれしなければならないとは。彼はすり切れた服の襟にさわってみた。黒い桜のマークがまだついている。本土防衛特別隊の襟章《えりしょう》だ。それをなでながら彼はふと空を見上げた。秋津州《あきつしま》――祖国の空、今は秋あかねもとばず、十月もすでに終りだった。来月になったら霜がおりる。それまでに信州に行きつけるだろうか？　中部山岳地帯にはまだ十個師団がたてこもっている。大本営は長野のどこかにうつされ、陛下はそこにおられる筈《はず》だ。

「行きつけるだろうか？」

彼は声に出して言ってみる。自分の声が瞬時にあたりの風物に吸いとられ、かわってきびしい寂寥《せきりょう》がおそって来た。麦藁色《むぎわらいろ》の陽の光、紅葉につづられた山塊のたたなわり。その向うにはてしなく続く山脈、鈍く光る海。天地の間にはさまれて、名も知らぬ山頂に只一人、飢え疲れ、陽にさらされ、道に迷ってぼんやりたたずんでいる彼……。

「見つかったぞ！」

局長はカフを一ぱいにあげて、四方に散っている全調査員に叫んだ。

「DZ班からMY班まで、LSTU三五〇六へ！　他の班はそのまま探査を続けろ。DZ班からMY班まで、LSTU三五〇六にはいったら横の連絡をとって、包囲隊形」

「QV班……」かすかな声が叫ぶ。「XT六五一七区内に、反応あり」

「RW！　おいRW！　手伝え。QVと協同」

「RW了解……」

見つかり出した。これで二つ見つかった。まだほかにもあるのだろうか？　LSTUの発見は、域外協力者の通報だ。とんでもない所で見つかったものだ。——とすれば、域内にはまだあるにちがいない。いや、それだけでなく、狂人とその装置がまだ働いているとすれば、彼は今なお続々と……

「奴はまだ見つからんか？」——局長はどなった。


八月十日頃から、戦争に負けたと言う噂がとんだ。工場では中学生達は七対三の割合で二つに分れた。そして二、三日たって、敗戦論者達は残りの連中にぶん殴られた。長崎が恐ろしい新兵器におそわれたと言う事はみんな知っていた。新聞が強力爆弾の事をまわりくどい表現で書いていたからだ。その前に広島にも同型の爆弾が落ちたが、不発に終り、陸軍は捕獲せる爆弾を目下研究中とも書いてあった。

八月十四日は空襲がなかった。しかし彼等はいつものように寄宿舎からカンカン照りの道を歩いて空襲で半分ぶっこわれた工場へ、特殊兵器を作りに出かけた。彼等の作っているのが特殊兵器だと言う事が、彼等にほこりを持たせた。それが人間魚雷らしいということ以外はわからなかったが——その日、翌日正午に陛下の重大放送があると言う噂が流れた。新聞とラジオがその事を裏づけ、教師が勿体《もったい》ぶった口調で訓話した。ラジオは戦況ニュースを流さなかった。八月十五日は、相変らず空襲はなく、暑い日だった。正午前に彼等は工場の中の大型定盤《じょうばん》――下が防空壕《ぼうくうごう》になっていた。命のほどは保証されないが――の前に集まった。ラジオはぶつぶつと調子の悪い音をたてた。正午二分過ぎ、突然アナウンスが言った。

「正午より放送予定の陛下（この言葉が出るとみんなカチンと踵《かかと》を合せた）の玉音放送は都合により、十四時にのびました。なお重大ニュースがはいりますから、このままラジオを切らずにお待ち下さい」

彼等は待った。ラジオは三分近く沈黙し、又ぶつぶつ言った。三分後、レコードで『切りこみ隊の歌』が流れ出した。命一つと引きかえに、千人万人斬ってやる……。続いて学徒出陣の歌、必勝歌。

「お待たせいたしました。陛下の玉音、重大発表ともに十四時まで延期されました。十四時にもう一度ラジオの前にお集り下さい」

久方ぶりに緊張がたかまり、午後は仕事が手につかなかった。みんな重大放送の内容について勝手な予想を喋り合った。教師は殴り歩いたが効果はなかった。第一仕事をしたって無駄《むだ》なようなものだ。組立て工場がやられてしまい、第二旋盤工場は瓦礫《がれき》の山だ。鋳物工場からはどんどん鋳物が出てくるが、第一旋盤工場には十二尺旋盤や、正面盤、ミーリングがないから、小物しか処理出来ない。又処理した所で持って行く組立て工場がなくて、外に積み上げておくだけである。

午後二時の放送は更に三時にのびた。そして三時に、突如「海行かば」が始まった。みんなすぐその妙な所に気がついた。玉音放送なら当然君が代をやる筈だ。

「お待たせいたしました。陛下の放送は都合により取りやめになりました。かわって臨時ニュースを申し上げます。本日未明、重大会議開催中の閣僚及び重臣の多数は、不測の事故により死亡及び重傷をおいました。死亡者の氏名を申し上げます。内閣総理大臣鈴木《すずき》貫太郎《かんたろう》大将……」

「しまった」と小さく呟く声があった。ふりかえると青白い徴用工の四十男だった。米《よ》内《ない》海相、木戸《きど》内府、下村《しもむら》情報局総裁、その他大臣多数死亡、又は重傷。

「なおこの会議には陛下も御臨席あらせられましたが、神助により、玉体には何のおさしさわりもございませんでした」

みんながちょっとどよめいた。おっちょこちょいが万歳を叫ぶ。十数名がそれに続いたが、妙に元気なく立ち消えになった。

「なお死亡された鈴木首相にかわり、本日正午、阿南《あなん》陸相に内閣総理大臣の大命が降下いたしました。新内閣成立は本日夜半の予定でございます。只今より阿南新総理のお話、続いて豊田《とよだ》軍令部長のお話がございます」

阿南首相の声は、奇妙に沈痛だった。神州不滅《しんしゅうふめつ》、本土決戦をもって悠久《ゆうきゅう》の大義を全《まっと》うする。国民はいっそう団結し皇室に殉ぜよ。つづいて豊田軍令部長は本土決戦に総力をあげる事、本土決戦においては当方に充分の勝算ある事を力強く述べた。

何が起ったかという事はほぼ推察出来た。なぜ阿南陸相が無事だったか？　なぜ陛下が無事だったか？　国民の殆どはその理由を理解できた。従って、放送されるはずだった陛下の玉音が、どんな内容だったかも朧《おぼ》ろげにわかった。彼等はいつものように黙って決戦内閣を支持することにきめた。しかし彼等は何が起ったかわかったという事を歌であらわした。十何年前の「昭和維新の歌」が、突然あちらこちらではやり出したのである。それは決戦内閣を支持するようにもとれ、逆にあてつけるようにもとれた。どこからとも知れぬ上の方からその歌を歌ってはならんと言う命令が下りて来た。しかし彼等は、仕事の合間にふとそれを口ずさんだ。

八月十六日から、再び底抜けの大空襲が始まった。臨海工業地帯は壊滅し、六大都市は京都をのぞいて殆ど灰燼《かいじん》に帰した。彼等はもう働こうにも工場がなかった。

そこで海岸の陣地作りにかりだされた。一方ソ連は怒濤《どとう》のように満州を南下しつづけ、関東軍は鮮満国境で退路を絶たれた。彼等の中から本土防衛特別隊が編成され、訓練が始まった。白虎隊《びゃっこたい》――誰もがそう呼びたかったが、賊軍の名だと言うので敬遠され、かわりに黒桜隊という名前がつけられた。隊員は十五歳から十八歳までで、一応志願制度だったが、殆どの連中が志願した。若い連中ほど多かった。今度は本当の武器が持てる本当の戦争だ。

「お行きなさい」と母は言下に言った。「あなたも軍人の子です。お父様の名をはずかしめない働きをなさい」

電灯のつかない疎開先の二階で、仏壇を背にして端然と坐っていた母。父は戦死して少佐にしかなれなかったが、母は少将の娘だった。

「私はあなたに心配をかけないつもりです」

そう言って、母は、父の形見の軍刀を出した。相州物《そうしゅうもの》だった。

「いざと言う時は……知っていますね」

八十名が出かけて十七名しか生還しなかった最初の斬込みの夜、軍刀はぬかれる機会もなしに、釣革が切れておち、榴弾《りゅうだん》に砕かれた。既にその時彼は、父の形見と言う意識を失っており、厄介《やっかい》払いをしたような気になっていた。彼の心の中で、軍刀より以前に失われているものがあったのだ。ただ一つ頑強に残り続けているのは、負けたくない、負けるのは癪だと言う意識だけだった。


九月の上旬すぎに、薩摩《さつま》半島と四国南岸の沖合に、米機動部隊の影が現われた。予期されたよりはるかに早かった。二百十日に神風は吹かず、かわりに特攻機が嵐のように殺到した。機動部隊は圧倒的な護衛戦闘機にかこまれつつ、ゆっくり西方へ移動し、またもとの地点へ帰った。九月の半ばに、ハワイ経由の新たな機動部隊は銚子《ちょうし》沖にあらわれ、一部は東京湾、一部は伊豆《いず》沖にむかった。彼等は水道の奥の海岸陣地に配属され、背後の基地からとび立った一式陸攻が、腹に『桜花《おうか》』をかかえて南方へとびさるのを、黙りこくって見ていた。彼等の上級生があの自殺兵器の中にとじこめられ、うつろな表情で時の来るのを待っているかも知れないのだ。しかし、大抵と言っていい位、特攻機の飛び立つのと同時に、敵の艦載機の編隊が現われた。見ている前で、陸攻の葉巻型の胴体が紅蓮《ぐれん》の炎をあげて横辷《よこすべ》りして行き、水面へつっこむ寸前に大爆発を起して、長い水しぶきをあげる事もあった。水道の先、ずっと沖合から、遠雷のような轟《とどろ》きが聞えて来る事もあった。

「艦砲射撃かな？」と壕《ごう》の中で一人が呟いた。みんなは黙って、体一面に塩をふかせたままうずくまっていた。おんぼろの三八《さんぱち》銃、実砲二十発。土嚢《どのう》は築いてあるが、十門の十五サンチ榴弾砲と五門の二十サンチ加農《カノン》、それに重機と対戦車砲の寄せ集めにすぎないこの陣地に、ミズーリ、アイオワの十六吋《インチ》艦砲射撃がふりそそいだらどうなる事か？

しかし彼等は危惧《きぐ》を語りもせず、黙ってうずくまっていた。文句を言ってもどうなる事でもない。死についても戦闘についても、何ら具体的なイメージがあるわけでなく、それを思い描こうとする気力はとうの昔に消えうせた。今日も昼は豆粕《まめかす》入りの握り飯一個とひね沢庵《たくわん》二切れだ。彼等は青ガラスをとかしたような空に、都市爆撃に向うB29の編隊が、キラリと輝きながらすべって行くのを、放心したようにながめていた。暑さも疲労も空腹も忘れ、彼等はただその厳然たる美しさに見とれた。——突然白煙が中空へかけ上った。びっくりするような速さだった。それは空の青に見るみるとけこみ、やがて深い空の奥でかすかな物音がすると、B29の一機がくるりくるりと舞いながら落ちて行った。みんな低い歓声をあげた。誰かがあれこそ、ロケット機『秋水《しゅうすい》』にちがいないと言った。みんなその話をききたがったが、くわしいことは誰も知らなかった。また或《あ》る日、艦載機の跳梁《ちょうりょう》にみんなが掩蔽壕《えんぺいごう》のなかで小さくなっている時、誰かが頓狂《とんきょう》な声で叫んだ。

「後むきにとんどる飛行機がおるぞ！」

みんなは首をのばして空を見た。鮮やかな日の丸のマークを胴に描いた先尾翼《エンテ》型の飛行機が、地を這うように飛んで行き、海面で急上昇した。それは大変な速度と行動性を持ち単機がグラマンの編隊の中へとびこんで行った。あっと言う間に二機を撃墜した。みんなは今度こそ大きな歓声をあげた。『震電《しんでん》』だと言う呟きがあちらこちらから伝わって来た。二機を撃墜しながら、その奇妙な飛行機は、あざ笑うように残りの敵機の追跡をふり切って遁走《とんそう》してしまった。彼等はしばらくその新型機の話で持ち切り、再びその軽快な姿の現われる日を心まちにまった。しかしそれよりも早く彼等のもとにとどいたのは、水道を北上中の敵艦隊の知らせだった。

艦載機の上空護衛は相変らずだったが、水道で敵艦隊をおそった特攻機はたった二機だった。おそらく基地は壊滅状態にあるのだろう。彼等は海岸ぞいの丘の防禦《ぼうぎょ》陣地で、凍りついたように唇《くちびる》の色を失っていた。しかし敵艦は彼等の前を素通りして行った。アイオワ級の戦艦二隻、ペンサコラ級の重巡一隻、護衛駆逐艦がいそがしく走りまわっているのを、彼等は固唾をのんで見ていた。艦隊をおそうのは桜花か、橘花《きっか》か、回天《かいてん》か……しかし何事も起らず艦隊は通過した。間もなく鈍い轟音《ごうおん》がおこり、煙がいくつも上るのが見えた。O市が砲撃されているのだった。

敵艦隊の帰途、山腹の砲台が突然うち出した。「馬鹿！　何をしやがる」と誰かが叫んだ。敵艦隊は単縦陣を作って回転した。戦艦二隻の最初の斉射《せいしゃ》で砲台は沈黙した。しかし艦隊はまるで遊戯のように旋回しながら、次々に横腹を見せ、海岸をなめるように右から左から、左から右へと砲撃した。彼等の背後にもどかどか砲弾が落ちだした。爆風に吹きとばされ、土砂をかぶり、眼はくらみ、耳は完全に聞こえなくなってしまった。土気色になった彼等が頭をあげたとき、もう眼前には敵艦の影も見えず、誰かが――負傷したのではあるまい、ショックで気がふれたのであろう――甲高《かんだか》い、子供らしい声で、だらだらと尾を引くように泣き続けている声だけがはっきりと聞えて来た。一息つく間もなく、彼等には移動命令が下った。敵の大部隊が、五十キロ南方の無人の浜に上陸し、先頭は既にこの陣地から三十五キロの地点に達していると言う情報だった。

彼は起き上って尾根伝いに下り始めた。どこかに道があるだろう。又民家を見つけなければ腹がもたない。大分傾いてはいたが日ざしはじりじりと暑かった。岩角をふみこえながら、彼はふと胸うちの凍る思いをさせられた。靴底《くつぞこ》が破れかけている。いつまで持つか？

「第二、第三、第四分隊前へ！」

「第三小隊散開！」

白い街道の両側の岡に、重機と対戦車砲を運び上げる。擬装する手もあせりにふるえている。前線部隊の抵抗は排除され、敵歩兵の大部隊は二十キロの所まで進んで来た。味方の戦車隊ははるか後方だ。何故《なぜ》こんな所で抵抗するのか、何故砲兵隊の掩護火力の後方に撤退しないのか、彼等にはわからない。彼等はたまたまここに配属されていたから、ここで抵抗する。彼等は小さな捨て石だ。みんなの唇は色を失い、眼はひきつっている。もっとひどいのは第二、第三、第四分隊の連中だ。彼等は道路わきの急造の蛸壺《たこつぼ》のなかにひそみ、円盤型の戦車地雷を投げつけるのだ。いや――ちっちゃなやせこけた中学生たちは、地雷を抱いて、キャタピラーの下へとびこめと命令されていた。土気色の顔に汗の雫《しずく》をたらしながら、彼等は足をひきずって斜面をおりて行く。どさっと音がして一人が気を失ってたおれた。小隊長――四年生の一人が駈けよってなぐりつける。彼は、二人ちがいで第二分隊からはずれた事をひそかに感謝した。道のはずれに人影が現われた。

「うつな！」と前方から、命令が伝わってくる。「味方だ」

土まみれでまっ黒にみえる一隊が、とぼとぼと近づいて来た。遠くからでも疲れ切っているのがわかる。二人の負傷者が背負われていた。一人の頭に巻いた汚れた白布に、血の色が鮮やかだ。近くまで来ると、突然その中の一人がかけ出した。

「戦車だ！」とその兵士は絶叫する。二、三人がかけ寄って抱きとめた。兵士は岡へひっぱり上げられながら、恐怖に満ちて叫び続ける。

「戦車だ！　戦車だ！　戦車だ！」

遠くでごろごろというひびきがした。近づいて来る。きりぎりすが突然一声、高く鋭くなく。彼は軽機の銃把《じゅうは》をにぎりしめながら、ズボンが生あたたかく、ぐっしょりとぬれているのを感じた。


「FT班、目標物捕捉！」

ついに待ちに待った報告がはいったのだ。

「FT、ハロー、FT、本部及び各班に、目標物の位置を知らせろ」

「FT了解。目標物の位置、おくります」

コンピューターのピュッとなり出す音が、一瞬通信の中にはいってくる。本部の全機構が一せいに動き出した。

「本部よりDZ〜MYの各班へ。FT、目標へ近づけ。Dコンバーターは二台、すでに輸送中。FT四十分後の予定位置知らせ。E系統G系統のうち、FTに一番近いものは、FTに協力して、コンバーターすえつけ。他の班は、散開して他区域捜査開始」

「DZ〜MY了解」

「FT了解。先遣隊を調査に派遣しますか？」

「ぜひ、そうしてくれ」局長はあつくなって叫んだ。「状況を知らせるんだ。直報しろ」

彼は急斜面の杉林を、木につかまりながらおりて行った。すぐ下に猫《ねこ》の額ほどの盆地が見えた。民家の屋根も見える。途中まで滑りおりてはっと足をとめ、あたりを見まわして横へ横へとたどった。杉林の切れた所に岩場がある。断崖のとっぱなまで行って、彼は腹ばいになった。真下に四、五軒の民家があり、道路が白くうねっている。その民家の前にテントがはられ、トラックが二台ばかりとまっていた。道のずっと向うに埃《ほこり》の列が上り、歩兵や物資をつんだトラックの列が近づいて来て、やがてテントの前を通りすぎて行く。彼は雑嚢《ざつのう》から双眼鏡をとり出した。この双眼鏡は彼の上官だった専門学校の学生が持主だった。顔が機関砲でふっとばされた次の瞬間に、眼をつけていた彼はとびついてふんだくった。後からそれをよこせ、よこさないで、他中学の、体のごつい兇《きょう》暴《ぼう》な少年と大立廻《おおたちまわ》りをやり、牛蒡《ごぼう》剣で半殺しのめにあわせるような事までやってのけた。もしその直後に戦闘がなかったら、彼はきっとあの少年に殺されていたろう。それでなくても、陣中の武器をもっての喧嘩《けんか》で、かつて二人の少年が銃殺されている。その命令を出したのは、彼等の中学の教官だったおいぼれの准尉《じゅんい》だった。彼等は昔その准尉をいじめたものだった。……

ピントがあうと、いきなり年輩の米将校の赤ら顔がとびこんで来た。葉巻をくわえて何かまくしたてている。視野をずらすと、司厨車《しちゅうしゃ》が眼についた。横手の大きな牛小屋の前に、歩哨《ほしょう》が立っているのは、何か物資でも入っているのだろう。そうだ、一人が丸腰のままはいって行って食糧らしいものをかつぎ出した。あの小屋の警備は手薄だ。裏手からまわれば忍びこめるかも知れない。彼は夜を待つ事にして、岩場の後に再び横になった。

地雷投てきと対戦車砲で最初の一台の戦車は見事に擱坐《かくざ》させる事が出来た。しかしそのため、第二、第三、第四分隊は榴弾と火焔《かえん》放射器で殆ど全滅した。彼は歯をくいしばってむせび泣きながら、軽機をぶっ放した。砲塔をぐるぐるまわして四台の戦車は斜面に向けて弾丸を打ちこんだ。――しかし中学生達は奇妙に声をあげなかった。片腕をもぎとられてびっくりしたように立ち上りながら、小さく息を洩《も》らしてこと切れる者もいた。彼等は叫ぼうにも声が出ない状態だった。戦車は一たん後退して行った。射ち方やめの号令がひびくと、負傷者のかぼそい呻《うめ》き声以外は何も聞えなくなった。

「後退しましょう」

野戦帰りの兵長が言った。正規の兵は砲手をふくめて三十名しかいなかった。

中尉は判断に迷っているようすだった。

「地雷をばらまいて、大急ぎで後退するんです。敵の砲兵が射って来ますぜ」

と兵長はどなった。その言葉の下から、最初の一発が道路に炸裂《さくれつ》した。彼等は負傷者を背負って後退を始めた。だが、時既におそかった。弾幕は彼等の前後に、恐るべき密度で立ち上り始めた。小高い所に立って手をふっていた中尉の姿は一瞬にけしとんだ。土砂と爆風で息もつけない程だった。彼はわけもわからず、丘をこえて谷へと転がり落ちた。

これが最初の戦闘だった。その後、事態は急速に悪化しはじめた。彼等は、いとも簡単に指揮系統から切り離され、無やみに歩いては、時たま友軍の宿営地に出くわした。しかし大抵腰をおろす間もなく、そこを撤退しなければならなかった。この地方最大の都市O市からは、避難者の長い列が街道を北に向っていた。道具を背負い、子供をおい、老婆や幼児の手をひいて、女や老人の列はのろのろと動いて行った。中には壮年の姿もまじっており、銃をもった彼等の姿を見ると、慌《あわ》てて顔をかくすのだった。

九月の末までに、連合軍は四国と九州の南部、九十九里浜《くじゅうくりはま》、紀伊《きい》半島西部に橋頭堡《きょうとうほう》をきずいた。十月にはいるやいなや、最大の上陸作戦が四日市《よっかいち》に敢行され、それと殆ど前後して、敦賀《つるが》湾にソ連陸軍二個師団が上陸した。十月七日、米空挺《くうてい》部隊は関ケ原《せきがはら》西方に降下した。伊勢《いせ》湾に現われた機動部隊は名古屋《なごや》地区に猛烈な攻撃を加えた。敵の目的が、本州最狭部附近で本州を両断するにある事は明らかであった。中部西部両軍管区では総力をあげてこの楔《くさび》形作戦を阻止しようとした。敵軍の勢力は一旦つながり、続いて分断され、再びつながった。一方近畿《きんき》・関東両地方に上陸した敵部隊は、じりじりと前進を続けていた。淡路《あわじ》の由良《ゆら》砲台は艦砲射撃のために沈黙させられ、紀伊水道の掃海を終った敵艦隊は遂に大阪湾へ侵入し、大阪湾沿岸は敵の制圧下にはいった。近畿部隊は連日敗走を続け、今は吉野川《よしの》上流紀伊山塊中に二個師団がたてこもる状態にあった。十月下旬、空挺隊による大規模な第二次滲透《しんとう》作戦が始まり、彼は一個小隊の黒桜隊とともに山中に孤立した。

ついに……最後の知らせがはいった。狂った男は、VOOR六八七七で逮捕された。そこでは、狂人は第三の犯罪にとりかかる以前に、つかまってしまったのだ。彼は、えらんだ対象が三つあった事を、あっさり自供した。してみると、彼の犯罪は、二つにとどまったのだ。

造物主よ、感謝します。——局長は思わず、あの理不尽な祈りを呟《つぶや》いた。——あの狂った男の罪が、これ以上拡大しなかった事を、感謝いたします。……

狂気——だが、彼は本当に狂っていたのだろうか？　あのすぐれた知能、すさまじい実行力。そしてまた、彼の狂気に実現のきっかけをあたえたのは、その手段をうみ出して彼に与えた文明ではなかったか？　とすれば、許しを乞うべきものは誰か？　人類はまたしても、その精神の成熟度を上まわるような手段をうみ出してしまったのか？　それとも、手段の方が常に先行し、人はそれを使って一度は危険をおかさないと、精神自体が成長しえないのだろうか？——人間は永遠に試行錯誤によってのみしか成熟しえないのだろうか？……

夜がふけた。彼は星明りを頼りに岩棚《いわだな》を滑りおりた。昼間見ておいたのだが、小屋の背後は崖《がけ》にくっついており、後にまわれば何とか破れない事もない。見つかったら右手の道ぞいに林の中にとびこみ、向う側の崖をとび降りて逃げる。彼は息を殺して地面に這《は》った。テントからは明りが洩れ、時折りジープのヘッドライトがぎらりと光る。広場は暗く、歩哨が銃剣をかまえて行き来している。向うをむいた時を利用して少しずつ接近する。やがて小屋の裏手へ達したが、板はひどく頑丈《がんじょう》そうだった。やっと音をたてないように一枚はずしたが、とてももぐりこめそうにない。歩哨はのんびり煙草《たばこ》をふかしている——トラックの通過を利用して思い切って大きくはがす。歩哨はちょっとふり返ったが、気がつかない。ようやく腕が一本だけはいった。中をさぐる。木箱があり、冷たく重い鉄塊の手ざわりがする。砲弾らしい。又別の方をさぐる。指がやっととどく所に手榴弾《てりゅうだん》がある。二つとったがそれ以上は駄目だ。食糧はない。彼は真黒な憤怒にかられ、やけっぱちな気分になる。手榴弾は雑嚢に入れて後ずさりし、崖へはい上ろうとした時、石の一つがくずれ落ちた。

「誰《フーズ・ゼア》だ!」

歩哨が叫んだ。黒い空を背景に真黒な顔、真白な歯、黒人だ。相手が銃をかまえるひまもあたえず彼はめくらめっぽうにぶっ放した。まぐれ当りに相手の胸板をうちぬいた。黒人兵は笛のような声で叫び、両手を祈るように高く上げた。とり落された自動小銃が空中に向けて火を吐いた。テントから、物蔭から黒い影がとび出して来る。彼は丸くなって道を横切りながら手榴弾を一発は背後の小屋へ、もう一発はテントへ向けて投げた。鈍い爆音が二つ上がった。弾薬置場が誘発を起すまでに、道路を横切らなければならない。しかし広場はあっと言う間に強い光芒《こうぼう》が交錯した。

「止れ《ホールト》！」

自動小銃の一連射が、彼のかぼそい肩の骨を砕いた。次の瞬間、背後で大爆発が起り、彼の体は宙に浮いた。黄と白の閃光《せんこう》が天から逆さまに生えたように見えた。彼は頭の方から真暗な奈落《ならく》へ落ちこんで行った。がさがさという音がし、体があっちこっちにぶつかった。

眼蓋《まぶた》が鉛のように重い。開いたつもりだが何も見えなかった。チラチラとかすりのように白い光点がとぶ。――意識がもどって来た。一面の星空だ。両側から黒いぎざぎざの稜線が空を切りとっている。全身がいたみ、肩の疼痛《とうつう》は焼けるようだ。喉《のど》がからからにかわき、額から左顔面が血にぬれたのかこわばっていた。

しんしんと虫の声があたりを満たしている。彼は自分の体が崖下のごくゆるやかな斜面にななめにひっかかっているのに気がついた。心臓がごとんごとんと鳴っている。そのうち右足の鈍痛が感じられて来た。動かそうとするとどうすることも出来ない。叫び声が喉を破る。折れている。きっとそうだ。

後頭部に冷たく重い塊があり、そいつが彼を背後へひきずりこもうとする。彼は息をついて、もう一度空を見上げた。もうだめだと言う事がはっきりわかった。河野康夫、十五歳と六カ月、祖国防衛戦中に逝《ゆ》く。だが弾薬庫と高級将校はやっつけてやった、と思って、無理に歯をむき出して笑う。十五歳にしてはよくやった方だろう。父も死に、母も兄も姉も死んだ。彼も又この山中で、ただ一人闘い、ただ一人で死ぬ。日本人は最後の一人になるまで闘うだろう。祖国の山河は血と屍《しかばね》に埋まる事だろう。

彼は動く左手で肩のあたりをまさぐった。右肩はずたずたにさけてぬれている。しかしもはや苦痛はない。全身を押えつける、この熱いけだるさも後わずかの事だ……まさぐり続けた指先に、最後の手榴弾がふれた。彼は眼をつぶり、汗をしたたらせながら息をついた。雑嚢の中には拳銃《けんじゅう》があるが、体の下になっている。彼は眼をつぶったまま安全栓を口で咥《くわ》えた。何か感慨がある筈《はず》だと思うのに、何も思い浮ばなかった。安全栓を咥えたまま、もう一度眼をひらき、星空をながめた。その時、突然何かの気配がした。彼は辛うじて首を曲げ、そちらの方をふり向いた。二十メートル程向うに、黒い影がぼんやり立って、こちらをうかがっている。星空にういた背の高い、ほっそりしたシルエットから、彼は敵だと判断した。銃は持っていない。

「待て！」とその影が叫んだ。「投げるな」

その言葉のアクセントのおかしさが、彼の反射的な動作をさそった。二十メートルもとばない事はわかっていたのに、彼は左手をふって、手榴弾を投げた。それはほんの五、六メートルしかとばなかった。彼はぎゅっと眼をつぶり、閃光と熱が、彼の体を粉々に打ち砕くのを待った。しかし爆発は起らず彼はそのまま気を失った。

「ＦＴ班先遣隊十五号……」通信機がピイピイなる。受像は、界域の猛烈な歪《ゆが》みで、ほとんど不可能だ。「十五号……ハロー、本部、通話状態どうですか？」

「良好」局長はカフをあげる。「そっちの状況はどうだ？」

「想像以上にひどいです……」十五号の声はくぐもってきこえる。「上陸作戦による双方の死者約十五万……きこえますか？」

「きこえる。続けろ」

「上陸軍の被害も大きいです。日本側には年少者の死者が増大しつつあります。ハロー本部、急いでください。日本側残存兵力は、本州中央部に集結中……きこえますか？　女子供はどんどん自決しつつあります。――動かないで！　いたむか？――ハロー本部、こちら先遣隊十五号。それから各地のゲリラが、西部及び中央部で抗戦中、むろん彼らに勝ち目はありません」

「十五号！」局長はふと気になって声をかけた。「誰かそばにいるのか？」

「ええ、まあ……」

「規定第一項違反だぞ！」

「でも、けが人です……」

「先遣隊十六号……」別の声がわりこんでくる。「阪神工業地区で労働者の一部暴動発生……きこえますか？　阪神工業地区では、ソ連軍内部の日本人工作員の呼びかけに応じて暴動が発生中、労働者間の同志うちと、労働者対日本軍、労働者対米軍の間で小ぜりあいが始まっています。Ｄコンバーター、急いでください」

「先遣隊十五号……」今度はききとりにくい声だ。「軍の一部の寝がえりがありました。Ｄコンバーター」

たしかに予想以上にひどい。あの小さな国は、世界を相手に自殺する気だろうか？　勇ましいギャングの頭目のように……。

「輸送班！」局長はどなった。「おい、輸送班、現在位置知らせ！　コンバーター急げ！　早くしないとあの連中、ほんとに自滅してしまうぞ！」

「輸送班より本部……」たのもしげな声がかえってくる。

「ただ今Ｄコンバーター二基とも両極部へ到着、ただちに据《す》えつけにかかります」

「Ｅ系統、Ｇ系統！　全班ひきかえせ！　ＦＴに協力、コンバーター据えつけ急げ！」

ＸＴ六五一七区は、千八百年代だ。規模も知れているし、ＱＶ班にまかけておけばいい。ありがたい事に、三つ目は未遂だ。したがって、ＬＳＴＵとＸＴの二つの地区、なかんずくＬＳＴＵに力を集中できる……。

「ＱＶ、ＲＷ……」局長は叫ぶ。「状況は？」

「こちらＱＶ、Ｄコンバーターうけとりました。状況はまだ今の所大した事ありません」

「よろしい、まかせる」局長は全班に呼びかけた。「特別調査隊全隊に通告、散開中の各班はLSTU三五〇六に急行。FT班の据えつけ作業に協力しろ……」


「痛むか?」と若い男がきいた。彼は眼をあけた。星明りの中で、男の美しい白い顔がほのかに見えた。痛む右肩に繃帯《ほうたい》があてられているような感じがしたが、左手でさわって見ると、布ではなくてゴムのような手ざわりのものが肩をぴっちりと包んでいた。

「鎮痛剤があればいいんだが、治療は役目じゃないんでね。ほんの応急薬しかもっていないんだ」

　彼はその男の妙なアクセントをかみしめるように聞いた。男は妙な具合だった。喋《しゃべ》りながら、間隔をおいてぱっと見えなくなり、又現われる。先刻手榴弾を投げた時も、この男が一瞬消えた事が思い出された。男は彼のすぐそばに現われてヘルメットをぬいだ。丁度おそい月が崖の端にのぞき、その男が美しい金髪である事がわかった。男は彼の眼を見てにっこりほほえんだ。

「殺せ」と彼は言った。男はびっくりしたように顔をこわばらせた。

「殺してくれ」と彼はもう一度言った。疼痛はよほど楽になっていたが、今更生き続ける気はなかった。青年は彼の上にかがみこんで、やさしく言った。

「僕は君を助けたんだぜ」

　彼はその男を見つめた。突然彼にはわかったような気がした。

「あんた、ドイツ人だな。そうだろ。だから助けてくれたんだね」

青年はゆっくり首をふった。

「残念ながら僕はヒットラーの秘密諜報員《ちょうほういん》じゃない」

「そんなら誰だ？」

「Tマンだよ」と青年は言った。「と言ったってわかるまいが……」

その時、上の方で人声がした。サーチライトの光芒が崖の上から下へ向けて走った。

「まずいな」と青年は呟いた。「たちのこうか。位置の移動ぐらいは規則違反にならんだろう」

「大目に見よう」とどこかでくぐもった声がした。彼は首をまわして見たが、その青年以外は誰もいなかった。青年は彼の手を握った。水栓のぬけるような音がして、灰色の幕が視界にかぶさった。


「どこから来たって？」と青年は言った。そこは先刻の広場を下に見おろす崖の上だった。一瞬にしてここまで運ばれて来た彼は、夢を見ているようで胸がむかついた。

「さあ……君に言っても信用するかな」

暫《しばら》くの沈黙の後、彼はその答をのみこむかどうかを後まわしにして、次の質問を発した。

「あんたは敵か、味方か？」

青年は困ったように頭をごしごしかいた。その恰好《かっこう》には親しみをわかせるような無邪気さがあった。

「そう言われるとよけいに困るんだ。——僕は、この世界とは、関係ないんだ」

彼には青年が頭がおかしいとしか思えなかった。

「なぜ俺の死ぬのを邪魔するんだ」と彼は言った。

「しようがなかったんだ」と青年は言った。「二時間前やっとこの世界を見つけた所だからな。もっと早く来てれば、君の怪我《けが》も防げたかも知れん。もっとも君にあえればだがね」

「俺をどうする気だ」と彼はなおもたずねた。「足が折れてるから、結局捕虜になる。だから殺してくれとたのんでるんだ」

「そんなに死に急ぐ事はないだろう」と青年は困り切ったように手をひろげた。「君達の考える事はわからんね。それにどっちみちこの世界は、あと五時間一寸《ちよつと》で消滅するんだ」

彼は頭をふった。まるきりチンプンカンプンだった。——世界が消滅するのはいっこう平気だった。どっちみち彼は死ぬのだ。

「いや……消滅と言うより、基元的世界へ収斂《しゆうれん》されるんだがね」

「どっちでもいい」と彼は頑固に言った。「俺をどこかの部隊へ送りとどけるか、殺すかしてくれ。でなきゃほっといてくれ！」

「よし、ほっとくとも」と青年はとうとういら立ったように叫んだ。「わからん子供だな。この時代の日本の中学生は相当な高等教育をうけてると聞いたんだが……。もともとわれわれが君たちと個人的交渉を持つ事は規則違反なんだ。僕は行くぜ」

「待ってくれ」と彼は言った。左手で襟《えり》をさぐり黒い桜のマークをはずすと、それをさし出した。

「どこか友軍に出あったら、報告しといてくれ。黒桜隊第一〇七七部隊、河野康夫。負傷のため自決しそこないましたが、捕虜にはならんつもりです、とね」

青年は刺すような眼付きで彼を見つめていたが、不意にその姿は消えうせた。黒桜のマークはうけとらなかった。一人になると不覚の涙が流れた。死にそこなうなんて、恥だ！　彼は息をつめ、苦痛をこらえてはらばいになると、左手と左足だけで崖っぷちまではって行き、身を投げた。高さは十メートルたらずだが、岩にぶつかれば死ねるだろう。……しかしその体は再び宙空でうけとめられた。

「やめてくれ！」と青年は哀願するように叫んだ。「やはり見殺しには出来ない。説明してやるからそんなに死にたがるな。――いいか、君、この世界はまちがってるんだぜ……」

「何がまちがっているんだ？」

ふたたび岩の上に横たえられた康夫は、ともすればもうろうとなりかかる意識をふりしぼって、その青年にくってかかった。「この歴史のどこがまちがっているんだ? 鬼畜米英と闘って、一億玉砕する。陛下もともに……日本帝国の臣民は、すべて悠久の大義に生きるんだ。どこがまちがっている?」

「そうじゃないんだ……」青年は困ったように首をふった。

「そういう意味でまちがっているんじゃないんだ。正しい歴史では、日本は八月十五日、天皇の詔勅によって、無条件降伏しているんだ」

「何だと?」康夫はカッと眼を見開いた。「日本が無条件降伏なんかする事があってたまるもんか!」

「それが本当の歴史なんだよ」青年はヘルメットをぬぐと、金髪をなであげた。——北斗はめぐり、夜はふけていた。星明りで見ると、そのととのった白い顔は、どこか現実ばなれした優しさにあふれていた。

「それじゃ、これはうその歴史だっていうのか?」康夫は嘲笑《あざわら》った。「俺のおふくろは、のどをついたぜ。俺の友人はみんな死んだ。日本人は、女も子供も、みんな死ぬまで闘う。俺は米国兵を沢山《たくさん》殺したし、今は死にかけてる。……これがみんなうそだっていうのか?」

「うそとはいわない」青年は悩ましげな表情でいった。「だが、基元的なものじゃないんだ。これはそうあってはならない世界なんだ」

「これがいけなくて、なぜ無条件降伏の方がいいんだ!」康夫は叫んだ。——突然崖の上から探照灯がきらめき、頭上を機銃の斉射が走った。青年は康夫の口をおさえた。しかし康夫はもがきながらなおもいった。

「畜生！　スパイ！　毛唐《けとう》！――お前らに、俺たちの事がわかるもんか！」

「静かに！」青年はいった。「君はわからん子供だなあ……八月十五日の無条件降伏が唯一の正しい歴史だという事が、わからんのか？」

「なぜそれが正しいんだ？」康夫は歯がみしながらくりかえした。「お前らに、そ、そ、そ、そ、そんな事をいう権利はないぞ」

「正しいというのは、もともと、それしかなかったからだ」青年はかんでふくめるようにいった。「そうなんだ。本土抗戦なんて行き方は、あとからつくり出されたものだ。これはいけない事だ。歴史は一つでなければいけない。だからこの本来の軌道からそれた歴史は、基元世界に収斂されなければならないんだ」

「お前らに、そんな事をする権利があるのか？」康夫は頑固にくりかえした。「俺が、何のために闘い、何のために死ぬと思うんだ。俺は国のために死ぬ事を、ほこりに思ってるんだ。……要するにお前は、この世界を破壊しようっていうんだな？」

「破壊じゃないよ。消滅――いや収斂されるんだ」と青年は熱くなって言った。「消滅と言ったって、ありとあらゆる意識も消えるんだから、つまり、そのう、破壊とはちがうんだよ。わかるだろ。この世界の人類は消滅に立ち会わない。予期しない。だから恐れようがない」

「もう一つの世界では、日本が無条件降伏して……」と彼は嘲笑うように言った。「それで俺はどうしてるんだ？　やっぱり自決してるんだろ」

青年はきっと唇《くちびる》を結んだ彼の顔を見つめた。何か決意したようだった。

「君がこの世界で自殺しようと、それはかまわないはずなんだ」と青年は言った。「そうだ、それは確かにそうだ。もう一つの世界では、君は又別のあり方をしているだろうし、君が十五歳で死ぬべきこの世界は、あと四時間で消滅するんだからね。――よし、君の意識はもうじき消えるんだから、最後の規則違反をやろう。君に本当の君の姿を見せてやる」

青年は彼の手をとった。それが氷のように冷たいのにふと眉《まゆ》をひそめながら、青年は言った。

「うまく見つかるかどうかわからないが、やってみよう。君のもとの住所は？　学校は？」

彼がそれを告げると再び灰色の幕がおりた。その幕が薄れて行くと、眼前に汚らしい風景がうつった。茶色や灰色のごちゃごちゃ重なったのは見憶えのある焼跡だった。そこが母校の近所だと言う事は間もなくわかった。遠くに半焼けの校舎も見える。しかし見憶えのないのは駅前の汚らしい雑踏だった。路上にござをひろげたり屋台を出したりしていろいろなものを売っている。芋、飴《あめ》、コッペパン、鍋釜《なべかま》類。汚らしい土気色の顔をした男達が、ずだ袋をさげてうろついている。突然彼の学校の制帽をかぶった連中が現われた。何やら談笑しつつ、露店の食物を物ほしそうに見ている。その中に彼がいた！　ゲートルも巻かずに、何とだらしのない恰好だ！　ジープが走る。子供達がヘーイと手をふる。米兵がチューインガムを投げてやると、争って拾う。

「畜生！」と彼は叫んだ。「こんなの、我慢できるか！」

「まあ待て」と青年が言う。

米兵の腕にぶら下るように、でくでくと汚らしい女どもが、赤いベンベラ物を着て歩いている。……向うから赤旗の群れがやって来る。とげとげしい顔付きの男達がわめいている。立て万国の労働者……

「ソ連軍に占領されたのか？」彼は聞く。

青年は首をふった。場面はかわってプラカードとデモの波だ。ワッショイ、ワッショイの声がして、列は蛇《だ》行《こう》をはじめる。と、その中に又彼がいた。もう大学生になっていた。彼は我慢できずにまた叫んだ。

何事だ、あれは！　しかし今度は彼はどこかの娘と肩を並べて夜の公園を歩いている。こちらの彼は眼をこらした。すると突然傍の青年が叫んだ。

「大変だ。こうしちゃいられない」

眼の前の風景がぱっと消えた。青年は興奮した顔で喋り続けた。

「米国へ行った連中からの報告だ。米国は三発目の原爆を完成した。もうそいつをつんだB29がマリアナをとび立ったそうだ。間もなく信州上空へ達する。局長は変換装置作動を三十分後にくり上げた。原爆が落ちるまえに消さないと、悲惨の上ぬりだ。僕は失敬する。僕まで消されちゃかなわんからね」

「待ってくれ！」と彼は叫んだ。「俺を信州へつれてってくれ。どうせ消えるなら、陛下のおそばで……」

青年はけげんな顔をしたが、それでももう一度彼の手をつかんだ。灰色の幕……今度は手荒くほうり出された。異様に寒く、一面霜のおりた高原の、草むらの中だった。彼はかすむ眼に、黒く鋭い稜線を描き出す山脈を見た。——しかし、もう意識が朦朧《もうろう》としていた。

今度こそ本当に死にかけていることがわかった。四肢《しし》の感覚は全くなくなり、負傷した箇所だけが、かすかに、遠く、銀の毛でこすられるような痒《かゆ》みを感じさせ、その痒みは数キロも離れた所にあるように思われた。冷たく重い死が、暗い水のように下半身からはいのぼって来て、腹から胸、そしてかすかに動く心臓にのしかかろうとしているのがわかった。人間って、下から死んで行くのか、と彼はふと思った。二度三度、暗黒の波が脳の中をおそい、その合間にふと意識をとりもどすと、高原の夜は、湖のように静かであり、草むらの底から見上げると、暗黒の空に凍りついたようなすさまじい星々が、またたきもせず輝いているのだった。

最後の喘鳴《ぜんめい》に喉がなるのがわかった。ふいに彼は、やり忘れた事を思い出して、最後の力をふりしぼった。天皇陛下万歳と叫ぼうとした時、突然彼はあの光景を思い出した。——日本が負けたなんて、そんなバカな！　日本にかぎってそんな事はあり得ない。……だがあり得ない事ではない、という恐ろしい想像が、意識のカーテンの影から、静かに姿をあらわそうとしていた。——馬鹿野郎《ばかやろう》！　彼は必死の力をふりしぼってその想像と闘った。お前は、死におよんで日本人としての信念をなくしたのか！　そんな事はあり得ないんだ。それでは、すべての日本人の死、俺の死がむだになってしまう……この内心の闘いのため、ついに彼は万歳を叫ぶ力を使いはたしてしまった。果しない闇におちこんで行く時、彼は心の中でそう叫んだつもりだった。だが最後に暗黒の中をかすめたのは、無意味な、とりとめのない思いだった。

——あの、手ににぎっていた黒桜隊のマーク、どこへ落したのかな……

＊　＊　＊

時間管理庁特別捜査局の、F・ヤマモト局長は、厖大《ぼうだい》な時空間をこえて連行されて来た〝狂人〟とむかいあっていた。黄ばんだ皮膚、鷲鼻《わしばな》、黒い髪……知能特Aランクとひと目でわかるその秀でた額の下に輝く眼は、情熱以上の、何か憑《つ》かれたようなはげしい光をたたえ、それをこの男の知性がぞっとするほど危険なものに見せている。天才にして狂人、かつ帝王なるもの——それ鬼神ならん、という所か……。

「なぜ、こんな大それた事をしたんです……」

博士号を持つ相手なので、局長はていねいな口調できいた。

「あなたは、この特捜局にとって、史上最初の本当の歴史犯罪者だ。そして、そういう犯罪者は、あなたをもって最後にしたい……だが、なぜやったのです？」

特捜局あつかいの、時間犯罪の記録は、すでに厖大なものになっている。その中で歴史にちょっかいをかけて、それを変えてやろうと企てた連中もすくなくない。しかしそういった連中は、大抵はおめでたい妄想狂だった。時間機で過去にさかのぼって、歴史上の重要人物を殺す……彼等の考えつくのは、大方そういった事だ。パスカルを読んで、わざわざクレオパトラの鼻をつぶしに行ったものもいた。だが、その男は、クレオパトラが何人もいた事を知らなかった。ナポレオンを幼時において殺したものもいた。だが、すでに十九世紀において、ジャン・バチスト・ベレスはナポレオンの存在を否定していたし、そのナポレオンがいなくても、また別のナポレオンがやっぱり皇帝になった。個々の事実の不確定性――あのシムスの事実不確定率と、歴史の不変性によって、歴史犯罪は成立し得なかったのだ。

だが宇宙開発の発達にともなう亜空間航行の発明は、ついにそれを可能にした。跳躍航行機関の原動力となる次元転換装置と、時間機をむすびつける事により、任意の数の異なった歴史をつくりうるという事を最初に指摘したのが、ほかならぬこのアドルフ・フォン・キタ博士――歴史研究所の若き逸材だった。だがその意見は、専門外からの発言だったので、物理学者によって無視され、同時にその理論の危険性も看過されてしまったのだ。

特捜局の敏腕な、アンリ・ヴォワザン警部だけが、それに注意をはらった。警部からは、もうだいぶ前に意見書が出ていた。キタ博士が、先祖返り型の衝動的傾向を持つ事、ある種の秘密結社にはいっている事、そして歴史論の分野で、きわめて特異な、歴史可変論の創始者である事……すでに度々の次元嵐を経験し、異次元空間の観測を定例化しているポルックス系宇宙から、異次元空間に出現した別個の太陽系について報告をうけた時、特捜局がただちにそれに対応できたのも、ヴォワザン警部の慧眼《けいがん》があればこそだった。

「お答えねがえませんか？」局長はかさねていった。「われわれがあまりに早くあなたをつかまえたのを意外に思っておられるでしょうな」

「君は、私をほうっておくべきだった」狂人は静かな声でいった。

「それはできない」局長はいった。「歴史は単一であるべきです」

「なぜだ？」狂人は突然叫んだ。君に、そ、ん、な、事、を、い、う、権、利、は、な、い！」

局長の傍に立つ十五号は、ふと動揺した。それはあの子もいった事だ。

「なぜなら……」局長はちょっと瞑目《めいもく》した。「それは反道徳的だからです」

狂人はカラカラと笑った。

「わかっているよ」と狂人は言った。「君の手もとにある僕の書類――それにはこう書いてあるんだろう。狂人。歴史上の暴君、革命家、破壊的英雄の崇拝者。十世紀代日本のサムライ道徳の心酔者。研究題目、カリギュラ、アヘノバルブ（ネロ）、呂氏の子（始皇帝）、チェザーレ・ボルジア、ロベスピエール、ナポレオン、レーニン、ヒットラー……、最終専攻は日本史……」

「あなたは、とくに日本をえらばれましたね」局長はいった。「明治維新における幕軍の勝利、それと一九四〇年戦役日本の焦土作戦……この二つの選択には、特別な理由があったんですか？」

「単に手始めというだけだ」狂人は答えた。「たまたま一番くわしくしらべていた所だったから……それに私は日独混血だ。そのなりゆきを見て、あらゆる時代に手をそめるつもりだった」

局長は顔がこわばるのを憶えた。もし無数の歴史が製造されてしまっていたら……あるいはその事は、現在の世界を律している道徳を根本から変えてしまうかも知れない。

「ヨーロッパ戦線で、ナチに、原爆とV兵器による勝利をもたらすつもりだった。レーニン死後のソビエトで、スターリンにかわってトロツキーに政権をにぎらすつもりだった。F・ルーズベルト時代のアメリカで、進歩党のウォーレスに花を持たせるつもりだった。四〇年戦役後のヨーロッパで、フランス、イタリアの共産党に政権をとらせるつもりだった……」

キタ博士は指をおって数えた。つまりそれだけの数の「世界＝歴史」をつくるつもりだったのだ。

「なぜそんな事をするのです？」今度叫んだのは十五号だった。「二十世紀において、そんなに沢山の歴史を作り出す事は、それだけの数の悲惨さをつくり出す事だ。僕がむこうで出あった、十五歳の少年の話をしましょうか？」

「悲惨だと？」博士はもえるような眼をあげた。「悲惨でない歴史があるか？ 問題はその悲惨さを通じて、人類が何をかち得るかという事だ。第二次世界戦争では、千数百万の人間が死に、それとほぼ同数のユダヤ人が虐殺された。地球全人口の2％に達するこの殺りくを通じてもたらされた戦後の世界が一体どんなものだったか、君たちは知っているか？ そしてその時の中途半端さが、実に千年後の現在にまで、人間の心の根を蝕《むしば》む日和見主義《ひよりみ》になって尾をひいていることを、君たちは考えた事があるか？」

テーブルをたたいて立ち上った博士の姿はまさに狂人のものだった。眼は熱をふくんでギラギラ輝き、口角には泡《あわ》がういた。

「犠牲をはらったなら、それだけのものをつかみとらねばならん。それでなければ、歴史は無意味なものになる。二十世紀が後代の歴史に及ぼした最も大きな影響は、その中途半端さだった。世界史的規模における日和見主義だった。だからはっきりいって、第二次大戦の犠牲は無駄になったのだ。全人類が、自己のうち出した悲惨さの前に、恐れをなして中途で眼をつぶってしまったのだ。もうたえられないと思って、中途で妥協したのだ——日本の場合、終戦の詔勅一本で、突然お手あげした。その結果、戦後かれらが手に入れたものは何だったか？ 二十年をまたずして空文化してしまった平和憲法だ！」

ヴォワザン警部は局長にちょっと眼配せした。局長はうなずいた。

「そんなことなら、日本はもっと大きな犠牲を払っても、歴史の固い底から、もっと確実なものをつかみあげるべきだった。どうせそれまでさんざん悲惨さを味《あじわ》って来たのだ。焦土作戦の犠牲をはらうくらい、五十歩百歩だったじゃないか。日本という国は、完全にほろんでしまってもよかった。国家がほろびたら、その向うから、全地上的連帯性をになうべき、新しい〝人間〟がうまれて来ただろう。――帝国主義戦争を内乱へ、という有名なテーゼがある。現に、君たちの発見した時は、日本で労働者の内乱が起りかけていたじゃないか！」

「博士……」ヴォワザン警部は静かにいった。「あなたは歴史研究の名目で、たびたび、当時の日本へ行かれましたね？」

「それがどうした？」狂人はどなった。

「時間旅行の安全規定のうち、一定期間内に一定回数以上は同時代へ行けないという規定があるのを御存知でしょう？　その限度をこえると、時界転移の際のゆがみが脳に蓄積されて、記憶障害や精神疾患が起るのですよ」

「僕が日本史に身を入れすぎるというんだな？」狂人は歯をむき出した。

「むしろ、当時の日本人みたいに話しておられますよ」

「何も当時の日本だけじゃない。僕はあらゆる時代にわたって、それをためすのだ」博士はますます興奮しながらいった。「なぜ、歴史がいくつもあってはいけないのだ？　それが可能なら、平行する無数の歴史があってもかまわないじゃないか？　無数の可能性を追求する。無数の歴史的実験があっていいのに、なぜ、やりなおしのきかないこの歴史だけに、人類が甘んじなきゃいけないのだ？　最も理想的な歴史的宇宙をえらぶ権利がなぜないのだ？　権利は常に可能性によって押しすすめられる。それが可能になったならば、その時は我々もまた、理想とする歴史をえらぶ権利がある」

　狂人はパッと両手をあげた。

「僕はついに、人類を歴史から解放した！」

「それはまちがっている」局長は静かにいった。「あなたのその妄想自体が、すでに歴史的制約の産物です」

「妄想だと？」狂人は嘲《あざけ》った。「君たちにはわからんさ」

「我々の時代は、すでにそういった考え方をのりこえているのですよ」局長はテーブルをとんとんとたたきながらつぶやいた。「そういった考え方を必要とせず、この単一の、やりなおしのきかない歴史を生きてこそ、我々は人間なのです。人間は、自己を保つために、いくつもの可能性を破棄して来た。人間が人間を食べる事……こんな合理的な事もね。それから永生手術も破棄しました。機械に人間の脳を移植する事も……」

「君たち保守主義者の方が、よっぽどすさまじい歴史犯罪者じゃないか！」狂人は怒りにみちて叫んだ。「人間の無限の可能性をつみとったんだ！」

「それというのも、〝人間〟という種の維持のためでした」局長は答えた。「歴史には拡大ばかりでなく、縮小も必要です。種とその文明が、具体的な形をとるためには、それが全宇宙の可能性の中に、拡散し稀薄《きはくか》化してしまうのを防ぎ、つなぎとめなければなりません。無限に、演繹《えんえき》的に可能性を追求して行けば、ついには人間は、自分自身がわからなくなってしまうのです」

局長はふと、タイムスコープの方をふりかえった。

「はっきりいって、われわれの時代の道徳は、保守主義です。ですからわれわれの時代は、数十世紀前のモラルにとても似ている。……道徳の復古現象は、必要によって起るのです」

「さあ、行きましょう」ヴォワザン警部は博士の腕をとった。

「すぐに時間裁判所へ行くのか？」

「いいえ、病院です」警部は冷静にいった。「精神鑑定をうけて――きっと実刑はまぬがれるでしょう」

「あくまで狂人あつかいするんだな！」

「申しあげにくいが、過度の時間旅行による歴史意識の後退現象が起っています」

「歴史学者が、対象年代に夢中になるのは当り前だぜ」

「いいえ、博士」警部はおだやかに笑った。「あなたが、まるで二十世紀の人間のような感情をもったというだけじゃありません。それなら単なる想像力過剰現象でしょう。

――しかし、あなたは、自分が正常だと思っていられるでしょう」

「あたり前だ」

「それがおかしいのですよ。あなたはさっき、二十世紀の歴史的な傷が、千年後の今日までをあとをひいていると言っておられましたね。あなたは三十世紀の意識でしゃべっておられる。けれど現在は、あの第二次大戦から五千年たっているんですよ……」

＊　＊　＊

「やっちゃん……康彦ちゃん！」

妻が子供をよぶ声に、康夫は本をとじた。プルーストの「失われし時を求めて」の最終冊「見出された時」を、たった今読み終えた所だった。――学生時代からの念願が、いま果たされたのだ。彼は草原にねたまま、伸びをした。

ぬけるような青い空、初秋の志賀《しが》高原の空気は、早やひえびえと肌《はだ》にしみる。二歳半になる長男がキャッキャッとはしゃぐ声と、妻の少女のようなアルトが、野面《のづら》をわたってくる。彼は疲れた眼をとじて、母と子の声にききいった。

地には平和、天には光を……

「さあ、かえりましょ。お父ちゃま呼んでらっしゃい」

まもなく小さな足音が近づいてきて、乳くさいほっぺたを押しつけられるだろう。彼は眠ったふりをしながら、微笑をうかべて待った。――商社につとめて六年、はじめてのゆっくりした休暇だった。だが明日はもうかえらなければならない。夏も終りだ。

予期した足音は、途中でとまどっている。母子でいいあらそう声がきこえる。

「だめよ、康彦ちゃん。そんなものばっちいわよ。パイしなさい」

「いやン！」

断乎《だんこ》として子供はいう。強情は父親ゆずりだろう。彼は思わず失笑する。パタパタとおぼつかない足音がして、草の中から小さな顔がのぞき、にぎりこぶしをつき出す。

「おとうちゃま、はい、これ」

彼は笑いながら手でうけた。泥《どろ》にまみれた、小さな、黒いエボナイトの円板だ。

「だめねえ、康彦ちゃん。そんなものひろって……」妻が白いブラウス姿であらわれた。

「あなた、なあに、それ？」

彼は指で泥をこすってみる。下からすりへった模様があらわれる。

「何かのマークだよ」彼はいう。「桜のマークだ」

「まあ、黒い桜？　おかしなマーク……」妻は無邪気な笑い声をたてる。「黒いブームね」

彼は突然ぼんやりして、それを手ににぎりしめた。一瞬――ほんの一瞬、奇妙な冷たい感情が意識の暗い片隅《かたすみ》を吹きぬけた。陽がかげったように、周囲が暗くなったように見え、この美しい光景が、家族の行楽が、ここにいる彼自身、いや、彼をふくめて社会や、歴史や、その他一切合財《いっさいがっさい》が、この時代全体が、突如として色あせ、腐敗臭をはなち、おぞましく見えた。——しかしそれはまばたきする間の事だった。彼はそのマークを、子供の手にかえすと、小さな体を勢いよく抱きあげた。

「さあ、帰ろうね。ホテルで御飯だよ」

「ぼくね、おなかすいた」子供はいばっていう。

「明日はおうちよ。うれしいでしょ」と妻。

「おとうちゃま、赤い赤い」

ほんとにすばらしい夕焼けだ。

夕焼け小焼けで日がくれて……夫婦と子供、三人の合唱。地には平和を……。

「康彦ちゃん。これもうパイしようね」

「うん、ばっちい、パイ」

黒い小さなものは、真紅の落日の中を、子供の手をはなれて草むらへとぶ。

「バイバーイ!」子供は叫ぶ。

山のお寺の鐘がなる……

——地には平和を。

戦争はなかった

1968

小松は、敗戦の意味について、またその犠牲を忘却し前に進んでいく戦後日本について、ＳＦ的手法を駆使し多くの作品で問い続けた。その代表的な短編をもうひとつ。

終戦を中学三年で迎え、いまや三〇代後半の（すなわち小松とほぼ同年代の）主人公が、旧制中学の学友たちとひさしぶりに再会し酒を飲み交わす。ところがどうも様子がおかしい。学友が軍歌を歌わない。学友からは戦争の記憶が消えている。翌日になり、学友たちばかりではない、どうやら彼以外のすべての人間から戦争の記憶が消えているらしいことが判明する。太平洋戦争の歴史が消えただけで、世界はほかすべてもとの世界と寸分たがわず同じであり、主人公は当初はその新しい現実に適応しようとするが――。

読みやすい掌編ながらも、戦争と記憶、証言、歴史といった、政治的かつ思想的にも重要な問題について、鋭い視角を提供してくれる傑作。戦争ぬきでなぜ日本が民主化を実現できたのか、まわりの人間にいくら説明されても理解できないという作品半ばの描写は、戦後日本の現実をちょうど裏返しに抉《えぐ》り出しているかのような不気味さを備えている。小松がこの作品で、戦争の記憶は決して失われてはならないと言っているのか、それともその主張すらも相対化しているのか、それは読者各自で考えてほしい。

初出は『文藝』一九六八年八月号（河出書房）。

1

その会合におくれて出た時、彼はすでに少し飲んでいた。——ちょっとした客があって、汽車の時間まで、小一時間ほどバーで相手をし、それからいそいで会合にかけつけたのだが、タクシーの混雑も手つだってひどくいらだった。いらだちのあげくが、中華料理屋の座敷のある二階へかけ上る時、踊り場から一、二段あがった所で、足をふみはずして転倒した。——壁に頭をうちつけて、ほんの一、二秒間気が遠くなったが、それだけの事だった。ボーイの手をかりずに起き上り、いたむ腰と後頭部をさすりながら、やっと二階へ上ると、席は階段を上ったとっつきの部屋で、今の物音におどろいて顔を出したのが旧友の一人だった。

相変らずそそっかしいな、といった揶揄《やゆ》と笑声にむかえいれられ、あちこちから、よう、とか、オス！　などと親しげな声をかけられながら、腕をひっぱられて、もうかなり杯盤狼藉《はいばんろうぜき》となった座敷にもつれこみ、そのまま人いきれと煙草の煙と、笑声や蛮声のたちこめる席にとけこんだ。彼もすでに、少し酔っていたし、座では、学校時代の無茶のみのピッチで盃《さかずき》がまわっていた。つづけざまに盃がさされ、ビールのコップが押しつけられ、つづいてコップで日本酒をすすめるやつがあり、中の一つはたしかにウイスキーだった。

たちまち彼は、したたか酔いはじめた。酒は強い方だったが、その場の雰囲気《ふんいき》の方が彼を酔わせた。——集まっているのは、旧制中学時代の、それもあまり秀才連中をふくまぬ、運動部や、札つきの不良や、及落すれすれ組ばかりだった。戦争中はなぐられ通しで、戦後は中学生のくせに煙草を吸い、進駐軍の煙草やチョコレートやガムのブローカーをやり、家のものや学校のものをもち出して、何でも売れる闇市《やみいち》で売りとばし、その金で葡萄糖《ぶどうとう》入りの揚げ饅頭《まんじゆう》やズルチン入りのぜんざいを食い、バクダン焼酎《しようちゆう》を飲み、制帽だった戦闘帽の、てっぺんの布にベットリ油をぬって前後をピンとがらせ——当時「航空母艦」とよばれていたスタイルである——上衣《うわぎ》の襟《えり》ボタンをはずして、よその中学の生徒に、面《めん》を切ったの眼《がん》づけしたのと関係つけて、バッジや金や腕時計をまき上げ、しかえしの果し状をもらって、バットやチェーンや短刀や自転車のギアでわたりあい、しまいには日本刀まで持ち出して——威嚇《いかく》のためだけだったが——ばかみたいな乱闘をした。そういった仲間の中の、予科練がえりの二人は、三国人とやくざにさそわれて、中学生ピストル強盗の第一号となり、現場を見つかって、弱腰の警官はまいたが、MPに誰何《すいか》され、一人は助かったが、もう一人は射殺された。——あの大空襲の中を生きのび、予科練で特攻隊になるところを生きのび、やっと戦争が終った矢先に十六歳と何カ月かで死んだのである。——別に親しくはなかったが、その男のことをひょいと思い出してしまうと、その顔が、まだ十六、七の童顔のままであり、そうか、あいつの年をとった顔というのは、見られないのだ、と思うと、眼頭がツンときた。

それといっしょに、いろんなことが脈絡もなくどっと思い出されてきた。——ざあっと空気をふるわせる焼夷弾《しょういだん》の絨毯《じゅうたん》爆撃、眼も鼻もあけられないほどごうごうと吹きまくる、火と熱い灰のつむじ風、焼けあとの泉水の中で、きれいな顔をして死んでいった赤ン坊、道を歩いていた彼らをはっきりとねらっておそいかかり、二〇ミリ機銃の猛烈な掃射をあびせたグラマンの、油切ったプロペラ・スピンナー、豆ばかり食って、教師や上級生や軍人になぐられ、旋盤の熱い切り粉で眼球をきずつけられながら、竹槍《たけやり》特攻で死ぬ気でいたやせこけた中学生たち……そんな記憶に、もっと酔いしれるためか、おいはらうためか、彼はまたもやグイグイ飲んだ。——酔っぱらって、次第に昔と今の境界がぼやけ、情なくなり、腹だたしくなり、——たえがたいほどつらくなり、泣きたくなり、——そしていい気分になってきた。

座の方も、すでに乱れに乱れ、胴間声《どうまごえ》で歌がはじまっていた。校歌や、応援歌や、女学生を歌った猥褻《わいせつ》な数え歌のたぐいである。彼もいっしょに手をうって、蛮声をはりあげたが、どうも、そんな歌では心の中のもやもやが、おさまりそうになかった。で、一区切りついたところで、一段と声をはり上げて、リードをとった。

命一つとひきかえに、
千人万人切ってやる……

空襲も最高潮に達した昭和二十年の終戦直前、ラジオが流しはじめた「切りこみ特攻隊」の歌である。――この歌が流れだすと、大ていブザーが鳴って、軍情報の空襲警報で中断されることになっていた。歌といっしょに、灼《や》けただれたまっ青な夏空や、大地の底からひびいてくるようなB29大編隊の爆音、高射砲の音、といったものが、思い出されてくる。――みんなもすぐ、ついてくるだろう、と思ったのに、座はわいわいいうばかりで誰もいっしょに歌おうとしなかった。

「おい、よせよ」と誰かが酔っぱらった声でどなった。「なんだ、その歌は」

「忘れたのか? だらしねえ奴だ」と彼は少しむくれていった。「じゃ、おい、予科練の歌を歌おう、みんなも歌えよ」

彼は立ち上ると、旧制高校の歌い方の要領で、大きく手を打ち合わせて歌い出した。

若い血潮《ちしお》の予科練の
七つボタンは桜に碇《いかり》……

戦時中は、あまり好きな歌ではなかった。——だが、いま歌うと、胸の中にあついものがこみ上げてくる。なまぐさく、汗くさく、戦場に捨てることにきめられた若い血の、うずくようなやり場のない男くささにみちた歌である。戦前の寮歌のように戦時中の青春の歌だ……。

「おい、お前も歌えよ」彼は、横にいた男の腕をつかんで立たせようとした。

しかし、その男は、迷惑そうに腕をふりはらった。

「知らんよ、そんな歌……」

「ばか、この歌知らねえやつがいるか！」と彼はどなった。

「おい、玉置、予科練がえり、いっしょに歌おう」

厠《かわや》か何かに立ちかけた玉置は、彼に抱きつかれてよろけた。

「それ、歌え——今日もとぶとぶ霞《かすみ》ケ浦《うら》にゃ……」

「はなせよ」玉置は眉《まゆ》をしかめた。「なんだその歌は——きいたこともない。もっとほかの歌ならいっしょに歌う」

「きいたこともない、だと？」彼は、むかっ腹をたててわめいた。「お前が、この歌を知らん？　予科練がえりのくせに、何をとぼけてるんだ？」

「ヨカレン？」玉置はうるさそうな顔をした。「なんだ、それは？」

「おい、お前、おれをからかう気か？」酔った勢いで——このごろはめったにないことだったが——彼は玉置の胸ぐらをつかんだ。「戦争中、お前が予科練にはいる時、おれたちみんな、駅へ送りに行ってやったじゃないか。――お前は、真珠湾水中攻撃隊のまねをして、行ってまいります、といわないで、行きます、行きます、といった」

「いったい何の話だ?」玉置はいぶかしそうに、眉をしかめた。「何をいってるのか、さっぱりわからん。戦争中って……いつの戦争だ」

彼は完全に逆上した。――とぼけるのもいいかげんにしろ、とわめくと、玉置にむしゃぶりついた。しかし、玉置の方はそれほど酔っておらず、彼の腕をつかんだ。テーブルに脛《すね》があたり、皿小鉢《さらこばち》が鳴った。たちまち二人は、まわりの連中にわけられてしまった。

「よせよせ、玉置」と誰かがいった。「こいつは酔っぱらってるんだ」

「なんだ、この野郎、……」玉置は抱きとめられながら青い顔をして、眼を光らせた。「戦争だの、予科練だのわけのわからんことをいって……」

「お前こそ何ンだ!」彼も青くなってわめきかえした。「あの戦争を、知らんようなことをいって……」

「まあ、おちつけよ、紺野」と幹事役がいった。「お前、今日少しおかしいぞ」

「だって、……みんなきいたろう? こいつは、とぼけておれをからかいやがった」彼は、唾《つば》をとばして言った。

「ほら、みんなも行ったろう。玉置が予科練に行く時、おれたちで旗もって、送ってやったじゃないか……」

誰も肯定しなかった。――かわりに、いぶかしそうな視線が、あっちこっちから彼を見つめた。

「行ったろう？――おぼえているだろう？」彼はわめいた。「ほら、今うたった予科練の歌をうたって……そうだ、帰りに空襲警報ぬきで、いきなり非常待避の半鐘が鳴って、おれたち防空壕《ぼうくうごう》にとびこんだら、すぐそのあとで艦載機がわんさとやってきて……」

「おかしなやつだな」と幹事はいった。「何をわけのわからんことをいってるんだ――玉置を送って行ったって？　いつの事だ？」

「中学三年の時だ……」飲みすぎであばれたため、顔から血がひいて行くのを感じながら彼はいった。「ほら、おれたち工場動員に行く直前さ」

「工場動員？――中学生のおれたちが、なぜ工場なんか行ったんだ？」

「きさままで、とぼけるのか！」泣くような声で、彼は叫んだ。「戦争を忘れたのか！あの大東亜戦争を……」

どうかしているぞ、こいつは――というつぶやきがまわりできこえた。――さっき階段でころんで、頭がおかしくなったんじゃないか……。

「よしよし、まあ酔いをさませ」幹事役が、わけ知り顔で、肩をたたき、水のコップをさし出した。「なにをどう思いちがいしたのか知らんが、おちついてよく思い出してみろ。な。――おれたちの若いころに、戦争なんてなかったじゃないか」

一瞬、彼はひるんだ。――青い顔をして、呆然《ぼうぜん》とまわりを見まわした。しかし、彼をとりまいて、見つめているのが、たしか中学時代の仲間にまちがいないとわかると、酔いの底から、どうしようもない衝動がこみ上げてきた。——ちくしょう、きさまたちまで、よってたかって、おれをからかうのか、とわめくと彼はまたあばれ出し、たちまちみんなにおさえつけられ、したたか吐き、吐くと同時に、なにかのつっぱりがはずれて苦しい泥酔の底に意識がしずんでいった。

2

翌日はむろん、ひどい宿酔《ふつかよ》いで、会社を休んだ。午《ひる》すぎても呻吟《しんぎん》しつづけ、やっと起きて水を飲み、たちまち吐き、それでもその時やっと峠をこした。昨夜あれから、誰がどうやって家へ送ってくれたか皆目記憶になく、ただここ四、五年来の大失態をやった悔恨だけが、いやにはっきりしていた。だが、その悔恨の原因になった事は、まだ苦しさにたえることに手いっぱいの意識の、隅《すみ》の方に押しやられていた。

夕方、ようやく起き出してすわれるほどになった時、前夜の幹事役の一人から見舞いの電話があった。

「荒れたな」

とむこうは気の毒そうにいった。——面目ない、と彼は口の中でいった。

「ゆうべは、どうかしてたんじゃないか。まったくおかしかったぜ」と相手は少し安心したようにいった。「きいたこともない歌を歌って、みんなに歌えといったり、玉置にからんだり、ありもしない戦争を、あったといいはったり……」

それで、一切がよみがえってきた。――またはげしい宿酔いに似た症状が、腹の底から湧《わ》き上ってきて、冷や汗が全身にふつふつとふき出して、知らぬ間に受話器をおいた。ではあれは、泥酔の中で見た悪夢ではなかったのか？

少しおちついて考えようとしたが、体が芯《しん》からゆれているみたいで、すわっておれずに畳の上にひっくりかえった。世界がぐるぐるまわっているような気がした。

そんなばかなことはない、……そんなばかな！

彼は焦燥と不安にかられて、猛然と起き上り、部屋にはいってきた妻につっかかるようにきいた。

「お前、戦争中は小学生だったな？」

「戦争中？」妻はびっくりしたように彼を見た。「戦争中って――何のこと？」

「お前、小学生の時、学童疎開をしたろう」

「学童……なにをしたですって？」妻は耳に手をあててききかえした。

「お前……」彼は息をのみこみ、苦い唾液《だえき》ものみこんだ。「お前、あの戦争おぼえてるだろう？　二十……三年前にあった、ほら、あの大東亜戦争……」

「いったいどうなさったの？」妻はあきれたように首をかしげた。「二十三年前なんて、――いったいどこの国の戦争よ？」

「日本とアメリカだ！」彼はついにどなってしまった。「日本が……昭和十六年十二月八日に、ハワイの真珠湾を攻撃したんだ。アメリカ、イギリスと戦争になった。ものすごい空襲をされて、日本が負け……」

「あなた、まだよっぱらってるの？」妻はちょっと不安そうな表情になって、彼の顔をのぞきこんだ。「日本とアメリカが戦争したなんて……そんな話、きいたことないわ。空襲だの、日本が負けたなんて」

「じゃ……」彼は、あえいだ。「じゃ、二十三年前に何があった？　いってみろ！」

「さあ、何があったかよくおぼえてないわ。そんな昔のこと……」妻は、そんなことかまっていられない、といったように立ち上った。「夜までおやすみになったら――顔色が、まだまっさおよ」


寝るどころではなかった。胃がうずき、頭がガンガンし、足もとがふらつくのに、無我夢中で服を着て外へとび出した。

生理的な吐き気に、今度は心理的なそれがくわわり、彼は何度も電柱につかまって胃液をはいた。

なんのためにとび出してきたかを、やっとさとったのは、商店街の大きな書店の前を数歩通りすごしてからだった。――ひきかえしてとびこむなり、彼は心おぼえの書棚《しょだな》の前へ行って、せかせかした眼つきで見上げた。

なかった。
その一廓《いっかく》に、たしかまとめてあったと記憶する、戦史、戦争小説のたぐいはすべてなかった。新刊書の方にも、そういったものは、きれいさっぱり消えていた。文庫の目録をとりあげて読んだが、『野火』も『真空地帯』も『戦艦大和《やまと》』も、心にのこる戦争文学の名作の名はすべて、きれいさっぱり消えていた。戦争の二字を見て、はっと見なおすと、トルストイの『戦争と平和』だった。マルロオの『人間の条件』はあっても、和製のそれはなかった。

こんなことがあっていいものだろうか――と彼は、貧血症状で視野が紫色にせばまるのを感じながら、胸の底でつぶやいた。――しかし、あの大戦争がなかったのだとしたら、――日本の運命をかえ、社会を上から下までまきこみ、かつてないみじめな敗戦の民族体験をあたえた、あの大戦争が、なかったのだとしたなら――あの痛烈でいたましい精神の記録もまた、存在しないのは当然だ。

いったん、外へ出て、五、六間ふらふらと歩いて、今度は玩具店《がんぐてん》の前で足がとまった。――吸いよせられるように中へはいり、ぎっしりならんだ、プラモのセットの箱を丹念に見た。永遠のベストセラーといわれた、「戦艦大和」のキットは、はたしてなかった。武蔵《むさし》も、陸奥《むつ》も、零戦《ゼロせん》も、……かわりにあるのは、米国軍用機、自動車、商船のキットばかりである。また気づいて、本屋へひきかえす途中、念のためにレコード屋にはいった。軍歌集ははたしてなかった。――書店へもどって、奥の参考書類の棚から、歴史年表と『日本現代史』をぬき出し、買ってかえる途中、その二冊をにぎりしめて、彼は不安と悪寒《おかん》にふるえた。――じっくり研究してみなければならぬ。もし、あの戦争が、本当にいい、いい、いい、いい、なかったとしたら、昭和史はどうなっているのか、大戦争ぬきで、今の日本の社会はどうやって出現したのか?

3

ところが、それがどうしてもわからなかったのである。――その夜、そのまま読みつづけたが、いくら読んでも、何がどうなったのか、雲をつかむようでさっぱりのみこめない。二・二六事件あたりまでは、実にはっきりしている。彼の、うろ憶《おぼ》えの記憶通りだったのだが、そこから先が、いくら年表をながめ、昭和十二年から二十年へかけての条《くだ》りを読んでもさっぱりわからないのである。――とうとうつかれてねてしまい、翌日は会社を休んで、もう一度目を皿のようにして読んだが、わからない。そのもどかしさは、昔、むずかしい術語と表現をつらねた哲学書、数式のいっぱいつまった近代数学や理論物理の専門書を、人間の書いたものだから、わからないはずはないと思って、悪戦苦闘して読み、字面《じづら》も文章も、ちゃんとその部分の意味だけは追って読みながら、全体としては、まったく、雲をつかむようで、何べん、読みかえしても何が書いてあるのか皆目わからなかった――そのもどかしさに似ていた。二・二六以来の歴史は何のことやらさっぱりわからない。そこにあるのに理解できない。――ヒットラーやムッソリーニといった名を年表で見つけ、彼らがどうなって何をしたかを理解しようとしたが、たしかなのは、そういう名の男がいたということだけで、世界史の流れはまるっきり、彼の理解を絶したものになっている。何かわずかな手がかりでもつかみだそうと、無理に努力をつづけていると、はげしい偏頭痛におそわれるのだった。

　これはいったいどうしたことだろう？　彼はついに、歴史の本を投げ出して呆然と自問した。ただ一つ――その雲をつかむような現代史の中で、たった一つだけ、はっきりわかった事がある。それは――

　大東亜戦争はなかったということである！

　すくなくとも、そこに書かれている歴史の中に、一九三〇年代から四〇年代へかけて、世界の人をまきこんだあの大戦争は存在していなかった――単に記録に存在しない、というだけでなく、彼の友人たちの、彼の妻の、記憶の中にも、まったく存在していない――つまり、彼らの人生の中で、まったく体験されていない、ということによっても、それは、歴史的事実として、存在しなかったと思われる。

　これはいったいどうしたことだろう？　彼はまた吐き気を感じて眼をつぶった。

　これを、いったいどう考えたらいいのか？　彼は吐き気に堪《た》え、頭蓋《ずがい》がぶよぶよになっているような、はげしい頭痛に堪え、必死になって思念をこらし、考えを整理しようとした。――一つの考え方は、彼が、異る世界の異る歴史の中に、とびこんでしまった、という考え方である。だが、そんなSFのようなことが、実際に起るとはどうしても考えられない。もし、あの時まで彼の属していた世界と、全然別な歴史をもった世界にとびこんだのなら——つまり、大東亜戦争がなかった歴史の中にとびこんでしまったのなら、もっとほかに、それまで彼の見知っていた世界と、ちがった現象がいっぱいあっていいはずだ。あの時期に戦争がなかったとすれば、そこから歴史は大きくわかれ、決してこういった社会になっていなかった、と思われるからである。世の中が、もっとちがったものになっているはずだ——にもかかわらず、現実は、彼の昔から知っている社会とちっともちがっていない。街の様子も、妻子も、友人も、彼の日常生活の連続も……ただちがっているのは、この社会が、二十三年前のあの戦争を経験していない、ということだけだ。

もう一つの考え方は、戦争は本当にあったのだが、誰かが——いやなにかが、その戦争の記録と記憶を、一切消去してしまい、生じた歴史の断層をうまくごまかしてつなぎあわせた、と考える方法である。記録という記録を一切消し、みんなに戦争のことを、あとかたもなく忘れさせる、といった事は、とても人間わざではないし、もっともありそうもない事だが、しかし、すくなくとも、今の社会が、彼があの同窓会の日まで知っていた社会とまったく同じである、という事の説明はつく。あの大戦争による、日本の社会的精神的変動なくして、今日の社会は考えられないからである。——さらに考えつづけると、まだいくつかの考え方が見つかった。前の二つの考え方を、それぞれA、B、とメモに書きつけ、つづけて別の考え方を書きつけた。

C　戦争は本当にあったのだが、なんらかの理由で、みんなが突然そのことをかくし、記録を抹殺《まっさつ》した。

D　戦争は、本当はなかったのだが、自分の精神が異常をきたし、ありもしない戦争の妄想《もうそう》を抱《いだ》くようになった。

E　あの同窓会の転倒と泥酔以来、自分がまだ悪夢を見つづけている。

CもDも、ありそうもないことだったが、とにかくこの三つの考え方は、超自然的な現象を仮定しなくてもいいところが、もっともらしく見えた。

とにかくこれで、とっかかりらしいものはできた。ABCDE、五つのケースを仮定して、それから彼は、つかれたように、戦争がなくなってしまった原因をさがしもとめはじめた。

ばかな事をはじめたものである。

会社の仕事も、半分おっぽらかし、人に会い、図書館の記録をさがし、ついには何をさがしていいかわからなくなって、あてどもなくうろつきまわった。社に出れば、記憶をたどって誰彼なしにひっつかまえ、

「課長、あなたはたしか、学徒兵で、特攻隊の生きのこりだったでしょう」とか、「部

長、あなたはたしか、海軍少佐で、戦艦にのって、ミッドウェー海戦へ出撃しましたね」とかきいたがかえってくるのは、いつでもいぶかしげな視線と、

「君、そりゃいったい何の事かね？」

という返事ばかりだった。

彼は新聞社の友人をたずね、古い新聞の縮刷版を見せてもらったが、当時の新聞記事はやはり濛々《もうもう》として、彼にはさっぱりわからない事ばかりだった。

「いったい、なんだってそんな馬鹿な妄想を抱いたんだ」と友人は眉《まゆ》をしかめてきいた。

「戦争はなかったからなかったんだ。――それが、お前の話をきいていると、その大ナントカ戦争が、なければならなかったというようにきこえる。なぜそんなおかしな事を考える？」

「だって……」といいかけて、彼はちょっとつまり、思いなおしてまたしゃべった。

「だって、それがなければ、いまの、この日本の状態は考えられないじゃないか？　それがなければ……どうして、現にいま日本が主権在民の民主主義国家であり、天皇が象徴になり、徴兵制が廃止になり、平和憲法ができ……」

そこまでいって、またつまり、今度はそれこそ堰《せき》が切れたようにしゃべり出した。

――あの、暗い、前近代と近代の間を動揺していた日本、陰鬱《いんうつ》な権力と軍事力に押しつぶされ、ひきずられつつあった軍国主義日本が、大戦争と敗戦という破局にぶつからずに、どうしてそういった暗いものの数々をふきとばすことができたか？　どうして現在、

アメリカとの軍事同盟にあるのか？　どうして現在……軍備負担がすくなくて、世界第三位の工業国であり得るのか、どうして、あの家族制度がくつがえされ、農地が解放され、思想・言論・結社の自由が許され……。

「そうだよ」と友人は当然の事のようにいった。「だけど、現実は、そんな大戦争がなくても、そういう風になったんだ。それでいいじゃないか」

そんな……と彼は口をパクパクさせ、汗をうかべて抗議した。――そんな安直にことがはこぶはずが……。

「じゃ、いったい、君のいう〝戦争〟があったとしたら、どういう風になったんだ」と友人はいった。

ふたたび彼は、滔々《とうとう》としゃべり出した。知識と記憶を洗いざらい動員してしゃべった。日本が、いかに戦争にのめりこんでいったか、軍が、権力機構が、支配階級が、いかに国民をひきずって行き、いかに周辺諸国民に悲惨な目をあじわわせ、いかに国民に犠牲を強《し》い、いかに敗れ、敗れたことによって、戦後日本はいかなる変化をこうむったか――昭和十年代から現代にいたるまで、顎《あご》がくたびれるほどしゃべりつづけた。「ふうん……」と友人は眉をしかめ、口をとがらせて首をひねった。「よくできた話だ。なかなか辻褄《つじつま》があってる」

しかし――と友人はいった。

「どうして、日本がこうなるためには、君のいう戦争が、不可欠だったんだね？　そんなものがなくても、こうなり得た歴史のコースだって、充分考えられるじゃないか？　そして現に、こうなっているから——君のいま見ている通りの状態になっているから、別にいいじゃないか。それに、おれにいわせれば、そんな大戦争が本当にあったら逆にとてもこういう世の中になったとは思えないがね」

彼は名状しがたい混乱におちいった。——戦争ぬきで、現行憲法ができた。戦争ぬきで、天皇人間宣言と、財閥解体、農地解放、軍部解散、家族制度の変革、民主主義体制ができた。——そんな事はあり得ないと思っていたが……だが、戦争ぬきで、そういうことがあり得た可能性も、存在したとするなら……。

混乱はしたが、まだ彼はあきらめはしなかった。彼はなおも丹念にしらべてあるいた。この世のどこかに、あの大戦争の痕跡《こんせき》が、かすかにでものこっているのではないかと思って……心おぼえの基地に、あの大戦の戦死者の墓や、忠霊塔がのこっていないかとしらべあるいた。——しかし、日清《にっしん》日露のそれはあっても、第二次大戦のものはなかった。たしかに星のマーク入りのそれがあったと記憶する場所には、別の墓がたっていた。

とうとう彼は、広島にまで足をのばした。そこでかつて数回訪れた平和公園を見た時は、動悸《どうき》がたかまった。——しかし、そこは市民公園の名で、彼の記憶では原爆記念館だった建物の中は、単なる美術館になっており、原爆ドームはなかった。被災者住宅街は、ただの陋屋《ろうおく》群になっていた。あとかたもない焼野原になったはずの旧市街は、一部のこっており、一部は火事でやけ、一部は都市計画で撤去されたという返事をもらった。

——二十万の命をうばい、日本人の胸底に名状しがたい傷痕《きずあと》をのこしたあの惨事は、誰も知らなかった。——二十年八月六日の、あの原爆投下はなかったのである。

　彼は次第に、まちがっているのは自分ではないか、と思いはじめた。——いわば「風化」ともいうべき現象である。この世の、自分以外のすべての人々は、あの戦争のなかった世界を、自明のこととうけいれ、日本はそんな大戦争をしなかったからこそ、日本は現在こうなったのだと信じている。いや、そんな大戦争にはいりこむことがあり得たなどと、想像することさえないのだ。そしてそれはそれで、あの三十年以上前から連続し、ちゃんと辻褄のあっている世界なのだ。——その世界の中で、自分だけただ一人、人々と異質の記憶をもち、その体験が、唯一絶対のものであると思いつづけてきた。だが、だからどうだというのか？

「いつまで会社の仕事をいいかげんにするの？」とうとうたまりかねた妻がいった。

「課長さんが、休職にして、療養させたらどうかっていってきたわ。——二十何年も前に戦争があったかなかったか、なんてことはどうでもいいじゃないの。戦争があってもなくても、今の生活の方はおんなじなんでしょ？　家を買う手金は打っちゃったし、昔の戦争がどうこういうことより子供たちのために、現在のことと、これから先のことを少し考えてくれなくては、こまっちゃうわ」

　まったくだ——と、彼はしらじらとした団地の昼を、窓からながめながら思った。

——世の中には、別になにも変ったことはない。団地というこの奇妙な（彼の考えでは戦後的）住宅も、都心にあふれかえる自動車も、高速道路も、新幹線も、超高層ビルも、東海道メガロポリスも、ヒッピーやサイケデリックやピーコックといった風俗も、テレビの人気番組も、彼の会社での仕事も、すべて彼が、あの衝撃的な事件にであう前となじであり、事件の前とあとで、かわったところはどこにもない。日常生活の流れとしては、別段、なに一つ変化はなく、すべてはあの事件の前と、まったく同じように流れて行く。唯一つかわったといえば、あの戦争に関する記録や文学が、彼の蔵書の中のものもふくめて、一切合財《いっさいがっさい》世間から消えうせてしまっていることだが、しかしその事は、他のすべての社会的営為には、何の影響もあたえていないし、「たった一つかわった所がある」といって混乱し、さわぎたてているのは、この世界の中で、彼一人なのだ。世の人々は、それらのものが、消え失せたとも思っていない――彼らにとっては、そんなものは、はじめからなかったのである。

それならば別に、どうということはないではないか？　現在の、眼前にある世界、この日常、この生活が何もかわっていないなら、戦争があったかなかったか、そんな昔の事は、どうでもいいではないか？　彼一人、いまだになまなましく想起される戦争の記憶をもち、他のすべての人々は、まるっきり持っていない――その些細《ささい》な不一致を除けば、彼は別に何の支障もなく〝今までどおり〟世間の人々とつきあい、くらして行くことができる。会社で仕事をし、妻子をやしない、やがて郊外に、ささやかな家を買って住み、役付きになり、停年になり、観光旅行で外国を見て歩き、おだやかな晩年をむかえるだろう。それならば……固執したところでどういうこともない記憶を、あくまでいいたて、人々といいあらそう必要がどこにあろう？　彼の方で、その相違点に目をつぶり、記憶を一人の胸にたたんで、他の人々と同じようにふるまい、これまで通りつきあって行けば、すべてはまるくおさまる……。どっちにしても、それは「すんでしまった」ことであり、たとえ彼の記憶の方が正しくて、本当に戦争があったことが、みとめられても、今さら何がどうかわるものでもない。――とすれば、戦争があったかなかったか、いまさらいいたてても詮《せん》ない事ではないか？

いや、そんなことはない！　夜半、突如として寝床の上にはね起きて、彼は歯噛《はが》みしながら心に叫んだ。夢とも思えぬ夢の中の轟々《ごうごう》と燃えたける火焔《かえん》と煙と熱い灰のむこうにひびく、焼け死んで行く何万人、何十万人の人々の、遠い阿鼻《あび》叫喚《きょうかん》を彼ははっきりききいた。一万メートルの清澄の高空から、金属に包まれた業火《ごうか》を、無差別に、機械的にふりまくものたちと、地上で焔《ほのお》にまかれ、高熱のゼリー状ガソリンにまといつかれて火の踊りを踊りくるい、つむじ風にまい上るトタン板に首をきりさかれる人たち、髪の毛がまる坊主にやけ、眼をむき出し、舌を吐き出し、ふくれ上って死んでいたセーラー服の女学生、灰燼《かいじん》と化した家財と、飢餓と危険と疲労の中に荒廃して石と化した心、一瞬の灼熱《しゃくねつ》の白光ときのこ雲の下に、やけただれた肉塊となり、炭となり、一団のガスとなって死んでいった何万もの人々……。南海に、荒野に、雲の果てに死んでいった何百万もの兵士たちと、その兵士たちの行なった破壊と殺戮《さつりく》、大地の上にうちこまれた何千万トンもの鉄塊と火薬によってもたらされた国土と生活の破壊、そして破壊と動乱におしひしがれて行った何億もの魂の苦悩――これら一切の、血ぬられた歴史の激動が、もしなかったとするならば、戦争を通じてあらわにされた「世界」と「人間」のもう一つの側面――まがまがしい、血に飢えた「機械」としての世界と、弱々しく醜悪で英雄的で盲目的な人間の姿に対する、すべての人々の共通の認識と記憶がなければ、たとえ表面的にはまったく同じ「現在」が出現していたとしても、その世界はどこか根本的に、重要なものを欠落させているのではないか？　この世界には、どこか痛切なものが欠けている、と彼は思った。あの時期、世界をおおった、大いなる苦しみを通じてなされた、精神の苦悩にみちた転換、何千万、いや何億もの同胞の流血によってあがなわれた「つらい認識」が、そしてそれを通じて獲得された、おぞましいきびしさが、根底的に欠けているように、彼には感じられた。

だから、いわねばならない、と彼は決心した。もし、この世界が、その事を忘れてしまっているのなら、思い出させてやる必要がある。もし、この世界が、本当にあの戦争の体験をもっていないのなら、「告知」してやる必要がある。この社会――たとえ、結果としては、まったく同じ「社会」であっても――をつくり出す過程の中により苦渋と悲惨にみちたもう一つの歴史のコースがあり得たということ、そして、彼はそういった世界にかつて生き、それを見、つぶさに味わってきたのだ、ということを。――この世界の中で、あの大戦争の悲惨と、そこに提出された巨大な問題について知っているのが、彼一人だとするならば、同胞のためにも、彼はその事をみんなに告げ知らせる義務がある。

彼は、材木屋にいって、角材をかってきて、大きなプラカードをこしらえ、それをかついで日比谷《ひびや》の角に立った。それにはマジックで、大きくこう書かれていた。

戦争はあった、
多くの人々が死んだ、
日本は敗《ま》けた、

行きずりの人々の、好奇の、あるいは冷ややかな無関心のまなざしの中で、彼はそのプラカードをたかくかかげ、声をからしてしゃべりつづけた。――特攻隊で死んで行った、自分の先輩たち、彼の目撃した、空襲あとの死骸《しがい》の山、栄養失調で死んで行った人々、面白がっているとしか思えない機銃掃射に、頭蓋をふっとばされて死んだ小学生、飢餓と蒸発、広島長崎の惨禍、言論・思想の弾圧と、拷問の中で死んでいった人々、占領地での軍隊の暴虐、敗走と玉砕……思いつくままに、とめどもなく、彼は道行く人にしゃべりつづけた。言葉につまると歌をうたった。「わが大君に召されたる……」とか、「ああ、あの顔で、あの声で……」とか「ラバウル航空隊」「月月火水木金金」「米英撃滅の歌」「勝利の日まで」とにかく知っている戦時中の歌を全部歌った。――声はつぶれ、涙がこぼれた。憔悴《しょうすい》し、無精鬚《ぶしょうひげ》だらけになった彼は身をよじり、絶叫して人々に理解してもらおうとした。――戦争はあったのだ、ということを。あるいは「あの戦争の悲惨を経験したもう一つの日本」というのがあるのだ、ということを……。

「日比谷の角の、あのきちがい」の噂《うわさ》が、その界隈《かいわい》の勤め人の間で少しひろがりかけた四、五日目、ようやく警官がやってきた。――すぐあとから、精神病院の患者護送車もやってきた。連れて行こうとする連中に、彼はあらがい、警官や医局の連中の腕をつかんで、必死になってしゃべった。

「きいてくれ。ほんとうなんだ、二十数年前、大戦争があって、ここいらへんいったいも焼野ヶ原になり、日本は負けたんだ……」

まあまあ、とか、わかったわかったといって、みんなが彼を車に連れこもうとすると、突然彼は眼をギラギラ光らせ、一人の医局員を指さしてさけんだ。

「わかった！――やっとわかったぞ！　お前たちやっぱりかくしていたんだな。――あの戦争のことを……この世の中からかくしていたんだ。おれは見たぞ。お前……お前憲兵だろう！　その腕章に……」

「これが？」と医局員は、十字のマークのはいった腕章をさした。

「いま見たんだ、その腕章をうらがえしてみろ！　その裏にはたしかに、憲兵の腕章が……」

医局員と警官は顔を見あわせ、ちょっと眼くばせした。——急に乱暴になった動作で、医局員と警官は、両側から彼の腕をとって、強引に護送車につれこんだ。彼はあばれながら、まわりにたかった野次馬にむかってなおわめきつづけた。
「みんなきいてくれ！　戦争は本当にあったんだ。——思い出してくれ、きいてくれ！」
ドアをしめようとすると、あばれて逃げ出し、四、五メートルにげてまたつかまってひきもどされながら、彼は頭をふり、しゃがれた声をはりあげて、のどいっぱいに歌った。

花も蕾《つぼみ》の若桜、
五尺の生命ひっさげて
国の大義に殉ずるは
われら学徒の面目ぞ……

ドアがしまるまで、その歌声はきこえており、ドアがバタンとしまって、護送車が矢のように走り出しても、なお流れているみたいだった。——しかし、それを見送る人々の顔には、あれはいったい何の歌だろう、といぶかる気配さえ見られず、車が行ってしまうと、人垣《ひとがき》はすぐくずれ、日比谷の角は、なにごともなかったように、のどかな春の午後の表情にかえって行った。

2　経済成長とその影

御先祖様万歳

1963

第二部「経済成長とその影」には、短編からノンフィクションまで、かなり多様なテクストを集めた。その冒頭を飾るのは、初期小松作品のなかでも根強い人気のある、タイムスリップもののスラップスティックコメディである。小松左京というと『復活の日』『日本沈没』といった本格SFの印象が強いが、実際にはこのようなスラップスティック作品も——いや、もっと「ハチャメチャ」なものも——多数記している。

地方旧家出身の主人公は、帰省中に、ふとしたきっかけから、昭和四〇年代の新幹線(それそのものが作品発表時には未来の存在だったことに注意されたい)が映りこんだ明治元年撮影の写真を見つける。好奇心を覚えた主人公は山林を調査し、一〇〇年前の江戸時代の日本と繋《つな》がった洞窟《どうくつ》、文字どおりのタイム「トンネル」を発見してしまう。過去との交通の可能性は、政治的かつ経済的に計りしれないインパクトをもち、静かな山村はマスコミや山師、さらには新興宗教にまで押しかけられ大混乱に陥る。そんななか、主人公は一〇〇年前の物静かな娘に心惹《ひ》かれていくのだが——。

過去との接触が日本全土を巻き込みドタバタが始まる、という本作の設定は、作品内でもほとんど解説されているとおり、作品執筆時(オリンピックの前年)、未来との接触が大混乱を引き起こしていた当時の日本の裏返しの寓意になっている。とはいえ、個人的に印象深いのは、むしろ主人公が江戸時代の「暗い、陰惨な、不潔で非生産的な」地方生活を描写する場面。小松は決して、過去を賛美する素朴なロマンティストではなかった。

初出は『別冊サンデー毎日』一九六三年一〇月号(毎日新聞社)。

事の起こりは——虫干しの時に出て来た一枚の古ぼけた写真だった。

失業して、失業保険のきれた僕は、御先祖の墓まいりという名目で故郷のおばアちゃんの所へ帰って来た。

「バカタレ！」と元気もののおばアちゃんはどなった。「失業して御先祖様のことを思い出すとは、何というバチ当たりじゃ」

それでも母に早く死にわかれた僕を自分の手で育てあげて来たおばアちゃんは、結局僕に一番甘かった。田舎《いなか》にいれば食うだけの事はできたし、たまには先祖代々の土地をながめてくらすのも悪くなかった。——二百年以上たつという、古い、すすけた家の中で毎日ごろごろねて、時にはおばアちゃんと一しょにお墓の掃除《そうじ》に行ったり、山向うの池へ釣りに行ったり、結局釣れずにいい年をしてトンボをつかまえて帰ったりして日をすごしていた。

「明日は納戸《なんど》の虫干しをやるがええ」

ある晩おばアちゃんは、テレビを見ながらいった。「それで金目になりそうなものがあったらくれてやるから、もう一度東京へ出て行け、——ええ若いもんが、いつまでもゴロゴロしてちゃ外聞が悪いぞ」

　僕の家——つまり木村家は、この地方の旧家だったから、納戸の中には古いガラクタが、戦後だいぶ売りはらったとはいえ、まだかなりつまっている。どこの家にもある虫食いの掛軸や、赤鰯《あかいわし》の道中差《どうちゅうざ》しにまじって、時代物の南部鉄瓶《なんぶてつびん》や、蒔絵《まきえ》の火桶《ひおけ》などという、道具屋に鑑定《めきき》させれば、そこばくの値のつきそうなものもあった。しかしたまに古九谷《こくたに》とか乾山《けんざん》とか、真贋《しんがん》は別にして、僕にもおぼろげながら値うちのわかるものがあると、おばアちゃんはやれ家宝だの、誰それさまからの拝領だのといって手をつけさせない。——もっとも僕の方も、しまいに金目のものなど、どうでもよくなってしまい、むしろ古い品物の珍しさに目をうばわれていた。

まったく古いものの中には、驚くほど質のいいものがあった。曾祖父《そうそふ》から三代着たという織物などは、少し虫がついていたが生地自体はすり切れもせず、かえって時代がついて底光りがしていた。手織木綿《ておりもめん》のふんどしだって、色こそ黄ばんでいたが、実に百年の歳月に耐えていた。——サヨナラパンティとはえらいちがいだ。中でも感心したのは、昔、先祖たちが近郷の花見に出かける時にもって行ったという道具で、漆塗り金蒔絵で定紋《じょうもん》をちらし、四隅《よすみ》に金具をうった十四インチ型テレビほどの大きさの箱には、上にかつぎ棒を通すための鉄輪《かなわ》が蝶番《ちょうつがい》でつき、抽出《ひきだ》しが重箱になっていて、上蓋《うわぶた》にある鉄のすのこをはねると、まん中に炭のつまった小さな火入れがある。銅《あか》の火入れの底は二重になって水をいれるようになっており、熱が下につたわらないように工夫されていた。――この箱に御馳走《ごちそう》をつめて若党に棒でかつがせて行き、花見の場所に緋毛氈《ひもうせん》をひろげて、瓢《ふくべ》の酒を、やはり箱にいれこみになった錫《すず》の徳利で、上の火箱にいれた炭火で燗《かん》をつけるのかと思うと、何とも風流な感じで、僕は一人で感じいっていた。

「あ、チョンマゲだァ」

その時、縁側に来て虫干しを見物していた近所のわんぱくが、何かをとり上げて頓狂《とんきよう》な声をあげた。

「どれどれ、見せてごらん」

とりあげてみると、なるほど虫食いだらけの台紙に、セピア色に変色した侍姿の男の写真がはってあった。――裏をかえして見ると、「明治戊辰《ぼしん》元年十月写於《おいて》当家庭前、木村三右衛門三十二歳、写真師川辺町田村幽斎」と達筆で書かれてある。

「それは、わしのお父さん――お前の曾祖父《ひいじい》さんじゃ」と祖母が奥からいった。

「曾祖父さまは、御一新《ごいっしん》の時の志士の一人でな。お前と同い年だが、えらいちがいじゃ

――わしゃ遠縁のみなし子で、小さい時に養女にもらわれたちゅうが、三右衛門さまにゃかわいがられてのう、わしにとっては実の父さま同然じゃ」僕は何の気なしにその写真を縁先へほうり出した。すると今度はわんぱくの弟らしい鼻たれが、それを見ていたが、ふいにまわらぬ舌でいった。

「あ、キチャ、キチャ……」

「どれどれ、あ、ほんとだァ」と、兄貴はいった。「おじさん、これ見てごらん。特急こだまだよ」

「ああ、なるほどね」と僕もチラと見てうなずいた。「忙しいから、邪魔しないでくれよ」

そういって、納戸へまたはいりかけた時、背筋へズキンと衝撃が走った。

「な、なんだって⁉」僕は納戸からあわててとび出した。

「そんなバカな話が！」


だが、それは本当だった。明治元年、一八六八年、ざっと百年前にとられた写真に、最新型の列車がうつっている！

やや、ぼけているが、この家の庭前で木村三右衛門氏が大たぶさ、帯刀、羽織袴《はおりはかま》で腰かけた遠景に、現在も庭の向こうに見えている小高い山がそびえ、そのトンネルの中から、こだま型の電車が顔をのぞかせているのだった。

「おばアちゃん、これ、たしかに曾祖父さんにまちがいないね」と僕は念をおした。

「まちがいないとも」祖母は老眼鏡でつくづく写真をながめながらいった。「わしゃ、子供の時、この写真を見たよ。うしろの山は先祖代々うちの持山だがな」

見れば見るほど列車の姿ははっきりうつっている。決して偶然のしみなどではない事は、拡大鏡で見ると窓やパンタグラフまでちゃんとうつっているのを見てもわかった。

——僕はわけがわからなくなってその写真を新聞社にいる友人に送って合成写真ではないかどうかしらべてもらった。

「別にインチキでも、合成でもないって話だよ」友人は電話をかけて来て、のん気そうにいった。「写真部の連中は、原板があればもっとはっきりするといってるがね」

だが、今さら百年前の原板が見つかる望みもなさそうだった。

「ちょっときくけどな……」と僕はいった。「運輸省の方で、この地方の鉄道路線の延長計画がないか、しらべてくれないか？——あのうつっている山には、現在まだトンネルもなけりゃ、鉄道も走ってないんだ」
二、三日たって、友人は今度はやや興奮した声で電話をかけて来た。
「おい、やっぱりあるそうだぜ。——まだ建設許可は正式におりてないが、延長計画だけは上程されていて、紙の上ではそれが丁度君の家のそばを通ることになっている」

「計画実施はいつごろになりそうだ？」

「はっきりわからんが、——計画書には昭和四十三年竣工予定と書いてあったような気がするな」

僕は呆然《ぼうぜん》として電話を切った。昭和四十三年——一九六八年。あの古ぼけた写真には、それが撮影された時代よりちょうど百年未来がうつっているのだ。

い、い、い、い、い、い、い、い、い、い、
現在よりも、まだ五年も先の風景が！

この奇妙な現象の原因は、どうやらあの小高い山にありそうだ、と見当をつけたのは、何となく一種のカンがはたらいたからだった。

「あの山か？　あの山は誰が買いに来たって売らんぞ」祖母は頑《がん》としていった。「トンネルをほるなんて、もってのほかじゃ。――あの山はな、昔から神隠しがあったり、天狗《てんぐ》様がいるといったりして、誰も足をふみいれんことになっとるんじゃ」

そうきいて、僕はますますその小さな山に興味をもち、ひとつ、しらべてみようという気になった。――どうせ失業中だ。ヒマならいくらでもある。

その山は、高さ百二、三十メートルの何の変哲もない小山だった。あのトンネルのうつっていたあたりをしらべてみたが、別に何のかわりもない。ただ裏側は低い尾根つづきに背後の山脈につながっていて、もし鉄道を通すなら、このあたりに出口がくるのではないかと思われた。

そばへよって見ると、麓《ふもと》のまわりに、ぐるりと古びた柵《さく》がはりめぐらされ、何代にもわたって修理されたあとがある。柵の破れ目から中へはいってみると、丈なす草の中に、昔ふみならされた道がみつかった。それをたどって行くと、中腹よりちょっと下あたりに、小さな石の祠《ほこら》があった。屋根はずりおち、石仏の顔もわからぬぐらい風化しているが、別にこれといって、かわった所もない。――そこで一服して風をいれていると、そこからは村の田畑がひと目で見わたせた。むんむんする草いきれの中で、キリギリスが鳴き、こがね蜘蛛《ぐも》が優美に肢をのべてゆっくりゆれている。見るともなしにそれを見ていると、ふと妙な事に気がついた。——蜘蛛の巣がゆがんでいる！　ふつうは同心円の形ではられているはずの蜘蛛の巣が、よく見ると中心がずっと一方にかたよった妙な巣になっているのだ。巣をかけている蜘蛛をしらべると、どれもこれもそうだった。中心はすべて山腹の方へむかってよっている。

　そう思うと、あたりの風景が急に奇妙に思えて来た。ちょっと見ると気がつかないが、よく見ると、周囲の風景が何となくかげろうのようにゆがんで見える。いや、それだけでなく、樹木が何ともいえず変てこなはえ方をしているのがわかった。傾斜地にはえている松や雑木は、一たん傾斜面に対して垂直にのび出し、それから上の方にむかっているのだ。——僕はふと、ある話を思い出した。アメリカのオレゴン州には、重力や磁力が奇妙に渦《うず》まいている場所があるという。科学者がしらべて、たしかに重力がおかしなことになっていることはわかったが、なぜ、そんなことになっているのかはいまだにわからない。ひょっとしたら、この山も……何か空間の「場」が妙な事になっているのではないか？——そう思ってあたりを見まわしていた時、僕は祠の背後の崖《がけ》に、草に隠れて小さな洞窟《どうくつ》が口を開けているのを見つけたのだった。

　中をのぞいて見ると、かなり奥深そうな洞穴《ほらあな》だった。山の中心へむかって、ほとんどまっすぐにのびている。入口より中の方がひろく、天井までは三メートルぐらいあって、人工のものか天然のものか、ちょっと見当がつかなかった。——その奥へはいって見ようという気になったのは、虫の知らせだったろうか、それともこういう事もあろうかと、あらかじめ大型の懐中電灯を用意しておいたからだったろうか？――とにかく一歩ふみこんだ時、足もとに、昔のものらしい頑丈な柵が、朽ちたおれて土の中に埋まっているのを見つけた。入口の壁には、梵字《ぼんじ》を刻んだ石柱も、もたれかかっていた。

「おーい……」誰かがずっと麓の方で呼んでいた。「何するだァ……その穴へはいっちゃいけねえよオ」

だが、僕はかまわずふみこんだ。――何かにひかれるような思いだった。

洞穴は平坦にどこまでもつづいていた。多少しめった柔らかい土が、奥へ奥へとまっすぐのび、一体どこまで行くのか見当もつかない。何か傾斜があるような、妙に不安定な感じがするのだが、上り坂なのか下り坂なのか、右へ曲がっているのか左へ曲がっているのか見当もつかない。しかし、一度だけ船酔いに似た妙な気分を味わっただけで、すすめばすすむほど何の変哲もない洞窟だという感じがして来た。

前方に明かりが見え出した時、ちょっと気おちしたみたいだった。――別に何という事もなく出口に来てしまったからだ。変わった事といえば、こちらの出口は、かなり頑丈な木柵がまだ残っている事だった。それでもその木柵は片方のはしが大きく傾き、そこから簡単に外へ出る事ができた。

まぶしい外の明かりの中で、目をしばたたきながら僕は洞穴の外を見まわした。あれだけ歩いたなら、ちょうど山の反対側へつきぬけてしまっただろうと思ったが、そこの風景には何となく妙な所があった。見た所は、別に何の変わりもない村の風景だった。初秋の風は、丈なす草をそよがせ、キリギリスがあちこちで鳴き、見はるかすかぎり田の稲穂が色づきかけている。——そう思って見まわしているうちに、はじめて僕はその景色の妙な所に気がついた。

その風景は、洞窟の入口から見た風景と、まったく同じだった!

細かい所は少しちがっているが、地形といい、田の配置といい、僕がはいって来た側から見たものと、ほとんどかわらない。——ひょっとしたらあの洞窟を伝いながら、山の中をぐるっとまわって、もとの場所へ出てしまったのではないかと、ふと思った。何よりの証拠として、すぐ目と鼻の先に、僕の家があった。少しおかしい所があったが、先祖代々のあの古い藁屋根《わらやね》のたたずまいは、どう見たって僕の家にちがいない。——僕は狐《きつね》につままれたような感じで山をおりはじめた。

だが、庭先まで近づいてくると、僕の家にしては妙な所がたくさんあるのに気がついた。——井戸のポンプがとりはらわれて、つるべがついている。裏庭の方では、馬が鼻を鳴らしている気配がする。——馬なんて、十二、三年前に売りはらってから、一度も飼った事がないはずなのに——。この暑いのに、縁先の障子をたて切って、中でひそひそ人の話し声がする。

「おばアちゃん……」僕は危うく声をかける所だった、「お客さまかい?」と……。

とたんに、障子の向こうでシッという声がして、中の話し声がピタッとやんだ。僕は何となく身の危険を感じて、縁先にたちすくんだ。——その時……。

「！」

声のない気合いとともに、障子の紙をブスッとつきやぶって、鼻先数センチの所へ、ギラギラ光る真槍の穂先がつき出された。——僕が驚きのあまり、後ろへひっくりかえったのはいうまでもない。尻餅《しりもち》をついた鼻先で、障子が乱暴にあけはなたれた。そこに立ちはだかった数人の男を見たとたんに、僕の悲鳴はのどの所へグッとつかえてしまった。

丁髷をゆったた侍姿の壮漢が四、五人、みんなドキドキするような抜き身をひっさげて、こちらをにらんでいる！

「何奴《なにやつ》だ、貴様！」そのうちの、何だか見た事のあるような若い男がどなった。

「密偵《いぬ》か？」後ろから声がかかった。

「妙な見かけん奴です」端の男が背後へいった。「こら！　貴様、なぜわれわれの話を立ち聞きした？」

「い、いえ、すみません、家をまちがえました……」僕は後じさりしながらやっとの事でいった。

「かまわん、斬《き》れ！」と誰かが叫んだ。

とたんに、眼の前がピカッと光って、耳もとで白刃が風を切る音がした。——自分がどんな悲鳴をあげたかさっぱり記憶がない。とにかく気がついた時は、こけつまろびつ、足が宙をとんで、本能的にあの山の洞穴へむかって走っていた。

「逃がすな！」背後で叫んでいるのがきこえた。「斬ってしまえ！」

洞窟が一本道だということが、この時くらい呪《のろ》わしかったことはない。背後の足音は洞窟にこだましながら、どこまでも追って来た。はいって来た側の入口から、やっと外で出ても、しつこい侍たちはまだ追いかけて、とび出して来た。紙一重のちがいで、シャツの背中を切り裂かれた僕の悲鳴は、汽車の汽笛みたいに平和な里にひびきわたり、野良《のら》仕事の連中をいっせいにふりむかせた。——それなのに、この村ののんきな連中と来たら、僕が田の畦《あぜ》を、半泣きになりながら、息せき切って逃げ、あとからダンビラをふりかざした三人の侍が追いかけてくるのを、ポカンと口をあけて見ていた。

「三平さァ……」誰かがのんびり声をかけるのがきこえた。

「何ンしてなさるだ？　映画のロケかね？」

説明しているひまなどないので、とにかく僕は助けてくれとわめきながら走った——昔は村の小学校で、かけっこならいつも一等だったが、長年の都会生活で足がなまっていて、今にもぶったおれそうになった。やっとの思いで駐在所にとびこんで、助けて！と叫ぶと、初老の駐在は泡《あわ》をくったように湯呑《ゆの》みをひっくりかえした。

「なんだ、三平君か、びっくりするでねえか」と駐在はぬれた服をはたきながらいった。

「そうだ、ばアさまに、ボタ餅《もち》うまかったと礼いっといてくれねえか」

だが、その時、あのしつこい侍たちが、抜き身をひさげて、駐在所へどやどやととびこんで来た。僕はまた悲鳴をあげて、駐在の背後へかくれた。

「助けて！」と僕は叫んだ。「殺される！」

「何ンだ、お前たちは？」駐在は眼をむいて叫んだ。「そ、そんなものをブッさげて、危ねえでねえか！」

「やかましい！」と侍の一人はどなった。「その男を出せ。かばいだてすると、貴様もいっしょにぶった切るぞ！」

おどかしのつもりだったろう。その侍は、ビュッと白刃を横にはらった。机の上においてあった、一輪ざしの日向葵《ひまわり》の花が、ちょンぎれてとんだ。——この時の駐在は、がらになくあっぱれだった。ワッと悲鳴をあげると、反射的にピストルをとり上げ、ズドンと一発ぶっぱなしたのだ。十五メートルはなれて松の厚板をぶちぬくという、S＆W四五口径リボルバーの発射音と衝撃は大したもので、駐在はあやうく後ろへひっくりかえった。

「お、飛び道具だ！」とさすがに侍たちは鼻白んで後へさがった。——その時になってようやく、この血迷った連中も、自分たちが妙な世界へとびこんでしまった事に気がついたらしい。動揺が三人の間に走り、侍たちはキョロキョロとあたりを見まわした。

「これは……」と一人が、駐在のつき出したブルブルふるえる銃口をみながらいった。

「妙な事になったぞ……」

「いったん、ひきあげろ」もう一人が叫ぶと、三人はバラバラと駐在所をとび出した。

——その時になって、駐在はやっと頭に血がのぼったらしい。ワーッと叫ぶと、外にとび出して、空へむかってピストルをぶっぱなすと、村一番といわれる大声で山の方へにげて行く三人の侍にむかってどなったものだ。

「つかまえてくれ皆の衆！　人殺しだ！　愚連隊だ！　強盗だ！　火事だ！」

田舎という所は、スタートはにぶいが、いったんさわぎに火がつくと、とんだ大げさな事になる。——その時も駐在のどなり声でようやくさわぎに気がついた村の連中は、野良仕事をおっぽり出して逃げて行く侍たちを追いかけはじめた。といって、刀をふりまわす侍はやっぱりこわいらしく、五十メートルほどはなれて、ワイワイいいながら追いかけ、中には勇ましくも自動耕耘機《こううんき》にのって追いかける奴もいる始末だった。——駐在が火事だとどなったので、誰かが半鐘をならした。人殺しだ、強盗だときいて、一一〇番へ電話をかけた者が五人もいた。なにしろ僕の郷里は、伝統的にヤジ馬の気風がさかんな所だった。鳶口《とびぐち》に法被《はっぴ》姿の村の消防団がせいぞろいし、二キロはなれた県警から、武装警官隊がトラックでかけつけるのに、ものの三十分とかからなかったろう。——しかもみんな集まって、山狩りだ、山狩りだとワイワイいいながら、一体何が起こったのか、さっぱりわかっていない始末だった。

「とにかく、あの、右翼だか、愚連隊だか、やくざだか、そんな連中です」駐在はあがってしまってそうわめきちらすばかりだった。「三人とも刀をもってました。わしの大事なひまわりの首をチョン切りよりましたです」

県警の機動隊長も、武装警官を出動させた手前、一応山狩りをやる事にしたらしかった。──何しろ抜き身をぶらさげた連中を野放しにしておくのは危険だ、というのはもっともな事だ。だが──いよいよ、山にはいろうとした時、阿修羅《あしゅら》のような形相《ぎょうそう》でみんなの前にたちふさがったのは、おばアちゃんだった。

「お前ら、誰にことわってこの山にはいるんだ！」おばアちゃんは髪をふりみだしてどなった。「ここは先祖代々、うちの山だぞ。先祖の申しつたえではいっちゃならねえことになってるだ」

「ばアさまよ、それでもこの穴に悪者が逃げこんだだよ」と駐在は説明した。「お宅の三平さんが、殺されかけただ」

「何？　三平が？」おばアちゃんは、きっとなって僕の方をふりかえった。「ようし、そんなら、おらも行く」

「よしなよ、おばアちゃん、危ないよ」と僕はいった。

「何が危ないか！　おらの可愛《かわい》い孫をあやめようとしたなんて、勘弁できねえ、おらがふンづかめえて、でっかい灸《やいと》すえてやるだ」

何しろガンバリ後家《ごけ》で通った気丈者のおばアちゃんだ。

「さァ、皆の衆、つづけ！」とどなるやいなや、とめる間もなくまっ先たって穴の中へとびこんだ。――こうなると僕もほうっておけず、おばアちゃんのあとを追ってとびこんだ。警官隊と消防団があとにつづいた。

洞窟を通って、向こうへぬけて見ると、あの家は、何事もなかったように森閑《しんかん》としずまりかえっていた。

「ここは一体どこじゃ……」と村民の間につぶやきがおこった。「もとの場所とちがうか？」

「そういえば、あの家は木村のおばアちゃんの家でねェか」

そのおばアちゃんは、あんぐり口を開けて眼をとび出しそうに見開いていた。――カタンと音をたてて上の入れ歯が顎《あご》からおちた。

「あの家に、連中がいたのか？」と機動隊長がきいた。僕がうなずくと、みんなはぞろぞろ家の方にむかった。

家の庭につくと、気配を察したか障子が中からガラリとあいた。――殺気だった侍姿の男たちが、刀をつかんで立ち上がっていた。

「なんだ、大ぜい来たな」と向こうはこっちを見て、眼をむいた。「貴様たちァ何だ？」

おどろいたのは、こっちの連中も同じだった。――とにかくチョンまげ姿の男たちが、こんなに大勢集まっているのを見たのは誰だってはじめてだろう。そのうちの何人かは、殺気だって鯉口《こいぐち》を切っているのだ。

「あ、あんたたちを……」と隊長は面くらったみたいにもごもごいった。「殺人未遂と、それから、ええ——持兇器《じきょうき》集合罪で逮捕する」

「なに!」一人の若い侍がどなった。「面白い。やってみろ!」

二、三人がぎらりとひっこぬいた。その時にヒェッというような声がして、誰かが先頭の若い侍の足もとにとび出した。——おばアちゃんだった。

「おとっつァま! まァおとっつァま!……おなつかしゅうごぜえます」

「なんだ、このばアさんは?」若い侍は呆《あき》れたようにおばアちゃんを見た。

「あんたさまの養女の、うめでごぜえますがな……」おばアちゃんは、おろおろ泣きながらいった。

「馬鹿いえ! 俺は知らんぞ」侍は迷惑そうにいった。「第一、こんなばアさんの子供を持つわけがない」

「でも、でも、あなたさまは木村三右衛門さまでごぜえましょう」とおばアちゃんはいった。「ごらん下せエ、これはあなたさまの曾孫《ひまご》の三平でごぜえます」

そこまでいわれて、さすがの僕もアッと息をのんだ。——その侍の顔をどこかで見た事があるのも道理、彼こそは、このさわぎの発端となったあの写真の主、木村三右衛門氏にほかならなかったのである! だが時代をこえた肉親対面の場面は、その時あわただしく近づいて来た馬蹄《ばてい》の音にかき乱された。

「みんな、手がまわったぞ！」馬上の男は汗をしたたらせながらどなった。「江戸から幕吏がやって来て、今代官所から手勢が押しかけてくる」

「みんな散れ」頭《かしら》だった大たぶさの男が叫んだ。「裏に馬がつないである。かねての手《て》筈《はず》どおり――よいな」

侍たちの行動は、おそろしく敏速だった。あっという間に彼等《ら》の姿は座敷から消えうせ、裏庭の方からたちまち何頭もの馬蹄のひびきが起こった。

「あっ、おとっつァまァ……」おばアちゃんが叫んだが、馬蹄のひびきはみるみるうちに裏山づたいに遠ざかっていった。

「三右衛門様えのーウ」おばアちゃんの悲しげな声が、山々にこだました。

それからあとのテンヤワンヤは、思い出しただけでも頭が痛くなる。――あっという間に相手に逃げられて、ポカンとしていた警官隊が、今度は代官所の討手と衝突したのだ。むこうだって殺気だっていたし、獲物に逃げられて頭に来てたらしい。まして武器をもって見知らぬ連中が大勢集まっていれば、これは不穏の事であり、御謀反《ごむほん》の気配ありと見なされて、それ、召し捕れ！　申し開きはお白洲《しらす》でしろ、という事になる。――何しろ問答無用は、当時の習慣だった。逆にこちらが持兇器集合罪で逮捕されそうになって、そこは警察の名誉にかけても抵抗した。村の連中はいち早く、洞穴に逃げこんだが、警官隊が空へむかって威嚇《いかく》射撃をすると、今度はむこうが代官所から弓矢をもって来たから、厄介な事になった。やむを得ず後退したが、警官の一人は、岩かげからピス

トルで応戦しながら、矢で帽子を射ぬかれ、

「まるで西部劇だ！」と叫んだ。

結局どちらも死傷のないうちに、こちらは穴に逃げこんだ。無鉄砲な追手の一部は、穴を通ってこちら側まで追いかけて来たがこちら側の入口で多人数がワイワイいっているのを見て、面くらって逃げてしまった。——ところでこちら側のさわぎはとんでもない事になった。あちら側へ行った村民のなかにある新聞社の通信員と、たまたまその家へ遊びに来ていた腕っこきの社会部記者がいたのだ。——誰が鳴らすのか、村にはたえ間なく半鐘が鳴っていた。お節介な奴がいて、お寺で早鐘までつき出した。村役場のサイレンが鳴り、鶏どもがさわぎたて、牛が鳴き、犬が吠えたて、赤ん坊まで泣き出した。たかがこのくらいの事で、こんなさわぎになるなんて、信じられないくらいだったが、要するに、田舎なんてみんな退屈しているのだ。新聞社のヘリコプターがとんで来て、何をどうまちがえたのか、近所の自衛隊まで出動してくるに及んで、手がつけられないようなさわぎになってしまった。どんな場合でも威勢のいい、新聞社のカメラマンが、とめるのもきかず穴のなかへとびこんでいって、肩に矢をつったててよろめきながら帰って来たのを見て、みんなは激昂《げっこう》した。——危険を感じた警官と自衛隊は、柵を作って穴の前を警戒し出した……。

新聞社の音頭《おんど》とりで、学者をまじえた「調査隊」というものが到着したのは翌日の午

後の事である。――学者だって、はっきりいって半信半疑の、ヤジ馬気分だったのだろう。

「この近郷にもちょいちょいある、落人部落《おちゅうどぶらく》の極端なものではないかと思いますな」

穴にはいる前に調査団ののべた意見はそんな所だった。

「ひょっとしたら精神病者の集団かも知れません」

――だが、護衛について行った自衛隊員もろとも、満身創痍《そうい》という恰好《かっこう》で穴からはい出して来た時は、連中の意見もかわっていた。むこうも、あちら側の出口の所に、網をはっていたらしい。

第二回の調査団には、中央の大学の先生方もくわわっていた。――物理学の教授がまじっていた所を見ると、学者もようやく事態に気がつきかけたらしい。第二回調査団は、かなり重武装で出かけていったので、なんとか無事にかえって来て、そこそこの成果があがったらしい。――だが、彼等がふたたび穴場から出て来た時は、小さな村は、各新聞社、テレビ、ラジオ局などの取材陣でごったがえし、それをまたあてこんで物売りが店を出す始末だった。――ニュースマンたちにとりかこまれてすっかり名士気どりの村長と、同じ話を千回もしゃべらされて、ガタの来たテープレコーダーみたいになっちまった僕と……。事件のきっかけとなったあの写真を、何とか手にいれようと波状攻撃をかけてくる記者連中に腹をたてたおばアちゃんは、とうとう記者の一人にかみついた。あわてたその記者が、手首におばアちゃんの入れ歯をくっつけたまま行ってしまったので——だが、こんな事いくら話してもしかたがあるまい。とにかく第二次調査隊の臨時報告が、あの山の前にもうけられた臨時本部のテントで行なわれた時は、村全体の気温が、かけ値なしに三度も上昇していた。

槍《やり》ぶすまみたいにつき出すマイクにとりかこまれ、ライトのフラッシュをあびながら、調査団長の歴史学者は、あがり気味に報告書をよみあげた。

「S県T郡蹴尻村字富田、木村うめさん所有の山、通称〝神隠し山〟にあいている洞窟は……」ここで、団長はゴクリと唾《つば》をのみこんだが、これがたくまざる効果になった。「調査の結果……過去に通ずる穴であることが確認されました」

予期したことだったろうが、取材班にちょっとどよめきが起こった。

「穴の向こう側は、いつごろなんです？」質問がとんだ。

「穴の向こう側の時代は——」団長は汗をぬぐった。「江戸末期の文久三年、——すなわち今からきっかり百年前の一八六三年であります。この事は——向こうの人たちと話しあって、はっきりしました」

「向こうの人たち？」記者団から声が上がった。「じゃ、江戸時代の連中と話したんですか？」

「ええ——向こうにも話のわかる連中がいて……代官所を通じて一応むこうの政府——ええと、幕府へも、話を通してもらうように、一応たのんでおきました」

満場騒然となりかけた時、一人の記者が椅子の上におどり上がって質問した。

「向こう側というとつまり、——あの穴の向こう側には十九世紀の全宇宙がひろがっているわけですか？」

「そうです——」物理学者がこたえた。「つまり、あの穴を結節点としてですね……」

「なぜ、そんな事になったんだ？」誰かがどなった。「そんなことってあり得るのか？」

「あり得るのかどうか。今の科学ではとても説明できませんが、とにかく現実にそうなんです」物理学者はへどもどしながらいった。「今までも、十九世紀の紳士が、突然ニューヨークの街へ現れて、行きだおれたとか、フィリピンの軍隊が、一瞬のうちにメキシコにあらわれたとか、——妙なことが起こったという記録がたくさんあるそうです。神隠しなんてことも、実際起こっているらしいところを見ると、時空連続体、つまり時間と空間には、われわれのまだ知らない不思議な性質があるんじゃないかと思われます。たとえばですね——われわれは、時空間が、直線的にへだたっているという表象をもっているが、その実、重力場において時空間が曲がっているように、時空連続体は波うって——あるいはおりたたまれているのかも知れません、少なくともあの山のあたりにおいて、十九世紀と二十世紀は隣りあっているんです」

「とすると、あの穴の中で、時空間がとびこえられるんですね」

この質問は駆け出して電話にとびついたり、大声でわめきちらす喧騒にさえぎられてしまった。

「あの穴の途中で、空間がひっくりかえっているのに気がつきましたか？」物理学者は声をからして叫んでいた。「丁度まン中からむこうでは、みんなの足跡が天井についてるんですよ！」

静かにしろという声が、あちこちできこえたにもかかわらず、その場の状態は手がつけられないほど混乱してきた。

「文久三年といえば、薩英《さつえい》戦争や天誅組《てんちゅうぐみ》の変など、むこうの世界は物情騒然としていますので……」団長が読みあげる報告書のか細い声は、悲鳴みたいにきこえた。「あまりみなさんも、さわぎたてて、むこうの世界に行こうとなさらないよう……イタイ、イタイ！　押さないで……」

「過去へ通じる穴」のニュースは全世界へひろがった。――大げさなと思う人があるかも知れないが、今の世界はそういうふうになっているのだからしかたがない。真偽問い合わせの殺到から、海外からの記者や調査団の来日で日本はオリンピックの一年前に、外人客ブームが来そうな状態になった。――蹴尻村には、取材、調査陣の常設本部が出来、自衛隊が常駐した。そろそろ穫り入れが近づくのに、仕事にならないというので、村長は県から補償金をとりつけた。――これで彼は次期当選確実だ。

県知事は、蹴尻村を特別保護地に指定した。その前に、山師みたいな不動産業者が、おばアちゃんの家を訪れて、あの山を売ってくれといって、実に十億円の札束を眼の前につんで見せたが、おばアちゃんは首をたてにふらなかった。神隠し山は「おらが先祖代々」の山であり、大臣が来たって売るもんでねえ。——おらはあそこを通って、御先祖様に会いに行く、というのだ。

穴の入口は、自衛隊が二十四時間警備にあたっていた。むこうからの侵略を防ぐより、こちらから、何とか抜け駆けをやろうとねらう、新聞記者連や山師などを追っぱらうのが主な目的だった。——まったくこういう連中は、どんな不祥事をまき起こさないともかぎらない。そのうち——ある晴れた日の午後、穴の入口でさわぎが起こった。本部から見ていると、陣笠《じんがさ》にぶっさき羽織り、乗馬袴《じょうばばかま》という姿の武士が、供のものに、白旗をもたせて入口からあらわれた。

「身共《みども》、公儀近習頭《こうぎきんじゆがしら》をつとめる阿部定之進……」と武士は名のった。「御老中酒井殿よりの書面をたずさえてござる。先日御書面をもたらされた田岡殿にお目通りねがいたい」

田岡博士——第二次調査団の団長は、書面を見てパッと顔を輝かせた。

「諸君！」と博士はいった。「幕府は代表交換を申しいれて来ましたぞ！」

その時、阿部と名のる武士は、突然ぬく手も見せず、横に近づいたカメラマンに切りつけた。アッと思った瞬間に、刀はピンと鍔鳴《つばな》りの音をたてて鞘《さや》におさまっていた。

「身共、田宮流を少々たしなみます」と落ちついた声で使者はいった。「下賤《げせん》の者、少々お遠ざけねがいたい」

こちらでは、スピグラをまっぷたつに切られた上に、下賤の者とよばれたカメラマンがベソをかいていた。

さあ、そこからがまた大さわぎだった。代表団の自薦他薦もさることながら、国会議員代表をいれろの、報道陣をどうするの、人数をしぼれの、護衛はどうするのと……とにかく、急遽《きゆうきよ》代表団をこしらえて、むこうと交換したのは、一週間後だった。その間、幕府代表はむこう側の入口で待たされっぱなしだった。――とはいえ、この交換はそこその成果をあげ、むこうの連中は、眼を白黒させながらも、何とか事情をのみこみ、こちらの連中は江戸時代の風俗を記録フィルムにおさめて帰って来た。そして双方とも、必要な学術調査団や視察団交流の仮協定をむすぶところまでこぎつけた。

「諸君！　これはすばらしい学問上の収穫ですぞ！」と歴史学者は興奮してまっ赤になりながら叫んだ。「われわれは、百年前の世界を、実際この眼で見、手でふれてしらべることができるのです！」

「穴」をめぐるさわぎは、これで一段落つげるどころか、ますます大きくなって行った。――江戸時代への実地調査に行けるとなると、当然のことだが歴史、社会学界がさわぎ出した。物理学者は、「穴」の構造の解明に、大がかりな調査をしたいといい出した。――婦人科医まで名のりをあげたのはいささかお門ちがいだったろう。視察旅行の好きな議員方が圧力をかけはじめたのは当然である。それに時代小説作家が、自分たちの書いた小説の主人公、モデルたちに、実地にあってみたいといい出した。――へたをすると印象を大幅に訂正しなくてはならないかも知れず、歴史上の謎《なぞ》のいくつかがとけるかも知れないし、またぬけ目なく次の小説のヒントをつかめるかも知れない。

いや、時代小説作家に行かせるのはおかしいと出したのは、ルポライターたちだった。時代小説はフィクションだ。だが、これはドキュメンタリイの書ける人間が行くべきだ。そのほか画家、写真家、音楽家、劇作家、民俗学者、ありとあらゆる芸術家、文化人が、行かせろといってさわぎ出した。中で、過去に対してあまり干渉することが、歴史の歩みを狂わせ、それが現在にまで影響を及ぼすようなことになるのではないかと、タイムパラドックスに対する危惧《きぐ》を表明したSF作家たちこそ、最も良心的な連中だったろう。

(筆者註――いい気なもんだ！)

こんな大さわぎ――まだまだこの他に、あの「穴」をどこの管轄にするかで、文部省、総理府がもめるなどといったことは、数え上げたらきりがないが――の最中に、政府代表が、江戸城内において、老中酒井忠績とひそかに会見したという情報を、さる新聞社がスッパぬいたので、日本中が、蜂《はち》の巣をつっついたようなざまになってしまった。しかも、その情報には、会見の内容までそえてあったのだ。

その新聞社は、幕閣よりひそかな会談申し入れがあったことをキャッチし、政府の動きをマークした。代表である政府要人が、夜陰に乗じてひそかに穴をぬける時、記者の一人は大胆にも、要人のポケットに、小さなワイヤレスマイクを投げこんだ。そして要人の秘書がもって行くカバンの中に、小型受信器とテープレコーダーをセットしたのである。——かくて、盗聴された会談の内容は、僕も後になってきく機会があったが、まことに驚くべきものだった。

「すでに御承知の通り、ただ今国内は、内憂外患こもごもいたり、まことに鼎《かなえ》の湧くような有様でござる……」と老中——二年後に大老になったが——酒井忠績は、沈痛な声でいった。「諸外国は、こもごも来朝して、開国をせまり、それに対して国内では攘夷《じょうい》をとなえる外様《とざま》大藩、不逞《ふてい》の浪人ども、ことごとに外国と事をかまえんとし、先年神奈川にも薩藩《さつぱん》のものが英人を斬り、しかえしとして、先月英艦は薩藩に砲撃を加え申した。またその前に長州下ノ関が、外国の軍艦に砲撃をうけ、このままではいかなることになるやも知れず……」

「なるほど……」と要人はたよりない声でいう。

「また国内では先年の井伊殿殺害はじめ幕閣要人の暗殺あいつぎ、大和《やまと》にて天誅組などと申す、逆賊が旗上げし、朝廷公卿《くぎょう》の動きもはなはだもっておだやかならず……」

「はあ……」

「この際、国内を統一し、国力を充実して外患にそなえざれば、清国阿片戦争の例を見ても、わが国は、外国の足下に蹂躙《じゅうりん》されるは必定——ついては、同胞のよしみをもって、力をおかしくださるまいか?」

「といいますと?」

「きけば、そちらには、空をとぶ機械、一瞬にして百発を放つ銃もあり、精鋭十八万の威容をほこる軍団を備えておられるとか——そのうち、武器、軍隊の一部でも、おかしくだされれば……」

「よく御存知ですな」と要人は面くらったようにいった。

「泰平三百歳を数えるとはいえ、御庭番衆はまだ健在でござる」と酒井老中は笑いをふくんだ声でいった。

「いかが？　お助けくださるか……」

「そ、それがその……」要人はいった。

「憲法で、海外派兵はできないんですが……」

「海外ではござるまい」酒井はおしかぶせるようにいった。

「同じ国内でござろう」


　この勝負はどう考えても、酒井老中の勝ちだった。何しろ昔の連中には、いわゆる腹のすわった連中がいる。それに——ああ！　よりによって、文久三年とは何という厄介な時代にひっかかったことか！

　今さら説明するまでもないと思うが——文久三年といえば、嘉永六年六月ペルリ提督が艦隊をひきいて、浦賀に入港して開港をせまってから丁度十年、泰平の眠りをさますと洒落《しゃれ》のめすいとまもなく、つづいてロシアよりプチャーチン来航、日米和親条約をむすんでからは、国内に攘夷、開港、尊皇、佐幕がいりみだれ、老中の言をまつまでもなく、内憂外患、まさに国内はハチの巣をつついたようなさわぎのまっただ中だった。安政五年、井伊大老が就任して安政の大獄の大嵐が吹きあれ、世間には、例の安政大地震、虎狼痢《ころり》の大流行、万延ごろからは物価暴騰に農村一揆《いっき》が全国を吹きあれた。――一方、薩長土《と》肥《ひ》、両国雄藩の討幕の動きは、いよいよ本格的となり、今日は討幕、明日は公武合体と、その混沌たる政治情勢は、まったく予断をゆるさないありさまだった。――そこへもってきて、過激派や、攘夷武士の幕府要人、外人の殺傷事件があい次いだ。いわく桜田門外の変、いわく坂下門外の変、いわく寺田屋事件、いわく生麦事件……そして文久三年にいたるや、薩英戦争、下ノ関砲撃、天誅組、平野《ひらの》国臣《くにおみ》の生野《いくの》挙兵、さらに八月十八日政変による尊攘公卿《そんじょうくぎょう》追放、いわゆる七卿落《しちきょうお》ち……情勢はさらに紛糾の度を加え出していたのである。

――とにかくこのニュースがすっぱぬかれると、「穴」さわぎはまた次元のちがった様相を呈しはじめた。幕府との秘密会議のあと、今度は才谷梅太郎という浪人が、ひそかにこちら側にやって来て、関西出身の某政界実力者に会ったという噂が流れ、才谷というのが、例の薩長連合の大立物、土佐の坂本竜馬の変名だということがわかると、さわぎはまさに「政治的」段階へはいって行った。

政府は江戸時代軍事援助の意向があるのか？　と国会で野党が質問した。政府は慎重にかまえていた――むろん自衛とは関係ないから軍事援助はしない。――江戸時代であろうとも、同じ日本だから、やはり自衛ではないか、と別の声がいう。若干の経済上、学問上の援助はしてもいいと考えていると政府回答——しかし、倒潰寸前にある江戸幕府をむこうの時代の唯一の公式政府と見なすのはおかしい、という声も当然あがって来た。それは例によって政府の事大主義、官僚主義だ。むしろ明日の主流たる薩長を援助して、維新政府の成立安定を早めるべきである。——とりあえず薩摩《さつま》を救えと鹿児島県の人々が動き出した。——いや、皇室を忘れてどうするか！　という声があがる。孝明天皇暗殺を未然に防げ！　いや、もしそんなことをして、歴史の流れをかえてしまったら——ワイワイガヤガヤ……。

「一体こりゃどうなるんだ……」

日毎《ひごと》のさわぎで、安眠さえできない村民たちは、毎日集まってはぼやいている。

「何で、昔の事にそんなさわぐだ。今の方がよっぽど進んでるのに……」

そうこうするうちに、幕府の方からは返答についての矢の催促がはじまった、——もし、受け入れないのだったら、今後あの穴の江戸時代側を永久に閉ざし、侵入するものは用捨なく殺害する、——とまで強い態度に出て来た。——せっかくの〝文化財〟を、とだえさせるのはおしいというので、政府は煮えきらないながら、さしあたっての多少の経済、学術上の援助をあたえる約束をした。一つには諸外国の金銀比価の差を利用した、金買い漁《あさ》りを封じ、金の国外流出を防ぐふくみもあった。それに来るべき明治期の、廃仏毀釈《はいぶつきしやく》や、浮世絵骨董《こつとう》の海外流出による文化財の損失をできるだけ防ごう——これがまずあたりさわりのない線だった。当座、こちらからは、繊維製品、食糧などを送る……。だが、ここにいたると、こちら側では、奇妙な愛国論が頭をもたげて来た。「憂国江戸援助協会」などという、妙な団体ができて、しきりに演説会をひらいたり、ポスターをはったりした。

「諸外国の牙《きば》にさらされた江戸時代を救え！　江戸期に、現代産業を出現せしめ、もって日本を一挙に、十九世紀の最先進国たらしめよ！　かくすることによって、われわれは、第二次大戦において敗戦の憂き目を見ないですむであろう！」

よく考えてみると、何だか矛盾だらけのこんな論議がまじめに叫ばれたりした。もっと、もっともらしくて、もっと変なのは、江戸時代に政治経済顧問団を派遣し、同時に大々的な過去開発をやる。そうすれば、資源はまだ豊富だし、労働力は安いし、地価も安い。政治関係では、現代が後見になって、幕府、諸藩の調停をやり、一挙に民主主義政体へもって行く。こうして過去に新市場をもとめ、十九世紀、二十世紀ともども手をとって繁栄しようではないか、というのだ。――こんな論議の合間に、右翼の一部は、現代に求められぬ血気の行動にあこがれて、二十世紀尊皇決死隊を作って潜行しようとしているという噂も流れた。いや、左翼の中にだって――その当時に頻発《ひんぱつ》する農村一揆を組織して、一挙に人民政府を樹立しようという議論がでたということだった。

無論、日本古来の武士道精神鼓吹のために幕末の偉人を招へいしようとか、暗殺されるはずの志士の誰彼を、現代へ救い出そうかという動きもあった。――傑作なのは、現代の混乱したやくざ道を正すため、清水の次郎長に来てもらおうという動きがあった事だ――だがいずれにしても、むこうはこっちほどヒマではなかった。
一方、日本が過去援助をしようとしている噂が海外にながれると、今度は大国がだまっていなかった。そんなことをして、世界史の歩みを変えようというのなら、各国もだまっていられない。あの穴は、十九世紀の全世界に通じているのだから、当然各国とも、自分の国を援助する権利がある。――某国は、生産機械の、またある国は核兵器の無償提供をほのめかした。歴史上の偉材を救おうとする運動は全世界に起こりかけていた。そこまで行かなくとも、学術調査という面からだけ見ても、日本だけがその穴を独占しようとするのはよくない。せめて国連管理にうつそうという意見が出だして、国際世論に弱い日本政府をあわてさせた。アメリカが、つづいて、伝統をほこるヨーロッパ諸国が圧力をかけはじめた……。

本当に何というキチガイ沙汰《ざた》だったか！――それにしても、なぜみんな、ああまで過去に夢中になったのか？　それは、興奮すべきことだったろうけれど、あそこまでみんなが夢中になったのは、いま思いかえしてみてもわけがわからない。現代が、未来を失っているためだろうか？　危機意識さえ相対化されてしまう、この平和共存の時代にあって、われわれは、一体どんな未来をもっているのだろう？――所得倍増か？　誰もが一戸建ての住宅と、自家用車をもつことか？　月から送られてくるテレビ映像か？――よろしい。今日存在しないものは、明日存在するようになるだろう。そしてそれが出現していた、明日は、きのうなかったものが存在している今日と、そっくりの容貌《ようぼう》をもっているだろう——未来は持続の上に姿を現わさず、むしろ断絶の中に、大変動、革命や戦争の中に、ふとその恐ろしくも新鮮な姿を垣間《かいま》見せるのだ——こんな時代にあっては、すでにすぎ去った時代の記憶が、「未来」の代替物の役目をはたすのだろうか？

——それに我々の時代は、この過去の上にあった。これが百年未来と通ずる穴だったら、ひょっとしたらわれわれの方が防戦にまわらねばならず、そこから危機がほころびたかも知れない。だが、我々はその時代より進んでおり、その時代の危機に対して、どこかヤジ馬的気分で接していた。——その時われわれが過去に求めたスリルと興奮は、スポーツ見物のそれだったのかも知れない。

とにかく「穴」をめぐってのバカさわぎは、一向におとろえようとせず、しまいには御先祖にあいたいという宗教団体の大集団が、山のそばまでデモをかけたり、きびしい資格制限のもとに交換されていた派遣人員の間に不祥事が起こったりしはじめた。——丁髷《ちょんまげ》姿の武士の一行が、自動車の走りまわるビルの谷間をぞろぞろ歩いていると、たちまち人だかりで交通麻痺《まひ》がおこる始末だったし、一度は通行人が無礼うちをかけられて、悶着《もんちゃく》を起こしたことがあった。以後、江戸よりの視察団はもっぱら観光バスにたよることにした。

「御先祖様に、はずかしいところを見せないようにしましょう！」

さっそく婦人団体や、何々文化団体が、こんなスローガンをかかげた。——だが、向こうは、この現代の目まぐるしさに、目をまわしているばかりだった。——こちらは彼等のために、古風な日本風旅館を準備したが、進取の気象にとんだ彼等は、むしろ近代的な洋式ホテルにとまりたがった。

　きびしい警備の眼をくぐって、密出入時代者も両方から出て来だした。志士と称する下級武士や、生活に困った近郷の百姓たちが、二十世紀の繁栄をきいてひそかにこちらにぬけてこようとした。噂にきけば、専門の密航業者たちが、どこかにあの穴に通じるトンネルをほり出したということだった。——こちらからの密航者もあった。極右団体の老若の中に、数人完全にむこうへ脱出したものもいるという。きっと血気の下級武士たちとまじわって、志士気どりにおだをあげていたことだろう。——ひょっとすると、あっさり斬られているかも知れない。また極左学生の一人は、農村一揆をあおりに密航して行って、逆に百姓に訴えられ、あげくの果てに殺されたということだった。——こんなてんやわんやの中に、時は次第にたって行った。

　一体この先どうなるんだ！

　そういう空気がようやく出だしたのは、一九六四年の年があけたころからだった。

　このままずっと、過去と一しょにすごして行くのか？——江戸時代を開発し、一挙に近代化したら、その直接の結果である現代はどうなるんだ？——

　そんな声が起こってきた矢先に、元治《がんじ》元年旧六月、池田屋に勤皇の志士をおそった新撰組の一隊が、アンタッチャブルよろしく、自動小銃をもってなぐりこみをかけたというニュースがはいって、一同を愕然《がくぜん》とさせた。——無論政府の責任がさけばれた。政府はひそかに幕府に武器貸与したのではないか？　あるいは、武器密輸団体が動いているのではないか？

「みなさん！　過去にばかりかまっていないで、明日のことを考えて下さい！」悲痛な叫びが、オリンピック委員会からも上がった。「このままでは、秋のオリンピックがひらけそうにありません！」


本当をいえば、僕はこういったさわぎにあまり関係はなかった。それというのも、僕とおばアちゃんは、「穴」の唯一の正式所有者という特権によって、自由に江戸時代へ行けたからかも知れない。——といっても向こうでの行動範囲は、穴の出口界隈にかぎられていたが……。

おばアちゃんは、向こうの木村家にいりびたりだった。おばアちゃんの親父、三右衛門氏は討幕運動に走って家にいなかったから、もっぱらおばアちゃんの祖父母、僕の曾々父母と話しこむだけだったが、それでも大満足らしかった。向こうも木村家が別にほろびもせず（といったって僕の代になったらわからないが）百年もつづいていたというだけで、向こうは満足しているらしかった。——僕の方は木村家の人たちより、その家の中働きのたけという十七の娘とよく話した。こちらのセブンティーンとはまるでちがう。すなおで、よく働き、信心のあつい彼女が珍しかったのだ。——彼女は特に僕に親切だったわけでなく、誰にでもそうらしかった。

僕は――江戸時代の生活をのぞくことに心をうばわれていた。花のお江戸はいざ知らず、江戸末期の地方生活なんて、どんなに陰惨な感じのするものだったか！――百姓町人は、背がおそろしく低く、特に百姓は重労働に背や腰は曲がり、その頭は絶えず卑屈に垂れさげられるためだけにあるみたいだった。栄養不良や風土病や寄生虫のために、顔色は青黒く、顔面がペシャンコで、つぎはぎだらけの垢《あか》じみた着物を着ており、まるで未開民族みたいだった。――武士はやたらにいばっていた。地主が土下座する小作人の肩を足蹴《あしげ》するのも、酔いどれ役人が、何の罪もない中年女の背中を、木の枝でうちすえるのも目撃した。それを見て、何度とび出そうと思ったかわからない。――そんな光景を見ていると、小暴力排除運動が叫ばれながら、あまり成功していない理由――。日本庶民のなかに根深く巣くっている暴力に対する恐怖が理解できるような気がした。暴力が正当化されているのは、何百年の間、武士にとってのみであり、維新後だってそうだったのだ――庶民が暴力をふるうのは、集団の形でしかあり得まい。

それにしても、現代の普通人の眼をもってながめるならば、何という暗い、陰惨な、不潔で非生産的な時代だったろう。傾いた臭い藁屋《わらや》に、家畜のようにごろ寝している農民たち、ほこりだらけの道、不作と、物価暴騰と、苛斂誅求《かれんちゅうきゅう》と、病疫と、飢餓と――しかもそんな中で、生きる努力が人々の間につづけられ、上層部では、新時代の嵐《あらし》がさわいでいたのだ。僕はある日、おかげまいりの集団が、きちがいみたいに踊りくるいながら、畦道《あぜみち》をわたって行くのを見て、ひそかに戦慄《せんりつ》した。——そこに見られる盲目的エネルギーは、一見集団的狂気としか見えなかった。

——一体どうするのか？　と僕は思った。このきちがいじみた穴の向こうの世界を、「現代」は一体どうするのか？　今はただざわいでいるが、このまま見すごすことは、時間がたてばたつほどむずかしくなってくるだろう。それならば、一体われわれはこの先どうすればいいのか？

——そんなある日の晩、僕は穴の中にいろんな観測機械をもちこんで研究している物理学者の一人に声をかけられた。

「君、気がついたか？」と物理学者はいった。「しょっ中行き来しているんだから、何か異変に気がつかないか？　計器類には、わずかながら、はっきり変化が出ているんだけど」

「そうですね——」僕はちょっと考えていった。「そういえば——穴が長くなったような気がします」

学者はギョッとしたように顔をあげた。

「なるほど……」と彼はつぶやいた。

「そうかも知らん。穴がねじれ出している」

「本当ですか？」僕は何とはなしに戦慄した。

「ああ、われわれは重力場の歪《ゆが》みを直線と感ずるから気がつかんがね」

その時、僕はたけに穴の中まで送って来てもらっていた。

物理学者がヒタヒタと足音をひびかせて、闇《やみ》の中に消えて行くと、暗いランプの明かりの中に、僕とたけとは二人だけでとり残された。たけはその白い、細面の顔をあおのかせて、何ということなしにほほえんだ。――今さらいうのも照れ臭いが、僕は江戸時代で知った、唯一の若い娘である彼女と、いつの間にか親しくしていた。木村家の小作人の娘であるこの可憐《かれん》な娘は、草花のように青白い小柄な体に、いつも忍従のわびしい影をにじませて、木村の家で機《はた》を織っている時にか細い声でうたう歌などは、ふと涙をそそられることもあった。――それでもその時までは、別にどうということもなかった。だが、近く「穴」に異変が起こるかも知れないという予感が、ふいに彼女のかぼそい存在を、僕にとって特別なものにしたみたいだった。

「たけさん……」と僕はいった。「あんたもこっちの時代に来たら……」

たけの顔に、何か勘ちがいしたらしい動揺が走った。それを見て僕の方も狼狽《ろうばい》した。

「あんたみたいな若い娘が、あんなひどい労働をしなくても……」僕はへどもどしていった。肩にかけた手の下で、たけが突然はげしくもがきはじめた。

「いけません！」とたけが叫んだ。「いけません！　いけません！　いけません……」

＊

それからしばらくしてから、「穴」に起こった異変は、学者たちにとっては、予期されたことであり、その他の人々にとっては、突然のことだった。——ある日、幕府といよいよ本格的な交渉をもとうと出かけていった政府代表団が、どういうわけか穴にはいったと思うとすぐに出て来た。

「どういうわけだ?」政府代表はポカンと口をあけてあたりを見まわした。「まっすぐはいって行ったら——もとの所へ出ちまった!」

「穴」がふさがったというニュースが、伝わった時、最初に「穴」の正体がわかった時と、ほとんど同じくらいのさわぎが、全国に起こった。——だが最初の時にくらべて、さわぎが冷えて行くスピードは数十倍も早かった。それでも、まっすぐ歩いて行くと、もとの所へ出てしまう奇妙な穴は、しばらくの間、ヤジ馬に珍しがられた。

「折り重ねられた、時空連続体の接点が、移動するのではないかということは……」と物理学者は説明した。「最近のあの穴の中で、特に顕著だった重力場偏差の変動から、予測されたことでありました。——思うに、時空連続体は波うっており、それ自体のうねりの周期によって、特に短期回路ができたり、また、未来と過去とがいれかわるというような現象も起こり得ると考えられます」

「〝神隠し山〟に過去にたびたび神隠し現象が起こったことを考えると、ひょっとすると、あの地点は特に、時空連続体のねじれの結節点になっているのかも知れません。現在でも各種の測定結果は、あの穴の中央部が、百年前の世界と双曲線的に接近していると考えられ、今後小さなうねりの変動によって、一時的につながることもあり得るでしょう。しかし、この二十世紀の世界が百年前の世界と徐々にはなれつつあることはたしかであります。――もっとも木村家で発見された、明治元年の写真を見ると、ここ数年の間は、あの山に手をくわえることは危険だと思います」（この警告は、穴に対する関心が急速に冷えて行く時、いっしょに忘れ去られ、その後も無視された。それが結局四年後にあの神隠し山トンネル列車消失事件を起こすことになったのである）

「われわれが、過去に対して多くの干渉をもったことが、現在の歴史に影響を及ぼすのではないかという疑問は、まだ残っているようです。しかし――今は穴がふさがったから申しますが――その危険はないと思います。なぜなら、現在は過去の直接の結果ではなく、たまたま実現された可能性の一つにすぎません。――我々が干渉したあの江戸末期の時点からは、もう一つの別の歴史過程が進展して行くでありましょう。それは細部において異なりながら、われわれの住む世界にそっくりの平行世界《パラレル・ワールド》として、われわれのすぐ隣に進展して行くでありましょう。しかし、その世界は、われわれの世界とよく似ていながら、相互に何の関係もないでしょう。――今後また何か未知の偶然現象が、二つの世界を接触させないかぎりは……」

――あの奇妙な現象があっけなく幕を閉じると、やがてそれは一場の悪夢となって消えうせてしまい、すべてはまた、もとの秩序へもどって行った。東京オリンピックも、何とか無事に開催でき、日本側は予想通り――まあ、そんなことはどうでもいいだろう。

むろん、あれだけの興奮の余燼《よじん》は長く後をひいた。あの現象のメカニズムを理解しようともせず、何という惜しい、千載一隅の文化的チャンスをのがしたかという悲憤慷慨《こうがい》が、ジャーナリズムをにぎわした。しかしそれも一時的なことであって、結局は誰も彼も、お祭りさわぎがすんで内心ほっとしていたのではないだろうか？――あの過去との交渉が、このままずっと継続していたら……。百年をへだてた二つの世界が、地球的規模でまじりあってしまったら、一体どうなっただろう？

悪夢のすぎ去ったあとは、丁度台風のあとのように、誰の眼にもこの世界がフレッシユに見えた。みんな、よるとさわると元気よく、不思議なことだった、面白かった、あの時はこうすべきだった、「穴」がなくなって残念だ、などとしゃべりあった。――だが、これもやはり一時的な現象であってやがては、あの戦争のことのように忘れ去られてしまうのである。

――この異変がのこしていった若干の痕跡《こんせき》もあった。この時代の人間の数人が、あの穴が閉ざされた時、むこう側にのこり、もっと大勢の武士たちが、こちら側にのこった。むこう側にいった人間については想像もつかないが、こちら側の武士たちは、二人が切腹し、あとの連中は、生きのこって見果てぬ懐旧の夢を追った。――精神教育の講師となったものもあり、月に一度は同時代人がよりあっては、江戸時代から見てこの時代の恐るべき堕落を、悲憤慷慨するのだった。

蹴尻村も、今はまた、のどかな、退屈な村にもどった。――三十億円まで値がついたあの山も、今は買おうとする人間もなくなった。おばアちゃんは、あの事件以来、何だかめっきり元気がなくなって、毎日縁側に坐って、じっと山を見つめている。とうとう一度しか顔を見られなかった、幼い時に死にわかれた父、三右衛門のことを思っているのかも知れない。僕は――。

そうだ、僕は、あの事件によって、深い影響をうけた数少ない人間の一人だろう。――僕はしょっちゅう、むこう側の世界をのぞくことができた。その結果あの陰惨な江戸時代の農村生活のムードが心の底に黒くしみつくことになった。

いま、のどかで、それなりにゆたかな村の風景をながめると、この現代の農村生活が、あの陰惨な江戸期農村の上に築き上げられているのが夢のような気がするのだ。――しかし、農協の明るい白ぬりの建物や、どの家にも立っているテレビアンテナや、自動耕耘機のひびきや、明るい子供たちの声の下に、やっぱりどす黒い過去がぬりこめられているような気がする。あの暗さは、まだ農村のそこかしこに淀《よど》んでいる。――それが完全にぬりこめられてしまうのには、あとどのくらいの世代と、改造がつみかさねられねばならないだろうか？　過去はもう、二度とよみがえって、現代の上に狂気としてとりつくことがないのだろうか？

あの事件は、こういったことについて、僕に考えはじめさせるきっかけとなった。これからまだ長い時間がかかるだろうが、僕はこのことについて、たとえとぎれとぎれでも、ずっと考えて行くことになるだろう。今も、たとえば、あの納戸にあった花見道具を、テレビの横において、僕はふと考える。

――長い事かかって少しずつ改良され美しい知恵がいっぱいにもりこまれ今もなおその美しさが胸をうつこの道具をうみ出したあの時代と、四、五年たてばガタが来て、それでなくても毎年新型が出て、古くなって行くテレビをうみ出したこの時代と、一体どちらがすぐれているのだろうか、と。――もっとも、これは愚問かもしれない。人間のつくり出す道具は、常にその時代の中でのみ、その正しい意味を持つのだから……。

しかし、あの丈夫で、時代のついた渋い織物などを眺《なが》めると、その質のよさに感嘆するとともに、今はこの織物を一織り一織り織り上げていった、あのたけの、白い指先と、わびしい顔のことが同時に思い出されてくる。

そうだ、たけ！――彼女のことを思うと、僕はいつも奇妙な幻惑におそわれる。たった一度の、まちがいで、そんなばかなことはないと思うが、――曾祖父三右衛門の庶子として、木村家にはいり、養女うめと結婚した二代目三右衛門、すなわち僕の祖父が――その生年月日などから見てひょっとしたら、僕の子ではないかという妄想《もうそう》が、つきまとってはなれないのだ。つまり、僕自身こそ、僕の本当の曾祖父ではないかという妄想が……。

日本アパッチ族 まえがき

1964

小松の第一長編『日本アパッチ族』は、復興する日本に対する小松の両義的態度を知るうえでもっとも重要な作品。本来は本編からさまざまな箇所を引用したいところなのだが、頁数の都合からここでは「まえがき」のみの収録とした。

本編はふたたび歴史改変もの。あるいは一種のパラレルワールドものと分類すべきだろうか。舞台は、現実とは異なった歴史を歩んだ一九六〇年代の（すなわち執筆時と同時代の）日本。そこでは失業が重罪とされ、失業者はすべての公民権を奪われ、鉄条網に囲われた「廃墟」へ「追放」されることになっている。追放地は完全な荒野で、水も食糧もなく被追放者はそのまま飢え死にするほかない。失業し、大阪の追放地に放置された主人公は、そのような絶望的な状況のなか「アパッチ」と呼ばれる奇妙な人々に出会い救われることになる。彼らはなんと、屑鉄《くずてつ》しかない廃墟のなかでも生き延びることができるよう、生物学的に進化した「食鉄人種」だった！

失業すなわち社会からの追放、という小松の設定は、いま振り返ってもきわめて現代的で決して色褪《いろあ》せていない。「アパッチ族」は言うまでもなく、戦後日本が復興の過程で忘却し排除したさまざまな可能性の寓意だが、そんな彼らは交易相手が朝鮮人のスクラップ業者だったり、われわれはアパッチに「された」のだから日本の法の束縛を受けないと宣言してみたりと、本作の設定はほかにも多くの箇所で政治的な含意に富んでいる。この短い「あとがき」を読み興味をもたれた読者は、ぜひ本編に手を伸ばしてほしい。

初出は『日本アパッチ族』（一九六四年、光文社）。

さる一日――私は大阪城のはずれにたたずんで、たそがれの東区杉山町《ひがしくすぎやま》の風景をながめていた。

私の眼下には、工場の屋根がたちならび、右手、すなわち南のほうには、数年前にでき上がった美しい公園があった。――眼前の高架を、大阪環状線――もとの城東線《じょうとうせん》の電車が、通勤がえりの人々をぎっしりつんで走りかい、街《まち》の上にはネオンがかがやきはじめ、生駒《いこま》の連山ははやくも東の夜空にとけこもうとしている。――それはまったく平和な、大都会の一画の夕景だった。

だが――

ここはかつて、大阪最大の、しかしもっともすさまじい「廃墟《はいきょ》」であった。

戦前、ここには陸軍砲兵工廠《こうしょう》があり、それが戦時中くりかえし爆撃を受け、ついに見わたすかぎり巨大なコンクリートと鉄骨の、瓦礫《がれき》の山と化した。くずれた塀《へい》や、ねじまがった鉄骨の残骸《ざんがい》は視界をはばみ、足のふみ場のないほど煉瓦《れんが》やコンクリートの塊《かたまり》がつみかさなり――やがて終戦とともに高さ三メートルもある雑草がおいしげって、飢えた野犬が徘徊《はいかい》し、一度足をふみいれたら、生きてかえってこれないとさえいわれる魔所と化した。――事実、この中で命をおとした人もいるらしく、あとになって、まあたらしい白骨で幾体か発見されたという。売笑婦や強盗が、その周辺に出没するとも伝えきいた。――だが、この巨大な、牙《きば》をむく廃墟へ向かって敢然といどんだ、おそるべきエネルギーにみちた人がいた。

これこそ、あの有名な屑鉄《くずてつ》泥棒――通称「アパッチ族」だったのである！

彼らは神出鬼没、官憲の取締まりをものともせず、警備の目をかすめ、ときにははなばなしい乱闘を演じ、あくことなくこの廃墟をおそった。いや、彼らは廃墟からそのアナーキイなエネルギーを吸収し、廃墟とともに生きていたのである。

いっぽう、大阪の街はどんどん復興した。焼けあとはかたづけられ、高層ビルがたち、新しい道路ができ、自動車が氾濫《はんらん》した。もはや戦後ではないと人々は高らかに叫んだ。――しかし、喧騒にみちた繁栄をつづけるこの大都会の中で、この「廃墟」だけはもっとも頑強に反抗し、人間の手をこばみ、十年たってもまだ生きつづけていた。そして、「アパッチ」たちも――。

だが、今はついにこの廃墟もほろびた。あの瓦礫の山はすっかりかたづけられ、廃墟のあとに工場がたった。それとともに、あの「アパッチ」たちの姿も消えた。――あのすさまじい彼らのエネルギーは、どこへ消えていったのだろうか？　この煤《すす》けた大阪の空に、雲散霧消《うんさんむしよう》していったのだろうか？

　大阪城のはずれにたたずみながら、そんなことを考えているとき、ふと私は、その風景の中に、まだ廃墟の姿が残っているのに気がついた。いや――風景のほうにではなく、私の心の中に廃墟がいきいきと生きつづけているのに気がついたのである。あの手のつけられない無秩序と、ほとばしりでるエネルギー、そして無限の可能性――戦後十九年たったにもかかわらず、まだ私の中に、あの廃墟が生きながらえているのを見いだしたとき、私は一抹《いちまつ》のなつかしさとともに、はげしいおどろきを感じた。

　こうして、私は「アパッチ」の物語を書こうと思いたった。それはもはやあの屑鉄泥棒のことではなく、無秩序なエネルギーにみちた、「廃墟」そのものの物語である。同時にそれは、この小奇麗に整理された今日の廃墟の姿ではなく、廃墟自身のもう一つの未来、もう一つの可能性かもしれない。――この荒唐無稽《こうとうむけい》な、架空の物語は、私の中になおも頑強に生きつづけている「戦後」なのである。

物体O《オー》

1964

これもまた初期小松作品では評価の高い短編。

本作のアイデアは、冒頭の一頁ですでに余すところなく説明されている。あるとき関西地方をぐるりと取り囲むようにして、環状の巨大な壁（物体Ｏ《オー》）が日本列島のうえに突然出現する。交通も通信も完全に途絶し、関西地方は全世界から切り離された孤立状態に陥る。その困難な状況のなか、関西政財界は新国家創設に向けて大胆に動き始める――。

短編の最後では壁の思わぬ正体が明らかになるのだが、オチそのものはそれほど驚くようなものではない。むしろ注目すべきは、小松がこの短編において、のちの一九七三年の『日本沈没』や一九八五年の『首都消失』でも採用されるような、日本社会の本質を浮かび上がらせるため特異なＳＦ的設定を導入するという方法論を早くも確立していることである。「物体Ｏ」がなにを象徴しているのか、その判断は読者各自に委ねたいが、短編の末尾（いささかネタバレになってしまうが）、主人公が物体Ｏの再出現、すなわち関西自治政府の再興を望む場面には、関西人としての小松の強い自負が窺える。小松は地方分権の支持者だった。また、その近くの「東京とともにほろび去った天皇制について、人々はさしたる感慨を抱いていないようだった」の一節は、小松作品ではめずらしく象徴天皇制の価値に触れた箇所でもある。

初出は『宝石』一九六四年四月号（光文社）。

——女の気まぐれによって、世界が破滅したとしたら——
何と美しいことだろうか。

一九六—年の四月二十八日、午前十時二十六分、関東地方の大部分と新潟・長野両県の一部、及び九州地方の長崎県西部と鹿児島県の約半分（海上諸島をふくむ）は、異様な物体の落下によって潰滅《かいめつ》した。東北、中部、近畿、中国、九州の各地方は、落下の衝撃による烈しい地震と津波のために大被害をうけ、特に兵庫、岡山県境一帯の諸都市は家屋の全壊十万戸以上に及び、直接物体の落下に見まわれなかったが、都市として殆んど再起不能と見なされるほどの損害をうけた。直接物体の落下にあって、圧壊された地方と諸都市をあげると、左の通りである。

関東地方
東京都＝（含伊豆大島）奥多摩地方を除く全都

神奈川県＝蛭《ひる》ヶ岳《たけ》－国府津《こうづ》を結ぶ線より以東全県
埼玉県＝秩父《ちちぶ》盆地西部、関東山脈附近を除く全県
群馬県＝御荷鉾山《みかぼやま》－白砂山を結ぶ線以東の全県
栃木県＝那須山－茂木市を結ぶ線以西の全県
茨城県＝土浦以西の全県
千葉県＝滑河《なめかわ》市－太東岬《たいとうみさき》を結ぶ線以東を除く全県

中部地方

新潟県＝直江津市－牧を結ぶ線以東、新潟市－広谷を結ぶ線以西の全地区、及び佐渡ヶ島
長野県＝東北部、志賀高原の東部方面の一部

東北地方

福島県＝岩代地方全部

九州地方

福岡県＝壱岐《いき》、対馬《つしま》及び糸島半島以西
佐賀県＝唐津以西
長崎県＝五島列島を含み、島原半島を除く全県、天草島の一部
鹿児島県＝薩摩《さつま》半島全部、大隅半島西南部及び、種子島《たねがしま》、屋久島

以上が完全に物体の下敷になった。したがって各県都庁所在地のうち、東京都、横浜市、千葉市、浦和市、宇都宮市、長崎市、鹿児島市はすべて物体の下になり、ペチャンコに押しつぶされたのである。新潟市は辛うじて物体のすれすれの所で下敷を免れたが、落下の衝撃のために全市ほとんど崩壊し、生存者は今のところ千名を越えない。この物体落下により直接圧死した死者は、三千八百万とも、四千万とも言われるが、確認されない。また被害の総額もほとんど推定のしようがない。東海道線、中央線、東北本線、房総線、北陸本線、鹿児島本線、佐世保線の各鉄道は、物体に阻まれ、また一部を物体の下敷にされて、全線運転が不可能になった。航空機は成層圏飛行を行なっても物体を越えることができず、中部以西、九州以東までは一切の外国通信が途絶した。また世界各国の通信網も非常な混乱に陥った。

物体の落下して来るところが、ほとんど誰にも目撃されなかったのは奇妙なことである。ただ兵庫県豊中市のアマチュア天文学者が落下の数時間前、即《すなわ》ち二十八日未明に、白銀色に輝く巨大な帯状のものが、東方地平線に落下するのを見たと、その日の午前六時半頃、大阪気象台に報告しただけである。事実、落下の衝撃や、地中への、めりこみ方から見て、さほど高空から落下したとは思われなかった。圧しつぶされた人達は、恐らくそんなことを少しも予感せずに死んでいったのだ。二十八日の正午には、中部、近畿、中国、九州、四国各地方の人は、東西南北どちらを見ても、その物体を見ることが出来た。特に近畿地方の人はそうだった。物体は地平高く、にぶい銀色に輝きながら、これらの地方を完全にぐるりととりかこんでいるのだった。長野県や静岡県、また九州地方の人は、物体の高さを見きわめるのに、首がいたくなるほどふりあおがなければならなかったが、その頂上は雲や霞《かすみ》にまぎれ、天空にとけこんで見きわめることが出来なかった。西部地方における物体の近くの県では、夜はいつもより数時間早くやって来た。反対に東部では朝が数時間おそくやって来た。

物体の高さは、アマチュア達の手によって、すぐさま測定された。高さはざっと地上二百キロメートル。したがって頂部は殆んど人工衛星軌道に達し、米ソの打ち上げ中の人工衛星の幾つかは、これに衝突して墜落したと思われる。当然頂部はケネリ・ヘビサイド層をはるかに越えるため、短波外国通信は途絶したばかりでなく、物体に区切られた区域内外との一切の通信交通は途絶せざるを得なかった。物体の直径はざっと千キロメートル、完全なリング状をしており、大阪附近を中心にして、ちょうど本州の上にすっぽりかぶさったような形をしている。物体の幅は、内外の通信途絶のため、当初は全く不明だった。航空写真をとろうにも、航空機の到達高度をはるかにこえるのだ。

物体外の地域にある東北大学、北海道大学の理学科系教授は、連名で米ソの宇宙関係当局に、写真衛星による物体の形状撮影を依頼した。しかしいずれも偵察衛星類は軍管理下にあって機密に属するからという理由で断られた。本当は物体の高さに恐れをなし、万が一のことがあって、衝突でもしたらというのが理由だということだった。国務省からは、日本政府の正式の申しこみでないからと言うので、やんわり拒絶して来た。政府の正式申込みといっても、日本の政府は一切合財、時たまたま、国会開催中だったので、さぼって地方遊説に帰っていた一部代議士をのぞいて、全議員と全閣僚もろとも――あの巨大な物体の下でペチャンコになっているのだった。イスラエルとインドが、自国の人工衛星打ち上げプログラムに、日本列島の異常物体の撮影計画を入れようと約束した。しかしどちらも打ち上げ実施は十数年先だった。日本のミューロケットがあれば役にたったかも知れないが、それも生産研究所もろとも物体の下だった。

しかし名古屋大、阪大、京大の教授達は、別の方法で物体の幅――つまり厚さを知ることに成功した。地震波テストにより、物体の厚みは約百キロメートルとわかった。比重等から計算して、総重量は二万兆トンぐらいと推定された。物体は高さ二千メートルをこえる三国山脈、帝釈《たいしやく》山脈を完全に押しつぶし地下数キロメートルにまでめりこんでいると推測されたから、物体の下を掘って内外の連絡をつけるということは、まず不可能にちかかった。このめりこみのため、千葉県、茨城県、神奈川県、長崎県の、直接圧潰を免れた地帯でも、地盤の大陥没が起り、海水が侵入して来て、住民が全然すめなくなってしまった。山岳地帯でも毎日地崩れや地震が起った。落下時の地震による被害を含めたら、一体全部でどれだけの被害になるか想像もつかなかった。

物体の大部分、南部と北部は、海中にあった。北端は北緯三十九度、東経百三十四度三十分ぐらい、南端は同一経度の北緯三十度附近にあった。そしてさらに異様なことには、南端には直径約三百キロメートルの半球形の緑色で半透明の物体がついていた。晴れた日、太平洋岸にあって眺めると、はるか南方海上の水平線のさらに向うを区切る銀色の壁の上にキラキラと緑色に輝く丸い球が見られる。

「あれは何でしょうね」人々は語りあうのだった。

「宇宙人の乗物でしょうか?」

しかしこのリング状物体——人々はいつしかそれを物体O《オー》とよんだが——の内外、特に内側では、それこそ、そんなことにかかずらわっていられないほどの事態に立ちいたっていた。まず厖大《ぼうだい》な数の被災民の救助である。ある県の知事は、事態の容易ならぬことをさとると、ただちに臨機の措置をとった。またある県の知事は中央との連絡がとれぬまま、うろうろして、一週間もの間、東京と電話回線が修理出来るのを待ち、何とか中央官庁へ行く方法はないかと苦労した。「汽車も自動車も、船も飛行機もだめなら、わしは歩いて行く!」と言った某知事の悲愴《ひそう》な言葉は、今でも名言として政治コント集にのっている。
富裕な県ですら自治体財政が破滅に瀕《ひん》するほどの被害予算を組まなくてはならなかったのだから、赤字県の打撃は惨憺《さんたん》たるものだった。ただちに中央に連絡して災害救助法の発動をしてもらわないことには、難民救済さえおぼつかない。食糧供給さえ、何日もつかわからなかった。地震によって家を失った人々の収容となると、損害のひどい県ではどうにもならず、隣県も手いっぱいとは知りながら、中央との連絡がとれるまで泣きついた。幸い物体の壁の内側だけでは、交通通信の被害もわりと軽く、恢復《かいふく》も早かった。自衛隊は災害救助法の発動をまたず、知事要請で殆んど全面出動を行なった。災厄の日の翌日、四月二十九日が国民の祝日だということに気がついたものは一人もなかった。——そして四月二十八日が第×回全国死亡0の日だったということも！

ゴールデン・ウィークはそれでも強引にレクリエーションに出かけて行く若い連中もいたが、まずめちゃめちゃというところだった。メーデーの祭典は、各地予定数の十分の一という淋しい状態だったが、それでもとり行われた。プログラム通りに大会宣言、スローガンが採決されたあと、殆んどの会場で参加した労働者より、デモのかわりに災害地救助活動に参加することが提案され、一部を除いた殆んどの会場で、これが満場一致可決された。

中央政府が潰滅したこと、この物体の向う側との連絡が、不可能であるということが、一般に理解されるまで、実に十日間近くもかかった。各大学、気象台、海上保安庁などの合同調査と、災害復興活動が同時に行われなければならなかったし、中央との連絡でもたついている間に、各地で一種の政情不安状態も起り始めていた。近畿各県知事の連名で、中部、近畿、中国、四国、九州各地方の合同知事会議が、比較的被害のすくなかった大阪市で開催され、そこで合同調査団の報告を検討し、物体Oにとりかこまれた直径千キロの円形地域が、地上海上もろとも、他の地方、——否全世界から完全に孤立してしまったということが確認されたと報告された。しかし大部分の知事は事態をどうしてものみこめず、胸に何かがつかえたような顔をしていた。

「一体また、なぜそんなことになったのかね？」とある県の知事はしつこく同じ質問をくりかえした。

「つまり日本西部は、とてつもなく大きな井戸枠《わく》の中にすっぽりはまりこんだというわけですか？」

「そうです」合同調査団長の京都大学理学部地球物理学教授大隈《おおくま》孝雄博士は辛抱強く答えた。

「一体全体、なんだってこんなことになったんですかな？」

「今のところ、なぜだかわかりません。我々みんなの知恵をしぼっても、なぜこんな物体が落下して来たか原因がつかめないのです。今の物理学の体系では、説明がつかない所だらけです」

「一体この底のぬけた桶《おけ》は、どこから降って来たんです」

「それもわかっていないのです。どうも降って来たというような状態ではなかったらしい」

「君達、世界一クラスの頭をそろえるとるというが、それでも原因がわからんのか？」

と、直接被害県の知事は、癇癪《かんしゃく》を起してどなった。

「たとえ世界中の科学者が集まったって我々にわからないことはやはりわからないので

す。科学とはそういうものです」と大隈教授は言った。「この際、なぜということは大して問題ではありません。その原因は、解明できるかも知れないが、きっと時間がかかります。原因究明は我々にまかせておいて下さい。肝心なことは本日の合同会議で、皆さんにこの事態をはっきり認識して頂くことです。みなさん、よくおきき下さい。これが、最終的な結論です。その一、関東地方は全滅しました。日本の中央政府はもうありません。あっても連絡のとりようがありません。ですから中央政府をあてにしたり、連絡をとろうとしても無駄です。第二、兵庫県相生《あいおい》市附近を中心にした半径五百キロの区域内は、物体Oにはばまれて、全世界から遮断《しやだん》され、孤立しました。今のところOの壁の外の世界と、いかなる連絡のとりようもありません。第三、この閉鎖状態は今後非常に広範囲にわたる影響を、物体O内部の地域に及ぼすだろうということが予測されます。勿論《もちろん》世界全体からの経済的孤立も大きな問題ですが、これは皆さんの領分です。我々が目下一番懸念しているのは、この井戸の底における気象上の変化です。まず地球全体の大気移動から、物体O内の地域が孤立してしまったことです。物体Oの高さは、大気圏をはるかにこえていますから、外部との大気交流は全くありません。おまけに物体Oにさえぎられて、各地の日照時間が大きな変化をうけています。もう皆さんの御存知のように、各地とも日没は早まり、日出はおそくなっています。O内全体の日照時間は正常時の三分の二程度になり、特に物体Oに近い地方、すなわち中部地方東部と九州地方西部は半分以下になっています。これらの地方はだんだんすめなくなって来ると思いますね」

「飢饉《ききん》だな」と熊本県知事は心配そうに呟《つぶ》いた。

「当然そうですね、――田植は考えなければなりません。それにこれはまだ正確な結論が出ていないのですが、気温、降雨量、高低気圧発生の状況、海流などが大きな変化をこうむるでしょう」

「台風は？」と愛知県の知事がきいた。

「今のところ何とも言えませんが、大したことはないんじゃありませんかね」

「まさにコップの中の嵐だな」と岡山県の知事が言った。

「しかしO内地域に海が多かったのはありがたいことです」と教授は続けた。「大陸のどまん中だったら、どんなことになってたかわかりませんからね」

「おききの通りです、みなさん」議長をやっていた大阪府の知事は言った。「で、問題はこれからどうするかと言うことですな」

これからどうするかということになるとすぐには結論が出そうになかった。リング内の二府二十五県――直接被害県で県庁の潰滅した東京都、埼玉県、神奈川県、新潟県、長崎県、鹿児島県は、それぞれ臨時措置として、隣接県の行政区に編入したから――が、それぞれ地方自治体としての問題をかかえている上、中央官庁が失われた今となっては、中央官庁の地方支部、支局の処置も問題なら、これに所属する国会公務員の処置と給料が、大きな問題となって来る。それだけでなく、中央の管轄下にあった一切の組織と仕事が宙ぶらりんになってしまった。まず財政投融資計画、公共事業計画が宙に浮いた。開銀融資、政府出資の投資計画が中断され、国道建設、運河水道建設、新線敷設が中途半端のまま、どこへ行くかわからなくなった。通貨問題にしろ、司法問題にしろ、厚生問題にしろ、とにかく一切合財が空白のまま、二週間がめぐって来た。

「どないしてええかわからんですよ」

大隈教授の訪問をうけた大阪府知事はぼやいた。

「あなたに弱音を吐かれちゃ困りますね」

「京都府知事はどないしてます」

「実はそのことで来たんです。本当なら彼が直接来るはずだったんですが、あいにく彼は三、四日前から熱を出してしまいましてね。私が代理をたのまれました」

「何で副知事をよこさんのです」そういぶかしそうに言って、大阪府知事はいやな顔をした。「京都の知事さんは、学者やからな」

「私は合同調査隊の隊長として、代理を頼まれたんですよ」

「あれはまだ解散してまへんのか？」

「解散どころか、これからが本格的な仕事ですよ。各大学のありとあらゆる学部の教授に協力を求めています」

「そんなことをしてどないしまんねン？」

「合同調査隊を、物体Oに対する合同対策協議会にしようと思いましてね」

知事は眼をむいた。

「学者はんがでっか?」

「一つはあなた方に活を入れるためでもあるんです」大隈教授はにやにや笑った。「だけどきっと役に立ちますよ。——災害によって失われたのは、首都だけじゃない。数多くのブレーンですからね」

「京都府知事の指し金やな」大阪府知事は呻《うめ》いた。「学者に政治か!」

「このままほっといたらどうにもなりません。助かった地域は、なしくずしに破滅ですよ」

「ほんまのこと言えば、もうギリギリまで来とる」

電話が鳴った。

「ちょっと待ってもらってくれ、五分ばかり」知事は電話を切って言った。「商工会議所の会頭ですわ。——やいやい言われとるけど、府の財政ではどもならんことばっかりや」

「だから早く手を打たなければならんのです」大隈教授は力をこめて言った。「このことをもっとしっかり腹に入れといて下さいよ。——中央行政府はもう無いんですぞ。とすると一番先にやらねばならんことは何です?」

「さあ……」知事は口をもごもごさせた。

「まず助かった二十七府県が寄り集まって、新しく中央行政機構を作ることでしょう。

大至急ですよ。——そのことについて京都府知事が是非とも相談したいと言ってるんです」

「このわしを呼びつけるのか？」

「面子《メンツ》にこだわってる場合じゃありません。向うは病気なんだから。——本当ならこの前の全国知事会議で、その話が出なきゃならんかったはずです」

また電話が鳴る。

「え？——これはこれは。——しかしそのことについては、こっちに尻を持ちこまれても、どもならんです。早急に善後策を講じますから……」知事は溜息《ためいき》をついた。「自衛隊の給料のことなんか、わしにどうもならん」

「給料の点は、私も同様ですよ。国家公務員ですからね」教授はクスクス笑った。「月末が来るまでに何とか手を打たねばならんのです。今からすぐ来てくれますか？」

「——忙しいんだが……」

「このことはどんな用件にも優先するはずです。兵庫、奈良、滋賀、和歌山の知事ももう来てるはずです。三重県は知事が津波でなくなったんで、県会議長と副知事が来ます」

「何と手まわしがええな」

ぼやきながらも知事はブザーを押した。

「ついでに府会召集の手続きもとっておこう」

「市会もですよ」大隈教授は帽子をとりながら言った。「これはあなた、戦争みたいなもんです。国家の行政組織なしに、我々だけの手でもって、事態に宣戦布告しなきゃならん」

「わしゃ戦争はきらいや」知事はぶつぶつ言った。「大臣にはなりとうても、戦争はまっぴらや」

府庁を出た教授は歩いて天満《てんま》の駅まで行った。――心中に政治家の想像力の貧しさと、人間的な責任感の薄さに呆《あき》れながら。これも戦後の形式的民主主義のせいじゃないかな。今の民主主義の責任分担制は責任のかからない権力という甘い幻想を抱かせているみたいだ。といってあまりに独創的で責任感の強い政治家は、主として独裁者になるものだが。

「そうだっけ」と教授は呟いた。「あの独創的な男に連絡しなきゃ」

京阪天満駅の公衆電話から、教授は阪大理学部の三伏研究室を呼び出した。核物理の三伏教授は大隈教授の旧友で、大隈教授を責めたてて京都府知事の尻をたたかせたそもその元凶は、この皮肉たっぷりな、頭の切れる人物だったのである。

「うまくいきそうだよ」大隈教授は言った。

「そいつは結構だ――ところで君の方は学生は動いているかい？」

「理科系は大体ね。しかしぼくの学校はなかなかうるさいんだ。カチカチの左翼学生は、とんでもないことを言いだすからな。支配階級の陰謀だとか、プロレタリア革命のチャンスだとか」

「そういった連中を説得できないのは、君が日頃左翼理論の勉強を怠けているからさ。僕なんか見ろ。これから保守革新両政党の地方支部長と非公式会談をするんだぜ」

「お次は宗教界代表だろう」

「やぶさかじゃない。当ってみるつもりだ。だけど首脳部の石頭にさほど期待はしてないよ。甘露台の建設や法華《ほっけ》革命にひきずりこまれちゃかなわんからな」

「産業界の方はどうする」

「それは君の方の仕事だよ。知事さん連にうんとハッパをかけろ。こっちも工学部の先生方を通じて少し働きかけているがね」

「大した馬力だな」

「不眠不休さ。学生、教職員、労組代表、新聞社――みんな教え子を通じて芋蔓《いもづる》式にやってもらってるんだ。名古屋大の友部君も動き出したらしい。西の方が少しもたついているが……」

「やりすぎるなよ」と大隈教授はちょっぴり皮肉をこめて言った。――かつて三伏教授が学術会議や原子力問題で政治家や役人を相手に縦横無尽の活躍をして、彼等を手玉にとり、その後中央からすっかりにらまれたことを知っていたからだった。

「この状態下では、いくらやってもやりすぎるということはないよ。むしろ立ちおくれてるんだ。とにかく大車輪で情報を流さなくちゃならん。――フレッド・ホイルの〝暗黒星雲〟を読んだかい？」

「宇宙生成論か？」

「ちがうよ、小説さ。あの中で、非常事態に際しては、最も多くの情報をにぎる者が、権力をにぎるというアイデアがあるんだ」

「それがどうした？」

「鼻持ちならん学者のエリート意識だと言うのさ。政府相手の駆け引きだけで、政治の迷妄《めいもう》を免れ得るなんて甘すぎる考えだ。――もっと大衆を信頼すべきだよ。僕は出来るだけ多くの大衆に、できるだけ正確な情報を大量に流すつもりだ。とにかく勤労大衆の協力なくしては何もできないんだからね」

「青年ヘーゲル学派出身のひげ男も、そんな幻想を抱いたんじゃないか？」

「マルクスの当面した歴史的情勢にくらべれば、この事態ははるかに簡単だよ。とにかく大衆に、どこから最も正確な情報がながれるか、その真偽をたしかめるにはどうしたらいいかを知ってもらう必要がある。階級闘争がどういう様相をとるか、それはそれで興味があるがね。とにかく私有財産制度が、一撃くらうことは確かだ」

電話を切った大隈教授は、溜息をついてあたりを見まわした。京阪の特急は出たばかりで、次の発車まで三十分ある。熱いコーヒーでものもう。

風はうそさむく、五月半ばなのに合オーバーがぬげなかった。日照時間が減ったからかな。ビル最上階のパーラーでコーヒーを待ちながらふと窓から外を見た教授は軽いショックをうけた。——もうだいぶ見なれたはずなのに、そして教授自身は、そのすぐ傍《そば》まで行ってみたこともあるのに、今こうして寛《くつろ》いだ気持になった時に、突然出くわすと、何か胸をつかれるような感じがする。日常性のどまん中に、この異様なばかでかい物体が、無遠慮にわりこんでいるのを見出すのは不快なことだ。

だがこれは事実なのだ。

どちらを向いてもそいつと鼻をつきあわす。北の空の下、地平線より二十度の高さに、鋭い白銀色の壁が見える。それは左右にどこまでものび、東側は白く輝き、西へ行けば次第に紫色がかり、ついには明るい空を区切る暗黒のシルエットとなって立ちはだかっている。四時を少しすぎたばかりだが、下関にはすでにたそがれがせまり、九州では星が輝き始めているだろう。そのことを思うと教授は絶望的な焦燥感にしめつけられた。

こんなとてつもないものを相手に、これから一体どうしたらいいんだ？　一体どうなるんだ？

コーヒーが冷えていくのも忘れて、教授は白い悪夢のような物体に見入っていた。

——一体全体あれは何だろう？

二日後から大阪で全国知事代表者会議が再開され、一週間続いた。その間電電公社の特別処置により会議場から各県の県庁へ二本の直通電話がつなぎっぱなしになり、そこで決定されたことは次々と各県庁へ通知され、即座に実行にうつされた。各県代表者の、知事、県会議長、議員代表は、一週間と言うもの会場の中にカン詰めにされた。これは京都、大阪両府知事の工作であり、これによって最初のうちは、県会や組織を気にしていた各県代表も、次第にためらいや尻ごみをなくし、自分達の責任範囲において、その権利を最大限に行使する気になっていった。まず県市条例をもって、すでに騰勢を示し出している食糧や災害物資をおさえる。暴利取締に対して、地方警察に大幅に権限を与えた。

「お知り合いの建材業者から電話です」と秘書が会議場へ耳打ちする。

「忙しいのがわからんか。私用電話は一切お断りだ」知事はねじり鉢巻で頭から湯気をたてている。

「物価統制令を何とかしてくれと言ってます。警察に倉庫を差し押えられたらしいです。これじゃまるで戦時中に逆もどりだと、どなってますよ」

「ああ……」知事は指を咥《くわ》えてちょっと考えこむ。「似たようなもんだと言っとけ。――そのかわり今度は終戦の詔勅で玉砕を免れるようなわけにはいかんぞ、とな」

県相互間の物資融通計画も一日目に片づいた。難民引き受け協定も即時に発効された。会議二日目の前半が終った時、地方自治体の権限内でやれることは、すでに限界に来ていることが、誰の眼にもわかった。議長をつとめていた大阪府知事が目配せすると、京都府知事が立ち上った。

「みなさん、我々は今まで地方自治体最高責任者として、うつべき手は殆んどうちつくしました。しかし事態に対して、この程度の処置では、とてもおっつかないことは、みなさんすでに充分承知しておられる。極限のこちら側で足ぶみをしては、事態の悪化を食いとめることはできません。これから先は是非とも強力な統一的措置が必要であります。つまり我々には国家としての行政権が必要になって来たのです」

満場がどよめいた。会議の傍聴をしていた新聞記者連は電話にすっとぶ。

「みなさん、政府によって代表される日本という国家は消滅しました。我々はこの二週間というもの、統一政府なしに、いわば国家なしにやって来たのであります。しかし、たとえ半分の国土になっても、国土と同胞のあるかぎり、そこには統一的政治機構が是非とも必要です。この大災害と、不幸な孤立状態下にあって、同胞の生命を維持するに足る生産を続行し、配分を行うためには、生産機構及び配分流通機構の全面的再編成を行わねばなりません。これは一地域行政のよくなし得るものでないことは、皆さんも御存知であります。生きのびるためには是非それをしなければならず、そのためには一時的にせよ、非常手段による強制措置をとる場合も考えられます。——従って我々には、それをする権限が必要なのです。国家としての権限が……」

「ちょっと質問……」近畿法務局長が遮《さえぎ》った。「憲法の問題はどうお考えですか？」

京都府知事はむしろその質問を待っていたかのようにうなずいた。

「その点については、こちらから法務局長にお聞きしたい。国家行政、立法、司法組織の大部分と行政区の半分以上を失った現在でも、現行憲法は有効ですね」

「無論有効です。法の精神は機構の実体から独立していますから」

「しからばおたずねします。現行憲法に基いて、新たな国家機関を設置するにはどうすればよいか」

「総選挙ですな」と法務局長は拳《こぶし》をこめかみにあてながら言った。「それから各機構設置法に基いて……」

「時間的問題はどうします？　我々が統一行政組織を必要とするのは明日なんですよ。現状においては一日の立ちおくれが破滅をもたらすかもしれません」

法務局長は黙りこんだ。

(うまいぞ）と大隈教授は思った。(現状認識に対する日和見《ひよりみ》主義的見解は出てこない。昨日一日もんだだけで、奴《やっこ》さん達相当骨身にしみたとみえるな）

「各県選出代表よりなる審議機関と代表合議制の統一行政機構をつくるより仕方がありませんな。それも法令によるわけにはいかん。あくまで各県合議による臨時行政措置として……」

「三権のうち司法権はそのままうけついでいいでしょうね。最高裁判所判事の選定だけが問題になるが……」

「いずれにしても、そういう臨時機構が国民の信任をうけたものかどうかということが問題ですな」

（政府が先で、国民の信任を問うのは後からでいい、と言い出す奴がきっとあるだろうな）と、大隈教授は思った。

「いずれ総選挙はやらなくてはならないとして、現状において臨時政府を作るにしても、出来るだけの多数の代表による信任をうけることが好ましいですね」

「それは無論です」

「各県の県会の信任をもって、これを代行させることは、どうでしょうか？」

各県の県会議長連の表情が、一せいに動いた。

「その合法性を云々《うんぬん》されるのでしたら、お答えできません。しかし可能な限りの選良に信任を求めたいというのなら、大いに結構なことです」

「出来れば産業界代表も加えた方がいいな」愛知県知事が言った。

「いや、労組、学界、教育界、言論、農協、あらゆる民間組織の代表も……」

「短時日では不可能じゃ」大分県知事が異議をとなえた。「県会の信任を得るにしても、相当の時日がかかるばい」

「テレビ、ラジオを利用しましょう」京都府知事は言った。「現在この会議はＮＨＫテレビによって中継中です。これに今度は各県の民間テレビ、民間ラジオの協力も得て、県会の議場風景を、この会場へ送ってもらうのです。こうすれば全部の県会議場がこの会議を中心に結ばれるわけです。各県議員に対する議題と議題の本質的なねらいとの説明は、ラジオとテレビを通じてめいめいやって頂けませんか。ＮＨＫも民放ネットワークも、全面的に協力してくれるそうです」

　議決を待つまでもなく、各県知事は一せいに眼の前の卓上電話をとり上げた。会場にすえられたテレビカメラの前に議長からメモをうけとったアナウンサーが立って喋《しゃべ》り始めた。

「おききの通りです。各県の県会議員の皆様は、本日午後二時から、NHK、民放各テレビ、ラジオを通じて行われる緊急臨時県会の議題説明をおきき下さい。緊急臨時県会は、目下各県知事が一せいに召集手続きをとっておられます。日時については、約三十分後に発表されると思います。このラジオ、テレビをおききの方は、御近所の県会議員の方に御通知して下さい。ひょっとすると現在テレビを見ておられないかも知れませんから。――くり返します」

　民放テレビネットワーク間でも、各新聞社でも直通電話がじゃんじゃん鳴り出した。各民会議場では、二時に始まる議題説明に間に合うように喧々囂々《けんけんごうごう》の議論が始まった。各民間団体代表への使者として、副県知事連が一せいに議場を立った。――大隈教授は三十分も順番を待ったあげく、やっと電話をかけることが出来た。

「うまくいっているようだね」と三伏教授はクスクス笑いながら言った。「ずっとテレビを見てるよ。――労組代表は大丈夫、臨時政府を支持するよ。最高執行機関に代表がはいればね」

「話しあったのかね？」

「十日も前からさ、——労働組合評議会の三役は、実によくのみこんでくれたぜ。夏期手当闘争のスケジュールを、非常事態対策を討論する職場大会のスケジュールに切りかえ、おとついには殆んど結論が出かかっていた。労働者の理解力のすぐれていること、自衛隊の幹部連に匹敵するね」

「何だって？　自衛隊にまで手をのばしたのか？」

「いかんかね？　組織労働者と軍隊が手をつなげば、出来んことなんてないぜ。——農民の方はあとひと押しだがね」

「おい、三伏！　三伏！」

「うろたえるな。何も革命を起そうと言うんじゃない。一番手こずる産業再編成をスムーズにやろうと言うんだ。——非常の事態に対して幻想を抱かず、過去や財産に執着せず、もっとも勇敢な行動力を発揮できるもの、それは失うべき何ものもない労働者と兵士さ」

「自衛隊を臨時政府の執行機関が直接把握《はあく》するという、あのプランをどうして知ってるんだ？」

「知るも何も、このプランは僕と君の大学の長峯教授の発案なんだぜ」三伏教授はケラケラと笑った。「この案をふくらませてくれたのが労組代表と京都府知事さ。管区の自衛隊幹部とは一再ならず三者会談を持った」

「そんなこととして、もしバレたらどうするんだ。とんでもない野心家だと思われるぞ」

「僕と話しあった奴は誰もそう思ってないぜ。――問題は理解力にあるんだ。そして理解の形式は、生活の形式によって決定されるのさ」

大隈教授は汗を拭いて電話をはなれた。すきやき鍋《なべ》のようにごった返している会議場の廊下を、せめて今のうち一ぱいのうどんでも食べようと思って、人ごみをかきわけながら教授は、理解力の問題ということをふと考えた。理解というものは、しばしば勇気に与えられる。理解することは勇気を与えるが、理解自身が勇気にささえられることがある。勇気という奴は、理解と行動の間を媒介するのだ。――三伏の奴にはとにかく人に会う勇気がある。

テレビが、これほどまでに大きな役割りを果したことはかつてなかった。全国臨時合同県会の有様は、NHK、民放を通じて一般にも放送されたので、当日は各家庭、職場、学校でも、人々が集まってこれを見た。前日から電波、新聞を通じて、また各市町村の通達カーを通じて、このプログラムはできるだけ集団的に見ること、出来ればそこで賛成なり反対なりの決をとり、ただちに最寄《もよ》りの局あて賛否両論の人数と、地区名を知らせればすぐこれが集計され、会議場に通告されるとくり返し知らせた。このプランは電話リクエストや電話身上相談にヒントを得て民放側から出されたものだった。電話が混雑する場合はハガキでもいいことになっていた。――宣伝はいささか利きすぎのきらいもあって、当時は職場がまるでゼネスト同然の有様になった。

五月十七日の午後一時、会議は開催された。知事会議代表として、佐賀県知事が、まず一部被害県として、事態がいかに重大であるかを説明した。物体に横断されている地域、特に西部地域では、正午をすぎれば太陽がかげってしまう。また物体の重量による地盤沈下により、近辺区域はたえず地震におそわれている。続いて長野県知事が、それによって今後発生を予想される、憂うべき事態を説き、香川県知事があとをうけて統一機構による強力な政治措置の必要を説いた。ここで約一時間ばかり質疑応答があり、続いて広島県知事が臨時統一政府機構の信任を提案し、機構の概要については、京都府知事が説明した。即ち、

一、臨時政府に連県制をとる。

二、各府県知事、及び産業界、労組団体、教育団体、農業団体、学界、言論機関の代表をもって臨時政府最高会議を構成し、この中より互選によって最高行政委員を選出し、行政委員会に最高行政権を与える。

三、物体内に残存せる前日本政府の行政機構は、そのままの形で臨時政府にひきつがれ、最高行政委のもとにおかれる。ただし次の各庁の地方組織は、最高行政委直属とする。

気象庁、科学技術庁、防衛庁、海上保安庁、経済企画庁、行政管理庁

四、各県連合会議をもって最高審議立法機関とする。

五、最高会議構成員の任期を暫定的に一年ときめる。
六、最高会議の権限（略）
七、最高会議直属の諮問機関（略）

（八、九、略）


討論は三時間に及んだ。憲法問題、天皇制問題までとび出したが、結局は最高会議と連合県会の性格に集注した。最高会議が従来の政党内閣と異り、また閣僚制をとらず、そのかわりに非常に強力な権限を持つものである事がわかり出した頃に、多少の動揺が起ったが、結局は臨時のものであるという事を確認して、周辺県会から信任議決が上り出した。すでにその前から、議長の後の表示板に、テレビを見ている一般大衆からの信任投票数が点滅しはじめていた。――最終集計の結果は驚くべきものだった。全有権者の実に七十六パーセントが、この電話ハガキ投票に参加したのである！

「やれやれだな」と会場の一隅で三伏教授とならんだ大隈教授は溜息をついた。

「これからが見ものだよ。臨時政府が一番先にやることは何だと思う？――非常事態宣言さ」

「一体何のためだい？」大隈教授はびっくりしてきいた。

「産業非常統制令実施のためさ。――可哀そうに、産業界代表はいじめられるぜ。最高会議の中で、絶対少数派だということを知ったら泡《あわ》を食うだろうな」

「そう簡単にいくかい?」

「東条以来の独裁政治とか何とか、宣伝をやらかすだろう。だけど駄目さ。非常事態宣言をやっちまえば、最高会議は通貨管理が出来るし、産業の強制管理もできる。労組が側面援助するしね。――労組と自衛隊と警察が政府の側につけば、何だって出来る」

「しかし労組と自衛隊や警察が、仲よく協同するなんて考えられんね」

「日頃殴り合ったり、にらみあったりしている同士は、かえって親密になれるもんだ。ポパイはブルートーの危険に際して、アフリカまで救援に出かけたじゃないか」

一週間の会議が終ると、ただちに非常事態宣言が発せられた。その宣言下にまっ先に行われたのは、食糧統制だった。もっともこれは、県が始めていたのをうけついだだけだったが、抜き打ち的に強化された。続いて建築資材統制、不急建築許可停止、建築業統制――難民住宅建設がすべての建築に優先すること。それから矢継早に産業界の編替えに手をつけ始めた。

産業界では、貿易商社が真先に打撃をうけた。外国通信、外国航路の途絶とともに、相当混乱が起ったが、当初はいずれ回復するだろうとたかをくっていた。しかし三日たち、四日たち、外国取引き一切が、完全にストップし、回復の見込みがないということがわかって来ると、深刻な恐慌がおこった。おまけに大手商社はほとんど東京本社だったから、指令系統の混乱も深刻だった。国内取引きのある会社はまだよかったが、中小商社は完全にお手上げだった。市中銀行のバックアップも、輸銀、正金銀行、通産省がなくなってしまった現在では、裏付けのしようがない。次に打撃をうけたのは証券業界で、その業務ぶりはストップもクソもなく大証ダウが異変五日目に二百円を割ってからは、株式取引は停止されたままだった。産業界全般にわたり、東京本社の大会社の打撃は言うに及ばず、混乱は次第に大きく波紋を描きはじめていた。

こんな時、最高会議は、各府県商工会議所会頭との会談を持ち、ついで大会社の幹部連との会談を行なった。経営者団体の組織に対しては中央組織が破潰されたことを理由に呼びかけを行わなかった。

再編成の方針は、簡単なものだった。即ち全経済の目標をO内地域において、長期にわたって生きのびることにおく。従って生産の重点を衣食住におき、流通機構は政府が管理する。経済全般については大幅な縮小均衡を目標とする。生産規模の縮小は、生産設備の減少からだけでなく、資源面からも不可避なことだった。

基幹産業のうち、鉄鋼、アルミ、石油の三業種は、輸入の途絶によって生産停止に追いこまれつつあった。原料備蓄は平均二カ月分もない。問題は石油で、関西五地方の石油貯蔵量は、原油及び電力会社の自家用をふくめて、三カ月分もない。需要状況が〝Oの日〟以後どう変化しているかがまだはっきりしないので、この数字は若干変化するかも知れないが、とにかく在阪の石油連盟の理事が言ったように、「石油業はもうおしまい」であることはたしかだった。——そして石油の枯渇は、船舶、自動車、航空機のストップと、化学工業の一部の生産停止を意味する。ガソリン、重油の高騰を見こして、五月二十日、全石油製品は政府の管理下におかれた。

一方鉄鋼原料の枯渇は、機械、重電機、造船、建築各部門の生産をチェックしはじめていた。八幡《やわた》製鉄では三つの高炉にひびがいり、辛うじて爆発は食いとめられたが、残りの高炉も六月一ぱいで火を落すことになりそうだった。全資材に対して、移動禁止令が出た。――そのころ京都にある臨時政府では産業界の代表と、最高会議のメンバーの間に激論が闘わされていた。

「そこまでいけば、私有権の侵害ですぞ！」と代表団の某電機メーカーの社長は真赤になってどなった。「会社の倉庫にある資材を強制的に買い上げる――買い上げるとは聞えがいいが、体《てい》のいい没収ですな。買い上げ証をわたすだけで、手形一枚書くわけじゃないんだから。それでもかまわん。資材の供出を求められれば、公共の福祉を思って無償提供してもいい。しかし目下建設中の新工場まで――その設備まで解体して、供出せいとは何事ですか！　あんたらは会社をつぶす気か！」

「解体するのは旧《ふる》い設備でもかまわない、と申し上げているんですよ」辛抱強い口調で、最高会議の経済担当メンバーは言った。「あなたの所の生産量はどのくらいあるんです？　一社でO内地域を賄《まかな》って、あまりあるじゃありませんか。新設備が出来たら、その製品をどこへ売るんです。馬に食わせるんですか？　また製品を作ろうと思っても、原材料は我々の管理下にあります」

「生産量は大幅に削っていただかなくてはならん。メーカーは統合していただくのが一番ですな」と会議主席が言った。「我々には資材が必要なんです。それもこのせまい地域内だけでやりくりしていかなきゃならん。資源を輸入できないとなると、不要分を必要面へまわすより仕方がない」

「我が社の製品を不要だとおっしゃるんですか？」

「当面はね」と担当メンバーは言った。「水力発電用の機械と、今ある重電機設備の補修用を除いて、ほとんど新しいもんはいらん。――まあ何ですな。他社や外国と競争をする必要もないから、かえって気が楽でしょう」

「一体その物体とやらはとり除くことが出来んのですか？」と商工会議所会頭がきいた。

「どうも腑《ふ》におちん。O外地域との交通や通信はどう手段を尽してもとれんのですか？」

「今のところ、完全に絶望ですな」と主席は言った。「学者が総がかりで研究しています。しかし百キロメートルのトンネルを掘るには大変な手間がかかるでしょう」

「しかし、いつかは、我々が世界経済に復帰する日が来るにちがいない」機械メーカーの社長が言った。「そうなった暁には、我々は世界の技術的発達からとり残され、最後進国になっているでしょう」

「その点についてはプランがあります」

科学技術担当の会議メンバーが言った。

「みなさん、自由競争こそが科学技術を発達させる道だと、本気にお考えですか？　うぬぼれないで下さい。各社は自由競争のために重複した研究設備を持ち、パテントで技術の独占や、他社技術のつぶし合いをやって来た。外国技術導入合戦の泥試合ぶりはどうです？　高いローヤルティを払って導入した技術や設備のもとをとりかえすためにまだまだ使用できる資源や設備を、強引につぶすようなことをして来た——一社が新しい機械を輸入すると、他社の旧設備はコスト的に引きあわなくなって、スクラップになる。新製品について大衆の購買欲をあおり、スタイルは旧いが立派に使える品物を廃棄処分にする。自由競争は、生産の規模を拡大するが、同時に大変な資源と生産力の浪費をともなうのです。企業間の競争には、戦争と全く同様の無益な消耗が伴います——現段階においては、そういう無駄な消費は生命《いのち》とりです。O内地域の生産と配分は、完全に無駄のないように、計画的に運営されなければならない。また、科学技術については、各社研究員が統一的に能率よく研究出来るようなシステムを予定しています。この研究の総合的主題はただ一つ、——いかに少ない材料でもって多くのものを作るか、いかにして今まで放置されていた天然資源から、効率よく生産材を作り出すか、いかにして今まで利用されていなかった天然エネルギーを有効に使うか……」

「我々の株主や従業員は？」

「大丈夫、政府がちゃんと食わせてあげますよ。たとえあなた方が月給を払えなくてもね」

「私有権の侵害については、裁判に訴えます」と重電機メーカー社長は言った。

「非常事態宣言によって、政府の特別権限が認められていますよ。――どうかあなた方も、所有するという幻想から離れて下さい。――あなたは、会社を所有していますか？」

「調査は進展しているか？」

大隈教授は、静岡県国府津（もと神奈川県）の物体調査隊本部の三伏教授へ電話した。

「一向にね――。物体O《オー》が何で出来ているか？　さえ、まだわかってない。何だか非常に妙なものだ」

「うらやましいよ。僕もこんなつまらんことに首をつっこむんじゃなかった。――君は要領がいい」

「つまらんことがあるか。頑張って委員会の尻をひっぱたいてくれ」

「一度ぜひそっちへ行くよ。もう一度物体を見たいんだ」

配置転換には相当な抵抗があった。予期されていたように、右翼と保守党地方組織の政府反対声明が発せられ、反政府活動が始まった。だが、政府は労働大衆にバックアップされ、軍隊と報道機関をにぎっていた。経営者より先に、まず労働組合の説得を行なった政府のやり方は基本的に正しかった。労働大衆は賃金支払いをストップされたが、政府からは食料の保証を受けた。食糧は、無料切符制になり、飲食店へ行けばどんな種類のものでも無料で食べられた。そのかわり、食品を買うことは量的に相当きびしく制限された。一方政府直営の食堂もどんどん開設された。五月分からの家賃は特別免除されることになり、乗物も無料となった。交通業者は無論猛烈な反対をやったが、労働組合が乗物を動かしているのでどうにもならなかった。

鉄鋼業の大部分は、自動的に生産停止状態にはいり、それに続いて機械、自動車、電気関係の企業が次々に休止状態にはいった。政府はこれらの業種を整理し、新たな生産目標をきめた。機械生産は五分の一、自動車生産は、八分の一の規模とし、かわって鉄鋼材料の主要使途を建設にあてる。セメントは材料豊富だから問題はないとして化学工業は繊維を主とし、一部食品工業への転換をはかった。

最も重点をおいたのは、石炭と農業だった。石炭は今や唯一のエネルギー源として急に脚光をあびた。しかし東北、北海道はO外地域なので、九州にのみたよらねばならず、このうち何とか今までどおり生産を続けられるのは筑豊炭田だけで、唐津炭田は二十五パーセント、三池炭鉱にいたっては、Oの落下による落盤のため、坑道を殆んどほりなおさなくてはならなかった。重工業生産の大部分はこの石炭発掘にむけられた。

「傾斜生産だな」と中道政党の政治家はぼやいた。「片山内閣時代を思い出すよ」

電力は重油燃焼をやめて、再び水力と石炭に依存しなければならなくなった。もっとも工業生産の低下で、大幅な余剰電力が出来たが、微粉炭燃焼炉の効率改良、海流発電や、太陽エネルギーの利用が真剣に検討されはじめた。原子力はウラン資源の不足と、せまい地域内における廃棄物処理のむずかしさのため検討されなかった。鉄鋼生産が縮小したのでガス会社で出来るコークスを燃料として発電する方法も考えられ始めた。

　農業問題は最も深刻だった。O縁辺地域では実に日照時間が半分にもなるのである。九州、北陸、東海各地方の稲は、殆んど絶望視されていた。辛うじて中国、四国、近畿、それに濃尾平野の穀倉地帯で、例年の六－七割の収穫が予想された。不足食糧を輸入するわけにもいかず、目下のたのみは備蓄食糧と、収穫期にある麦のみである。政府は海運会社に一部大型船の漁船転用と、食用家畜類の増産を命じた。――もっとも食糧問題は、当初予想されたものほど深刻でないことが、後に判明した。しかし政府は、寒冷地用秋蒔《ま》き小麦の栽培、クロレラ食用化や、砂糖輸入途絶に対して、木材糖化などの本格的研究を始めた。酒、アルコール類の製造が大幅に削減されたのも無理からぬことであった。大豆の不足で豆腐が貴重品になり、またもや合成醬油が幅をきかせ始めた。

「戦争中を思い出すな」と中年の夫は朝食の時、妻に言った。「俺達、あの時分は育ち盛りだった」

「ずいぶん辛かったでしょうね」

「今よりずっと辛かった。――だけど、生活に張りがあったみたいだな」

「若かったからよ。きっと」

「いや、それだけじゃない。何と言ったらいいか、みんなに共通の闘う目標があったんだ」そう言って彼はアパートの窓から、空を区切る白銀色の壁を見やった。「今度はあいつが目標になるかも知れない」

小田原でセスナを降りた大隈教授は、今いるヘリコプターが故障のため調査本部まではジープで行かなければならないことを知った。ジープが出る時間を待つ間、教授は少し小田原の町をぶらついた。

ここまで来ると、物体は、人間の精神にまで変型をあたえるような巨大さをあらわしていた。ここでは空が半分しかなかった。午前十時だったので、空の半分は夜だった。しかも、Oの巨大な壁が、天空を区切っている天頂部には、星が見えていた。市中は薄暮の明るさだった。西の方には既に明るい昼があり、顔を反対にむけると、夜の暗黒がある。夜といっても、正常な夜の暗い透明さはなく、分厚い、不透明な物質の夜だ。何か強い力で、その暗黒の壁にギラギラ押しつけられているような、或いは頭上から巨大な魂に押しつぶされそうな不快感がつきまとってはなれなかった。街角を東へ曲がったとたんに、教授はコンクリート塀《べい》に鼻をぶつけたような感覚におそわれて、思わず眼をつぶり、後ずさりした。だがそれは五キロ先にそびえる物体にすぎなかった。南北の道を歩いているといつも顔半分に何か黒いものが張りついているような感じがして、自然に物体側の眼をくしゃくしゃさせるのだった。

(ひどいものだ)と教授は思った。(これじゃみんななしくずしにきちがいになるぞ。――閉所恐怖症《クラウストロ・フォビア》の連中なんか大変だ)

街は森閑としていた。方々に地震でくずれた家があり、それがほったらかしになっていた。街路には街燈がうつけた光を投げかけ、時折り自衛隊のトラックのヘッドライトが通りすぎるだけだった。市民の大部分は、物体が落ちかかって来る恐怖にとらわれて、町をすてたのだった。——それも無理からぬことだ、と教授は思った。ここは文字通り、世界の涯《はて》なんだから。昔世界の涯にそびえ立つ壁のことを書いた詩を読んだことがあった。それを思い出しながら、教授は象徴と事実の差に、戦慄《せんりつ》を感じた。詩人のイメージは透明で美しいが、事実としての壁は淫猥《いんわい》で、凶暴で、かぎりなく邪魔だ。——声を聞きつけて近よって見ると、一軒の家で、蠟燭《ろうそく》をかこんだ十人あまりの人間が、しきりに何かを祈っていた。中央では白髪をふり乱した老婆が、眼を光らせ、泡《あわ》を吹いて大声で何かを唱えていた。祈る人達は、まるで追いつめられ、狂った小動物のように惨めに見えた。

(しようがないことだ。あの人達が悪いんじゃない。——しかし勇気がないということは、あの人達の罪であり、同時に罰でもあるんだ)

ある崩れた建物の下に、すでに腐りかかけた死体が放置されてあるのを見て、自衛隊に知らせてやろうと思った。とある路地では、虚《うつ》ろな眼の、ぼろ服をまとった若い娘が、裸足《はだし》で歩いて来るのに、行きあった。彼女は教授を見向きもせず、しっかりした、しかし明らかに狂った足取りで歩み去った。

駅前近くで一軒、音楽をかけている喫茶店を見つけて、教授は一休みした。中にはいった途端に、汗の臭いと物凄《ものすご》いリズムのジャズと、気狂《きちが》いのように踊り狂う、汚ならしい若者達を見てちょっとためらったが、そのまま一番隅の目立たぬ席に坐った。向いに憂鬱そうな、青白い顔の青年がいた。

「煙草持ってませんか?」と青年は物倦《ものう》そうに言った。——煙草も輸入が途絶えたために、ひどく窮屈になったものの一つだった。政府は近々代用品を出す。バットを咥《くわ》えてふかしながら、青年は顎《あご》で騒いでいる連中をさした。

「みんな絶望してるんです。——もう何もかもおしまいだって……」

馬鹿な奴らだ、と教授は思った。

「そう簡単にはおしまいにならんよ。日本人はなかなか大した国民だからね」

「そうですか……」と青年は呟《つぶや》いた。「おしまいじゃないとしたら——ますます絶望だな」

青春の絶望とは要するにないものねだりだ。水爆が落ちるからと言って絶望し、落ちないからと言って絶望する。戦争があるからと言って絶望し、戦争も革命もないからと言って絶望する。

「あなた、何とも思いませんか?」と青年は熱心に言った。「僕達の絶望がわかりますか?——こんな若いのに僕達は閉じこめられちまったんですよ。もう何の可能性もないんだ」

「僕はもうじき五十になるが、外国には、一週間しか行ったことがないよ。人間がその可能性を発見するのは、地域に関係はないさ」

「あなたにはわからないんだ」と青年はくり返した。「何もかもおしまいなんだ。僕達こんなに若いのに、あの物体に食われちまう。僕達運が悪いんだ」

青春とは女に似ている。誰からも特権づけられないので、自らの不幸を仮定することによって特権づけなければならない。――絶望した連中が、しばしば教授をうんざりさせるのは、その頑迷な保守性によってだった。衣裳《いしよう》としての絶望ほど古くさいものはない。

自衛隊のジープにのった時は、正直言ってほっとした。自衛隊の若者達にとっては、物体は魂の中枢を腐蝕《ふしよく》する象徴的存在ではなくて、彼等の外部にある、闘うべき対象だった。それは「物」にすぎず、彼等はそれと闘わなければならなかったが、彼等を恐れもさせず、絶望もさせなかった。彼等の精神は、その物体と向いあうことによって、かえって目ざめさせられ、自己自身を見出したようだった。

「トンネルがほれませんかね?」と運転をしている若い自衛隊員はきいた。

「考えてるよ。もし物体の性質がはっきりしたらやってみるつもりだが、何しろ百キロも掘らなきゃならない。ここから直線距離でほって、九十九里浜ぐらいまで掘らなきゃならないんだ」

「浜松からストリッパーを呼んで来て、全ストやらせてみたらって、みんな言ってるんですがね」

「娯楽が少ないの?」

「そうじゃない。天の岩戸ですよ」

二人は笑った。

「物体はどんな航空機やミサイルも遮《さえぎ》ってしまうって、ほんとうですか？」

「本当だよ」教授はクスクス笑った。

「どんな外敵の侵入もあり得ないさ」

「物体のおかげで我々飯の食い上げだ、なんて言ってましたがね。——戦争よりも、このO号作戦の方がよっぽどはりがあります」

まま子あつかいされていた彼等も、今は自分達の存在意義を発見したわけだ。

国府津市にはいる所で、日の出が見られた。突然中天に明るい光斑が現われ、今までぼやけていた物体Oの上縁が、一瞬間鋭いナイフの刃のような黒い直線となってはっきり見えた。光線は天頂から二百キロをまるで滝つぼのように、まっさかさまにすべり落ちて来た。眼もくらむような激しいハレーションがOの垂直面にそって起った。あたりの風景は突然真昼の光の中になげこまれ、小鳥が鳴き出し、鶏がときを作り、木々の緑が輝いた。——そして津波に洗われ、地震で潰滅《かいめつ》した惨憺《さんたん》たる市街が眼前にひらけた。すぐ北の丹沢山魂は、まるで地形が変わってしまっていた。大山と丹沢山は、削りとられて消滅し、塔ヶ岳は東面に赤肌をむき出して、約三百メートルほど高くなっていた。相模《さがみ》湾は真鶴《まなづる》からほとんど真東へ直線をひいたように隆起してしまい、海岸線は国府津より十五キロも南へ移動してしまっていた。大隆起した丘の上に、テントとかまぼこ型兵舎が立っていて、そこが調査本部だった。丘の麓《ふもと》におりたった時、かなり強い地震が足もとをゆさぶった。二キロほどはなれた丘陵地の上から、土砂がスローモーション映画のようにゆっくりなだれおちて行くのが見えた。

「命の洗濯においでなすったな」

泥だらけの長靴にゴムの合羽といういでたちの長軀《ちょうく》肥満の三伏教授が、小男の名古屋大の友部教授とならんで血色のいい顔を見せた。

「とんでもない。視察だよ」

「いざまずこれへ。検察官《インスペクター・ゼネラル》どの」

「これを着たまえ」と友部教授が合羽をわたした。「ぐしょぬれになるぜ」

丘の頂きから急勾配《こうばい》のスロープが、眼下の泥海へ向っておりていた。泥海の中から、銀灰色の物体の壁が、それこそ天をつくようにそびえたっていた。南北も上方も、もうもうと渦まく水蒸気に包まれている。

「ここは妙な気候でね。暑いのか寒いのかわからん。とにかくやたらに霧と雨が多い」

「真夜中の間に、この物体には氷がはりつめる」と友部教授は説明した。「熱伝導は非常に悪いんだ。何か非金属物体みたいだね。物体の最頂部が太陽であたためられ出すと、氷がとけ出す。今どしゃぶりが上ったところだよ」

「まだ正体をつきとめたわけじゃないんだろ」

「名古屋大に試料を送ってあるがね。冶金《やきん》屋と物理屋が手こずっているらしい」

物体の表面を滝のように水が流れおちていた。高さ二百キロ、横幅は無限の大瀑布《だいばくふ》だ。物体の上部は超高空にあって、空気のクッションなしに直接輻射《ふくしゃ》によって熱を吸収したり放散したりしている。それが近辺の気候に激しい変化をあたえているのだ。

「あの泥海の真下が二宮町だ」三伏教授は指さした。「先週はまだ建物のごく一部が見えていた。だが今は沈下してしまった」

「本部も三日前に後退させたところだよ」と、友部教授は肩をすくめて言った。「物体のものすごい重量のため、地盤がぐんぐん沈んでる。一日約五センチのわりで物体は沈下してるんだ」

「するとトンネルを掘るのは絶望だな」

「まずだめだね。――物体に穴をあけるのは、かなり困難だが不可能じゃない。何と言うか、硬いがもろい粒子で出来ている。セメントよりはだいぶ丈夫だよ」

自衛隊の上陸用舟艇が泥海の中を走りまわっていた。泥海の真中が急に泡立つと、ざっと水を切って現れたのは、何と潜水艦の司令塔だった。

「海はここまではいりこんで来ているんだ」と三伏教授は説明した。

大隈教授はじっと泥海を見つめていた。この物体に蔽《おお》われたすぐ向うの美しい海岸沿いの町々が、眼蓋《まぶた》に浮んで来た。大磯は目と鼻の先だったはずだ。それから平塚、茅ヶ崎《ちさき》、藤沢、鎌倉、逗子《ずし》――みんな平和で美しい町だった。学生時代、一と夏を葉山ですごしたこともあった。三浦半島の油壺の、眼にしみるような海の青さ、白い燈台……。

「正直言って、お手あげといきたいところだ」と友部教授は嘆息した。「こんな事になった原因も、こいつが何かということも、皆目、見当がつかん。従ってどうしたらいいかもわからんと言うわけさ」

「とにかくこの物体は、落下して来たんじゃないことは確かだ」と三伏教授は言った。「うん」と大隈教授はうなずいた。「そいつは第一回の調査の時も同じ結論だったよ。こんな大質量の物体が、もし地球の引力にひかれてもろに落下して来たんだったら、この程度のことじゃすまんはずだ」

「とすると、この物体は、何もない空間に突然出現したと考えるよりしかたがないな」

「そうなると物理学の常識じゃどうにもならん」友部教授は、ぼやいた。「幻想の領域に属するよ。シュールレアリストや宗教家に原因をたずねた方がいい」

「存外新しい空間論展開のきっかけになるかも知れんぜ。君ん所の基礎物理研で、誰かやってないか?」

「Y教授の弟子に、場理論の秀才はいるがね」大隈教授は首をふった。「アインシュタインほどのマッハ主義者でないにしても、何か実際的な手がかりがないことには、いかなる理論も展開できんよ」

「三伏先生、名古屋大から連絡です」

かまぼこ兵舎から出て来た自衛隊員が叫んだ。三人は兵舎へ帰った。

名古屋大と調査本部の間には、テレビの往復回線が開かれていて、受像器には冶金学の西田教授の顔がのっていた。

「つきとめたか？」と三伏教授は単刀直入にたずねた。

「五里霧中だ」西田教授は猪首《いくび》をふって答えた。「あの物質はいかなる化学薬品とも恐ろしく緩慢にしか反応せん。いくら熱してもなかなか融《と》けない。比熱が猛烈に大きいんだ」

「枚方《ひらかた》の超高温研究所にたのんでみたか？」

「衝撃波でやってもらったが、溶融《ようゆう》せずに微粉末状になったらしい。――冷えて来るとその微粉末がまた固まっちまうんだ」

「もっとほかの性質はどうなんだ？」

「比重は大体重金属――銀と同じ位だ。それから厄介なことに、電子顕微鏡が役に立たんのだ」

「何故《なぜ》だい？」

今度は若い三浦助教授の顔がうつった。

「物質構成粒子間に電場が形成されていて、電子流が散乱されちまうらしいんです」

「ガンマ線でたたいて、霧箱写真をとってみたらどうだ？」

「それもやってみましたがね。――うちの線型加速器《リニアック》でたたいてみても反応なしです。何の粒子もとび出して来ません。加速粒子はつきぬけるか、はねかえされるかです」

三伏教授は薄くなった頭をぼりぼりかいた。

「お手上げか」

「ふつうの金属顕微鏡でとった写真がある。見せようか」

西田教授の顔が消えると、顕微鏡写真がうつり出した。百倍、二百倍、五百倍、千倍、と教授の声が説明する。どれもひどくとりとめのない像だった。

「結晶らしくは見えるがな」と三伏教授は呟いた。写真は次々に変った。

「ちょっと！」突然友部教授は叫んだ。

「今うつってる奴から三枚前の写真、もう一度見せてくれ」

スライドがもどって、画面が固定した。

「これはどうしたんだい？」

「紫外線を使って薄片の透過写真をとったんだ」

「右上に現れてる斑点は？」

「こいつは失敗したんだ。――光暈《ハロー》みたいなもんだろう」

「あの斑点の形は、――何だか見た事がある。思い出せんが……」

友部教授は拳《こぶし》を額にあてて、歯を食いしばった。三伏、大隈教授も画面を見つめた。

「似ていると言えば……」と西田教授が呟いた。

「ラウエの斑点だ！」友部教授と三浦助教授が同時に叫んだ。「冗談じゃない、X線じゃなくて紫外線を使ってとった写真だぜ」

「いいから、X線回折写真の要領でとりなおしてみろ」友部教授は言った。「こいつは、超常識的物質だ。普通のやり方じゃだめだ」

　通話が終ると、大隈教授たち三人は再び外へ出た。

「とんでもないことになりそうだな」と友部教授は呟いた。

「僕は教授を辞職したいよ」

「ところで結論的に言って、トンネルは望みがないんだな」と大隈教授は言った。三伏教授はうなずいた。

「海底の深い所――日本海溝にそって、物体の下をくぐるという手はどうだい」

「さあ、どうかな」三伏教授は気のり薄に言った。「平均高度二千メートルの三国山脈が完全にちょん切られるんだからな。海底といっても、四、五千メートルの深さで、通路を探さなきゃなるまい」

「神戸で深海用潜水艦を建造中だ」と大隈教授は言った。「水産庁の造りかけていた奴だがね。あれなら六千メートルまで潜れる」

「その深度で百キロメートル潜航出来るかい」三伏教授は言った。「通路を見つけても、ぐってみても、奥は行きどまりかも知れん」

「とにかくトンネルがだめなら、上か下をこえることを考える。今度観測船を出すことになったんだよ」大隈教授は雲におおわれた水平線の上にそびえる、黒い壁を見やった。「観測機が南方海上で物体の壁が一部変型している所を見つけたんだ。そこは峡谷のようになっていて、行きどまりでは、物体の高さが半分以下だというんだ」

「本当としたら、のぞみなきにあらずだね」三伏教授は何故か憂鬱そうに呟いた。

ジープの方へもどりながら、大隈教授は友人の肩をたたいた。

「君、まさかこの物体が好きになったわけじゃないんだろうな」

「閉鎖状態は好きになったかも知れんな」と三伏教授は言った。「何でもそうだが、小さい区域を区切ると、その中では何もかもきちんと整理がつく。――この頃では、物体が、現われた時みたいに不意に消滅しちまわないかと思って、その方がよほど不安だよ」

大隈教授は立ちどまってじっと三伏教授の顔を見つめ、腕をたたいて言った。

「なあ君、局限状態というのは、結局特殊なケースにすぎんよ。一種の僥倖《ぎょうこう》みたいなもんだ。特殊から一般へ、局所場から非局所場へ、と我々はいつも考えなきゃならん。――そして歴史の領域においては、僕達は大抵シジフォスかタンタロスなんだということを、覚悟しとかなきゃなるまいな」

＊　　＊　　＊

物体外地域でも、Oに対する研究は進められていた。O外地域の政治状態はもっと困難だった。臨時政府は北海道におかれたが、東北と北海道との間は行政面での対立が、深刻になった。ソヴィエトはOの調査と、災害援助のためと称して、大量の船舶を近海に送った。米国はソヴィエトの侵略をおそれて、在日米軍を強化した。日本政府の喪失を理由に、治安維持協力の名目で、軍政をしこうとする動きさえあった。困難な政治経済状態のために、米国へ援助を依頼するより、むしろ米国に帰属したらという議論が出て来た。ソ連が米国の動きを、他人の災難につけこんで、その家を奪おうとするものだと言って非難した。国内では左右対立が強まり、政情は混乱した。物体Oの破壊のために、水爆を使おうと言う提案を国連で米国がした。しかし内部への影響が憂慮されてこれは却下された。

＊　＊　＊

物体内ではすべてが順調にいっていた。食糧需給も安定し、政府の経済計画も軌道にのり出していた。――大隈教授は海上保安庁の観測船「函館《はこだて》」に、深海探検船「わだつみ」と飛行機を積んで出港しようとしていた。

「天候はどうです」大隈教授は気象観測士にきいた。

「台風が、発生しますよ」若い観測士は、にやにや笑いながら言った。「強い南風が吹いてるでしょう」

「大丈夫ですかな。私は時化《しけ》にあまり強くないんでね」

「大丈夫です。――台風は日本海に発生して南下して来てるんですからね」

「何ですって？」教授は目を白黒させた。

「地軸が二十三度半傾いているでしょう。だから物体Oの北部の内縁は、常に日が当っているが、南方の海上には、一年を通じて全然日の当らない地帯が出来るんです。おまけに、北方では物体Oの太陽光線反射熱が、大変なもんですよ。焦点海域では冬でも裸でなきゃたまらんでしょうね。そこで気象配置が逆になって、暖い北風が吹いて、冷たい南風が吹くんです」

　太陽が斜めからさしてくれるということの有りがたさを、これほど痛切に感じたことはなかった。緯度がもっと北だったら北極附近だったら、真横ちかい角度から照射される太陽光線が、円筒内面で反射されて、焦点を結び……。考えただけで教授は冷汗をかいた。

　観測船は神戸港を出航して一直線に北緯三十度附近まで南下し、そこから物体と約五十キロの距離を保ちつつ、内面にそって東側を北上した。東経百三十九度二分、北緯三十二度八分附近で物体面に巨大な切れ目が見え出した。そこで物体は半径二十キロほどのカーブをえがいて壁面に切れこんでいた。「峡谷」の幅は約百キロ、両側の壁は平行で、奥行きは約二百五十キロ乃至《ないし》三百キロあった。

「壁のそばへ行くと何だかのしかかられるみたいですね」と若い観測員は首がいたくなるほどふりあおいで言った。

「そう思うのは、錯覚でも何でもない。事実なんだよ」と教授は言った。「物体の壁面は鉛直線に対して約五度、内側へ傾いているんだ」

「へえ、それじゃ物体は完全な円筒形じゃなくて上ですぼまった円錐《えんすい》台形をしてるんですか？」

「おいおい、しっかりしてくれなくちゃ困るよ」と大隈教授は笑った。「この五度の傾斜こそ、物体が完全に円筒形をしていることを示しているんだ。海水の方が球面になっているからだよ」

観測機を先行させて「函館」は峡谷部にのり入れた。正面では、明らかに物体の高さが、峡谷の幅の間だけ低くなっていた。

「この附近では、物体の高さが一般に低くなってますね」六分儀を手にした観測員が言った。「大体百五十キロぐらいです。海底へめりこんでるんでしょうか？」

「あの正面の低くなっている所の高さは？」

「高さ百キロ」と観測員は言った。「ねえ先生、あの正面の部分は他の部分とちがって色が変わってますね。黄色です」

「色だけじゃなくて、形も大分かわってる」教授は双眼鏡をのぞきながら言った。「みたまえ、非常に規則的な凹凸がある」

双眼鏡で見るまでもなく、正面の黄色の部分には、等間隔の溝《みぞ》が、上下に何本も走っていた。溝は殆んど平行だったが、鉛直線に対して約十三度傾いていた。

「緑色の斑点もありますね」と観測員は言った。「それに、正面の壁は、こちらへ向ってつき出している」

近よるにつれて黄色の壁は空高くのしかかっていた。波が荒くてあまり傍《そば》には近寄れなかったが、最下部は水面に対してほとんど三十度近い角度でつっこんでいた。溝の山の高さは谷から約二十キロメートル、山と山との間隔は約十七キロメートルあった。

「観測機が何か言ってますよ」と、観測員が教授の袖をひいた。

……何ダカ、ネジミタイニ見エル……

「全くネジみたいに見えらあ」観測員は笑い出した。

「ネジかも知れんぞ」大隈教授は呟いた。

「冗談じゃないですよ、先生。――これは人工のものなんですか?」

「人工とも天然とも言えんが……、しかしこの正面のカーブは、完全に円弧の一部だよ」

「わだつみ」が潜水した。しかし正面の黄色い大円柱の下部は、小笠原海底火山脈にしっかりくいこんで、外部へ脱出する所はなさそうだということだった。

教授は調査本部の要求によって、観測機を高度五千メートルにとばして中継させ、マイクロウェーブで、写真や情報を電送していた。峡谷に滞在して四日目、調査本部から緊急電話があった。

「大隈君、君は顕微鏡写真を送ったか?」

「そんな気のきいた装置はないよ」と大隈教授は言った。「ありゃみんな航空写真さ」

「AFDの八二三Bという奴を見てくれ」

教授は写真を見た。白い物体壁の中途に、何か光っているものがうつっている。

「何か四角いものがうつってるね」

「西田君は結晶じゃないかと言ってるんだが……」

「冗談言うな、一辺数キロメートルはあるぜ」

「あしたもう一度写真をとって送ってくれ」

　翌日は船をまわして、その光り物のある地点へ行き、教授自身が飛行機にのりこんだ。高度三千メートルの所で、壁面にキラキラ光るものが見えた。

「あんなのは、これが初めてじゃありませんよ」と操縦士が言った。「四つ五つありましたよ」

「そこへまわしてくれ」

　その日教授は六枚の写真を送った。翌日は船を東北部へまわし、物体の外側にある直径三百キロメートルの半球型物体の反射光線スペクトルをしらべて調査を切り上げた。薄い緑色、半透明で角度によって玉虫色に変化する。

「きれいだわ」と教授に随行した若い秘書の娘がうっとりした眼付きで言った。「まるで宝石みたい……」

「女とは、わきて罪深き性《さが》なるかな……」

　と教授は呟いた。

「四千万人の同胞を破滅の淵に追いやり、何千人の学者に自信を喪失させ、発狂させせようという物体を、きれいとおっしゃるんだからね」

「あら先生、私、そんなつもりで言ったんじゃありませんわ」娘は口を尖《とが》らせた。

夕刻には焼津へ入港することになっていたが、教授は船室にとじこもって、船内の木工室にスケッチをわたしておいた物体Oの模型が出来上るのを待って、一眠りした。午後三時頃、直径一メートルほどのモック・アップが運びこまれて来た。

「これが丁度十万分の一の模型だよ」とあちこちにカリパやデバイダーをあてながら教授は傍の助手に言った。「一体何に見えるかね」

「フラフープですかね」と助手は首をひねった。「この切れ目が妙だな」

その時、三伏教授からまた緊急電話がかかって来た。大隈教授は船室に電話をつないでもらった。

「きのうは六枚の写真をありがとう」と三伏教授は日頃の皮肉さに似ず、興奮を押え切れぬ声で言った。

「何か結論が出たかい？」

「出たよ。——これが結論と言えるならね。あの六枚の写真を西田君が検討して、確言したんだ」

「一体あれは何だい？」

「簡単な単軸結晶さ」

「結晶？」と大隈教授は叫んだ。「あれ一つで百立方キロメートルもあるんだぜ！」

「わかってるよ。——銀の結晶だと太鼓判をおしたぜ」

「銀だと？　だって熱伝導や溶解度が……」

「驚くな。阪大では、銀の原子核の顕微鏡写真をとったぜ」

　大隈教授は言葉もなく、ただわなわなとふるえていた。

「しっかりしてくれ。原子核の直径は、普通どのくらいある？」

「10のマイナス12乗センチ」

「そう。ところがこのすてきな銀の原子核は2×10のマイナス3乗センチもあるんだ。実に五千万倍の大きさだ——。例のラウエ斑点をしらべても、どんぴしゃりだよ」

　大隈教授は返事もせずに電話を切った。助手を追い出すと、ソファーにどっかと腰をおろして、親の仇《かたき》を見つめるような眼付きで、模型を見つめた。そして、傍にあった水を何杯ものんだ。ところがそれが水でなく、助手秘蔵の合成焼酎《しょうちゅう》だったので、忽《たちま》ち船室はびっくりハウスよろしく、ピッチングやローリングをはじめた。そのうち壁がぐにゃぐにゃに見えはじめ、ソファやデスクが妙にいろっぽくなり、ヴァンプやグラインドをやり出した。

「銀——五千万倍か……」

　百ぺんも同じ科白《せりふ》を繰返してから、教授はボールペンをとり上げた。

「この模型は、まだでかすぎるわけだ。——普通の大きさにすれば……五千万分の一……」

　テーブルクロスの上にいくつか丸を描いただけで、教授はつっぷしてしまった。

　誰かに揺り起されて、やっと眼をさました時は、船は停止していた。

「先生、焼津につきましたわ」と秘書の娘が教授の肩をゆすっていた。

「いやだわ、先生、頬ぺたに丸が一ぱい描いてあるわ」

教授はガンガンする頭をふって、ようやく顔を上げた。模型を見、惨憺たる有様のテーブルクロスを見、華やかなワンピースを着た娘を見た。「へへェ、満艦飾だね」酔ったところをさとられまいと、教授は無理なお世辞を言った。

「ええ、調査本部に彼がいますの」娘はぽっと赤くなって、向うを向いた。「迎えに来てくれてるはずなんです」

「ちょっと！」教授は眼をむいて小さく叫んだ。「ちょっと横を向いて」娘はびっくりして立ちすくんだ。教授は娘の横顔と、テーブルクロスの上の円や数字、そして模型とを何べんも見くらべた。

「そんな馬鹿な！」教授は金切声で叫んだ。「そんな馬鹿な！」

今度こそ教授の髪の毛が、引力に逆らって一本残らず突っ立った。――ドアからいきなりとび出して来た教授につきとばされて、助手は脳震盪《のうしんとう》を起したし、教授自身も欄干を越えて海へとびこむところを、やっと水夫に押えられた。

「大学教授なんて、常識のないもんだな」その水夫は後で仲間にぼやいた。「せっかちにもほどがあらあ、上層甲板からひとまたぎで、桟橋におりるつもりだったんだぜ」

翌年二月十日、物体Oは、出現した時と全く同じように、何の前兆もなしに突然消え失せた。そして突如消えうせたこの大質量の反動として西日本全体は、恐るべき大暴風雨と、地震と津浪におそわれた。非常にうまくいきかけていたＯ内地域の政治経済——連邦制と自給自足《アウタルキア》体制も烏有《うゆう》に帰した。惨憺たる災害がおさまってみると、西日本の人口は三分の二になっていた。人々は潰滅した町々の所々により集まって、呆然《ぼうぜん》とした視線で周囲を見まわしていた。——十カ月にわたって彼等の世界を区切っていた、高さ二百キロの壁は、もうなかった。しかしそれが一片の悪夢ではなかった証拠は、中部地方と東北地方の間に横たわる幅百キロメートルの洋々たる海峡——もとは関東地方とよばれていた海峡があった。

世界各地から救護の手がさしのべられた。北海道のＯ外地域臨時政府は、残存全地方の代表政府たることを声明した。それに対して旧Ｏ内地域は、何の反応も示さなかった。今度は徹底的な破壊をこうむった京都市内において、Ｏ内連県政府の最高会議メンバーは倒潰した府庁官舎と全員運命をともにしたからである。三伏、友部両教授はじめ、国府津の調査本部のメンバーも行方不明になった。——また復旧作業が始まった、旧Ｏ内地域の人々は、長くその虚脱状態から目ざめなかった。日本は終戦直後の状態にまで生産が落ちた。しかしすべては物体Ｏ出現以前の状態に復する兆を見せ始めた。産業は再開され、株式取引きは、ダウ百五十円の線から再開された。人々はまた黙々と苦難に充ちた再建の道を歩みはじめた。——だが日本がかつての東洋一の工業国としての地位を再び獲得する日が来るかどうかは、誰も予想できなかった。

本州は二つの島になり、物体のあった海峡は、昔をしのんで関東海峡と名づけられた。死命名式の日、両岸には人々が集まり、海峡へ向っててんでに手にした花束を投げた。死んで行った数千万の人々の霊をとむらう幾百もの花束は、風の吹きすさぶ暗い海に浮んでゆっくりと南へ流れて行った。碑が建てられ、海峡生成の由来が刻まれた。「人は災厄に逆らえない。しかし災厄もまた人をほろぼし去ることは出来ないだろう」と碑文はむすんでいた。——人々は関東海峡という名より、「0の海《オー》」と呼ぶ方を好んだ。連絡船が二つの島の間を通い始め、二つの地方を結ぶ、大吊橋《おおつりばし》、または、大海底トンネルの計画が発表された。しかしそれすら十年先のことだった。

東京とともにほろび去った天皇制について、人々はさしたる感慨を抱いていないようだった。四月二十九日の国民祝日に代って、四月二十八日が「0の日」として、国民的記念日にきめられ、この日は各地で物体0のために死んで行った人々の霊をとむらう祭典が行われた。

それでなくても、0《ゼロ》と言う数字は、その形でもって災厄の日の記録を長く人々の間にとどめることになった。

幸運な人々とともに生き残った大隈教授は、五月の——あの災厄の日から丁度一年と十日あまりたったある日、知り合いの素封家の家をたずねた。閑談の数刻をすごしている時、彼は茶菓をはこんで来たあどけない顔付きの女性に紹介された。

「家内です」と主は言った。

「普段着のまま、失礼をいたします」と和服の女性は腰をかがめた。

「大隈先生は、ほれ、あのOの調査をされてたんだ」

「おかげですっかり白髪になりました」

教授は苦笑して、真白になった頭をなでた。

「ずいぶんひどかったんでございますってね」

「お宅は被害はなかったんですか」

夫人の妙に他人事《ひとごと》めかした言い方をききとがめて教授はきいた。

「ええ、うちは幸い嵐も地震も……」

「ここは先祖代々の土地でしてな」と主人は言った。「ずい分前に地相を卜《ぼく》して、城邸を築いたそうですが、――昔の人はえらかったんですな。どんなにひどい台風や地震があっても、ここばかりは、草の葉一つたおれたことがない」

教授は鬱そうとおいしげった樹齢何百年という老杉《ろうさん》の林を眺めた。木々の梢《こずえ》はそよとも動いていなかった。――そういえば下の道からこの丘へのぼって来る時、妙に非現実的な眩惑《げんわく》感におそわれたことが思い出された。しかし教授の眼は、外の景色より、若い夫人の横顔に吸いつけられた。

「いいイヤリングですね、奥様」

「あら、これ安物なんですのよ」と夫人は艶《あで》やかに笑った。

「こんな変な型のもの――主人が香港《ホンコン》土産だと言って買ってまいったんですの」

「だが、そのオパールは値打ちものなんだよ」と、主は言った。

「ちょっと拝見できませんか？」教授はふるえる声で言った。

「どうぞ――こんなものに御趣味がおありですの」

夫人は袖口から白い腕をのぞかせて、イヤリングをはずしてよこした。教授は指先につまんでそれをじっと見つめた。銀製の直径二センチ、幅四ミリ、厚み二ミリばかりの丸い輪、一端が切れて、小さな真鍮《しんちゅう》の留ねネジがつき、ネジの頭側には径六ミリばかりのオパールが、七彩の光をにぶくはねかえしている。たった今つけていた美しい人の桜貝色の耳朶《みみたぶ》のぬくみが感じられるような、可憐《かれん》な装飾品だ。――五千万倍と教授は早まる動悸を押えながら頭の中で計算した。――五千万倍。

「これ、片方を一年ばかり前、庭でなくしてしまいましたの」と、夫人は明るい声で言った。「それがつい三カ月ほど前、また庭で見つけたんでございますわ。それ以来何だかいとおしくなって、こうやっていつもつけておりますの」

「お前がお転婆だからさ」と主は笑いながら言った。「水たまりにおっことすなんて」

――しかしもう教授は驚かなかった。今更驚いたって始まらない。何もかも無茶苦茶になったが、もう何もかも終ったのだ。

「今度は、おなくしにならないようにすることですな、奥さん」そう言って、教授はイヤリングをさし出した。――しかし本当は、自分がその逆のことを言いたかったのではないかと、ふと思って、軽い動揺を感じた。

果しなき流れの果に

エピローグ（その2）

1965

長編『果しなき流れの果に』は、日本SFの最高傑作との評価の高い小松の代表作。若い理論物理学者が、ふとしたきっかけで超常現象に巻き込まれ、過去から未来まで時空を超えた戦いに直面する。宇宙とは何か、知性とは何か、そして人間とは何かといった、随所に挿入される哲学的な思弁でも名高い。時空を漂流するなかでテロリストとなった主人公の「歴史を変えて、なぜいけない？」という叫びは、前掲の「地には平和を」での問いかけから直結するものであり、創作者としての小松の態度表明にもなっている。

しかし小松が巧みなのは、その壮大かつ意欲的な設定のなかに、父と子の対決や、男性主人公を待つ女性の恋人といった人間大のドラマをきっちりと忍び込ませていることである。小松は女性を「待つ存在」として表象することが多く（それは現在ではいささか政治的に「正しくない」のかもしれないが）、また日本列島を女性に見立てることが多かった。女性＝日本の存在は、『果しなき流れの果に』の男性的でSF的な世界を相対化する役割を果たしている。ここではその構図がはっきり見て取れる数頁を抜粋した。私見になるが、経済成長による風景の変化と恋人への思いが交互に現れるこのテクストは、小松の全作品のなかでもとりわけ美しい文章である。この場面の構成に、小松という作家の「日本」への、「未来」への、そして「文学」への関係がすべて凝縮されていると言っても過言ではない。

なお「エピローグ（その2）」というのが抜粋した節のタイトルだが、本作の構造は複雑で、決して末尾に置かれた箇所ではない。むしろこの節は冒頭近くに置かれている。

初単行本は早川書房刊。一九六六年。

あの事件から一カ月あまりたった。

佐世子は、その間に、東京の勤めをやめ、関西へ居をうつした。——一つは、彼女の故郷にのこるただ一軒の親戚《しんせき》である伯父が行方不明になり、年とった伯母が、ひどく気落ちしていたからである。

彼女の両親はすでに死に、肉親の妹は、外人と結婚して、南米にいた。もうかなりの間、音信不通である。——大田の家の親類にはなじみがうすく、彼女は一時、母方の本家にあたる、鴨野の家にひきとられていたこともある。鴨野の家をつぐものがなかったので、伯母の懇願で、彼女は養子入籍の手つづきをとった。

葛城山麓《かつらぎさんろく》の古びた鴨野の家におちついてはじめて、彼女は伯父鴨野清三郎が、やはり、あの奇妙な事件の一端に、しっかりむすびつけられているのを知って、口もきけないほどおどろいた。——伯父こそが、あの奇妙な古墳の最初の発見者であり、番匠谷《ばんしょうや》教授の案内者であり、そして野々村や番匠谷教授が、古墳をたずねたその日の朝、家を出たまままかえってこないことを……。——してみると、彼女もまた、同じ事件の糸に、知らぬ間にからめられていたのだ。

とはいえ、彼女自身には、その糸のほどきようもなかった。何かわけのわからぬものが、この一連の未完の事件の背後にあることを漠然と察せられながら、それを追求する方法はなにもないことを、彼女は直観的にさとった。——番匠谷教授や、大泉教授、そして野々村が、のこしていったメモやノートにも、それを解く鍵《かぎ》となるようなことは、一行も書かれていないことも、やがてわかった。

鴨野老人の書きのこした、葛城山古墳の記録にも、「番匠谷教授とともに古墳の第一の羨道《せんどう》奥をさぐる。奇妙な砂時計を発見せり」とただ一行、書かれてあるのみで、その砂時計そのものが紛失した今となっては、それがどういう意味をもつか、誰《だれ》にも判定しようがなかった。

最初のうち、彼女は、K大の番匠谷研究室の人たちや、大泉研の人たちにはたらきかけて、古墳の研究から、なにかをつかんでもらうことをねがった。——しかし、彼らの遺稿の中からは、事件の片貌《へんぼう》もうかがえなかった。それに鴨野老人が、はっきりと図を書きのこし、番匠谷教授もまたメモをしていた、あの古墳の、「第二の羨道」——つまり山腹へむかってはいっている、行きどまりの羨道は、その後の調査で、いくら探しても見つからなかった。古墳にはいる羨道は、ただ一つ——あのせまい洞窟《どうくつ》とつながっているものだけだった。調査の結果は、例の石舞台が若干不思議なだけで、さまで珍しくない古墳の一つである、という結論が出ただけだった。死者を葬った形跡がないのは、何かの事情で、葬ることができなかったのだろう。——ただ、山の急斜面という位置からみて、ちょっと珍しいのと、大和朝《やまとちょう》成立以前の、葛城山の古い祭祀《さいし》一族だった加茂《かも》氏の一族の墓ではないか、という類推がなされただけだった。

佐世子は、地もとの中学校の教師に就職した。——かたわら、二、三の大学の聴講生となって、歴史や哲学の講義をうけた。時には、苦心惨憺《さんたん》して、物理学の初級講座にとりくんだこともあった。というのは、野々村のノートの一冊に、特に心をひかれるものがり、できれば、自分でそれを読みといてみたいと思ったからだった。そのノートは『時間と認識』と、表題が書かれ、彼が思いつくままに書きつけたものらしく、大判のノートの約三分の二ほどに、ぎっしりと書きこまれてあった。

その書き出しはこうだった。

「認識ということを考えると、時間には、過去、現在、未来の三次元の相のほかに、〝高さ〟という次元が考えられるのではないか？　そのもっとも、端的な啓示は、われわれが未来へすすめばすすむほど、過去というものは遠く、正確に認識できるようになって行くということである。——ただし、われわれが、体系よりも事実を重んじ、きざまれた歴史を虚心にうけとめるならば、である……」

——彼女にとって難解な、種々の学術用語や、外国語をまじえて書きつけられたその断章を、少しずつ、少しずつ読みすすむにつれて、彼女は自分が、次第に野々村の思考の傍にはいりこみ、その陰刻をきざみつけられて行くような気がした。その思考そのものは、依然として理解できなかったが、彼の心――特に『雄』の心の中に生まれる、ほとんど非合理的な衝動――知的な好奇心というもの、見方によっては何の役にもたたないものを、いたいほど理解できた。――彼の断片的な『理論』には、やがてついて行くことができなくなってしまったにもかかわらず、彼女は、さらに読みつづけ、自分が彼の思惟《しい》とは別のものでありながら、その傍にあって、それを抱きつつむものとして、それ――いってみれば野々村そのものと、ふれあい、あたたかみをかわすものになって行くことを感ずるのだった。――伯母に縁談をすすめられて、はじめて、自分がまだ、野々村と結婚していないことに気づいておどろいた。その時は、もはや、『愛』などという言葉を思ってみることもできないほど、自分が彼と内面的に密着し、ある部分で、いりまじってしまっていることを感じた。

で――

彼女はまちつづけた。――待つということが当然のように……。時おり、あのグランド・ホテルの夜、自分が衝動的に語ったことが、その直後は、単に感情が激したために、わけのわからぬことを口走ったにすぎないと思って、思い出しもしなかったが、今になってみると、その言葉は奇妙に予言的であり、なにか自分の直感の奥深い所から湧《わ》き上ってきたもののようにも思えた。――あの時は、野々村の失踪《しっそう》と同時に、その帰還もまた口走ったはずだ。前の予感があたったから、あとの方もあたるかも知れない。

といって、そんなものを当てにしなくても、彼女には待つことができた。——三十をこえれば、いくら焦っても、結局待つしかない時は、どうしようもないのだということが理解されると同時に、期待というものが、常にむなしいものとはかぎらない、ということもわかるようになる。——彼女は、一日に一度、すでに彼女自身のあつかいによって、すっかり手ずれてしまったノートをひもときながら、ひろく、古く、ひっそりとしてほの暗い、山と畠《はたけ》にとりかこまれた鴨野の家で、しずかに待ちつづけた。待つことがあるので、その生活は決して空虚ではなかった。

その家の縁先から、正面に、あの葛城の山が見えた。——古墳はむろん、見えなかったが、山脈の中腹をはってのびる、道路工事でけずりとられた赤い山肌が、ある所で少し下の方に下っている所があって、それと知ることができた。彼女自身は、古墳にはいって見たことはなかったが、野々村や伯父の失踪と深い関係があるらしい、その古墳のあたりを、朝夕軒先にながめることができるその家は、彼を待つ場所として、いかにもふさわしく思われた。——道路工事のために、古墳の一部がくずされたという話をきいた時も、彼女はとりわけどうこう思わなかった。しかし、なぜか、野々村が、そして伯父が、その古墳の奥から、どこかはるか見知らぬ、はて知れぬ世界へむかって、一筋の足あとを残して歩み去ってしまい、長い年月ののち、遠い旅をへて、またそこからかえってくるのではないか、という考えを、拭《ふ》き消すことができなかった。

彼女の日課は、勤務先の中学校と、大学と、それに週一度、意識不明のままの番匠谷教授を見舞いに行くことだった。——あとは、しずかに年おいた伯母と語らい、野々村のノートをよみ、ささいな家事をやる。田畑は人にまかせ、伯母の死んだあとは、一部を売った。番匠谷教授は意識不明のまま、三年目に息をひきとった。葬式に行った彼女は、会葬者の数の少なさに、胸がいたんだ。

『鴨野のいかず後家』は、最初、近所の口の端にのぼったが、やがて、彼女自身が、あのゆったりした地方生活の中の点景人物にはめこまれ、ごくふつうに『先生』とよばれるようになった。

——歳月は、単調で、しずかで、ゆるやかなリズムをつくってくれていった。ますます古びては行くが、すでに建ってから百五十年ちかくになるため、さまで変化したとも思えぬ鴨野の家の、深い軒先から見える葛城の山々は、春は新緑に映え、秋はくすんだ朽葉色になり、冬には、稀《まれ》にその頂きが、雪で白くなることもあった。朝日や夕日がその山の頂きを染めるのを、佐世子はいつも、放心したように見つめていた。——毎年くりかえされる自然のリズムの上に、人のつくり出す『時代』の流れがかさなった。山腹の両側からのびてきた、赤く削られた道路は、いつごろからかつながり、その上を自動車が走るようになった。しかし、山そのものは、ちゃんとそのままあるので、そういった変化は、かえって自然の中に吸収されてしまい、佐世子はずっと昔から、そこに自動車道路があったような気がした。

世間の方は、相かわらずますますさわがしくなるテンポで、動いて行った。——人工衛星も、あちこちでうち上げられ、各国政府の首脳も何度かかわり、国際危機もあったし、何度か本ものの不況もあった。都市建設や道路建設は、相かわらずいびつな恰好《かっこう》ですすみ、たまに大阪や、東京へ出てみると、気がちがったような建築物があちこちに出来ていて、佐世子は自分がもう、そういった変化について行けなくなったことをさとった。――といって、時代にとりのこされたことは全然感じなかった。やたらに進みすぎる時計は、安物でこわれやすい、ということぐらい、彼女にもわかっていたし、そんな時計をもちたいとも思わなかった。アメリカへ三時間半で行けるジェット機が就航した時も、テレビの世界中継があたり前になった時も、彼女はそれほど興奮しなかった。――そういったことは、ただちに文明をかきかえることにはならず、そういうものを基礎に、本当に新しい世界がうまれてくるのに、もう二、三世代かかえること、そうなった所で、人間はいつも同じ問題をかかえており、時にはたやすく、文明の針が逆もどりして、まわり道をたどることもわかっていた。

北の方へ行けば、そういった変化が目まぐるしく起っているのが見えるのだが、南の方を見れば、葛城の山々は、あいかわらず四季の変化をくりかえしながらそこにあった。――もっとも北の方でも、大阪の街の空は、あいかわらず、赤茶けて汚れており、うす汚い所はいつまでたってもうす汚く、人間の生活には相かわらず格差があり、新世界へ行けば、いつでもゴチャゴチャした路地に、安油でカツをあげる臭気がたちこめており、人間の世の中は、そう十年や二十年で、貧富の差が一挙になくなり、貧民窟や泥だらけの道や、犯罪やゴミためがいっぺんに消えうせて、砂糖でつくったみたいな、白い四角なビルばかりになるわけがないのは、当然だったが――それよりも、その葛城の山をながめていると、その山々が千数百年、あるいは、二千年の昔、このあたりを住んでいた人々がながめ、歩き、あるいは祭っていたのと、まったくかわらない姿で、そこにあるのだということが感じられ、その山を介して、突然二千年前の、――加茂一族や、長髄《ながすね》彦《ひこ》や土蜘蛛《つちぐも》や、そういった古代の人々に、自分の隣りに住む、無口な百姓に対するのと同じような、親近感を抱いてしまうのだった。当時は、あの自動車道路はなかったろうし、今ほりかけているトンネルもなかったろうが、それでも、山の形は千年や二千年でかわるまい。『人間の問題』も、千年や二千年でかわるものではない。とすれば、見知らぬ土地へ、突然旅立った夫の帰る日を待って、朝な夕な、山をながめてくらす妻の身も今も昔もかわらぬのではないか――有髪《うはつ》の尼の如《ごと》く、経文のかわりにノートをひもとき――

葛城山に新らしいトンネルがほられ、国道二六号線が、十車線の、直線ハイウェイになった。――アメリカで数年前に実用化されたという、ホバークラフトがはじめて、そのハイウェイの上に姿をあらわしはじめ、コンバーター・プレーンが、観光用に和歌山や、このあたりにもとんでくるようになるころ、彼女は視力がおとろえはじめたことを知った。――額には、とうの昔に白いものがまじりはじめ、歯も弱り、冬、寒さがひどく身にこたえるようになってきた。

教え子たちは次々に育って行き、結婚し、時には子供づれで『鴨野先生』の家へやってきた。――同じことを毎年教えるとはいえ、次第に教材の変化が手にあまるようになってきたことを、彼女はなんとなく感じていた。山々の景色も、少しはかわってきた。あの和泉《いずみ》―金剛スカイラインがさらに延長され、生上山から、竜田川をまたいで、北の信貴《しぎ》山まで、巨大な橋をかけ、生駒《いこま》―信貴のスカイラインとむすぶようになった時、彼女はずっと昔の伝説に、役《えん》の行者《ぎょうじゃ》が調伏《ちょうぶく》した血鬼をつかって、葛城山から金峯山《きんぷせん》へ、虹《にじ》の橋をかけたという話があったことを思い出し、一人でクスクス笑った。――人間は未来に起ることを、ずっと昔に夢みてしまっているのではないだろうか？

学校で、『おばあちゃん』という綽名《あだな》がついてから四年目に、彼女は退職した。――おどろいたことに、その中学で、二番目に古い先生になっていた。退職してから、あまり外へも出ず、人ともつきあわず、好きな本を読んだり、時には近所の小学生に、簡単な学科を見てやったりした。習字も、少しは教えた。――しかし、しまいには、それもほとんどやらなくなった。

南大阪の和泉平野、河内《かわち》平野も、かわった所はずいぶんかわった、八尾の飛行場が、第二大阪空港として大拡張され、百人のりの国内線コンバーター・プレーンや、中型ジェット機が発着した。モノレールや、エアカー専用ハイウェイができ、工場そっくりの大水耕農場が三つできた。多奈川《たながわ》に出力五十万キロワットの原子力発電所ができ、自動車道路は網の目のように走った。広域行政で『近畿州』ができ、市町村第二次統合で、南大阪市という大都市が誕生し、農業地帯もだいぶ俗化した。――しかし、かわらない所はかわらなかった。葛城の山の形は、やはり太古のままだったし、それを見上げる古い藁《わら》屋根の家も、その家をとりまく梅林も、毒だみや、紫蘇《しそ》や、蕗《ふき》のはえた庭先で、羽をふくらませた鶏が、コッコッと鳴きながら餌をついばんでいるのも昔のままだった。――天気のいい日には、縁先に、もう背も腰も丸くなった白髪の老婆がチョコンとすわって、袖無《そでな》しの背に日をうけながら、じっと山の方を眺めているのも、もう何年も前から見られた。老婆は時々眼鏡をかけ、もう端がよれよれになった、黄ばんだ紙のノートを読んでいた。――ひろげたまま、こくり、こくりと居眠りをしていることもあった。

『鴨野先生』の教え子たちは、近所にもたくさんいたし、時折たずねてきた。――日本がはじめて月へ探検隊を送ったとき、その副隊長になった中年の学者が、先生の教え子だということで、新聞社がたずねてきたこともあった。しかし、それももうだいぶ昔のことになった。教え子も年をとり、みんな社会的に忙しくなり、中には死んだものさえ出た。――しかし、老婆の姿は、あいかわらず天気のいいあたたかい日、縁先に見られた。

その老婆の姿に、いつのまにか連れができたのは、二十一世紀にはいってだいぶたってからだった。――老婆と同じくらい年をとった老人で、老婆と同じようにおだやかな顔つきをしていた。まわりの人たちが気がついた時は、老人はもう、その家についてだいぶなるらしく、古びた和服姿で、縁先にならんで日なたぼっこしていた。――親戚の衆やろ、と近所の人たちはいった。――お佐世ばあさんも、話し友だちができたし、心丈夫やろな――。

二人のようすは、まったく仲むつまじかった。――いつもならんで、日なたぼっこしては、老爺《ろうや》は山を見上げて、なにかぽつりぽつりとしゃべり、老婆はその話にじっと耳をかたむけながら、眼鏡をかけ、おぼつかなそうな手つきで、ていねいに、蜜柑《みかん》の房の、すじをとってやったりしていた。――二人とも、もう八十をこえていそうだったので、『老人デー』の時など、役場からむかえが行くのだが、二人は笑って首をふった。――老人の方は、耳が遠いらしく、なにか一言きくたびに、老婆の方をむいて、目顔でたずねるのだった。

和泉平野に霙《みぞれ》が降る、寒い二月の晩、突然、それまで一歩も家を出たことのない老人が杖《つえ》をつき、よぼよぼした足どりで、坂をおり交番にあらわれた。

「鴨野のばあさんが死にました」と老人はいった。

――そのしわだらけの顔は、霙にぬれたためか、それとも泣いたためか、しわにしずくがたまるほど、びしょびしょにぬれていた。古い綿入れの袖なし――ここらあたりで、じんべとよぶもの――の肩には、霙の塊りが、びっしりのって、とけかかっていた。

「わしは――わしは、実をいうと、身よりのない、旅のものです。あのばあさんの家で道をきいた時、ぜひあがれとすすめられて、そのまま居つきました。――それからずっと、世話になっておりました。——どうやら、あのばあさんが、長い間待っていた人と、まちがえられたらしいです。でも、わしは……そのおかげで、ずっと世話してもらえました。その鴨野のばあさんが、さきほど、息をひきとったのです。わしの……わしの手をじっとにぎりしめて……」

老人はもう見栄《みえ》もなくすすり泣いていた。

「まあ、おちついてください」若い警官は、ヴィデオフォンの呼出しボタンを押しながらいった。「そうですか——ばあさんが死にましたか……」

医者を呼び出して、用件をつたえると、警官は、奥にレインコートをとりにはいった。

「今すぐ行きます。——さむかったでしょう。ああ、あったまっとってください」と警官は奥でコートを着ながら、表の部屋の老人に大声で話しかけた。「そうですか、死なはりましたか。それでも、たった一人で死なんでよかった。あのばあさん、昔、ここの中学の先生で、ぼくのおふくろも、女房のおやじも、みんなあの先生に教えてもろうたんやそうです。そやから、もうええ年で……」

しゃべりながら、奥から出てきた警官は、老人が、首を横にたれた、妙な恰好で坐《すわ》っているのを見て、ちょっと眉《まゆ》をひそめた。——肩に手をかけると、その枯木のように軽い上体はグラリとたおれかけた。老人は、顔中を涙でぬらしたまま、こと切れていた。

さっきまで降っていた霙が、牡丹《ぼたん》雪にかわり、音もなくつもりはじめていた。

翌日、このあたりではめずらしい銀世界の中で、早速茶毘《だび》に附された二人は、老婆の手文庫から発見された書き置きにしたがって、鴨野家の墓地の、二基ならんでたてられた、小さな墓石の下の埋められた。――会葬者は、意外に大勢あつまった。そして火葬も、老婆の遺言によって、古式に屋外でやり、雪晴れの青空にたちのぼる白煙は、モノレールの軌道をこえ、金剛―生駒陸橋をこえ、高く遠く、吉野《よしの》の山々の方へとたなびいていった。その煙のかすむ先から、遠い蒼穹《そうきゅう》の彼方《かなた》へとびさる二人の雲のように、大阪第二空港発のサンフランシスコ行き大圏ジェットのひく、二条の白い飛行機雲が、はるか南東の空へのびて行った。

老婆の墓とならんでたてられた墓石には、『野々村浩三』と彫ってあったが、死んだ老人の方は、身もとを確認する手がかりは何一つのこされていなかった。――よるべもないといっていたが、人々は誰一人、名も知らなければ、いつ、どこから来たのかもわからなかった。だから本来は、最近でも時たまある行路病者なみのあつかいで、公共墓所ビルの共同棟にいれられるはずだったが――

まあええやないか――と、人々はいった。――昔の恋人の身がわりや、お佐世ばあさんかて、喜びよるやろ。

野々村浩三。

野々村佐世子（旧姓鴨野）。

ときざまれた小さな墓石に、西暦二〇一八年の日附けが近所の人々の手によってきざまれた。――二つの小さな墓石は、丁度生前のように、ならんで背をまるめ、葛城山の方をじっと見つめているようだった。——しかし、この古い墓所も、もうじき、鋼管鉄道ができるために、移転されて、二つの骨壺《こつつぼ》も墓地タウンの納骨ビルに移されるはずだった。

お佐世ばあさんの書き置きによって、ばあさんの義父のもっていた蔵書文献や、ばあさん自身が書きのこしていた、沢山の『おぼえ書き類』は、破棄されずに、K大歴史研究所の書庫に寄贈された。——家は、奈良の遠縁のものがひきとって、古い木材を分解してはこび、茶室をつくった。地所も処分された。——文献類の方は、K大歴研の、未整理書庫の中に長らくほこりだらけになって、眠っていた。書庫をこわして、電子脳ライブラリーを建て増しする時、アルバイト学生が、いいかげんな読み取り方をして、記憶装置に全文献を収録し、古文書自身は、本をのぞいて、ほとんど破棄された。

こうして、この事件は、関係者の最後の一人が死に、第二の終末に達した。——だが、時は、できごととは関係なく、さらにのびて行き、二十一世紀はやがて、二十二世紀につながり、さらにその先には、はてしない等質の時間がひろがっていた……。

ゴエモンのニッポン日記 抄

1966

小松は、ＳＦ仕立てによる文明批評や架空紀行文を多数記している。ＳＦ仕立てというのは、具体的には、宇宙人やタイムトラベラーを主人公にして、現実の日本や世界について批評的に語らせる構図を意味している。ここに冒頭を抜粋した連載小説もそのひとつである。全体はこの一〇倍近い分量がある。

内容はタイトルのとおり。ゴエモンという名の宇宙人がやってきて、いっさいの常識を欠いた観点から現代日本の社会や風俗を観察し、次から次へと突拍子もない結論を導き出しては語り手を混乱に陥れる。コメディだが、その随所に、高度経済成長の只中《ただなか》、若手知識人として頭角を現し始めていた小松の鋭い批評精神が光っている。自動車を家畜に、都市を生物に喩《たと》え、都市生物化を完成させた異星の物語を語り出すあたりは、ＳＦ的想像力によって既存の価値観を転倒し、新たな知の視角を提供する小松文学の面目躍如といった感がある。

冒頭でゴエモンが「再訪」と記されているのは、形式的には本作は、その前年の一九六五年に連載され出版された『明日泥棒』の続編とされているからである。とはいえ、前者は本作とは異なりよくも悪くも普通の娯楽小説で、ゴエモンの設定以外はあまり関連はない。抜粋部分を読み、小松の「ＳＦ文明批評」に興味をもたれたかたには、数ある作品のなかでも一九八一年の『空から墜ちてきた歴史』をお勧めしたいと思う。この作品になると、もはやＳＦ小説なのだかエッセイなのだか、ほとんど区別がつかない。

初単行本は講談社刊。一九六六年。

一万年ぶりの日本上陸

家にかえってみると、電報がきていた。

文面は――

「ゴエモンキタル」テンヨリキタル」ゴエモン。

私はいささかあわてた。

ことわっておくが、このゴエモンというのは、例の石川五右衛門とは関係ない。――私の知りあいの、宇宙人である。

ゴエモンという名が、ふざけている、といった所で、そんなこと、私の知ったことではない。そういう名前の宇宙人なのだから、しかたがないだろう。――地球上の外国人の名前でも、日本できけば、ずいぶんおかしな感じのするのがいっぱいある。コンゴには、ボンボコって名の外相がいた。前のアルジェリア首相のベンベラ氏だって、別に人絹ものを着ていたわけではない。よその国、あるいはよその星の、個人の名から、おかしなことを連想するのは失礼である。私の知りあいの宇宙人は、ゴエモンという名だからゴエモンなのであって、三条河原で釜ユデされた、身分いやしき泥棒の名を思い出させるといって、それをおかしいと感ずるのは、あなたに国際的感覚が欠けており、鼻もちならぬほど幼児的だからである。――ゴエモンの所属する星では、ゴエモンという名は、日本でいえば、島津、徳川、伊達、外国でいえば、ロックフェラー、ハプスブルク、メジチ、ナポレオン・ソロといった、はなはだ由緒ある家系である。

なぜそんな、由緒ある宇宙人と知りあいになったか、というと、これは一年半ほど前、ふと行きずりに知りあいになった、というにすぎない。――その時私は、横浜の山王台あたりで、ぶらぶらしていて、地球についたばかりの、彼に声をかけられた。最初のうちは、彼が宇宙人であるということはわからなかった。だって彼のスタイルが、あまりに突拍子もないものだったからで――そのことは、彼をモデルにした、「明日泥棒」という小説に書いておいたから、ご存知の方もあろう――体のいいチンドン屋か何かだと思ったのである。

拙著を読まれた方は、ご存知であろうが、彼のスタイルはじめ、いうことなすことが、いかにチンケきわまるものであったか――なにしろ身の丈一メートル五〇ぐらいのズングリムックリで、山高帽のリボンに日の丸の小旗をぶっちがいにしたやつをかぶり、上はモーニングの上衣、下はよれよれの小倉のハカマに下駄ばき、といういでたちで、背にネンネコのおぶい紐でコウモリ傘を斜めに背負い、手には買物カゴをさげ、正面むいた鼻の穴からは、口ヒゲともまがう鼻毛が、扇の骨のごとくひろがり、銀ブチ眼鏡の下の眼は、上下ヤブという珍しいヤブにらみで、何かにおどろくと、そいつを手旗でもふるみたいに左右たがいちがいにドタバタさせる。おまけに、しゃべる日本語が、関東、関西、東北、九州、の各地方言に、古語や廓《くるわ》言葉がゴチャまぜという大変なもので——もっとも彼にいわせると、これは、日本の話し言葉を、大急ぎでうのみにして、そのまま棒暗記したからだそうだ。

考えてみれば、日本語そのものが、きわめて方言が多い上に、古語外来語をふくめると、おそろしく厖大複雑怪奇なものになる。——日本人が外国語を、得意になって、しゃべったりする時だって、むこうの人間がきいたり読んだりすれば、テチナヤルヤル、ミナクルヨロシ式の、きわめてチンケなものになっているかも知れない。英語にした所が、うろおぼえで、アメリカ南部なまりと、スコットランドなまりと、ロンドンなまりと、中世風英語や雅文体とを、ごちゃまぜにつかっていないともかぎらない。——最近きいた話によると、アメリカの南部や、ラスベガスあたりの寄席で、その種のジャパニーズ・イングリッシュの口まねが、寄席芸人のギャグの一つになっていて、カタナモテクル、ヨクキレルアルナ、ソレノムワタシハ、シヌシヌアルヨ式の日本人英語が、お客の腹の皮をよじらせているということである。——これを思えば、ゴエモンのゴチャマゼ日本語や、生まかじりからくる言葉の誤用をも、一概に笑うことはできない。

読者諸君もまた、ゴエモンの言葉をきいて、笑ってはいけない。それは国際儀礼に反することである。——ましてや相手は、地球上の知的生物であるホモ・サピエンスと、へだたることはなはだしい、よその星の知的生物である。地球の人間とは外見こそ似ていても、身体構成物質や新陳代謝のしくみから、風俗習慣言語、その人生観や宇宙観まですっかりちがう、遠い宇宙の彼方の、異星の住人である。多少のまちがいや、食いちがいがあっても当然ではなかろうか？——終戦直後のことであるが、まだ中学生であった私は、焼けあとのなまなましい神戸三宮界隈で、中国の人につかまって、いきなり、

「サカガミテンクルマ、ノリパトコ？」

とたずねられたことがあった。その時は、いくら考えてもわからなかったが、あとでよく考えて見ると、「サカガミテンクルマ」とは、阪神電車のことであった。——このデンで行くと、阪急電車は、サカイソギテンクルマということになるかも知れない。

同文同種の人にして、このとおりである。まして、遠い宇宙の人ともなれば、なおさら多くの思いちがいがあろう。その上——これも追い追いわかることであるが——ゴエモンは、地球よりはるかに科学の進んだ星の人間であり、彼自身も、ちょっと想像もつかないような——まあ、少しオーバーにいうと、その気になれば小指一本で、地球を破滅させるほどの、おそろしい力をもっている。あまり笑いものにして、彼を怒らせないようにした方が、地球のためだ。

ところで、私が、ゴエモンの再訪の知らせをうけてうろたえたのは、さっきもいった

通り、あまりに彼がチンケなので、彼が数週間滞在して、宇宙のはてにかえっていったあと、彼に無断で、彼をモデルにしたいいかげんな小説を書いたからだった。――あまり上等な存在に書かなかったから、もし、それがバレて、彼が怒ったらどうしよう。――そうなったら、私の宇宙的に軽率な行為によって、日本はおろか、地球が破滅しないともかぎらない。怒らせないまでも、モデル料をよこせだの、印税を山わけにしろなどといわれたら、どうしたらいいだろう？　すでに確定申告もすみ、「明日泥棒」の印税など、ごっそり税金にもっていかれてしまった。

それやこれやで、「ゴエモンキタル」の電報をもって、うろうろオロオロしているうちに、

「コンチヤース！」

ついにきた！――宇宙人ゴエモンが、例によって例のごとき、山高シャッポに、モーニング上衣、小倉のハカマに下駄ばきという、赤塚不二夫氏のマンガからぬけ出たような恰好《かっこう》で、ぬっとそのものすごい鼻毛を、わが家の茶の間につき出してどなった。

「たのもう！――ごめんやす」

わが家の茶の間に、ドサッと買物かごを投げ出した、宇宙人ゴエモンの態度は、こちらの周章狼狽と関係なく、ひどく意表をつくものだった。――彼はぺったり、ネコの座ぶとんの上に腰をおろすと、両手をたたみについて、やにわにドタバタと大粒の涙を――涙をドタバタとおとすというのは、変にきこえるかも知れないが、彼の落涙ときて

は、とてもハラハラとか、ポタポタなんてなまやさしいものではない。おかげで、あとでタタミ二枚をあげて、天日に乾さなければならなかった——おとし、天井をあおいで叫んだものである。

「やンれ、日本はなんとフトか変り方バなさったのし！——身共はびっくらこいたじョー」

「そんなにかわりましたかね」私は、彼が、モデル問題をいい出さないか、とびくびくしながらきいた。

「はいデス！——もっとあった山も海もなく、道で行きかう人々も、顔も知らないものばかり——にて、ありおり侍り」

「山も海もなく、はオーバーでしょう」私は、雑巾を四、五枚と、洗面器を、ゴエモンの顔の下にさし出しながらいった。「もっとも、神戸市あたりじゃ、高取山をけずって、海をうめたててるもんで、山がなくなったり、海がへったりしてるそうですがね。東京はオリンピックさわぎのあと、あまりかわってないはずですが……」

「そんなことではにゃか！」とゴエモンはどなった。「拙の来た時は、ここらへんはまンだ、遠浅の海じゃった。——葦がぼうぼう、中洲が二つ三つ、房総半島は、沖にうかぶ、でっきゃァ島でのし浅瀬で葛飾へんとつながっとってよォ、——オオツノシカがおるやら、ムカシマンモスの生きのこりがおるやら、富士山ボカスカ火を噴いて——ああ、のんびりした時代でおざったわいなあ」

「なんですって？」私はおどろいてきいた。

「そりゃあなた、大昔も大昔、一万年も前の話でしょ？――あなた、一年ほど前に、日本へ来たじゃありませんか？」

「あれ、あいつは、やつがれじゃござンせん。――去年来たのは、ゴエモン百二十六万八千九百十一号わがはいは、同じゴエモンでも、ゴエモン百二十六万八千九百十号にこそ、ありおり侍れ」

「ああ、そうですか――」私はめんくらいながらいった。「つまり、去年きたのとあなたとは、一番ちがいで――兄弟か、ご親戚で……」

「そんなこた、どうでも、ええじゃないか――」と、ゴエモン百二十六万……八千九百十号の方は、うたうようにいった。「あやつより、近代日本に行くための心得を、あれやこれや、とききましたンどすえ。――そやけど、今の日本は、わずか一万年ほどの間にえかくかわったもンだなッス！　ああ、昔の日本はよかったにィ……」

そりゃまァ、そうだろう。――昔といったって、一万年も前、最後の氷河期がおわったころにくらべれば、いまの日本も東京も、「えかく」かわったにきまってる。――そのころの海岸線は、川越から、大宮、野田をむすぶあたりまではいりこんでおり、埼玉県の東半分は、ほとんど海だった。大阪でいうなら、淀川源流、琵琶湖のあたりまで海水が流れこんでいた時代である。――なにしろ、現在の沖積平野が、ほとんどないころだ。宇宙人ゴエモン十号氏は、そんな時代に日本を訪れたことがあると見える。

「ああ、ふんとにまったく、昔、はよかったですらい……」ゴエモンは、鼻毛をすすりあげながらいった。「第一、こんなにゴタゴタゴミゴミ、きたなくなかったぞよ。人も少なく、水清く、空はすみ、——君よ知るや、昔の国……」

「そりゃ、そのころはのんびりしてたでしょうな」と私は相づちをうった。

「さようさよう——何しろあんたはン、日本全体に、たった五、六万から、六、七万ぐらいしか、人間がおらんでの——関東地方全部で、一万人そこそこじゃ、なかンべか」

「そりゃまた、えらくすくないな」私は、ちょっとびっくりした。「いま、東京都下だけで、一千万人以上いますよ」

ゴエモンが、ギャア！とさけんでひっくりかえったので、私はあわてて彼を抱きおこした。——ゴミをやくような、いやなにおいが、プンとした。

「そりゃまた、えらいこっちゃ！」とゴエモンは叫んだ。「君よ知るや——現在の東京の人口はハイ、紀元前四千年の、世界総人口といっしょじゃとよ。——六千年前に、世界中で一千万人しかおらんかった人類が、いまは東京だけでそんなにふえたかや」

「もっとふえそうですよ」と、私はいった。「現在、世界総人口は三十三億です」

「えらいこっちゃ、えらいこっちゃ、大閤はんは、えらいやっちゃ……」とゴエモンはうなった。「キリストはんが、うまれたころで、やっと総人口一億におなりやしたのが——はや、それほどに、ふえにけり。——いったい、地球の人間は、どないしたン？」

「知りませんよ」私は首をふった。「たしかに、えらいことですな。ここわずか百年あまりで、世界総人口は三倍になっちまいました。日本もそうです」

「なんで、そぎゃんふえよると？　どうするつもりかン？——東京はどうかん？」

「ひでえもんですな——」私は首をふった。

「人口密度は、都下平均で、一平方キロに五千人以上です。それも一千万都民のうち、九百万ぐらいが、旧市内にすんでます」

「それでよくまァ、カミあいせんのう。もうじき窒息するンとちゃうけ？」

「するかも知れませんな」と、私はいった。「カミあいも、つかみあいも、いずれするようになるでしょう。——いくらおとなしくて、文化程度の高い日本人でも、そろそろ限界ですな。——もうすでに、車同士では、カミあいがおこりかけてます」

「そりゃおもしろか！」ゴエモンは、上下ヤブの目玉をバタバタかわりばんこに上下に動かして、叫んだ。「こりゃええとこへ来たもンです。腰をすえて、見物せにゃならんぞい。いま、日本や地球の上に、何が起っておいでなさるか、これからいってェ、どうしやンすか、——ハテ、たのしみな、ことにありおり侍れけれ！」

とまァ、こんなわけで——得体の知れない星からきた宇宙人、ゴエモン百二十六万八千九百十号は、わが家に腰をすえることになってしまった。私としては、迷惑これに過ぐるものはない。

しかし、私も、彼のいとこか誰かを、勝手にモデルにして、ささやかな利得を手にいれたひけ目がある。無下《むげ》におン出すこともできないし——なにしろ相手は宇宙人だ。へたにさからうと、どんなことになるかわからない。日本がふっとばされるかも知れないし、彼らの仲間が、大挙して地球にせめてくるかも知れない。

はるか宇宙の暗黒の彼方から、あの、山高帽にモーニングに小倉のハカマに下駄ばきの、上下ヤブに買物カゴをぶらさげて、コウモリ傘をおんぶした宇宙人が、円盤にのって何億何千万と攻めよせてくる光景なぞ、思っただけで身の毛がよだつではないか！

だから、私は、日本のため、地球のために、彼をそっとしておくことにきめた。——同時に、ゴエモンの動静と、彼が日本および地球に対して抱いた感想や意見を、今後できるだけ書きとめ、同胞に通報することにした。また、彼が、トイレットペーパーに日夜したためる日記を、できるだけ盗み読んで、これを紹介することにした。それもこれも、きたるべき未来における、宇宙人との惑星規模での接触の時にそなえ、あらかじめ、彼らが私たちを、どう見ているか、私たちの姿がどううつっているか、ということをさぐっておきたいと思うからである。

くれぐれもことわっておきたいのだが、彼のトンチンカンな誤解、おかしな言葉や態度を、笑ってはいけない。ぶしつけな言動、無礼な観察に、腹をたててはいけない。——なにしろ相手は宇宙人である。われわれ日本人の、異国の人に対する唯一最大の武器である、アイマイなジャパニーズ・スマイルをうかべ、無用の刺戟や摩擦はさけた方がいい。

何しろ、相手はひどくいかれた宇宙人なのだから。

超過多群生動物

ゴエモンが、都市見物に出かけるといい出したが、私は原稿がやたらにたまっているので、案内役を買って出なかった。——前に来た、彼の同類をモデルにして、若干は稿料を得たにしても、前回も今回も、むこうが勝手におしかけてきたものであり、別に遠来の客だからといって、親切にしてやる義理はない。日本人は、何かといえば、異国の客にオーバーに親切にしすぎて、かえってむこうにナメられる。招いた場合はともかく、勝手に来た場合は、ほうっておいた方がいい。——宇宙人だからといって、別に特別にあつかうことはないのだ。へたにホイホイとサービスして、日本のおかげで、地球全体がナメられるようになったら、それこそ国際——いや、星際的に威信をおとす。

妻子にも、うちに宇宙人が泊っている、などということを、近所で吹聴したりするな、と釘をさしておいた。——SF作家の家に、宇宙人が来てとまっている、などといったらいかにもありそうなことみたいに思われて、外聞が悪いではないか？

むろん、新聞社にも、テレビ局にも、そんなことは知らせなかった。——こちらから知らせて、軽くあつかわれたら、これも男を下げる。ほんものの宇宙人が、モーニングに袴《はかま》で、民宿していることぐらい、別に大した記事にならないことは、わかりきっている。そのことは、一度、テレビ用のSF映画をつくって、骨身にしみてわかっている。

その時は、タイムマシンをあつかった映画で、現代の大都会の中に、突然江戸時代の侍があらわれる、という設定だった。こちらとしては、大はりきりで、街頭ロケをやり、通行人がギョッとしてふりかえる所を、かくしどりするつもりだった。そのため、俳優には鬘《かつら》と服装だけ入念につけさせ、ドーランや目張りなどのメークアップはやらずに、街中をいきなり歩かせた。ところが――これがとんだ思惑はずれで、通行人が、少しもギョッとしないのである。車が走りかう雑踏を、チョンマゲに二本差し、深編笠に鉄扇をもったサムライが歩いていても、ほとんどの人は、ふりむいて見ようとしない。女学生が二人、すれちがってからふりむいて、クスッと笑っただけで、あとはほとんど無関心だった。――小さな男の子が、

「あ、サムライが歩いている！」

と叫んだが、手をつないだ母親は、ちょっと見て、

「あら、そう？――ほんとね」

といったきり、ペチャクチャ立話をつづけた。――いらだった私は、深編笠に扮した俳優に、通行人に声をかけさせた。

「率爾《そつじ》ながら、ちと道をおたずね申す」といった、調子である。

ところが、きかれた相手は、いともあっさりと、

「ああ、溜池？　それだったらそこから地下鉄のって……、なんならタクシーで……」

と、事務的に答え、深編笠の内をのぞこうともせず、さっさと行ってしまった、——これが、ネアンデルタール人だろうが、宇宙人だろうが、同じことにちがいない。

それに反して、あるセミ・ドキュメンタリイ映画をつくるために、交通事故現場を同じようなテクニックをつかって再現することにした時は、ガチャンとやったとたんに、ワッと群衆があつまり、その反応は、フィルムが足らなくなるくらいとりまくることができた。——これをもってしても、わかるように、現代の大衆というものは、真におどろくべきこと、まったく信じられないようなことが実際におこっても、ひとつも驚かないし、関心を示さない、むしろ、いかにも起りそうなことが起った方が、はげしい関心を示す、ということがわかる。——だから私は、ドキュメンタリイものは、——特にすなおな感動や興奮をさそうようなものはかえって——あまり信用できない。

一つには、テレビや映画で、宇宙人や侍のイメージが、あまりに通俗化してしまって、現物を見たところで、またか、と思うくらいになってしまっているからだろう。——日比谷の交叉点に、ある日突然、ほんものの円盤がおりた所で、タクシーにどなられ、異星の生物は、交通巡査に、免許証の提出をもとめられるのがオチである。——それにしても、ゴエモンが、神経をつかって、あまり異様な、一見ぬいぐるみ風の宇宙人スタイルでなく、あまり目だたない——といっても比較的の話であるが——地球人風の服装をしていてくれたのは、まだしもであった。これが、テレビに出てくるような、いかにも怪物らしい、目玉が三つに、触角が三本、皮膚が緑色で、手足が十二本もあるおどろお

どろしい恰好をしていたら、

「あいつもSFなんか書いてたが、とうとうあんなのとつきあうようになったか」

と冷笑されることになりかねない。

午《ひる》すぎに起きて、飯を食いながら歯をみがき、新聞を読みながら顔を洗っていると、朝早く出かけていったゴエモンが、フウフウいいながらかえってきた。見ると、あわれにも、一張羅のモーニングには鍵裂きができ、顔の上を、自動車のタイヤのあとが斜めに横断し、ハカマのお尻の所には、車のバンパーと、ナンバープレートのあとがくっきりついている。

「どうした？――自動車にひかれたのか？」

ときくと、わが宇宙人は、上下ヤブをドタバタさせて、

「あいやァ！　などてこぎゃんに、ヌッポンは人間がうじゃうじゃ湧きゃんしたか」と、長嘆息した。「おまけに、しつけのわるえ、家畜といっしょに、やったらスポーツごっこをしてござる。噂にきくオレンペックは、まだつづいておじゃるかの？――それにしたが、街中でスポーツは他人迷惑だで、ちいとはほかでおやりやしたら、どないどすえ。まわりには、ひろい野もあり山もあり、ほかに広場がないじゃなし……」

「なんのことだか、よくわからんな」私はめんくらっていった。

その時、ゴエモンがくしゃみをした。――とたんに、鼻の穴から、オーバーや背広の

ボタンが二つ三つとび出した。どういうわけか、女性用のヘアピンもとび出してきて、鼻毛にぶらさがった。大きな咳をすると、のどの奥から、クシャクシャにまるまった、ソフト帽がとび出した。——気がつくと、背中におぶった、コウモリ傘の柄には、見たこともないカバンがぶらさがっている。

それで大体見当がついた。——朝早く、出かけていったゴエモンは、ちょうどラッシュ時にぶつかってしまったらしい。満員電車の中で、背の低い彼の、長ったらしい鼻毛が、通勤客の背広やオーバーのボタンにからまり、そのまま鼻の中に吸いこんでしまったのだろう。

「あれはスポーツじゃないんだ、ゴエモン」と私はいった。「つまり、人間が多すぎて、そいつが朝一度にどっと出てくるために、交通機関がギュウギュウづめになるんだ」

「ほたら、あの家畜はなんナ？」ゴエモンは口をとがらせた。「街中の、それも道の一番ひろい、まん中のええとこを、勝手放題に走っちょる。——人間の方は、その家畜の列の間を、通りぬけあそびやってあそんでいなはる」

「あれも家畜じゃない」私は、原稿用紙に、絵を描いて示した。「こういう形をしてるものだろ？——家畜じゃなくて、自動車という機械だ。やっぱり乗物だよ」

「なんと！　ありゃまた、生物じゃなかト？」ゴエモンは、目をむいて怒った。「キ、機械の分際で、なんたら無礼千万のやつでありおり侍り！　生物じゃ、地球人のペットじゃと思うから、ぐっとこらえていたっけが、——あンガキ、機械の分ぜえで、身共のしりをけっとばし、ツラをふンづけて行きやがったぞい！」

考えてみれば、ゴエモンが怒るのも無理はない。——畜生なら畜生で、またあわれみのかけようもあろうが、まったく今の自動車ときたら、機械の分際で、なぜそんなにのさばりかえっているのかわけがわからない。おまけに何かといえば、犬みたいに居丈高に吠えやがる。

「それにしたところが——」ゴエモンは、口の中から長い紐をひっぱり出し、その先についたガマ口を、のどの奥からひき出しながら、ブックサいった。「なんでまたホイ、都会ちゅうとこは、あんなせみゃァ汚ねい所へ、やったら人が集るンでごわすか？——どう考えたって衛生的でなかトよ。やっぱ、スポーツだっぺ。こン次の江戸オレンペックには、押しくらマンジュウを正種目にして、ヘノマルをあげようという陰謀にちがいなし」

ゴエモンが、やおら腰より矢立てを出し、ふところから、メモにつかっているトイレットペーパーを出して、

〝ヌッポン人は、スポーツ好きの種類にして、栄養過多、ふとりすぎをふせがんとて、朝夜万民スポーツにふけり……〟

と書きつけ出したので、私はあわててとめた。——どうでもいいが、宇宙人に、まちがった観念をうえつけてしまっては少々責任問題である。

しかし、ゴエモンの誤解をとくためには、それにかわる、筋の通った説明を見つけな

ければならなかったが、これが実の所、容易なことではなかった。――私としては、考えられるだけの理屈をあれこれ考え、ついには、二人でトンチンカンな大議論をおっぱじめてしまった。

ゴエモンがなかなか納得できなかったのは、どうして都会、特に東京や大阪に、その収容力の限度をはるかにこえて、人間が集まるか、ということであった。――どだい、東京一つに、国内総人口の一割以上が集中するというのがおかしい。しかもこの傾向はますますはげしくなる。地方都市の人口が次第にへり、やがては大阪だって、一千万都市になる日がくるにきまっている。

――都会は刺戟があって、面白い、とか、収入が多い、いろんなチャンスがころがっている、というのは、あまりはっきりした根拠になるまい。大都会にくらすことの、プラスとマイナスを、一度はっきり統計的に出して見て、その上で結論を出すべきだろう。その上で、都市の物理的生活条件のマイナスが、社会的生活条件のプラスを大きく上まわることがわかったら、人も考えるだろうし、行政当局は、物理的生活条件のマイナスをカバーするより、むしろ社会的条件のプラスを、地方に分散させることによって、過度集中を防ぐべきである。――こんなことは常識であって、人口がふえすぎたからといって、金をかけて何とか都市施設を充実させれば、それだけ住みやすくなって、ますます人間が集ってくるのは自明である。――それに、社会的条件のプラスにしたって、よくしらべて見れば、大部分単なる迷信にすぎないかも知れない。チャンスなどというものは、家具屋に大量生産させて、どしどし地方にも行きわたらせればいいではないか。
(どうやらゴエモンは、チャンスと茶簞笥をとりちがえているらしかった)

ざっと見たところ、一般サラリーマンは、そのエネルギーの三割以上を、通勤の往復についやしている。これが各自の趣味として浪費されるならまだしも、労働の前段階としてついやされるのなら、大変なムダだ。——せめて通勤ラッシュのエネルギーを、たとえば圧電効果(ある種の結晶片に圧力をくわえると電気が生ずる。ピエゾ効果ともいう)熱電対などをつかって、発電につかうか、せめて一部の電車をレールの上などに走らせず、車輪をローラーにかえて、新設通勤コースの道路整地舗装用につかえば、スシヅメ人員のせっかくの重量がムダなく使えるであろう。——特に後者の場合は、①電車の一部をつくりかけの道路の上に走らせることによって、鉄道線路上の過密ダイヤが緩和され、②乗客を運びつつ新しい道路ができ、これは交通難緩和に直接役立つ。③一方鉄道の方はレールのいたみ方が減少する、という一石三鳥の効果が考えられる。いや、この電力が、前にのべたスシヅメ発電によって補われれば、一石四鳥ともいえる。こういったことを考えないのは、鉄道当局の怠慢としか思えない。

こう語気鋭くつめよられては、私もしどろもどろながら抗弁せずにいられなかった。
——ゴエモンの「新しい電車利用法」の意義は、一応全面的にうけいれた上で、なお、現状についても、次のような利点をあげてみせた。すなわち、

①人口過度集中は、結局いろんな側面で効率が高いこと。たとえば、一人あたりの空間、生活に必要な諸施設（たとえばトイレ、ボーリング場）などは、もっともすくなくてすむ。それが厖大に見えるのは集計されるからで、計算してみれば、分散されているより、はるかにわずかですむはずである。すなわち回転率が高く、投資効率がうんと高い。――このぎりぎりのバランスがくずれれば、都市は爆発するが、そうなったらそうなったで、施設更新か人口離散か、いずれかのチャンスが生ずる。また、都市では情報効率が高く、新聞やテレビを見なくても、満員の地下鉄で、他人の新聞をのぞいたり、喫茶店で人のおしゃべりをきいていれば、けっこうニュースにおくれない。

②過度集中はまた、事故その他公害による人口調節の見えざるチャンスである。都市のストレスは、妊娠出産率を低下させる。特に、過密都市に大天災や核ミサイルがおそった場合、その人口調節作用は大きい。――過度集中による地盤沈下は、将来古い都市を埋め、新しい都市を建設する、巨視的な期間における準備となっている。

③スシヅメ電車は、通勤労働者のストレスを高め、会社へのダッシュをふくめて、いわば労働の準備体操の役目をする。――いわゆる〝エンジンをあたためる〟作用である。ラッシュのもみあいで、過度の興奮状態になり、そのまま仕事へ突進する人々は、過度のエネルギーをふるって仕事にとりくむ。戦後日本の〝奇蹟の復興〟をなしとげた、おどろくべきバイタリティは、ひょっとしたら、慢性的通勤ラッシュのおかげもあるのではないか？　またこれによって、よけいな批判的なことを考える、余暇的エネルギーを

吸収することにもなる。——また肌と肌とのふれあい、もみあいにより、ひろい意味での性的コンプレックスも解消する。

④二十世紀末に六十億、二十一世紀半ばに二百億と、爆発的にふえつつある世界人口から見れば、現代日本の巨大都市は、遠からぬ将来、全世界の人間が一平方メートルに一人の割合で住まなくてはならなくなる時代のために、世界に先がけて、そういった時代の「住み方」の、貴重な実験をやっているのかも知れない。——とすれば、日本国民はこういった世界の流れの中の、最先進国の一つであり、世界のために、「身を犠牲にして」、新しい未来をさぐりつつあるのかも知れない。これは、日本人特有の、勇敢な、ノグチヒデヨ精神のあらわれではないか。

「なるへそ」とゴエモンは、少し感心したようにいった。「スシヅメでくらすことの、効用は、なんとなくわかったようよ。——だども、結局、なしてそんなにむらがってくらすのン？　ウジャウジャもみあってくらすのが、好きなんとちがうかン？」

で、——、結局ゴエモンのトイレットペーパーの日記にはこう書かれてしまった。

〝日本人は、ある種の小魚——たとえばイワシ——やミジンコのごとく、超過多群生動物の一種なり。その性、ゴジャゴジャおじやのごとく集ってくらすことを好む〟

〝都市生物〟の出現

ゴエモンが、日本に来て以来、ひたすら驚きに驚いているのは、日本には、どこへ行っても、やたらに人がいる、ということだった。——しかも、その人々が、国土の上に、うまい具合に分散して住んでいるのではない。ただでさえせまい国土の中の、せまい地域に、ギュウギュウかたまって住んでおり、今までさえ、過剰に人間がつめこまれている都市に、将来ますます大ぜいの人間がおしかけようとしている。ちかい将来、日本人口の九〇パーセントは、太平洋側の都市にすむようになるという。ゴエモンの、トイレットペーパーの日記帳、

「ヌッポンおよびヌッポンズン」

には、

「大都市ヌッポンズンは、過密生活の結果すでに人間同士の融合をおこしつつある兆候あり。——あたかも、初期単細胞動物が、大群衆をつくりつつ、多細胞動物への転期を醸成せる状態に、酷似せり。ちかい将来都市生物に変化する可能性大」

という、うす気味悪い言葉が書かれている。

宇宙人であり、ひろい宇宙のあちこちのかわった星で、われわれの常識では、想像もできないようなかわった生物をたくさん見ているゴエモンにいわせると、ある生物の過密生息状態から、まったくあたらしいタイプの生物——都市生物がうまれてくるのは、それほどめずらしい例ではないらしい。

地球から七万五千光年ほどはなれた所にある、ある恒星の第四惑星で、そこの地球人

によく似た知的生物たちが、ある時期、日本と同じように、やたらにむらがってすみはじめた。都市人口はどんどん過密になり、都市面積はふくれ上がった。――ところが、その星でも、やたらに山が多くて平地がすくなく、都市域の拡大は、すぐさま頭うちになった。都市は、もうこれ以上、ひろげられない、というギリギリの所に来てしまったのに、人口増加と人口の都市集中は、一向おとろえず、ますますさかんになった。――空中と地下に立体化することさえ、もう限界に来てしまっていた。都市人口密度は、地球流にいって、一平方キロメートルあたり、三百万人を突破し、――これは一平方メートル、つまりタタミ半分に三人、という状態である。しかも、ゴエモンが最初の訪問を終えて、その星を去る時、この傾向はさらにつづいており、まもなく一平方メートルに四人になるだろうといわれていた。

「タタミ半分に四人と来たら、――まあ、満員電車みたいにじっとしているならともかく、生活するために、動きまわることもできないだろう」と、私はいった。

「そンじゃけ、はじめのうちはよ――都市のいたる所に、油を吹出すシャワーがとりつけてあってさ。街の連中はみんな、ツルツルの、プラスチックのコートを着とったで」

「ひでえもんだな――」と私は溜息をついた。

「つまり、人ごみの中で、お互いの摩擦をすくなくするために、潤滑油をシャワーでぶっかけてたのか?」

「はいよ――ちいとつかえてくるとの、すぐ上から油が降ってきちょった。――ツルッルのコートを着にゃァと、みんなにブチ殺されるとよ」

ツルツルのコートとくると、何となく人事でないような気がした。ご記憶の方もあろうか？――あるいは現在でも、まだ売っているのかも知れないが、一、二年前、日本で、「ラッシュコート」というのが売出されたことがあった。

これは、秋冬用の通勤用の、レインコートのようなものらしいが、これに「ラッシュコート」の名がついた理由は――何んのことはない、表が、サテンみたいな、ツルツルのすべりのいい生地でできていて、通勤スシ詰の電車の中で、人をかきわけて行きやすいから、というのである。――何のことはない。わが日本でも、その遠い恒星の、超過密都市時代と同じことが、すでにはじまりつつあるのだ！

さすがに日本ではまだ、ラッシュ時の群衆に、油をぶっかけるところまでは来ていないが――それでも私は、後楽園球場の周辺や、朝の東京駅八重洲口の大群衆の上に、消防車やタンクローリーから、自動車用のエンジンオイルをホースでぶっかけている光景を想像してゾッとした。奈良をはじめ各地の裸祭りの時に、裸でもみあう若い衆たちに水をぶっかけるように、これは夏場など、冷却の役目もかねるだろう。ただし――ゴエモンも証言したが、――その星には、どうやら喫煙の習慣はなかったらしい。もし日本だったら、大群衆は、たちまち火の海につつまれるだろう。

「ほんでのし……」とゴエモンは和歌山弁をまじえていった。「吾輩の出発のころは、その星のサラリーマン階級は、――つまり、通勤階級どもは、だんだんに角がとれてよオ――ころびやすい、球ッころみたいな体の形になりつつありンした」

「それに油ぶっかけて、もんでりャア――なんのこたない、パチンコ屋で、球をみがいてるようなもんだな」

私は、憮然として頭をふった。――サラリーマン諸氏をパチンコの球にたとえて申しわけないが、――社会にはじき出されて、いろんな釘にぶちあたり、いろんなコースを通って、めでたくどこかのポストの穴にはまり、オール十五となってジャラジャラ出てくる確率を考えると、まんざら似ていないこともない。

パチンコや、アウトまでの　右ひだり　である。

一方、あまり動かない連中は、だんだん六角柱や、正十二面体、正六面体などというかっこうになって行ったという。――これも想像できないことではない。すでに、マンガ家の手塚治虫氏は、未来の都市住民はすき間なく空間をうめつくすために、体が六角柱になるであろう、と予測している。

「だがしかし――」と、私はいった。「動かないで、生活ができるかい?」

「できるともよ――地球でいう、デンワみたいなものが、えかく発達してのう、用事はこれでたりるしよ。食物の方は、水道みてやに、パイプで送られてくるし、動かんとこうと思いなば動かずにくらせたぞなモシ――ちょうど、あんたはンの暮しみたいなものであろうが」

そういわれて、私はますますうすっ気味悪くなった。

たしかに——私のような商売は、電話さえあれば、家から一歩も出ずに生活できる。今でこそ、原稿は郵送しなくてはならないが、将来、テレビ電話と兼用になった家庭用の復写電送《ファクシミリ》が普及すれば、原稿も電話でおくれるわけだ。

食事にした所が、現在オフィスなどで、書類を送るのにつかわれている、エアシュートをつかって、インスタント食品を宅送するようになれば、何も外まで買いに行く必要はない。——とすると、私のような仕事をやっているものは、将来正十二面体か何かになって行くにちがいない。

「で、その〝都市生物〟ってのは、どんなものだ？」と、私は、心配になってきいた。

「よほど気持がわるいものかい？」

「気持がわるいの何のといって、おまはン……」ゴエモンは、上下ヤブをバタバタさせ、鼻毛を扇のホネみたいにパッとおっぴろげて、大仰に手をふった。

「そいつの通ったあとにゃ、草もはえねえズラ」

——ゴエモンが、再度その星を訪れたのは、地球時間でいって、ざっと二百年後だった。

その時すでに、例のスシヅメ都市は、もとの場所になかった。——もとあった場所は、大地表面が深くえぐりとられ、地下の岩盤がむき出しになっていた。周囲には、草も木も一本もなく、荒涼たる砂漠と化した地表に、巨大な「都市生物」がとおったあとが、むごたらしくついていた。

ゴエモンは、そいつのあとをつけた。――そいつは、ありとあらゆるものを――森林や川や湖を、くいつくしていた。山さえその「都市生物」にくいつぶされ、削りとられていた。

もとあった場所から数百キロもはなれた所で、ゴエモンは、やっとその生物を見つけた。――平均直径五十キロメートル、平均の高さ三百メートルのその生物は、灰色のかたい外被におおわれた、途方もなく巨大な、一個のアメーバみたいなものだった。そいつは、地下三十メートルぐらいのくぼみをつくって腰をおちつけ、四方に根足をのばして、手あたり次第にまわりのものを食いちらしていた。岩石も、砂利や砂も、山や林野も、とにかくそこらへんにあるものはみんな――地面の中深く、ヒトデの管足のようなパイプをつっこんで、水だの石油だの天然ガスだのを吸いあげ、そのため、水分のなくなった地表は、みるみる砂漠に化して行った。周囲百キロメートルにもわたる大気は、そいつの吐き出す有毒な排ガスのために赤茶色によごれ、周辺の大地は、そいつのまきちらす、途方もない量の、ドロドロした排泄物のため、鼻持ちならない臭気をはなっていた。――そいつは、地表を砂漠と化しながら自分はますますふくれ上がって行った。そいつの有毒排ガスのおかげで、周囲の生物はみんな死んだ。――生きているものがあれば、小鳥一匹でも容赦なくうち殺し、食いつくした。

そいつは、同じような怪物的生物と化した、他の都市との間で、激烈な、食うか食われるかの喧嘩をした。——なにしろ、そいつの胃袋は、途方もなく、巨大で貪婪《どんらん》で、意地汚なく、地表の資源はかぎりがあるので、たとえば一つの有用鉱物をたくさんふくむ山をめぐって、あるいは水のきれいな湖をめぐって、二匹の「都市生物」がぶつかりあうと、それこそ食うか食われるかの闘いがおこった。——赤褐色のガスをまきちらしながら、直径五十キロ、周囲百五十キロもある二匹のバケものアメーバが、お互いの腹の中から、相手にむけて核ミサイルや毒ガスを発射しあい、のたうちまわって大格闘している光景は、すさまじいものだった。——都市生物の、ぶあついカルシウム系の外被は、ちょっとやそっとのミサイルでは、びくともしなかった。

しかし、大ていは、どちらも核ミサイルのため、死んでしまうのがふつうだった。——その死骸の上に、また別の都市生物がのしかかって、食いちらしているのを見て、さすがのゴエモンも吐き気がしてひきあげたそうだ。

「それで何かい？」私も、その光景を想像して、身ぶるいしながら、ゴエモンにたずねた。「東京や大阪も——その〝都市生物〟とやらになりそうか？」

「まだすぐにはなるみゃアけども」ゴエモンは土びん敷きを、センベイみたいにポリポリかじりながらいった。——やっと来たら、目についたものを何でも食ってしまうので、こまってしまう。「人口密度が、一平方キロ十万人をこえたら、そうなりはじめるで。——東京なんか、あぶないかな、あぶないかな」

「十万人ならまだなかなかだ――いまの東京都の人口密度は、まだ一平方キロ五千人だからな。二十倍になるにはだいぶ時間がかかる」

「そうやな」ゴエモンは、あっさりうなずいた。「あんたの生きとるうちは、よろしかバッテン。されど、いまのままほっとけば、貴様の孫の代には、そうなるわよ。――身共の観測では、東京とパリとニューヨーク、特に東京が、一番早く、そうなるとにらんじょるバイ」

「ほんとかい？」私はあわてた。「何か根拠があるのか？――日本人は利口だから、そうなる前に手をうつと思うがね」

「うちとうても、うたれへんように、なってきよる――そこが味な所で」ゴエモンはニタリと笑った。「実をいうと、わスは、故郷の友だちとカケしとるでな――あちこちの星の都市の中で、どれが一番早く、〝都市生物〟になるかちゅうて、――これ、いま、拙らの仲間うちで、地球の競馬みてェに流行しとるバクチどっせ。予は、地球の中で、東京とパリの市券を、どっさり買うとるんや。特に東京は最有望やと、わしもにらんどるし、予想屋もいうとったがの」

「冗談じゃない！」私は思わず叫んだ。「そんな無責任な！――よその星の不幸を、カケの材料にしてたのしんでるのか？」

「なんで不幸でやンすか？」ゴエモンはキョトンとしていった。「そんなことあらしまへんえ。――人間の集団が、〝都市生物〟になるのは、これは君、進化じゃなかろか？

そりゃ個々の人間は押しつぶされて、一つの細胞になるやも知れず。されど、今みてやな人間はなくなっても、それがより高等な、より高能率な、より巨大な、〝都市生物〟となってうまれかわるとあらば、こらめでたいこっちゃおまへんか。日本――特に東京は、今や全世界の中でこの進化、の最先端を走っておるのであるぞよ。まことに御同慶のいたりでありおり侍り。喜べ喜べ、弥栄《いやさか》！」

人の気も知らないで、弥栄もないもんだ。

――しかし、人口増加と人口の都市集中は、日本だけでなく、世界的な大問題になっている。あと三十数年、今世紀末に、世界人口が現在の倍――六十数億になるのは確実だし、そのあと二十年でさらに倍増し、そのまま何の手もうたなければ、次の倍増には、わずか十年しかかからない、という。A・F・リュス著の「六〇億の昆虫」という本によれば、二〇二六年十一月に、世界人口は二百五十億に達し、文明は窒息して死んでしまう。――もっとひどい計算によれば、紀元三千年には地球上の人口密度は、一平方メートルにつき四百人になって、人間の熱で地球が燃え出すという、バカバカしい説をとなえた学者もいる。

そこまで行くまでに、人間はほろびるだろう。――しかし、もしゴエモンのいうように、一平方メートル四人、つまり一平方キロあたり四百万人の段階で、まったく新しい事態が起り、一人々々の人間が細胞化して、すき間なくギッシリつめこまれ、最も小さい空間に、もっともたくさんの人間が一体化してくらし、しかももっともエネルギーがすくなくてすむ、新しい〝都市生物〟が生じるならば……そこに地球の新しいページがひらかれる。してみると、マンモス過密都市東京などは、この進化のコースの、一番先頭を切っているかも知れないのだ。――ゴエモンがあげた条件としては、マンモス化のほかに、官庁機構の巨大化と空転、マスコミをはじめ、情報の過密化と空まわり、全体の見とおしがまったくきかなくなってくる近視化現象、生命軽視とエゴイズムの発達など、非人間化が促進されればされるほど、進化のスピードがはやまるという。人間的感情、人間的でありたいという欲求などは、進化に抵抗することになる。したがって、より高等な生物となるために、お役所はもっともっと、官僚主義的になって仕事をさぼり、自動車をどんどんふやし、政治家はどしどし汚職をして利権をむさぼり、マスコミはもっと空さわぎをし、日本中の人間がみんな東京に集ろうではないか！　こうすることが、人間を越えた、人間の上に君臨する、地球はじまって以来の新種高等生物――あるいは高等怪物の出現を促進するのだ。今のうち手をうてば、私たちの孫の時代には、東京が、全地球のトップをきって、〝都市生物〟となるだろう。そうなれば――ゴエモンもカケでごっそりもうかるというものである。

日本タイムトラベル

あとがき

第二部の最後を締め括るのは、小松が一九六〇年代に出版した紀行文集のひとつに寄せた「あとがき」。本編は、同世代の代表的建築家、黒川紀章をモデルとした「白山喜照」と全国各地を巡り（現実には同行していないようだ）、高度経済成長と国土計画が変えていくはずの日本の未来を探るという、いっぷう変わった紀行文。表題の「タイムトラベル」には、「〝未来〟だけじゃなくて、未来の変化が実現して行く、この古い日本の土地の〝過去〟にもさかのぼって、その両方の次元を書く」という狙いが込められている。

本編は連載ものだった。その第一回の冒頭は「ここ数年来の、日本の国土の変わり方というものは、どう考えてもただものではない」という言葉で始まっている。一九六〇年代の日本は国土改変の夢を見ていた。その夢への期待と戸惑いが本編の基調をなしているが、国土計画の多くが不発あるいは失敗に終わった二一世紀のいま、あらためて読み直すと、この紀行文そのものが新鮮な歴史的価値を帯びて立ち現れてくる。

ちなみに、この時期の小松は、メタボリズム・グループを中心とする建築家や都市デザイナーたちと交流を深め、彼らのヴィジョンを積極的に作品内に取り入れていた。黒川紀章の名は、一九六八年の『空中都市００８』の注にも現れている。また、本編がのち一九七四年に『（続）妄想ニッポン紀行』の名のもとに講談社文庫に収められたときには、解説を川添登が担当している。建築界では近年メタボリズム再評価の機運が高まっているようだが、そこで小松が、というよりもＳＦ的想像力が果たした役割はもっと注目されていい。

初単行本は読売新聞社刊。一九六九年。

このルポは、日本交通公社発行の雑誌「旅」に、昭和四十三年一月号から十一月号まで連載されたものです。実際に歩きまわったのは、四十二年十月から、翌年の九月まで、ということになります。

四十二年当時は、今、ようやく話題になりはじめている「新全総」、つまり「新全国総合開発計画」といった構想は、まだジャーナリズムの片隅《かたすみ》にもとりあげられていませんでした。ただ、当時ようやく恰好《かっこう》がつきはじめた「未来学」の関係で、さまざまの方面でおこなわれている日本の未来予測や長期計画に関するデータを、ほそぼそ手もとでまとめているうちに、二十一世紀までの国内再投資額が累積六百三十三兆円にのぼるだろう、という、眼を見はるような予測にぶつかったのでした。そして、多くの長期経済予測や長期計画が、予測の地平としてえらんでいる「二十年」という期間内には、累積五百兆円にのぼる再投資がなされるだろう、という予測にも……。

この数字を見た時、私はすっかり考えこんでしまいました。終戦後、あの廃墟《はいきょ》の中から、国民総生産世界三位の現在の状態になるまでの二十年間にこの日本の上に投下された資本の累積が、三十兆円とも五十兆円ともいわれます。すると、次の二十年間には、戦後の二十年間の十倍以上にのぼる資本投下がおこなわれる事になるのです。

終戦直後の、あの一面の焼野が原の印象が、まだなまなましくのこっている世代にとっては、テレビが普及し、新幹線が走り、超高層がたち、自動車があふれ、高速道路がうねるようになった、この二十年間の変化でさえ、目くるめくような思いがしたものです。

さらにこの上、むこう二十年間に、これまでの十倍ものペースで再投資がなされて行くとしたら、いったいわれわれの国土、われわれの都市、われわれの生活は、どう変わってしまうのだろう――そう思うと、何だかひどく心細い感じにおそわれました。

戦中戦後、そしてはげしい世界的な技術革新の波、社会的変化の波に洗われつつある現在へかけて、私は――特に戦中戦後は若かったせいもあって――なにか途方もない大きな流れに、流されっぱなしに流されてきたような感じを抱きつづけてきました。SFに首をつっこみ、未来問題に関心をもったのも、何とかこの巨大な流れのよってきたるみなもとと、流れて行く幅と方向と速度を見きわめ、その上で流れから身をまもるなり、流れに挑《いど》むなり、とにかく自分の生きるべき方向を見つけたいと思ったからにほかなりません。いってみれば、未来にこそ、この流れに対する、主体性恢復《かいふく》の可能性があると思ったからでした。

そういった関心の中で、私は、現在の中にある「未来の台所」あるいは「舞台裏」ともいうべきものに興味をもちはじめました。大きな変化というものは、それがわれわれの眼前にあらわれた時には、まったくあれよあれよという間に、現実の隅々《すみずみ》をおおってしまいます。一度出現してしまうと、それはある程度まで、抗《あらが》いがたい自己保存力をもち、その結果を受け入れるにせよ、拒否するにせよ、変化と私たちの生活との間には、かなりの軋轢《あつれき》が生ずる事はさけられません。――特に最近では、技術の巨大化により、変化の規模とスピードが大きくなって、私たちの生活への影響もますます大きくなってきているようです。

しかしながら、未来における大きな変化は、突然出現してくるものではなく、未来は常に、現在の中のどこかで、準備されつつある事はたしかです。――むろん、それらの「潜在状態にある未来」のすべての要素が、一つのこらず現在の中に見出されるわけではありません。それらの要素の中で、どれがはたして未来において巨大な花を咲かせるか、あるいはどの要素とどの要素が未来へかけてむすびついて行き、そとにどんな思いがけない結果をもたらすか、といったことは、現在からはほとんど予測不可能な面が多いのです。そしてまた一方、過去から現在へかけての傾向の延長上に、ほとんど自動的に予測できることもあります。日本の人口は、何かよほどの変動がないかぎり、二十一世紀には一億三千万に達するでしょう。そしてまた、平均寿命も十歳たらずのびるでしょう。現在三十代の人間が、二十一世紀には六十代になっている、ということは、これまた自明の事です。そして、二十一世紀初頭における、日本政府の首相は、現在の二十代から三十代へかけての人たちの中にいる、という事も。

しかし、予測不能の未来と、現在の傾向の自動的な拡大延長の上に予測される未来の間に「人間が操作し、デザインし、決定し得る未来」の幅ひろい領域がふくまれています。——現在の国民総生産の増大傾向を、二十年後に延長してみて、その中から再投資にまわる分をはじき出すのは、ある程度自動的にできます。しかし、そうしてはじき出された、五百兆という途方もない金を、何に、どういう風につかうか、どういう社会をつくるためにつかうかという事は、人間が——つまり、「誰《だれ》か」が、「どこか」できめて行くことになるのです。

まして、これまでの二十年間の十倍——五百兆ともなれば、その影響は甚大《じんだい》で、たとえその全部が、集中的な「計画」につかわれるわけではなく、民間企業が、各々その時その時の状勢に応じておこなって行く投資がかなりの部分をしめるにしても、のこりの巨大な部分が、公共投資にまわされ、しかもこれだけの規模になれば、官民の区別なく、全体として、「公共的、社会的」な性格をもたざるを得ません。とにかく、五十兆でこれほど日本がかわったのです。五百兆ともなれば、日本の社会が、それこそ裏がえしになるほどの影響を及ぼすでしょう。——しかも、これほどの規模ともなれば、漫然とした運営のしかたでは、無駄《むだ》の累積額も途方もないものになり、また、へたなやり方では、部分部分の衝突の影響や、庶民のうけるとばっちりも甚大なものになるから、これをもっとも効率高く、マイナス面を最少に、効果を最大に運用するには、どうしても「総合的」な計画が必要にならざるを得まい。とすると、いったいこんな巨大な規模の計画は、どこが責任をもって立案するのだろうか？　――そしてまた、おそらくそこでは、計画の「思想」「哲学」といったものが、かならず計画の基本的な「方向づけ」をあたえるにちがいないが、ではその計画立案者は、むろん「最良の方向」をねらって、もっとも誠実に「方向づけ」をおこなおうとするとして、いったいどんな「価値観」「人間観」「社会観」「世界観」にもとづいて、その方向を「最良」だと判断するのだろうか？　そういった事が、猛烈に気になりはじめたのです。

前にもいいましたように、その時はまだ、「新全総」といったものは、姿をあらわしていませんでした。――ただ、交通、通信、河川、産業、住宅、都市などの公共投資関係の長期計画、いわゆる各方面の「大規模計画《ビッグ・プロジェクト》」が、ぼつぼつまとめて提出されかかっているところでした。それだけを全部累計してみても、五百兆の十パーセントにもみたない額でしたが、しかしそれだけの範囲でみても、もし各々の計画が、むこう十年、二十年かけて、この日本の国土の上に投影されたら、それが日本の各地域、さらに、全社会生活に及ぼす影響は、甚大なものがあると思われました。――そこで、雑誌連載開始の時期もせまってきたので、とりあえず、手もとにあつまった資料だけで、ルポをスタートさせる事にしました。

それに以前――もう今から七年も前になりますが――主として西日本を中心に、各地域のルポをやった事があります。その時の事が、ある種の先入観としてあった事は、告白しなくてはなりますまい。それは、日本の各「地方」の、異様に高い活性と自立心、そしてそれにやや水をかけるような傾向にある、中央行政の「国益中心主義」と、情報ギャップというパターンです。五百兆の規模ともなれば、いつもかなり窮屈な財政をしょわされている地方は、それについて考えるひっかかりもないだろう。そして、そのあまりの規摸の巨大さの故に、「総合的計画」そのものは、各地方の視野からスケール・アウトしてしまい、これだけの規模の計画を立案し得るだけの「情報収集・処理能力」をもつ中央で、ほとんどその基本ラインがひかれてしまって、結局各地方は、中央のどこかで、人眼にふれず立案された「未来」を、押しつけられる事になるのではないか。じっくり検討するひまもないような「タイム・リミット」をつけて、承認をせまられるのではないか、という事です。――「地方自治体」レベルでそうですから、まして一介の庶民などは、何が何やらわからぬまま、あれよあれよと見ている間に、中央で、優秀なスタッフを集め、巨大な予算とコンピューターを駆使して立案された「巨大な未来」に、押しながされてしまう、という事になりかねません。むろん、それが全面的に悪いとは、決していいません。たしかに中央には、全国的に見て優秀なスタッフが集められ、そこで日本の未来のために「良かれ」と思われる方向で、計画が立案されるのですから、ある程度は、そんなシンどい事は、中央にまかせておいてもいいでしょう。――しかし、そこで「日本の未来の設計」を「委託」されている人たちに、いったい誰から委託されており、誰に対して「奉仕」したらいいのか、という事が、はっきり意識されているかどうかが問題です。

その上、前にも述べたように、そこで採択される「最良の未来」という方向軸が、何にとって最良であるかという事も問題です。たとえば、「国際産業競争に勝ちのこる」という方向での「最良」の、財貨運営計画なら、中央で全部、日本の未来をレイアウトしてしまい、地方の承認は、ある程度タイム・リミットをつけて、すっとばしてしまった方が、はるかに能率がいいと思われます。しかし、「日本の社会全体」にとっての最良の未来を、というなら、「前・計画《プレ・プロジェクト》」の段階で、未来に対する、全体的な問題点を、すべての地域すべての業界に理解できるまで説明し、その上で、各地域各業界が、それぞれの固有の問題を、この「未決定の未来」の中に投影させつつ、全体計画の立案に参加し、個々の地域や業界の利害の対立は、この全体計画立案の過程で、相互に、自主的に調整して行く、という形をとるべきで、そういうやり方を実現して行くのが、全地方からもっとも優秀なスタッフを集め、全社会の「情報収集・処理」を委託されている中央行政府の「責任」というべきでしょう。

しかし、どうやらここ当分は、「国際競争」という錦《にしき》の御旗のもとに、あるいは政治家の功名のために、名目的な「地方からのフィード・バック」だけで、一種のすっとばしがおこなわれそうな予感がしてなりません。ですが、そんな事はいつまでもつづかないでしょうし、いつまでも戦前型の「産業主義《インダストリアリズム》」にもとづく「国益優先」を大義名分にして、社会に対する「未来の押しつけ」をくりかえしていたら、それは社会に責任をもつ中央が自分で自分の首をしめる事になるでしょう。——「産業主義《インダストリアリズム》」が、そのもっとも強力な社会形成の推進力だった時代が終焉《しゅうえん》しつつある事は、産業界自体が、「ポスト・インダストリアル・ソサイエティ」の到来を喧伝《けんでん》している事から見てもわかります。

といって、「個人的視点の保持」を信条的基盤にする物書きにとって、こういう「巨大未来」に対して何ほどの事ができるとも思えません。——そこでとにかく、「巨大計画」の、入手し得る部分をたよりに、そういった「未来デザイン」を通して、各地域をざっと見なおしてみることにしました。世界でも稀《まれ》な、「均質社会《ホモジニアス・ソサイエティ》」といわれ、交通・通信の発達により、また「都市化《アーバナイゼイション》」の進行により、ますます均一化されつつあるといわれながら、日本の各地方は、なお、それぞれ生き生きした「個性」をもって生きています。個別的な地域条件、過去から由来する個別的性格をもち、個別的な問題をかかえ、その延長上に、個別的・自主的な「未来」を描こうと努力しています。人間の、本当に生き生きとした「人間性」が、そのおのおの「個性」を通じてはじめて発現してくるように、巨大な「技術管理社会」の「均一化」の強い力に抗して、なおそれぞれの固有の性格を通じて、固有の未来をもとうとしている「地方」は、日本の社会の中で、もっとも生き生きした部分といえます。(そしてまた、こういった「生き生きした部分」は、あながち、「地方性」という類型化にはまらない、「職業的」な層や集団にも、数多く見られますが) そしてまた、技術社会がうみ出しつつある「未来」は、かならずしもこの「地方の生き生きとした個性と主体性」を全面的に開花させることを通じて、「日本社会全体の、共通課題」という高次なレベルの問題に参加させて行く、あるいは逆に、高度なレベルの問題に、主体的に参加させる事によって、地域性の開花をはかるという方向をとっていないように思われます。

しかし、現在見られるこういった傾向も、やがては、「社会的・人間的に最良」という方向軸へ、修正可能でしょう。――そう信じて、この「未来的視点から、地域の潜在的可能性をさぐる」という、考えてみれば大それたルポをやってみました。読みかえしてみると、おそろしく大まかで、かなり主観的で、大した「問題提起」にさえなっていないように思えます。月刊連載というスケジュールに追われたとはいえ、こんな大げさな問題を、われながらあらっぽいやり方でやったものだと思って、今となっては冷汗三斗です。もっとも、この種のルポは、とにかく「大急ぎ」なのが身上だと思ってみずからなぐさめる事にしましょう。なにしろ毎回データをこなすだけでせいいっぱいで、とにかくつぎはぎ細工であり、かつおそろしくやぶにらみの視線ですが、「未来から見た日本の各地域」の、「全体的な地図」としては、はじめてのこころみである、ということが取得かも知れません。データをこなすという点では、ここらあたりが個人の限界で、そのかわり、「個人的視点からみた〝全体〟像」としての性格と問題性は保持できたと思います。――一種のSFルポとして、気楽にお読みください。

最後に、雑誌の性格にあわないようなルポを、一年間つづけさせてくれた〝旅〟の編集長と、毎回お膳立《ぜんだ》てをしてくれた、同誌編集部の川村氏、それからデータなどで、貴重なサゼッションの数々をあたえてくれた上、文中弥次喜多道中のパートナーのモデルとなる事を承諾してくれた建築家黒川紀章氏——まったく失礼にも、文中彼を運転手にしたててしまいましたが、本ものの彼は「白山喜照」より、はるかにりっぱな人物である事は、知る人ぞ知るです——それに、一人旅をやれば、どんなポカをやったか知れない私に、何回か優秀なアシスタントをつとめてくれた大阪のK氏、そして、この厄介なお荷物を出版にこぎつけてくれた、読売新聞社出版局のO女史に、心から感謝いたします。

昭和四十四年九月　　著者

3　SF的、日本的

時の顔

1963

第三部「ＳＦ的、日本的」は、日本を舞台あるいは対象とし、日本的な情緒や伝統をＳＦの手法を用いて新たなイメージのもとで再構築しようと試みている短編を三つ集めた。ここに収めた作品については、もはや野暮な解説で屋上屋を架すことはしない。小松が「日本的なもの」に向けた視線をしみじみと味わってほしいと思う。

冒頭を飾る本作は、またもや小松の初期作品で評価が高い短編。小説は四〇世紀から始まる。原因不明の疼痛《とうつう》で死に直面している親友を救うため、江戸時代の日本に飛ぶ主人公。そこで出会った真実とは――。

本作は親友の病の正体を探るミステリーでもあり、最後にはあっと驚く謎解きが待っている。四〇世紀人の目を通して語られる、慶応年間の江戸の詳細な風俗描写も魅力的だ。加えて本作で注目すべきは、小松にしてはめずらしい（しかしときおり顔を覗かせる）父子関係、および同性愛を想起させる親友への強い情愛の描写だろう。そういえば「カズミ」という親友の名は、現実に小松と親しい交友関係にありのち一九七一年に夭逝《ようせい》することになる作家、高橋和巳を思い起こさせるが――そのような読みこそが野暮というものかもしれない。

初出は『ＳＦマガジン』一九六三年四月号（早川書房）。

小会議室の中には、沈痛な顔がずらりならんでいた。だれ一人として、僕たち二人の方を正視できないでいた。

「タナカさん」院長のチャン・タオルン博士が口を切った。「ここには東部アジア総合病院の全医局員がおります。そして中央病理学研究所のデュクロ博士、トロントハイム医大のヨハンセン総長、特殊臨床医学の泰斗《たいと》ブキャナン博士の諸先生もおられます」

チャン博士はちょっと顔ぶれを見わたした。

「みなさん、あなたの息子さんの治療のことで、当病院においでねがったのです」

「斯界《しかい》の泰斗を網羅《もうら》していただいたわけですな」おやじ――時間管理局最古参のヨシロ・タナカ調査部長の口ぶりには、かすかに皮肉と怒りがまじっていた。

「で、みなさんの結論はどうなんです？　カズミはなおるんですか？」

えらい先生がたが、一せいに眼をふせた。

僕はふと特別病棟の麻酔ケースの中に横たわる、カズミの姿を思いうかべた。色の白い、端麗《たんれい》な顔は、二十四時間毎《ごと》におそうはげしい発作にやみおとろえ、死人のようになっている。——チャン博士は金属的なせきばらいを二、三度した。

「われわれはできうるかぎりの——さよう、現在の臨床医学のあらゆる知識をもって、この一年間手段をつくしてみたのです」

水をうったような沈黙が部屋をみたした。

「で、その——もはや治療ではなく、別の処置をとらねばならぬという結論に達しました」

「あなたの御子息は奇病なのです」悔恨やるかたないといった調子でブキャナン博士が口をはさんだ。「われわれには、どうしてもその病因がつかめない。したがって手のつくしようもないのです」赤ら顔の博士はどんと机をたたいた。「こんな病気はあり得ない。わしは医者をやめたいですよ」

照明が部屋の一部で暗くなり、映画がうつりはじめた。

「病状については、すでにご存知だと思います」チャン博士がひきついだ。「発作は一年二か月前に突然起りはじめ、それ以後、ほとんど正確に二十四時間間隔でおそってきます。これが二週間つづいては、二週間やむのです。——患者の言によりますと皮膚表面に突然おそってくる刺すような痛み、つづいて筋肉、内臓組織まで貫通するはげしい痛み……」

僕は思わず舌うちした。患者の父親に、患者の苦痛を語ってきかせてどうする気だ？

「疼痛感覚《とうつうかんかく》が起ったあとは、青い、小さな斑点《はんてん》が、皮膚上に残る。——われわれにとって不可解なことは、患者がこのようにはげしい苦痛を訴えるのに、組織そのものには、一連の収縮以外何の変化も起らないということです」

フィルムは筋組織の顕微鏡《けんびきよう》映像をうつし出した。毛細血管の中を血球がせわしなく動き、半透明の横紋筋《おうもんきん》細胞がうごめいていた。と、突然表皮細胞の一部が、はげしく収縮した。その収縮は組織表皮部から深部へかけて、一直線にひろがって行った。

「今あそこにひろがって行く原因不明の収縮が、発作です」チャン博士はいった。「発作の後、組織には何の損傷も起らないのに、患者は依然として疼痛感がその点に残っているとうったえている。――当然考えられるのは、発作が心因性のものであるということです。しかし……」

静まりかえった席上で、おやじの荒い息と、チャン博士が唇《くちびる》をしめす、かすかなピチャピチャという音が、いやにはっきりきこえた。

「サイコメトリ方法による精密検査によっても何一つ原因らしいものはみとめられません。しかも――これこそ現代医学にとって不可能であり、奇病たるゆえんなのですが――この発作と残留疼痛感は、いかなる強力な麻酔をもってしても、防ぎ得ないのです」

――僕は発作の起った時のカズミのおそろしい叫びが耳にきこえるような気がした。ケースの中で……手足をしばりつけられて。

画面に人体の略図がうつった。その上に胴体を中心に、無数の青い点がちらばっていた。——おやじが音をたてて息をすいこんだ。

「発作点は身体前面にのみあらわれ、一か所に二度起ることは決してありません。現在ではすでに身体上数か所に……」

「もうけっこうです！」おやじが叫んだ。「あんたらはいったい何をいいたいんです？　あきらめろというんだったら、はっきりそういってください。カズミはなおらないんですか？」

　この絶望的な問いが、時間局員の場合、何と皮肉にひびくことだろう？　禁止時域《プロヒビション・エリヤ》——現在から前後五十年の間、一般局員が決してはいれない時域がある。数千年をとびこえることは許されたものたちが、自分に直接関係のある未来については、知ることを禁じられているのだ。

「そのことについて……」チャン博士は苦しそうにいった。「われわれは、今日ここであなたの裁断をあおぎたかったのです。結論として——われわれには、この病気はなおせません。このままでは、御子息は苦しみつづけて一年かそこらのうちに死ぬでしょう」

「で、何の裁断をするのです？」おやじはうちのめされた声でいった。「安楽死ですか？」

「いいや、病気はなおせなくとも、生命をひきのばす手段はあります——脳髄《のうずい》移植です」チャン博士はいきおいこんでいった。「御子息そっくりのアンドロイドを準備して

「……」

「アンドロイドか！」突然おやじは軽い声をたてて笑った。「永遠に年をとらぬ、アンドロイド！――あなたがたは自分で子供を育てた経験が、あまりないようですな。人格とは、脳につまっているものがすべてだと概念的に思っている。だが、父親にとっては、息子の髪の毛一本皮膚一片――いや、病気そのものが息子の全人格なのです」

「脳髄移植も、確実に問題の解決になるとはかぎらない」突然特殊病理学の権威、デュクロ博士がいった。「そのことはあらかじめ知っておいていただいた方がいいでしょう」

医者たちの間に動揺が起った。デュクロ博士を非難するようなささやきがかわされた。

「どういうことです？」おやじはけげんそうにきいた。「アンドロイドにも病気がおこるんですか？」

「心因性の場合、おこることがあります。――今度の場合も……」博士はちょっとためらった。

「私は症状から見て、T・Dだと思うんですがね。――少数意見ですが……」

「T・Dって何です？」

「精神感応性疾患《テレパシック・デイジーズ》――思念力の作用によって起る病気です」

「じゃ超能力《エスパー》の連中の誰かが起したというんですか？」僕はおどろいて叫んだ。

「デュクロ博士の説は、少数意見です」ヨハンセン博士が、強い北方訛《なま》りで重々しくいった。

「T・Dなら簡単に原因が――この際は犯人というべきでしょうが――見つかるはずですからね。完備した超能力警察《エス・ビイ》、登録されて、厳重にとりしまられている超能力者《エスパー》たち……」

「むろん、われわれは超能力警察《エス・ビイ》に依頼して、充分に調査しました」ブキャナン博士もいった。

「結果は、その兆候はまったくないということです。――報告書をごらんになりますか？」

　おやじは、宙を見つめて考えこんでいた。チャン博士が、この問題をうちきって、裁断をもとめようとした時、おやじは突然たち上った。

「みなさん」おやじはいった。「移植手術は待ってください。そしてせがれの命を、何とかできるだけ長く、もたせてやってください。今おねがいしたいのはそれだけです」

　それから部屋の隅《すみ》の方へ体をそむけると、つきつめた表情でいった。

「デュクロ博士――お話があるのですが」

　デュクロ博士の個室へはいると、おやじは習慣で、恐ろしいものでも見るように、こっそりと壁面テレビの方をふりかえった。

「息子さんをごらんにならない方がいいですよ」デュクロ博士は、肩にうめこまれた医師用の皮下時計《ハイポダミック・クロノメーター》でちょっと時刻を感じとった。「いま、十五時です。発作はすぐなくともあと十一時間は起きません」

　博士はまだ若く、チュートン族の先祖がえりといったずんぐりした体格だったが、いかにも機敏らしかった。

「連中は冷凍仮死処置をとることにしたらしいですよ」博士は飲物をすすめながらいった。「だが、はたしてそれで苦痛がなくなるかどうか——仮死が仮死であって死でないかぎりはだめかもしれません」

「信じられませんね」僕はいった。「感覚器も大脳も反射系も代謝系も、カチカチの仮死状態にあって、なお苦痛があり得るんですか？」

「T・Dならば、あるかも知れません」

「そのT・Dについて、くわしくききたいのですが……」おやじはかたい声でいった。

「じつをいうと、この分野はあまりくわしくわかっていません」博士はいいづらそうにいった。

「症例が非常に少いので——四十世紀の超能力研究もまだあいまいなものですな。特に交感理論《コレスポンダンス》など、だいぶ欠陥があると思います。だからこそ、みんなこの疑問をさけたがるんですな」

「T・Dってものは時代をこえて効力を発揮しますか？」

　博士はちょっとびっくりしたようだった。

「まさか——そんな話はききませんね、要するに、テレキネシスとか、サイコキネシスとよばれる力で病気を起すんですからたいてい思念集中と同時に起ります。もっとも思念力蓄積の必要がある時は、効果のおくれはありますが」

「たたりという場合は？」

この珍しい廃語になった言葉の意味が、僕にはすぐにわからなかった。しかしデュクロ博士は古代医学にくわしかったから、すぐわかったらしかった。

「あれは残留思念力の問題ですね」博士はむずかしい顔をした。

「特定の地域や物体に残留思念力があって、近よったりふれたりすると効果を発揮する――これもそう長くは残らないはずです」

「だがエジプトの〝王者の谷〟の場合は、実に四十世紀をこえて、効力が残った」

「あれはこう考えます。あのピラミッドの質量と構造、それに長く沙漠《さばく》のなかに放置されていたということが、サイキック・エナージィを閉《と》じこめ、保存するのに非常に役立ったのだ、と。――古代エジプト人が、わざわざその目的であああいう構造をえらんだのか、偶然そうなったのかは知りませんがね」

「ちょっとまってください」僕はいった。「カズミの病気が、過去の思念力によって起ったとでもいうんですか？」

「あるいは……」そういいかけて、おやじはぐっと口をつぐんだ。

「どうして？」僕は突然わきあがってきた不安に、思わず立ちあがって、おやじの顔をのぞきこんだ。

「なぜカズミが――時間局員のあなたが、過ぎさった時代から病気をかかえて来たというなら、まだ話がわかります。だけどカズミは数学院の研究生で、過去との交渉はないはずじゃありませんか？」

「何か心あたりでもあるのですか？」デュクロ博士は鋭くいった。

おやじはおしだまって頭をかかえこんでいた。――言おうか言うまいかというはげしい葛藤《かっとう》が、おやじの胸の中にうずまいているのが、手にとるようにわかった。

「実は……」おやじはひからびた声でいった。「二十四年前……」

西暦一八四三年、極東N六三〇六地区――その時代の表現によるならば、天保十四年閏《うるう》九月のニッポン、エド。――僕はことのなりゆきの意外さにおどろきながら、時間基地八〇八号を出て本郷の切り通しをぬけ、広小路からたそがれの御成道《おなりみち》を南に向って走っていた。盲縞《めくらじま》の着物に町人髪、ふりわけ包みに手甲脚絆《てっこうきゃはん》といった旅人姿で……。頭の中は催眠記憶装置《ハイプノムネモニックス》で、大急ぎでつめこんだ十九世紀江戸の、言語風俗や知識でわれかえりそうだったが、それ以上におやじの告白がまだ耳の中になりわたっていた。

「カズミはわしの本当の子ではないのだ」とおやじはデュクロ博士の部屋でいった。「わしの本当の子は、二十七年前のアルテミス号の遭難の時、妻といっしょに……生後六か月だった」

「じゃ、今のカズミは？」

「二十四年前……」おやじは手をもみしだきながらいった。「わしが二千年前の極東六三〇六に調査に行った時に――」

僕はぎょっとして叫んだ。

「でも、それは大変なことです。違反です」

「むずかしいところだった」おやじはつぶやいた。「赤ン坊はほっておけばそのまま死ぬところだった。それにそのとき人の気配がしたので、咄嗟《とっさ》に赤ン坊を連れて来てしまったのだ。そして、赤ン坊は、死体として、もちこみ許可をとり蘇生手術《そせいしゅじゅつ》をうけさせた」

それからおやじは僕の顔を見て、絶望的に叫んだ。

「なあ、タケ、わかってくれ！　子供を失った父親の感情がどんなものか……とりわけ、ニッポン系人種が、子供に対してどんなに深い愛情をいだいてきたか！」

それにしたところが、カズミの奇怪な病気の原因が実際に十九世紀にあるかどうかは、まったくあやふやだった。ただ、その原因不明の病気がT・Dかも知れないといううたがいがあるかぎり、その過去のベールにとざされたおいたちはさぐってみる値打ちがありそうだった。

「同感です」デュクロ博士も力をこめていった。「病因がはたしてそこにあるかどうかは、私にも全然自信ありません。しかしその領域は、今やわれわれにとってもたった一つの可能性です。ひょっとして、万一にも病因がつかめたら……」

「そうしたらなおせますか？」

「いや、それは何ともいえません」博士は自信なげな表情でいった。「ただ、病因がつかめたら、何か治療手段が見つかるかもしれない」

なお、実際的な問題がのこっていた。こんなあいまいな理由で、正式の航時許可がとれるか？――おやじは自分で行くといってきかなかったが、すでに年齢限界をすぎていたし、調査部長自身の出張はことが大きくなりすぎる。

「僕が行きます」と僕はいった。

その時すでに、運命に対する予感のようなものがあった。僕の平均超能力係数は6だ、悪い方ではない。

それにカズミと僕は幼な馴染《なじみ》だった。ごくちいさい時、僕たち二人は一目見ただけでお互いに好きになった。それ以来僕たちは、かたときも離れることのない友人になった。学校も一緒だった。専門はちがっていたが僕たちはまるで兄弟のように、したしみあっていた。僕が兄貴でカズミは弟だ――カズミは最初あった時から僕をしたい、僕は彼をかばってきた。僕たちの間には友情以上のもっと強いきずながあった――といって、妙な関係では決してない。むしろ肉親の愛情にちかいものだ。おやじと知りあって時間局へ入ったのもカズミの推薦だった。僕は年下のカズミを心から愛していた。どんなことがあっても、たとえ身を投げ出してもカズミを救わねばならないという強い衝動はおやじよりももっと強かったのではないかと信じている。

「あなたが、調査命令を出してください。おさななじみの危急をすくうなら、どんなことでもやりますよ」

こうして僕はあてずっぽうの調査にのり出したのだった。はたしてこれが病因解明のきめ手になるかどうかまるきり五里霧中《ごりむちゅう》だったが、とにかく僕は、上野不忍池《しのばずのいけ》のほとり、東照宮の裏にある十九世紀日本基地八〇八号から、下谷へむけて急いでいた——おりしも東叡山《とうえいざん》寛永寺の時鐘が、三つの捨て鐘をつきおわり、暮六《くれむ》つの鐘の音を、くれなずむ江戸の町にいんいんとひびかせはじめた。

逢魔《おうま》が刻《とき》というのか、この時刻、下谷黒門町界隈《したやくろもんちようかいわい》には、ぱったり人通りがたえていた。野良犬《のらいぬ》の影のうろつく、ほこりっぽい江戸の街を左へ折れ右へ折れて行くと、行く手に目標の火除《ひよ》けの空き地が見えた——記憶にまちがいなければ、あれが秋葉原だ。それをめやすにまた左へまがると、森閑《しんかん》とした練塀小路《ねりべいこうじ》だった。四ツ角までくると花田町の方角から小きざみにいそぐ下駄《げた》の足音がきこえてきた。僕は傍の天水桶《てんすいおけ》にかくれて、眼帯式になった江戸時代用のかくしカメラをかけた。

四辻《よつつじ》に黒襟《くろえり》をかけた若い女が、何か包みを胸にかかえて、つんのめりそうになってかけてくる。と見るまに、角のところにうずくまっていた、頰《ほお》かむりの黒い影が女にとびかかるや、匕首《あいくち》がにぶくきらめいた。女がかすかに悲鳴をあげ、もつれあううちに男の手拭《てぬぐ》いがとける。——女がくずれおち、男は女の包みをとって、ためらったように中をのぞいたが、いきなり傍の塀にたたきつけた。一瞬、赤ン坊の泣き声がした。男はしゃがんで女のふところをさぐる。その時、女の来た方角から、もう一つの足音がきこえてきた。男はぎょっと顔をあげ、飛鳥のように暗やみへ消えた。

　かけよったのは、でっぷり肥《ふと》った、中年の旅人姿の男だった。——二十四年前のおやじだ。僕はおやじがこの時代に調査に来て、偶然カズミをひろう場面に立ちあっているのだ。おやじは女の死体を見、男の逃げた方角を見、ころがっている包みをひろった。はっと驚く思いいれがあり、それからあたりを見まわして、天水桶のかげの僕を見つけた。一瞬のためらいののち、おやじは御徒士町《おかちまち》の方角へ脱兎《だっと》のごとくかけ出した。二十四年前、カズミをひろった時に、おやじをおどろかせた人影とは、ほかならぬ僕のことだった。——さあ、ここからだ。ひろわれた時のカズミは、臍《へそ》の緒《お》書きも何もつけていなかった。彼の出生をさぐるのは、女の線をたぐるよりしかたがない。

　成年したカズミのかおだちとそっくりな、二十二、三の女の顔は断末魔の苦悶《くもん》にゆがんでいた。眉《まゆ》もおとさず鉄漿《かね》もつけず、といって生娘《きむすめ》とも見えない。

「子供を……」と女はあえぎながらいった。

「しっかりしなさい！」僕は耳に口をあててどなった。——派遣調査員が過去の人物と決定的な関係をもてるのは、大ていの場合その人物の死の間ぎわばかりだ。事態を変えないための配慮だが、時おり自分が死神のように思え、因果《いんが》な商売だと思うことがある。

「赤ン坊の名は？」僕は女をゆさぶった。「あんたの名は？」

「さと……」と女はいった。——それが最後だった。ふところは、さっきの男がさぐっていったか何もない。僕は唯一の手がかりである、犯人のおとして行った汚い手拭いをひろって走り出した。——角を曲ったとたんに経文《きょうもん》をくちずさみながらやってくる、旅の僧侶《そうりょ》にどんとぶつかった。

「何かありましたか?」まだ若いらしい僧侶は、つきあたられてびっくりしたようにきいた。

「殺しでさあ」僕はいった。「今そこで若い女がやられたんで」

「それは気《わけ》の毒な……」と僧侶はいった。

「ほんに若えのに気の毒なことで」僕はできるだけ江戸ッ子らしい口調でいった。「ごめんなせえやし、あっしはちょっとひとっぱしり番所まで」

僕はその場をはずして、またかけ出した。背後で、死体を見つけたらしい僧侶の、驚きの声がきこえた。その声をきいた時、僕はふと気がついた。——たそがれ時の暗がりで、網代笠《あじろがさ》の下からチラリと見ただけなので、顔立ちはほとんどわからなかったが、その顔をどこかで見たような気がし、その声にもおぼえがあるような気がしたのだ。だが、気がせくままに、僕は駐在員の家へむかって走りつづけた。

この時代の時間局駐在員は、湯島金助町の目明《めあか》し油屋和助だった。

「おそかったな」和助は一人で長火鉢《ながひばち》の前にすわっていた。

「今日くるというので、一本つけて待ってたんだ。——十九世紀の江戸の酒をのむかね？」

江戸に二十年も駐在している和助の恰好《かっこう》は、さすがに板についていた。本田髷《ほんだまげ》に黄八丈の丹前をひっかけ、長煙管《ながギセル》でやに下ったところなど、どう見ても江戸前の親分だ。そのくせ自分では決して事件を解決しない。

「すぐ現像してくれ」と僕はカメラをはずしながらいった。

「殺した奴《やつ》の線からもたぐってほしいんだ。何かいわくがあるかも知れない」

「殺しのことは、こちらの下っぴきに、番所へとどけさせるから女の身もとはいずれ町方の方でわれるだろう。お前さんは見ねえことにしとくんだ。わかったな？」

「通りすがりの坊主に見られてるぜ」

「大丈夫だよ。江戸にゃ神かくしや、迷宮入りがわんさとあるんだ」

和助と僕は地下室にいって、犯行現場の写真をしらべた。超高感度のフィルムを拡大すると犯行が順序を追うて、全部うつっていた。おさとの顔は見れば見るほどカズミにいいいいいいいいいい似ていいいた。手拭いのはずれた瞬間の兇漢《きょうかん》の顔を見ると和助はちょっと、声をたてた。

「こいつは驚いた！」

座敷へあがると、和助は小障子をあけて路地へむかってどなった。

「金太！　ちょっとこい！」

裏口から、髷節《まげぶし》のまがった、おっちょこちょいらしい下っぴきが上りこんで、素袷《すあわせ》の前をかきあわせた。

「お前、直《なお》が江戸へかえって来たという話をきかねえか？」

「へえ……」金太はとぼけた顔をした。「そういえば八百辰《やおたつ》がこないだの朝、多町の青物市のかえりに見かけたとか」

「どじなうそをつくな！」和助はついた。「やつァ今どこにいる」

「勘弁しておくんなさい。直兄ィにゃ世話になったんで……」

「お上《かみ》の御用じゃねえ、どこにいるんだ」

「こないだうちから、こっそり帰って来て、九段中坂でめし屋をやってます」

「知ってる男か？」金太がでて行くと、僕は和助にきいた。

「片岡直次郎《かたおかなおじろう》——直侍《なおざむらい》だよ。知らないのか？　先だって死んだ河内山宗俊《こうちやまそうしゅん》のとりまきで、有名な悪《わる》だ。いずれ黙阿弥《もくあみ》が芝居にして三千歳《みちとせ》とのひきで大そうなところを見せるが、実物はあんなイキなもんじゃなくてつまらねえ男さ。ここのすぐ隣の大根畠《だいこんばたけ》で、源之助って相棒をしめ殺したこともある」和助は帯をしめながらいった。「そういやァ殺しのあった練塀小路は、河内山の家のあったところだ。——いい気質《きっぷ》の男だったがな」

　僕たちはそれからすぐ駕籠《かご》で九段中坂へむかった。駕籠という珍妙な乗物も、天保期の小悪党のことも、僕にはまったく興味がなかった。むしろカズミの身もとの件で、あまりわき道にそれてしまうのを恐れていた。だがこの段階では、あらゆることにあたって見るよりしかたがない。

九段坂界隈は、屋敷町ばかりのさびしい場所だった。それでも中坂へんはまだ町家の灯が見えた。和助は、八犬伝を書きおえたばかりの曲亭馬琴《きよくていばきん》のすんでいる家をおしえてくれたが、僕はこの壮大で退屈な古典作家にも興味はなかった――あとで考えてみると、この問題を追及するのなら、少しはこの雄大な因果話を読んでおくべきだったのだが。

直次郎は店をしめて、一人で茶碗酒《ちやわんざけ》をのんでいた。和助を見ても、その鉛色の顔は少しも動かなかった。瘦《や》せて、垢《あか》じみて、すさみ切った感じの中年男だった。

「直さん」和助はいった。「ひさしぶりだな」

「和助か」直次郎はどろんとした眼を向けた。「お前、あいかわらずちっとも働きがねえそうだな。十手《じつて》を返したらどうだ」

「例によって、お上とは関係ねえ話だ」和助は押しのある声でいった。「今夜練塀小路でやった女は誰だえ？」

「そいつが生き証人てわけか？」直次郎はじろりと僕を見た。

「証拠もおとして行きなすった」和助は手拭いをほうった。

「大口屋の手拭いに、三の字が書いてある。どじな仕事だな」

「小づかいせびりに吉原の近所《なか》まで行ってよ」直侍はぐいと茶碗をあおった。「留守を食ってのかえりみち、つい昔なつかしい兄貴の家の近所に足がむいてな。通りすがりに、何か大事そうなものをかかえた女が通りかかったら……」

「直さん、お前大そうやき**が**まわったね」和助はズケズケ言った。「河内山とくんで、雲州に一泡《ひとあわ》吹かせた直侍が、行きずりに、小娘殺してふところを探ったか。伝馬町《てんまちよう》で一服もられた河内山が、草葉のかげで泣くぜ。三千歳花魁《おいらん》もあいそをつかすだろうよ」

「やかましいやい！」直次郎はどなった。

「おい、直！」和助も負けずにどなりかえした。「かりにも十手をあずかってるんだ。殺しでしらを切るならすぐ奉行所へつき出すぜ。たださえ人返しの法が出て、江戸の出入りはやかましい。十里江戸おかまいの身を忘れたか」

直次郎の顔に卑《いや》しげな笑いがうかんだ。

「この話、いくらで買う？」

「切餅《きりもち》二つ」

「いつもながら大そう気前がいいな。盗ッ人《ぬすと》でもやってるんじゃねえか？」

「ふざけるな！　森田屋清蔵たあわけがちがうぞ」

直侍は森田屋の名をきくと、にがい顔をした。和助がならべた五十両の金をふところにねじこむと彼はいった。

「七ツ半すぎに鳥越のお熊婆ァ《くまばば》の所へ行ったんだ。婆ァは留守で、上りこんでると、婆ァが血相変えてとびこんで来て、直さんいいところへ来た。手を貸してくれっていうのよ。これこれこういう風体《ふうてい》の娘が、たった今上野の方へ逃げた。おっかけてやってくれれば五両出すといいやがる」

「五両か、直侍も落ちたもんだ」和助はつぶやいた。「女が抱いてた赤ン坊のことは?」

「赤ン坊とはきかなかったな」直侍は紫色の唇を、苦いものでもなめたようにゆがめた。

「ついでに女の持っている包みも始末してくれというんだ――あの婆《ばば》ァ、手前が堕胎《おろし》専門で、す巻きや水子《みずこ》が平気なもんだから、人を赤子殺しの片棒にしやがる」

僕たちは、夜道を浅草へとってかえした。

鳥越と向う柳原のあいだに立った荒れ果てたひとつ家で、お熊婆ァは朱《あ》けにそまって死んでいた。

「直だな」和助は舌うちした。「金のことでもめたんだろう。ちょっとの間に二人殺しやがった」

僕はじりじりしながら、和助の家で一晩すごさねばならなかった。直侍が、捜査の糸の一本をめちゃくちゃにしてしまったので町方の方で、おさとの身もとがわれるのを待たねばならない。

「お家騒動のにおいがするな」と僕はいった。「その線からさぐれないか?」

「お家騒動といったって、大名旗本から零細《れいさい》町民の家にいたるまで、ごまんとある」和助は笑っていった。「封建《ほうけん》家族制下では、お家騒動は常に起っている。いわば日常茶飯《さはん》事《じ》だよ。――まあ焦《あせ》らないことだな」

事件に対する焦りだけでなく、僕は一刻も早くこの問題を解決して、四十世紀へかえりたいと思っていた。――僕が以前この地をおとずれたのは、まだ日本海が湖で、原始林の中をマストドンがうろつきまわっている時代だった。歴史時代にはいってからは、今度がはじめてだ。そして、この、十九世紀中葉の江戸に潜入したとたん、自分の人種的な血のつながりを通じて、陰惨な過去の時代の影が、蜘蛛《くも》の糸のように僕をからめ出すのを感じたのだ。

時間局員は、感情的に訓練をうける。一たん過去の時代へさかのぼったら、どんな悲惨な事態を眼前にしても、決してそれと決定的な関係をもたないようにしなければならない。カズミを拾ったおやじはある意味で、その禁律をおかしたことになるのだが――局員だって人間だ。そしてまた、調査員が過去の時代の影響をうけるということもしばしば起るのである。

特に僕は、自分が若いので心理的感情的な危険にむかって押しやられつつあることをひしひしと感じていた。――直侍のもつ、どす黒い、陰惨な影は、僕に鳥肌《とりはだ》をたてさせた。そしてさらに、お熊婆ァの家の床下から出た、何百体という嬰児《えいじ》の骨は、戦慄《せんりつ》を通りこして、僕をどうしようもない悲哀感にしずめた。嬰児虐殺が、貧しい人々にとってさけがたい自己保存の手段の一つだということを知っていただけに、その悲哀には出口がなかった。

――花のお江戸は、草原と丘陵の中に、ごちゃごちゃかたまった、ほこりだらけ、犬の糞だらけの灰色の町だった。武家屋敷のみがいたずらに宏壮《こうそう》で、だだっぴろかった。

数年前の大飢饉《だいききん》の余波がまだおさまらず、いたるところ乞食《こじき》の群れがおり、道ばたの筵《むしろ》の下からは、行きだおれの鉛色の脚が出ていた。大部分の人たちは、飢餓と、疾病《しっぺい》と、政治的圧力の中で、垢まみれになって豚のように生きていた。これが僕の先祖たちなのだと思うと、僕は全身がうずくように感じた。――この二日の間に、老中水野忠邦は上《あげ》地令《ちれい》の失敗から失脚した。富豪と大名が、利益の上で結束して行った、政治上のごたごたなど、庶民には何の関係もなかった。上層部の誰《だれ》がどうなろうと、彼等の呪《のろ》われた境遇には、何の変化もないのだ。

翌日の午後、金太がおさとの身もとがわかったことを知らせてきたときは、正直いってとび上りたい思いだった。「通りすがりの坊主が身もとを知ってたんで、すぐわかりましたが、実はいろいろしらべてたんで」と金太はいった。「何でも根岸への百姓の娘で、借金のかたに、一年とちょっと前から、日本橋富沢町の古手屋、辰巳屋《たつみや》進左衛門のところへ、仲働きにあがってたそうです」

「おさとは子供を生んだんじゃねえか?」

「親分よく御存知で――進左衛門夫婦にゃ子供がないんですが、おさとの方は進左衛門の手がついて三月ほど前に男の子を生んだ。むろん辰巳屋のあととりにというんで、今辰巳屋がひきとって育ててます」

「それじゃおさとはお部屋さままでおかいこぐるみか?」

「そうでもなかったようです、何しろ進左衛門は養子ですからね」

このころには、腹は借り物という思想があった。特に婿《むこ》養子の妾《めかけ》となれば、あととりをうんでも、それほど大きな顔はできない。

「おさとはきのう、何だってあんな時刻に下谷へんを走ってたんだ？」

「それがおかしいんで――おさとは向島《むこうじま》の辰巳屋の寮で子を生んで、そのあとそのまま一足も外へ出なかった。ところがきのうの八ツすぎに親もとからむかえの駕籠が来て、それにのって出てったっていうんですが――親もとの方じゃ、そんなむかえをやったおぼえはねえっていうんで……」

「するとその駕籠でお熊のところへ行ったのかな……」和助は腕を組んだ。「ちょいときくが、おさとは子供をつれて行ったのか？」

「つれて行けるわけァねえでしょう。大事なあととりさまは、生れるとすぐ辰巳屋にひきとられて、乳母のおかねという毘沙門天《びしやもんてん》みたいなのが、御用大事にわきからはなさねえ、生みの親のおさとにもあわせねえって話ですぜ」

「妙な具合だな」和助は考えこんだ。「おめえ辰巳屋へ行ってみたか？」

「三公が行きやした」

「辰巳屋の奥で、何かさわぎがおこっていなかったかえ？」

「そんな気配はありませんぜ――不人情なもんで、あととりの母親が死んだっていうのに、親もとには、香奠《こうでん》がわりに借金は棒にひいてやるといったそうで」

「するとおさとが殺された時、抱いていた赤ン坊ってのは誰だろう？」金太が出て行くと和助はいった。「結局カズミは誰の子だ?」

「おさとの子だよ」僕は興奮をおさえきれずにいった。「コルシカの兄弟さ――おさとは双生児《ふたご》をうんだんだ」

「なるほどそれで筋がとおる!」和助はひざをたたいた。「辰巳屋の家つき女房の一統がたくらんだんだな」

「おさとは、ふた児の片方を、辰巳屋にもって行かれたんで、残った方をはなすまいとしたんだろうな」僕は苦い唾《つば》がわくのを感じながらいった。「それを辰巳屋の方は、あとあと面どうだと思って、にせのむかえをやってお熊のところへつれこんだ。――お熊にカズミを始末させるためさ。ひょっとすると女房の方はあととりはできたし、おさとも殺させるつもりだったかもしれないね」

「大いにありそうなことだ」和助は顎《あご》をなでながらつぶやいた。

「養子の旦那《だんな》に、女ができて、冷静でいられるわけはないからな。女にあととりができるのを待って旦那へのしかえしに殺してしまう――江戸の女はおそろしいな」

僕は確認のために、和助にたのんで、辰巳屋のあととり進之丞《しんのじょう》の、写真と指紋と血液型をとってもらった。これを四十世紀に照会すると、おやじは興奮した声で、カズミと進之丞が、一卵性双生児にちがいないといってきた。

「これで問題は半分解決したようなものですな」デュクロ博士の声は、なめらかで、冷静だった。――四十世紀の声だ。

「とにかく患者と過去のつながりはわかりました。病因が双生児交感現象《ツイン・コレスポンダンス》の一種であることは、まずまちがいなさそうです。進之丞というカズミさんの兄弟は、おそらく二十四歳ごろ、同様の病気にかかっているにちがいありません。そちらの方で、一つ病気の原因をしらべてください」

「で、もしかりにその病気の原因がわかったとしてですね」僕は考え考えいった。「その病因がとりのぞけなかったらどうするんです？　つまり、進之丞をなおすことが、歴史的事実に反するとしたら？」

「病因がわかれば、何とか手をうってみます」博士はためらいがちにいった。「とにかく進むよりしかたありません」

　僕は博士の指示にしたがって、カズミが発病した一年三か月前の当日に相当する時点にとんだ。慶応二年六月――この時点において、進之丞もまた、発病しているはずである。

　慶応二年の江戸は、不穏の情勢にみちていた。内外の情勢は、日々に緊迫をつげ、江戸市民は猛烈な物価騰貴にあえいでいた。各地で起っている百姓一揆《ひやくしょういつき》は、徳川時代最高の件数にのぼろうとしていた。そんな街中を、僕は上野山中の基地から、日本橋富沢町の辰巳屋へ急いだ。直接進之丞に面会をもとめるつもりだったのである。

　ところがたずねて行った先の様子は、二十四年前とがらりと変っていた。――辰巳屋の店がなくなってしまったのだ。きけば十年前の大地震――それがあの有名な安政の大地震だったが――店がやけ、一家根だやしになったという。僕はおどろいて、進之丞という子供も死んだのかときいて見た。すると古くからすむ人が、息子はよそに行っていて助かり、村松町の乳母の家へひきとられたはずだと教えてくれた。

やっとさがしあてた村松町のおかねという乳母の家は、露地裏《ろじうら》の小さな家だった。ついたとき、その露地にはとりこみごとがあったらしく、人があつまってあとかたづけをやっていた。僕は、露地から出て来た男に、何があったかきいて見た。

「おかね婆さんのところのわけえもンが死んでね」浴衣《ゆかた》に銜《くわ》え楊枝《ようじ》の男はのんびりといった。

「今しがた葬礼が出たところだ。なげえわずらいだったよ」

「死んだのは誰です？」僕はまっさおになってきいた、「まさか、進之丞じゃ……」

「お前さん知ってなさるのか？　上野《おやま》の若衆に上ってたにやけた野郎だが、四、五年前に帰って来てから、ぶらぶら病いになって、しまいにゃア毎晩大変な苦しみようさ。不忍の蛇《へび》にでも見こまれたんだろうといってたが、ゆンべぽっくり……」

「仏さまは、青あざだらけだったたってよ」

丸まげのかみさんが口をはさんだ。

「おおいやだ、虎裂利《ころり》か何か流行病《はやりやまい》でなきゃいいけどね」

僕は呆然《ぼうぜん》とした。――これはどういうことになるのだろう。進之丞は明らかにカズミと同じような病気にかかって死んだのだが、それはカズミが発病する四、五年も前にはじまっている、そしてカズミの発病した日に、進之丞は死んでいるのである。

コルシカの兄弟の例を見てもわかるように双生児感応現象は、通常一方が病気にかかると、他方も同じ時に、同じ病気にかかるというふうに、ほとんど同時的に起る。それがこの場合は、一方の病気を他方がひきついだような形になっているのだ、これはどういうことか？　進之丞を苦しめたT・Dの原因が、進之丞の死後、今度はカズミに作用し出したというのか？　そしてカズミもまた進之丞のように――いずれにしても病因をたしかめるためには、進之丞の生きている当時にさかのぼらなくてはなるまい。いや、さかのぼったところで――進之丞は結局原因不明の病気で死んでいるのである。

僕は途方にくれて歩きまわりながら、何となく進之丞のほうむられたという浄安寺の裏手まで来てしまった。垣根《かきね》ごしにのぞくと、墓地の石塔の向うにまあたらしい白木の卒塔婆《そとば》が見え、前に一人の旅僧がうずくまって経を読んでいた。――その声をきくと、僕はハッと胸をつかれた。思わず垣根をこえ、墓地にはいりこみ、僧侶の後へまわって、声をかけた。

ふりかえった五十年輩の僧侶は、頰を涙でぬらしていた。その顔を見て、僕はとび上るほどおどろいた。それは二十四年前、練塀小路でぶつかった僧にちがいなかった。暗がりの中の一瞥《いちべつ》でさえ、見たことがあるような気がしたのも道理、僧侶の顔はカズミに生きうつしだったのである！

「何か御用かな?」と僧侶はいった。

僕はどぎまぎしながら、きいた。

「どなたか、御縁筋のお墓で?」

「さよう」僧侶の声は涙にくもった。「わしの実の息子ですじゃ」

僕は、本堂の階段に腰をおろして、僧侶の意外な話をきいた。きけばきくほどこんがらがった話だった。——辰巳屋の進左衛門は、妻だけでなく、数人の妾にも子ができなかった。そしてただ一人、子供ができたおさとは——辰巳屋の奉公に上る時、すでに子供を宿していたのである。

「二十五年前、わしは根岸の里に庵《いおり》をむすんでおってな」僧侶は、夢見るような目付きでいった。

「おさとは、近所の娘で、よく食物の世話などしてくれた。——それというのも、他人同士でありながら、わしたち二人の顔だちがあまりよく似ているので、近所の人たちは前世で兄妹であったのだろうといってはやしたりしたからじゃ。それでおさとも自然、わたしに兄のようになついていた」

その点は僕も気がついていた。おさとはカズミそっくりだった。しかし僧侶の方は、もっとカズミに似ていた。——うす気味わるいくらい似ていたのだ。A=B、B=C∴A=Cというわけだ。つまり第三相等の原理によって、おさとこの僧侶も、男女の別はあれ、そっくりだったということになる。

「それがある晩、突然おさとがやって来て、泣きながら一と月後に妾奉公に行くことになったといい出した」僧侶は溜息《ためいき》をついた。

――おさとは当時まだ若かった僧を愛していた。そしていやな妾奉公に行く前に……

「わしも若かった」僧侶は顔をふせた。「僧体でありながら情にほだされて戒律をおかしたのです」

一と月半のち、おさとが辰巳屋へ奉公へ行く時、おさとはまたこっそり会いに来た。

「あなたの子を宿しました」おさとはうれしげにいった。「必ず育てます」

僧侶はいたたまれなくなって旅に出た。一年ののち、江戸へかえって来た時、偶然にも、下谷でおさとの殺されたところへ行きあわせたのである。

「そういえば、あなたはあの時、道でぶつかって、人殺しのあったことを教えてくれた人に似ておるが……」僧侶はいぶかしげに言った。

「冗談じゃない、二十四年前といえば、あっしはまだ子供です」僕はあわててうちけした。

――僧侶は、偶然にせよ、おさとの死に行きあわせたことにふかく感じ、諸国をまわっておさとの霊をとむらった。それから二十年後――またまた通りかかった寛永寺の谷中門の木蔭《こかげ》で、僧侶は自分にそっくりな寺小姓が、若い娘と睦言《むつごと》をかわしているのを見たのだ。むろん進之丞だった。彼は僧侶の身である自分のあやまちからできた子が、僧侶のなぐさみものになっているのを見て、ふたたび仏果のおそろしさが身にしみて、さらに修行をつむために江戸をはなれたのだという。そして五年後の今日――

「丁度江戸へかえって来た日に、息子の葬列に出あうとは……」そういって僧侶は涙をながした。

「おさといい、進之丞といい、わしは肉親の死んだばかりのところに行きあうような運命にあるらしい。まるで自分が死神のような気がする」

「進之丞がどんな病気で死んだかご存知で？」僕は僧侶の顔をうかがいながらきいた。

「知らぬ――はやり病いときいたが……」

そこで僕は話してやった。進之丞の病気――すなわちカズミの病気のことを。半分も話さぬうちに、僧侶は叫んだ。

「では、あれは人の恨《うら》みを買ったのじゃな！」僧侶の顔は苦痛にゆがんでいた。「進之丞はのろい殺されたのじゃな。むごいことを！　もし生きているうちにわしにあえたら、呪いをといてやったのに……」

「何だかおわかりですかい？」

「わからないで何としよう。丑《うし》の刻《とき》まいりじゃ――ほかに考えられぬ」

僧侶はあえいだ。

「ご存知であろう。巷間《こうかん》古くから流布しておる邪法じゃ。黒月《こくげつ》の丑の刻、呪う人をかたどる藁人形《わらにんぎょう》を、森奥の神木に五寸釘《ごすんくぎ》をもってうちつける。通うは白無垢《しろむく》に素足、頭上に鉄輪《かなわ》をいただき、三本の足には蠟燭《ろうそく》をたてる。釘をうつのは四肢《しし》の先よりはじめ、三七二十一日目に喉《のど》、額、心の臓の急所を貫くのじゃ。通う姿を人に見られた時は、見た人を殺さねば本人が死ぬとか、いろいろ言われておるが、所詮《しょせん》俗法ゆえきまりはない——

しかし、一念凝る時は、法にはまらずとも、よく人を殺すという。それにしても五年ごしに呪われるとは……」

「進之丞はどんなうらみを買ったんでしょうね?」僕は胸をとどろかせながらきいた。「見当《けんとう》がおつきで?」

「おそらく恋のうらみではあるまいか」僧侶は顔をおおってつぶやいた。「この法は、古来、女子《おなご》が嫉妬《しっと》をはらす術《すべ》としてよく用いた。進之丞はあの通り美男じゃ。おそらく寺小姓時代にでも……」

それだけきけば充分だった。寺小姓と町娘——明暦《めいれき》の振袖火事《ふりそでかじ》をはじめ、お七吉三《きちざ》、お浦伊之助と、この組みあわせは、江戸の歴史を妖《あや》しく色どり、時にはこれがもとで八百八町が灰燼《かいじん》に帰したことさえある。進之丞の寺小姓時代の恋愛を洗えば、呪ったものがわかるだろう。

「一つお教えください」僕は立ち上りながらいった。「その呪いをとくのはどうすればいいんで?」

「やはり法によって調伏《ちょうぶく》せねばならぬ」僧侶はいった。「一番に、藁《わら》人形を焼いて回向《えこう》することじゃ。できれば呪う者を説いて、得度《とくど》させるがよい、これを続ければ呪う側もまた自分の命をちぢめる。——ほかに誰か、呪われておる方がおありかな？」

あなたの、もう一人の息子です、とのどまで出かけた言葉をやっとのみこんで、僕は僧侶にわかれを告げた。

「またお目にかかるような気がするな」と僧侶はいった。「あなたとわしは、何か深い仏縁でむすばれているような気がする」

　僕も何だかそんな気がした。何しろカズミの実の父親なのだ。ふりかえって、墓標にふたたび坐《すわ》りこんだ僧侶を見た時、僕はその姿が、四十世紀の総合病院で、カズミの枕《ちん》頭《とう》にあって苦悩を味わっている、おやじの姿と重なりあうように思えた。


　寛永寺凌雲院の寺男は、進之丞の恋人のことをよくおぼえていた。谷中《やなか》村のお蝶《ちょう》といって、小旗本の娘だが勘当《かんどう》の身だという。進之丞は、彼女とのことが知れて寺から暇《いとま》が出た。気の弱い彼はそれを恥じて、お蝶に身もとも告げずおかねのもとに帰って行った。

「なんとも気の強い娘でな、寺に進之丞の身もとをききに来て、教えられぬとなると、地団駄ふんで、ちくしょう、くやしい、私をすてた男は、呪い殺してやるとわめいておったよ」

　僕はゴール寸前まで来たことを知った。お蝶はいま薊《あざみ》の庄太という片眼の男とくんで、本所回向院の軽業《かるわざ》見世物に出ているという話をきいて、僕はお蝶をさがしてもらうために、この時代の駐在員の手をかりることにした。

この時代の神田明神女坂下の蜘蛛七《くもしち》という男だった（筆者註。——蜘蛛七は実在の人物。幕末から明治にかけて、名の知られた掏摸の元締めだった。お蝶の事件では、北町奉行所の探索に協力している）。僕が蜘蛛七の家に行くと、彼は背の小さな、眼付きの鋭い男を送って出たところだった。

「あの男を知ってるか？　豆庄だよ」蜘蛛七は僕を招じいれながら顎でしゃくった。

「日本橋の尾張屋庄吉だ。鼠小僧《ねずみこぞう》をつかまえた有名な目明しさ」

「掏摸《すり》のあんたが、目明しと？」

「掏摸といっても、元締めともなれば、お上の手伝いをして、お目こぼしにあずかるさ。このところちっとばかりそちらの方が忙しいんでね」蜘蛛七は苦笑した。「ところで用事は？」

　僕がお蝶の居所をきくと、蜘蛛七はとたんに眼をひからせた。

「薊の庄太とくんでるって？　そいつァ切支丹《キリシタン》お蝶にちがいない！」

「知ってるのか？」

「知ってるも何も、今俺《おれ》がひっぱり出されてるのも、そのためさ。——四、五年前から江戸をさわがせている簪掏摸《かんざしすり》の容疑者だ」

　そういって蜘蛛七は長火鉢《ながひばち》の引き出しから、銀の定紋付平打《じょうもんつきひらうち》の簪をとり出した。

「こういうものが、今江戸の女の間ではやっている。ところが四、五年前から、この型の簪ばかりをねらう掏摸がいるんだ。多い時には日に四、五人、被害者も町娘から奥女中までで、おそろしくすばしっこい。ふつう女の頭のものをするのは、すれちがいざま女の前をまくる、女が驚いておさえようとすると、頭が前へ出るからそこをするんだが、この掏摸はそんなことをやらねえ、すられた者は、いつすられたか、皆目《かいもく》おぼえがないんだ。囮《おとり》も使って見たが、まんまと鼻をあかされ、おかげで与力《よりき》衆組頭平田藤三郎の面目まるつぶれだ」

「お蝶がその掏摸だというのかい？」

「こりゃァうちに出入りする髪結の源七が、一人でそうにちがいないとがんばってるんだが――お蝶の軽業芸は絶品だ。あまり人間ばなれしてるんで、切支丹のあだ名がついたんだが、その軽業を利用して、頭の上からするにちがいないというんだ。――なるほどねえ、お蝶と藁人形か」

そういうと蜘蛛七は畳にずぶりと簪をつきさした。

「そうきいて見りゃァ筋が通る。金銀類は盗みは特に詮議《せんぎ》がきびしいんだが、江戸中の故買屋《けいずかい》を洗って見ても、今まですられた簪が一本も出てこねえ、売らずに全部藁人形に刺したとなると、これは出ねえはずだ」

「すぐお蝶をつかまえてくれ」僕は身ぶるいしながらいった。「つかまえて藁人形のありかをきき出してくれよ」

「まあ待ちな、江戸じゃあ巾着切《きんちゃくき》りはりっぱに手先の職業として、みとめられてるんだからな、現行犯でなけりゃおさえられない。――今夜網をはるよ」

直接ぶつかっても、とても僕の手におえるような相手ではないと知りながら、僕は蜘蛛七が手配に出かけた間に、本所回向院《ほんじょえこういん》まで、お蝶の姿を見に出かけずにいられなかった。焦りだけでなく、一人の若者を呪い殺し、その兄弟を二千年の後に業病におちいらせ、二人の父親を嘆かせ、僕を二十四年間にわたってひきずりまわした娘の顔を、ひとめ見ておきたいと思ったからである。

あついさかりだったが、回向院は相当な人出だった。垢離場《こりば》のあちこちに立つ人垣《ひとがき》の中で、お蝶の軽業は、一きわ目立つ黒山の人だかりをつくっていた。――僕はお蝶の姿をひと目見て、そのあまりの小柄さに、ショックをうけた。こんなにも華奢《きゃしゃ》な、五尺に満たぬ小娘のどこに、人を呪い殺すほどのはげしさがひそんでいるのか、わからなかった。

銀杏返《いちょうがえ》しに結《ゆ》って、派手な振袖にたすきがけ、白の腕ぬきに棒縞《ぼうじま》の袴《はかま》をはいたお蝶は、まるで人形のようにかわいらしく見えた。そのしなやかな小づくりの肢体《したい》、勝気な三白眼《さんぱくがん》、きつくひきむすばれた唇には、もえ上るような負けぬ気と一しょに、何か全身で訴えるような、はげしい悲哀がみなぎっていた。

――お蝶の軽業こそ、目を見はらせるにたるものだった。三尺長さの胴丸籠《どうまるかご》に、懐紙の吹き切れる白刃を十数本半円形につきさし、やけどのひっつりのある片目の男が、地上三尺にささえるのを、お蝶は稲妻のように身を細めてくぐりぬける。一寸ちがえば、腹が縦一文字鰻《うなぎ》さきになるのだ。なみの者なら、肩もはいらないほどの隙間《すきま》を、お蝶の体は信じられぬくらい細く細くなって、とびぬける。――その瞬間、僕はお蝶がその死も知らずに未だにいだきつづける、進之丞へのはげしい思いを、突然理解した。彼女は自らをやくはげしい情熱と憎悪と化した悲しみのゆえに、女だてらに日々白刃の危険の上に身をおどらせずにはいられないのだ。とぎすまされた刃《やいば》が牙《きば》をむく胴丸籠を、華やかな征矢《そや》のようにくぐりぬける時、彼女自身が一本の銀簪と化し、無限の恨みと悲しみをこめて死せる進之丞の胸をつらぬき、二千年をへだててカズミの胸をつらぬき――そしてそれを見る僕自身の胸をもつらぬいたような気がした。投銭を集めたお蝶と庄太が、風のように姿を消し、人垣が散ってしまった後も、僕はぼんやりそこにつっ立って、キラリと銀簪のようにとぶ、お蝶の姿の残像を追っていた。――あの飛燕《ひえん》のような跳躍の姿の、はげしさと美しさは、僕の胸に鮮やかにやけつき、二度と消えることはあるまい。

お蝶はその夜、若衆姿で両国橋で涼《すず》んでいるところを見つかって、尾行をつけられ、その夜も銀簪をすってかえってくるところを、浅草見付で同心にとりおさえられた。翌朝巳《み》の刻、呉服橋をわたった北町奉行所で、奉行井上信濃守《しなののかみ》じきじきのとりしらべがあるというので、僕はその結果を首を長くして待っていた。ところが午《ひる》まえにかえってきた蜘蛛七は、「一ぱい食った!」と吐《は》き出すように言った。「お蝶と思ったのは薊の庄太だった。畜生《ちくしょう》!　どこですりかわったんだ」

銀簪掏摸は、町方をあざわらうように、その日の晩からまた跳梁《ちょうりょう》しはじめた。しかもお蝶は、その日以来、完全に居所をくらましてしまったのだ。こうなっては、僕には手のほどこしようがない。残る道はただ一つ、未来において、お蝶の記録が残っていないかどうかをしらべることだった。僕は明治、大正の駐在員に連絡をとった。明治期からはすぐに返事があった。

「切支丹お蝶なら有名な事件だ」と駐在員は教えてくれた。「記録もあるし、読物にもなっている。——竹内お蝶、弘化《こうか》元年二月、本所割下水の旗本竹内外記《げき》次女として生る。身もち悪く、十七歳の時勘当、かつて恩をかけし谷中村もと木彫職人、薊の庄太のもとにいたり……」

「そんなことより、お蝶はいつつかまったんだ?」

「つかまらなかった」と駐在員は言った。「自殺したんだ。遺書もある」

「くわしく話してくれ」と僕はいった。

慶応三年十月十四日——江戸の不安はまさに一触即発の状態にあった。各所で打ちこわしがはじまり、豪商や米屋の店舗は暴徒と化した町民によって破壊され、飯米が奪い去られていた。十五代将軍一橋慶喜《ひとつばしよしのぶ》はこの日大政奉還の上書を提出、一方京都では武断派の策動により、薩長《さっちょう》に討幕の密勅《みっちょく》が下ったが、江戸の市民はまだそのことを知らず、ただ刻々せまる不穏な情勢を感じとって、日毎に暴徒と化しつつあった。僕はその日の夕方、貧しい人々や乞食が、大集団となってどこともなく移動している浅草をぬけ、両国橋をわたっていた。目ざすお蝶の居所は、どぶの臭いと異臭にみちた、巨大な迷路のような貧民窟《ひんみんくつ》の中の一軒だった。やっとお蝶の家をさがしあて、しめ切った戸の前に立った時、中からかすかなうめき声と人の動く気配がした。僕はあたりに気をくばって、そっと戸をあけた——。

幕末から明治初年へかけて世間をさわがせた高橋お伝《でん》、夜嵐《よあらし》おきぬなどの毒婦とならんで、とりわけ妖《あや》しい輝きを放つ切支丹お蝶の最後は、史実によると、この年向う両国百軒長屋に、ただ一人、ひっそりと毒をあおいで、二十四歳の生涯《しょうがい》をとじたことになっている——だが、彼女の死の間際に訪れた僕が、そこで出あった事実は、これとすこしちがっていた。僕がはいって行った時、お蝶以外に誰か人がいたのだ。表の戸をあけた時、裏口からこっそりと誰かが出て行った。

お蝶は六畳の間に、文机《ふづくえ》をおいて線香をたて、その上につっぷしていた。たった今毒をあおいだ茶碗は、右手ににぎりしめられていたが、そのとなりにもう一つ茶碗があった。お蝶の座蒲団《ざぶとん》の隣には、もう一つの座蒲団があり、まだぬくみが残っていた。——線香の臭いと砒素《ひそ》の臭気にまじって、かすかに髪油の匂いがただよっている。僕はお蝶を抱き起した。酒にまぜて石見銀山《いわみぎんざん》をあおいだ小さな口からは、砒素の黒い臭いがたちこめていた。

「お蝶さん」僕は耳に口をあてていった、「教えてくれ、呪いをとくのはどうするんで」

「進さん……」とお蝶はかすれた声でつぶやくと、がっくり首をたれた。

徳川幕政の崩壊と、偶然運命をともにしたこの江戸娘は暗い、はげしい呪詛《じゆそ》も忘れはてたように、ただ一個の可憐《かれん》な死体となっていた。横たえたとき、そのあまりの小ささ、軽さに、胸がしめつけられるような気がした。

僕は文机の上の遺書をとりあげた。たった今までここにいた男——史実の外にはみ出している男のことが、何かわかるかと思ったのだ。読みすすむにつれて僕は愕然《がくぜん》とした。罪の懺悔《ざんげ》や、藁人形のありかを書いた前半は、記録に残るものと同じだが、後半は紙をついで書き足してあるのだ、そこの書き足されている分は、後代の記録に全然ないものであり、しかもその内容は身うちの凍るようなものだった。

罪障ふかき身、今ははてんとせしところ
みほとけのおみちひきにや、とつせん
進さまこ無事の姿にておとなはれ
ふたりこもこも涙なからにゆるしをこひ
ともにつもるうらみもはれ候、進さままた
いまはともに死なんとおほせいたされ
死ぬへき身を、今生のなこり
なお両三日生きなからへ……

ではたった今までここにいたのは、進之丞の幽霊か？　それとも彼はまだ生きているのか？

だが、僕は先を急いでいた。咄嗟《とつさ》の間に時間局員としての判断がものをいった。僕は遺書の書き足した文をさき取り、前半にすぐ最後の日付けと署名をつないだ。余分であるべき茶碗を、とっさにふところにいれ、座蒲団もかたづけ、記録に残る情況とまちがいないかを点検し、すぐ蜘蛛七のところへ走った——藁人形のありかは、明治の駐在員の報告でわかっていたが、史実に忠実であろうとすれば、僕がそれを見つけることも、やきはらうこともできないのだ。

　蜘蛛七の知らせで、町方がかけつけた時、お蝶はたった一人で冷たくなっていた。遺書を見て、一行は夜道をすぐ谷中へむかった。天王寺境内——谷中の一本杉《いっぽんすぎ》とよびならわされる巨大な老杉《ろうさん》が、しずまりかえった山中にくろぐろとそびえている。その幹の地上六、七尺のところに、ぽっかりと黒い穴があき、中が空洞《くうどう》になっている。月の光をたよりに、中をのぞいた一行は、冷水をあびせられたような思いをあじわった。——そこには若衆振袖を着せられた等身大の藁人形が一体、その全身には針ねずみのように数百本の銀簪がつきたてられて、簪は銀色の剛毛のように、また光暈《こううん》のように、月の光に白くキラキラと輝いた。

　のっぺらぼうの面をあおのかせる人形の喉のところには、すでに五年の月日に色あせたが、まだその華やかさをとどめる進之丞の振袖の片方が綴《と》じつけられ、その上に紙をとめて、こう書いてあった。

「竹内お蝶、恋のうらみ」

（筆者註。——切支丹お蝶の事件は、進之丞との恋から、藁人形の一件にいたるまですべて史実、文久二年から江戸をさわがせた簪すりの事件はお蝶の遺書によってはじめて真相がわかった。時の北町奉行は前出の捕物に失敗しお蝶に自殺されたため慶応三年幕職を免ぜられた）

過去の問題は、これで一切解決したはずだった。お蝶は回向院に葬られ、藁人形もまた回向院で大護摩《おおごま》とともにやかれた。この日付を四十世紀に投影して見ると、僕が出発してからちょうど三日後にあたる。——考えてみると、この問題に関するかぎり、僕は何もしなかったも同然だ。二千年前の世界を、かくされた糸をたどって二十数年にわたってかけめぐり、結局何をしたかといえば、カズミの身もとと、病因をつきとめただけである。

なぜ、病気になったかはたしかにわかった。しかし病気をなおすためなら、別に息せき切ってかけめぐらなくても、あの総合病院での会議の日から、もう三日だけ、待っていればよかった。——そう僕は信じていた。大護摩にやける藁人形の煙が、すみわたった江戸の空に高く高くのぼって行くのを見ながら、いったい今度の事件で僕のはたした役割りは何だろうとふと思った。過去との奇妙な照応によって起った事件は、過去に支配されている。僕は原因をつきとめたが、僕自身はそれに対して何一つ手を下すことができなかった。すでに決定された過去の事実継起の糸が、問題を処理して行くのを、じっと待つよりしかたなかった。お蝶に呪詛をとかせることはできなかったが、藁人形がやかれたなら結局同じことだ。要するに僕はからまわりしたにすぎない。少くとも僕はそう信じていた。

——だから藁人形がやかれても、カズミの発作がおさまらないという通知を、おやじからうけとった時、僕はどんなに驚いたろう。「発作点の増加はなくなった」おやじは憔悴《しょうすい》した声でいった。「だけど今度は、今まで生じた斑点が一せいに発作を起すんだ」

「夜中に？」

「そう、二時にだ」

僕は、カズミの全身をおおう無数の斑点を思って憤然とした。

「なあタケ、たのむ。何とかもう少しさぐって見てくれ」おやじの声は泣いているみたいだった。

「このままでは三日ももたんと、デュクロ博士は言っている」

「ですが……」これ以上何をさぐるんです、といいかけて僕は口をつぐんだ。

「今となっては、あなたの働きだけがたよりです」デュクロ博士の声も、人がかわったように沈痛だった。「もう少ししらべてくれませんか。過去に原因のある病気は、過去に解決法があるはずです」

だが、これ以上どうしろというのか？　進之丞もお蝶も死に、藁人形もやかれたのだ。

僕は薩長軍来るの流言《りゅうげん》に、騒然としている江戸の町を見おろしながら、墓地を出て、ぶらぶらと寛永寺境内をあるいていた。――まもなく上野の墓地は撤去され、移動する。二か月後には鳥羽《とば》伏見《ふしみ》の戦いに破れた慶喜が、この山の大慈院にこもって恭順《きようじゆん》の意を示し、半年後にはこれを擁《よう》する彰義隊《しようぎたい》が官軍をむかえて、上野一円は大変なさわぎになるからだ。――しかし僕はそんな事に何の興味もなかった。これからいったい、何を、どうさぐればいいのか、ただそれだけを考えながら、僕は歩きつづけた。どうすればいいんだ？

ただ待てばいい、――そんな声もどこかでした。未来において、未来への投影である、この過去において、運命の一切が成就するまで、じっと待てばいい。

僕は、五年前進之丞とお蝶がむつみあっていたという寛永寺谷中門をぬけ、いつしかまた谷中の一本杉のほとりに立っていた。幹の空洞は、今は主もなくうつろな口をあけ、そこから蝙蝠《こうもり》が宵闇をもとめてとび立って行った。茜《あかね》から紫紺にうつるたそがれの空を背景に、老杉の梢《こずえ》がくろぐろと天を摩するあたり、一番星が銀粒のように輝きはじめていた。――とその時、僕の耳に、ききおぼえのある読経《どきよう》の声がきこえて来た。

我覚本不生、出過語言道、得解脱諸道、
因縁遠離、知空等虚空

ふりむくとそこに、あの僧侶が立っていた。

「やはり、あなたじゃったな」僧侶は感にたえぬようにいった。「やはり、あなたとわしとは、あさからぬ仏縁にむすばれていたのじゃ。――いいなされ、わしに何の御用じゃ」

「あなたに？」僕はいった。

「せがれがそういったのじゃ」僧侶の声はうるんでいた。「進之丞の亡霊が、昼日中、前髪の若衆姿でわしの前にあらわれ、教えてくれたのじゃ――谷中の一本杉へ行け、そこにわしの助けを求めておるものがいる、と」

四十世紀の超近代的な総合病院に、網代笠に墨染の衣《ころも》、笈《おい》をおって錫杖《しゃくじょう》をついた十九世紀の僧侶の姿があらわれた時、病院は蜂《はち》の巣をつっついたようなさわぎになった。

「この古代ツングースのシャーマンが、わしらみんなの知恵をしぼってもなおせない病気をなおすというのか！」ブキャナン博士は髪をかきむしって叫んだ。「わしは医者をやめたいよ！」

「ツングースじゃありません、ニッポン人です」デュクロ博士はいった。「私は六対四でなおる方にかけますね――魔法をとくには魔法医者《ウイッチ・ドクター》が必要です」

それは僧侶もいったのだ。――あるプロセスをふんで蓄積された思念力はやはり同様のプロセスをふまねばときはなされない。

「人形は念力を伝える手段《てだて》にすぎぬ」と僧侶はいった。「手段を排しても、呪う対象が存するかぎり、挽念《おんねん》はその人につきまとう。これを除くには、法をほどこさねばならぬ」

僧侶は僕の手をにぎって、熱っぽい声でいった。

「つれていってくだされ。二千歳の後といえども、わしは残るもう一人の息子を救わねばならぬ——修行未熟とはいえ、全力をふるってやって見よう。わし自身の罪ほろぼしじゃ」

おやじには、僧侶がカズミの実の父親であることを伏せておいた。しかし憔悴《しょうすい》した患者の顔をのぞきこんで、落涙する僧侶の姿を見、その相貌《そうぼう》を見て、おやじはすぐにわかったらしかった。

「タケ、えらいことをやったな」おやじはまっさおになっていった。——僧侶に事情をぶちまけ、この時代へつれて来た。これは時間局員として、致命的な違反行為だ。「責任は一切わしが負う」

「その必要はありません」僕はいった、「僕が責任をとります——僕が、カズミをなおしたかったのですから」

医師たちは二つにわかれて大議論をおっぱじめていたが、寸秒を争うので、主任医師はとにかくやらせて見ることにした。——僧侶の指図で、悲地降伏の壇なるものがカズミの枕頭に作られた。木製三角形で青黒くぬられ、その上に南面して、土で三角形の火炉がきずかれた。仏具類は僧侶が笈の中にもっていたが、そなえものの五宝、五香、五葉、五穀などの天然鉱植物をそろえるのが大変だった。このリストを資料局にたのんだ時、むこうは僕の精神鑑定をもとめて来た。――やっと準備がととのった時、その奇妙な壇は、次元の混乱で、この四十世紀最高の設備をもつ病院に、とつぜんおちこんできた、珍妙な太古の筏《いかだ》のように見えた。

みんなはまだ、この真言三部法中の下成就、天令輪明王《きょうれいりんみょうおう》の法のおそろしさを知らなかったのだ。しかし、照明が消され、芥子油《けしあぶら》の燈明がほの暗くはためくなかに、安息香の香気と、僧侶の読経の声がたちこめ出すと、異様な雰囲気《ふんいき》がみなぎってきた。――やみおとろえたカズミは、麻酔ケースの中で、苦しげに息づいていた。芥子油にひたされた、小さな藁《わら》人形を胸におかされて……。

僧侶は身をきよめ、手に拍子の香をぬり、静かに壇の前へすすんだ。その顔は必死の念に、はりつめていた。壇下で吽声《うんせい》を発し、右手指をはじいて、拝しつつ壇にのぼる。――立ったりすわったり、人をさそいこむようなゆるやかな動きで、調伏の儀式がはじまった。油煙をあげてもえる燈明の赤い火に、僧侶の姿は部屋の壁に巨大な影法師となってうごめいた。――カズミの胸におかれた藁人形が壇上におかれた。三十センチほどの、滑稽《こっけい》なのっぺらぼうの人形は、炎に赤黒く照らされると、突然原始的な呪詛《じゅそ》をこめた、おそろしげな偶像になったようだった。

人々は芥子油のもえるいがらっぽい臭気にむせながらも、その奇怪な儀式にひきずりこまれていった。――突然僧侶は身を起した。燈明の火が護摩壇にうつされ、乾いた芥子の茎が、一時にぐわっともえ上った。

「吽《うん》！」僧侶ははげしく叫んだ。右足で左足をふみ、奇妙な恰好でうずくまっている。

「我れは是れ、降三世忿怒尊《ごうざんぜふんぬそん》！」

みんなは息をのんで壇上を見まもった。

「不動明王、降三世明王、大威徳明王、勝三世明王！」僧侶は藁人形を高くかかげた。

「竹内お蝶、汝の煩悩《ぼんのう》、貪瞋痴《とんしんち》ことごとく消滅し、彼此《ひし》平等の法利をもって、大涅槃《だいねはん》を獲得せん！」僧侶は薩陀《さつた》と叫んで人形を火中に投じた。

次に起ったことを、催眠現象による集団幻覚として説明するのはいとやすい。しかしとにかく、四十世紀最高の医師たちのみんながみんな、その情景を見たのだ。――藁人形に火がつくと、それはむくむくと等身大にふくれ上ってつっ立った。身には若衆小袖をまとい、全身に無数の銀簪をつきたてられ――あの『恋のうらみ』と書いた紙片に火がつくと、簪は銀のしぶきとなってぬけおちた。人形は前髪もうるわしい進之丞の姿となってもえ上った。炎に包まれて宙に舞い上ると見るや、その顔はお蝶のものとなっている。たちまち紅蓮《ぐれん》の炎がそのしなやかな体を包み、一団の黒煙となって天井にうずまき、一条の銀光が煙の中から壇上へ走った。

「なおったぞ！」うすれて行く煙のむこうからデュクロ博士の叫びがきこえた。「斑点が消えた！」

みんなが麻酔ケースにかけよった時、僕は壇上につっぷした僧侶のところへかけのぼった。——調伏の法は、悪念強力なる時、未熟のものこれを行えば、自らの身にも災およぶ、といった僧侶の言葉が、頭の中にうずまいていた。

僧侶はこと切れていた。——そのぼんのくぼに、あざやかな、青い斑点があった。

「判決は追放だ」局長はちょっと気の毒そうにいった。「結果はどうあれ、規則は規則だからな。——タナカ部長は、自分が全部の責任をとるといってきかないが、そうもできん」

「いいんです」僕はいった。「部長に僕は苦しんでないとつたえてください。——これでよかったのだ、と」

「デュクロ博士と超能力研の方からも減刑嘆願がでている。——君はむしろ功績があったというんだ」

呪術のプロセスは念力集注の有効な形式として再発掘されるだろう。密教の理論もまた、超能力研究上再評価されようとしている。デュクロ博士は、交感理論について新しい研究を始めている。僕はふと死んだ僧侶——カズミの父のことを思った。

「減刑はみとめられないが、君には希望する追放時域を指定する恩典があたえられる。どこを希望するね？……」

僕はあらかじめ考えていた希望時域を言った。

「追放になる前に、一つだけおねがいがあるのですが……」

僕が説明すると、局長は納得した。——過去へむかって出発する一時間前、僕は監視つきで病院をおとずれ、チャン博士にカズミの写真をわたしていった。

「一時間でやってくれますね」

「でも、なぜです？」博士はカズミの写真と僕の顔を見くらべながらとまどった表情でいった。

「いいから急いでやってください」

僕は声をひそめてつけくわえた。「それから——ある種の解毒剤がほしいのですが……」


破戒のあやまちによってできた子供をすくうために、四十世紀で命をおとした哀れな老僧を、千住小塚原の無縁塚のほとりにうめながら、僕は奇妙な思いにおそわれた。——この僧侶をふるいたたせた、あの不思議な感情、父性愛というものも、今は自分のものとして理解できた。土をかける前に、僕はもう一度、僧侶を見た。カズミそっくりの顔——おさとというただ一つのパターンから次々にうみ出されたいくつもの顔。おさと、進之丞、カズミ、そして僕——すなわちこの僧侶！……悲しみがおそってくるかと思ったが、むしろ滑稽でグロテスクな感じがして、笑いたくなった。これこそ運命のアイロニーでなくて何だろう！　名もない哀れな男、つまり僕自身の未来が、ここで死んだのだ。——それから僕は少し過去にかえり、下谷の辻であの僧侶が通りかかるのを待った。僕を見て眼を見はる僧侶に、谷中の一本杉で途方にくれている僕に、あいに行ってやるように告げると、ええじゃないかの群衆が、気狂いのように踊りくるう人ごみにまぎれて逃げ出し、さらに数日をさかのぼった。

慶応三年十月十一日、——向う両国百軒長屋でまさに毒をあおごうとしていたお蝶のもとにかけつけた時、彼女は僕の顔を見て、どんなに驚き、かつ狂喜したろう。お蝶はまだ進之丞を愛しつづけていた。そして僕も——あの両国回向院で、彼女を一眼見て以来、その盲目的にはげしい、大時代な愛情にうたれ、彼女をはげしく愛し出していたのだ。彼女の愛を果し、同時に僕の彼女に対する渇望——それはまた、あの暗い、盲目的な江戸時代そのものに対する愛でもあったのだが——をもみたすためには、僕が手術をうけるよりしかたがなかったのだ。——三日間は夢中にすぎた。このような暗黒の愛情は、情死によってしか解決されないものだが、心中しようといった時の、彼女の喜びようを見ると、何度解毒剤をのむのをやめようかと思ったか知れない。だが、僕はそこで死ぬわけに行かなかった。僕は追放される身だったのだ。

愛らしいお蝶の顔に、最初の発作が起って来たとき、表に人の立つ気配がした。僕は立ちあがり、急いで裏口からぬけ出した。あと始末は彼がやってくれるだろう。——上野の基地へむかって、両国橋をわたりながら、僕はふと暮れなずむ江戸の街を見た。江戸時代最後のものであるこの江戸の夜景は、同時にまた僕の意識で見る最後の風景となるだろう。これから基地に待つ執行吏の手によって、僕は一切の記憶を消され、希望によって、天保十年の時代、江戸郊外のある寺のほとりにすてられる。そしてまた――すべてがはじまるだろう、記憶を失った一人の男が寺にすくわれて出家し、やがて根岸の里に庵をむすび自分とそっくりな顔をした娘と出あってびっくりするだろう――そっくりなわけだ、彼の顔はその娘――おさとの二人の子供に似せて、整形手術をうけたのだから。――隅田川《すみだがわ》に灯をうつしながら、猪牙舟《ちょきぶね》が一艘《いっそう》、深川の方へ下って行く。僕は川風に振袖の袂《たもと》をひるがえして、橋をわたりながら、心の中で我が子カズミにわかれをつげた。――これでいいのだ。これですべてが、理屈が通る。

　僕がお蝶の家からふところにいれたまま四十世紀にもちかえった、あの茶碗についた指紋も、僧侶の指紋も、どちらも僕自身の指紋と同じだったのである。

東海の島

1970

小松は日本だけでなく、中国の過去を舞台とした小説もいくつか書いている。一九六二年の商業誌デビュー作『易仙逃里記』が、すでに明代の北京城外を舞台にしたＳＦミステリだったが（なおこの小説は一部が漢文読み下し文を模して作られており、形式的にも凝っている）、本作もその系列のひとつ。

舞台は殷代末、紀元前一〇〇〇年の中国。「竜」と呼ばれる主人公が混乱期の中原を旅し、山東半島で「東海の島」へ渡る手段を算段する——。言ってみればそれだけの話だが、随所に挿入される風俗描写の確かさや会話に匂う世界感が読者を唸《うな》らせる。山東の老人が、はるかな過去、海水面が高く、中原がいまだ大海で、山東半島がそのなかに浮かぶ二つの島だったとの伝承を語り出す場面はじつに魅力的だ。小松はここでは小説というかたちで、最新の考古学や歴史学の知見を動員しながら、日本人と日本神話の起源について彼なりの考察を提示している。

小説の最後では、本作がじつは『日本沈没』と一続きの（同じではない）世界観のうえにあることがさらりと示されている。日本人が日本列島を離れて生きていけるのかどうか、日本列島という地理的条件を外されたときに日本文化の本質はどこに求められるのか、それは小松が生涯追求し続けた主題だった。

初出は『小説サンデー毎日』一九七〇年三月号（毎日新聞社）。

1

暑い。

きのう降った雨が、まだ空気中に濃い湿気となってのこっているのに、くわっと照りつける烈日のもとに、地面はもうぽくぽくにかわいてしまっている。

ペッ！

と、男は唾《つば》をはいた。

半裸の胸は赤銅色《しゃくどういろ》にやけ、したたる汗で、油をぬったようにひかっている。

口の中にはいったらしい砂ぼこりを吐きすてると、ふしくれだった指で唇のはたをぐいとこすり、青い影を投げている樗《おうち》の巨木の根方に、とびこむように腰をおろした。

ふうっ、と息をつくと、肩から斜めに吊った紐《ひも》で、腰にさげた細首の黒い壺《つぼ》から、水をごくごくのむ。

樗の木は、河を見おろす小高い丘の上にそびえていた。――眼下に、満々とふくれ上がる、黄色くにごった水が動いて行く。粗末な軽舟が見え、筏《いかだ》がゆっくりくだってくる。きのうの雨は、上流ではげしかったらしく、根こぎにされた木や、くずれた屋根らしいものが、いくつもおしながされていった。家畜の死骸をひろっているらしい女たちの嬌声もきこえるが、そこからは姿は見えない。

河に面して、広壮な土塁が延々とのびていた。——黄土をつきかためながらつみあげていった、版築《はんちく》の城壁である。都城の中からは、市街の喧騒がたちのぼってくる。馬のいななき、牛や羊の声、そして兵士の怒声と、鞭うたれるものの悲鳴……城門の外には、枷《かせ》をはめられ、荒縄でつながれた男女たちが、汗と血と泥にまみれながら次々に到着していた。——兵の怒声がひびき、鞭が鳴り、杖が舞う。そのたびに、泥人形のように見える列の中の誰かが、埃《ほこり》をあげて土にころんだ。

「捕虜か?」と、男はつぶやいて首をのばした。「いや——そうも見えんが……」

「百姓よ……」と、樗の巨木の影から、にぶい、眠ったような声がした。「租がおさめられず、流亡しようとしてつかまった連中だ」

「百姓をつかまえてどうするんだ?——捕虜とちがって、牛馬がわりにこきつかってもしかたがあるまい。百姓は、百姓として働かせるのが、一番役に立つのに」

「東伐この方、租が重すぎて西や南へ全村あげて逃げるものがたえない。——見せしめに、主だったものは斬首し、のこりは虜囚とおなじにこきつかうのよ」

「虜囚と同じといったって、あんなに多勢の捕虜がいるのにどうするのだ?——今日も城内で、四、五百人も首を刎《は》ねられるのを見たぜ」

「また新宮の造営にでもつかうのだろう――東伐の勝利を記念して……」

「ふ……」と、男は鼻で笑った。「戦いの費《つい》えがかさんで、租がきびしくなりすぎて逃げようという奴をひっぱって、また新宮の造営か……」

「今度の新宮は、またどえらいものになるらしいぞ――。またどうせ、妃の歓心を買うためだろうが……」

「またか……。こりぬことだな……」

男はちょっと言葉を切って、河岸を見わたした。

熱せられた黄土の上に、粟《あわ》や黍《きび》が勢いよくのびている。――風がわたってくるたびに、一面の黍畑がゆらぎ、埃《ほこり》がまいあがる。だが根元の方を見れば、雑草がおいしげり、作物を圧せんばかりの勢いだ。

男はふと、傍に甘い香りをかいだ。――ふりかえると、反対側で涼んでいる農夫の腰の所に、二つ三つの瓜《うり》があった。

「じいさん……」と男は、肩ごしに声をかけた。「その瓜、ゆずってくれんかね?」

「何とかえる?」農夫はむこうをむいたまま、抑揚のない声でいった。

男はチッ!　と舌打ちした。

「見ればわかろう。――裸同然だ。かえるものなぞない」

「悪い世の中だ……」と農夫は、一人言のようにいった。「朝から城内へ、一駄の瓜を売りにいった。三、四年前なら、塩二斤とかわった。それが、一斤もむずかしい。おまけに兵隊におどかされ、半分食べられてしまい、のこりを蹴《け》ちらされた……」

「ほんとに悪い世の中だ……」と、男も唇をまげてつぶやいた。「三、四年前なら、炎天下の木蔭で、瓜をもった百姓ととなりあわせにすわったら、むこうから一つどうだとすすめてくれたのに……」男は腰に手をのばして、口細の壺をつき出した。「これとかえるか?――上等の焼きだ。あんたは大した得だ。こちらはえらい損だ……」

「壺か……」農夫は身動きもせず、視線も動かさずにいった。「壺ならうちにたくさんある……」

「私が瓜を買おう」と、突然二人の頭上で声がした。

背の高い、蓬髪長鬚《ほうはつちょうしゅ》の男が、木蔭に立っていた。――やせて、陽にやけ、服は汗とほこりにまみれている。男は、肩の袋から、小さな包みを出して、農夫の方にさし出した。

「塩だ。半斤ある。――瓜三個の代金には安くあるまい」

農夫は、はじかれたようにおき上った。しわがびっしり網目をつくった顔に、いっぱいの笑いをうかべ、爪ののびた、ふしくれ立った手に、瓜をかきあつめると、ぺこぺこ頭をさげながらさし出した。

「これは旦那……」と、農夫は、塩の包みをうけとると、重さをはかるように、耳の所にさしあげた。「気前のいい旦那に、出あえて、この爺はまあなんと運のいい事でごぜえます。おかげで助かりますだ」

まるで手品のように、すばやく包みをあけて茶色の岩塩の一かけを口にほうりこみ、音をたててかむと、また手品のように包みをふところに押し込み、ぺこりと一つ頭をさげて、鼠のようにすばやく、丘の下へかけおりていった。――まるで、この取引きをやりなおすといわれるのを、おそれてでもいるように……。

長身の男は苦笑すると、両の掌《てのひら》につみあげられた三つの瓜を、半裸の男にさし出した。

「食べないか？」

と長身の男はいった。

「よくうれている。うまそうだ」

「塩半斤に瓜三つか――高い瓜だ」と半裸の男は、相手の長髪の下からのぞく眼の、鋭くはないが強い光に、ちょっとまぶしそうに眼をしばたたいてつぶやいた。

「まあいいわさ……」と、長身の男は破顔した。「食べろよ……」

二人はならんで、瓜の皮に歯をたてた。――馥郁《ふくいく》とした甘い香りが、あたりにひろがった。

「あんたは気前がいい……」と、半裸の男はいって、ニヤッと笑った。「塩は今、大変な値上がりだ。――さっきのおやじ、きっと半分を、村で羊一頭ほどと交換するぜ」

「戦さがあったからな……」と長身の男はうなずいた。「軍旅があれば、塩が上がるのも当然だ……」

「だが、戦さは何度もあったが、こんなひどい有様ははじめてだ。――これでは、いずれよくない事が起こる……」そういってから、半裸の男は、思い出したようにいった。

「おれは氾……」

「おれは……竜……」と長身の男は、瓜をほおばった口でもごもごいった。「あんたは東の方の人だな？——揚《よう》か？ 青州《せいしゅう》か？」

「青人《せい》だ…」と、氾は答えて、竜と名のる男が出身地をいうかと、しばらく待っていたが、竜がだまっているので、再び口を開いた。「よくわかったな。——訛《なま》りか？」

「これさ……」といって、竜は、氾の肩をたたいた。「こんな黥《いれずみ》は、海べの人にきまっている」

氾は、一方の肩から反対の脇腹へかけて、肌着とも思えないまっ黒に汚れた布を斜めに巻いていた。——その肩をおおった布の下から、青黒い紋様が、赤銅色の皮膚の上にのぞいている。氾は、ニヤリと笑って布をひっぱった。

「そういうあんたは、どちらの方からきたんだ？」と氾はきいた。

「西から……」といいかけて、竜はちょっと首をひねった。

「というよりは、西南だな。あちらこちらふらふらしてきた」

「というと——荊州《けいしゅう》の方かね」

「そこも通ってきた。だがきたのは、もっと西だ。もっとずっと西から……名前をいっても、あんたは知るまい。しかし、この地のつづくはるか彼方に、大河や高山をいくつもこえたむこうに、こことはまったくことなる顔だちや習慣をもった、多勢の人たちの住んでいる壮麗な都がいくつもある。美服を着て、巨獣にのった王がそういった都を統《す》べている……」

「ふうん……」と氾は、眼をまるくした。「本当か？——もし本当なら、一度行ってみたいものだな……」

「なかなか……」といって、竜は瓜の最後の種を、プッと吐き出した。「なかなか行けるものではないよ。途方もない旅だ。おそろしく凄い毒蛇の森をぬけねばならんし、見わたすかぎりつづく、氷の山を通って行かねばならん……」

氾はちょっとうたがわしそうな顔で竜を見た。——陽にやけ、ほこりまみれになってはいたが、竜という男は、そんな辛苦の旅をかさねてきた人間とは思えなかった。氾は苦難の長旅が、人間をどんなにかえてしまうかよく知っていた。時によっては、二十歳も年をとったように見える。辛苦が人の皮膚と表情を風化させ、四肢をこわばらせ、その顔は日にさらされた動かぬ岩に、灰色に枯れた葦《あし》がはえたように見えるものだ。日と風は眼に膜をかけ、なお刺すような鋭さは失わないが、視線はずっと動かなくなってしまう。——あまりに長い間、遠くの地平や水平線を、はげしい憧れをこめて見つづけたため、眼前になつかしい人の顔を見ても、まるで路傍の石を見るような眼つきで見るようになってしまうのだ。

だが竜の眼は、そういう長旅を経てきた人というには、あまりにもいきいきと動いた。

「その都は、ここよりも大きいかね？」と氾はきいた。

「そう——大きいな。ずっと大きくて、ずっとゆたかで、ずっといろいろのものがある……」

汜はちょっとくやしそうな顔をした。——そこは、彼が天地の間に知るかぎり、最大の都城だと思っていたからだ。

「それで——これからどこへ行くんだ?」

「東へ行ってみたい……」と竜は口をぬぐいながらいった。「今度はずっと東へ行きたいんだ。——あんたは青州の人だったな。東の方はどうだ? 大きな海のあるのは知っているが……」

「海か?——海ならおれの家のようなものだ」といって、汜は白い歯をむき出して笑った。「おれのうまれたのは、済水の東、萊《らい》というところだ。——昔は海中の孤島だったといわれる山東の海辺の水人の一族の人間だ……。殷朝《いんちょう》の祖といわれる有娀氏《ゆうしゅう》も、もとはおれたちの先祖とまじってすんでいた、と、おじいはいっていた」

「すると、東海の船路はくわしいな。——どうだ? 東海の彼方に何がある?」

「何もないよ」と、汜はまたニヤリと笑った。「大小の島々がつらなるだけだ。——わずかな土人がすむが、地をひろく耕す事も知らず、第一、この地とちがって、ひろく耕すほどの大地もない。山中、水辺、また森林の中にすみ、貝を食い、獣をとらえ、布帛《ふはく》を織る事も知らず、猿猴《えんこう》にまじって禽獣《きんじゅう》のように暮らしているだけだ」

「行ったことはあるか?」

汜は急に口をつぐんで、竜の顔をまじまじと見た。

「行くつもりか？」と汜はききかえした。

「できれば……」と、竜は眼を細めた。

汜はしばらく考えこんでいた。

「ひょっとして……」と汜はややあってつぶやいた。「おれを青人と見て、瓜を買ってくれたのじゃないかね？」

「そんな事はない」と竜は大きく笑った。「あんたにあわなくても、おれは東に行ってみるつもりだった」

「おれは辛《しん》王（帝辛《ていしん》、殷の紂王）の、今度の人方《じんぼう》征伐に徴されて、水夫をつとめてきた……」と汜はぽつりといった。「都にあこがれていたからな。——だが、今度の従軍で、王の暗愚暴虐、将兵の残忍、官人の奸佞《かんねい》にすっかりいや気がさして、また海へかえろうと思っていたんだ……」

「それがいい……」と竜はうなずいた。「殷は長くない。強大だが、暴を好み、有蘇《ゆうそ》の女に迷って贅《ぜい》にふけり、民をかえりみず、人心ははなれた。それが今度の出軍で、決定的になった。——王が東夷をみな殺しにしている間に、西の方があやうくなった。この河水の上流の周は、西北の人々の声望をあつめて、孟津の渡しの北、邘《う》まで進出してきている。まもなく、周は殷をほろぼし、二百五十年つづいたこの都城も灰燼《かいじん》になるぞ……」

「この大きな都が灰になるって？」氾はおそろしげに、竜を見た。「何と不吉な事を……あんたは貞人《うらないし》か！」

「まあな——亀卜はやらぬが、そのくらいはわかる……」竜はちょっと眼をそらせて笑った。「ここにいて、毎日、民の号泣や、虜囚が斬首されて血の川が流れるのを見ているより、故郷へかえった方がいい。都にいても、この先あまりいい事はない」

「よし、きまった！」

氾は、むき出しの膝を、ピシャリとたたいて立ち上った。「おれはここで、済水（殷周期の黄河分流、現在の黄河の水路にある）をくだる船をまつ。きのうの大雨で、河水の下流に、済水との間をつなぐ水路ができているはずだ。そういう時は、孟津まで溯行している故郷の船が、必ず殷都によって行く。——一両日中にくるだろう。そうしたら、お前を東海の岸辺、萊《らい》の山島の見える所までつれていってやろう。——おれは、お前の太っ腹な所が気にいったよ。竜、おれたちは、いい友だちになれそうだ」

2

萊船にのって一日くだると、黄濁した河水はいよいよその幅をひろげ、水量を増し、周囲は茫々《ぼうぼう》として、舳の方は水天が接し、まるで黄濁色の海を行くようになってしまった。所々に長い州があり、また流れにそって、乾期の河堤と見られる草木が、なかば水没して長い列をつくっているので、やっと河とわかるくらいである。山稜ははるか後《しりえ》に去り、左舷の水平線にうかぶ陸地のように見え、右舷には、島かと見える山東の山地がちかづいてきた。

水夫が、その山地のはずれに、一きわきわだって見える山峯をさして何かどなった。「泰山だ」と、氾は教えてくれた。「あれが目印しの山になる。ここで水流を、河水から済水へのりかえる」

帆があがり、ぐうっと船がかたむいて、斜めに水流を横切って行く。水没した陸地の上をわたたって行く時は、流れが早瀬になり、かなりゆれた。横たおしに樹冠を水にひたした大樹の上で、鼠や兎《うさぎ》が体をふるわせている。二尋もありそうな蛇が、するすると水面をおよぎ、木におよぎつこうとして、また流される。藁《わら》、椀《わん》、板、履《くつ》、水をのんでふくれ上った、人や家畜の死骸——あらゆる雑多なものが、黄流に浮いては沈みながら、東へ東へと流れて行く。

なるほど、これではたまったものではない——と竜は、眼を見はりながら思った。上流の、太行山脈《さんみやく》が東へむかっておちる急斜面下にできた扇状地——殷歴代の都城は、その上を転々とし、現在の殷都は、なかでももっとも高い所にあるのだが、そのあたりでは、段丘をほどよく洗い、畠地に適当に冠水して、土中にたまる塩分をあらい、豊沃な黄土をおいて行く程度の増水も、華北大沖積平野に出れば、南北五百キロにわたたって、そびえる太行山脈東壁にさえぎられた湿雲のおとす雨が、ことごとくこの大平原にあつめられ、標高差がほとんどないために、ふだんでも大蛇行して、網の目のようにいりくんでいる自然の水路から、たちまちあふれて、広大な面積を濁水でおおってしまう。

——このあたりは、昔大海で、海棲の魚族は渭水のあたりまでさかのぼり、殷代の商邑がたてられたあたりで鯨が汐をふくのが見えた、という古くからの原住小民族の伝説も、あながち嘘ではないかも知れない。はるか、ずっと昔、人がまだ耕すことも着ることも知らなかったころから、河水段丘に住みはじめた人々の、ずっと遠い記憶が、つたえられたのかも知れないのだ。

太行山脈の西は、オルドスの黄土大平原まで、北を陰山、西を賀蘭、南を秦嶺の諸山系にかこまれた高原の別天地になっている。黄河はオルドスの沙漠の北に発し、陰山嶺下の水を集めて東行し、次いでこの高原を南へむかってくだりながら、黄土の上に、大河岸段丘をけずり出し、深い峡谷を形づくって行く。周室は、この段丘の上に発し、最初の古代中国文明もまた、この流域、そして山地より旧華北中原内海へとそそぐ所に形成されるデルタの上に開花した。

黄土大地をけずって南行する黄河は、前面を東西にさえぎる秦嶺の山系にあたって東折し、太行＝秦嶺褶曲《しゅうきょく》の断層から、旧華北海へ流れ出るのだが、その真正面に、当時はおそらく台湾ほどもある島であった、山東の山地があってこれにぶつかり、島と河口との間、そして島の南北に、黄土の沖積をふりわけて行った。沖積土は島との間の海峡にもっともあつく、したがって海退後の河筋は、華北平野を東北行して、渤海にそそぐが、洪水の度毎にこの河筋はかわり、時には山東の南へ振って、淮《わい》水の水路を黄海へ直進したり、揚子江河口部にそそいだりする頓狂な変化さえ見せたらしい。現在山東西南の微山湖から、江蘇省を西北から東南へつらねる大きな河跡湖群はそのあとだともいう。

　海退によって華北沖積原があらわれた時、大扇状地からこの沖積原へかけての開拓が、中国古代社会に「帝国」を出現させるための大きな鍵になった。——東北アジア系と見られる殷祖有娀氏は、山東台地の西、黄河にそった沖積原の中央部にいて、伝説の五帝の末、夏朝の祖禹《う》にしたがって、黄河治水の大功をたてて、商の国をおこしたとつたえられるが、この流路さだまらぬ巨大な河の制御は、大土木技術と大量の労働力を駆使するための権威を必要とし、さらに完成後の生産地の拡大は、帝王の大権力を発生させる事になったろう。

　してみると——と、竜は、一面の濁水の中の、いくつもの流脈をわたって行く萊船の舷にたって、近づいてくる山東台地を見つめながら、かるい興奮を味わった。——おれはいま、華北に陸のあらわれる以前、太行山脈の東岸をあらっていた、古代の海を航海しているのだ。洪水が古代の海と島とを出現させ、その潮路にのり、潮路をわたって、最初の陸地に近づきつつあるのだ。

　萊船は、長さ七間あまり、大舟とはいえないが、帆柱も太く、舷も厚く、舳と艫は高く上り、河船とちがって、いかにも大海の波濤《はとう》をのりきるにふさわしい精悍さをあらわしていた。——その舳に、船長《ふなおさ》ではないが、威厳のある老爺が、青銅の彫像のようにがっしりたって、水路、水流を鷲のごとき眼で見つめ、右に、左にと舵を支持していた。時には大きくかぶるが、ふんばった赤銅色の腓《あし》は、微動だにしない。

「梁爺だ……」と氾は顎をしゃくっていった。「あの爺さんは、風読み、水流読みの名人だ。――あの人を水先案内につれて行けば、大海をわたってまる一日の差がつく」

「大海を？」

といって、竜はまた眼を細めた。

帆綱が鳴って、動揺は不意にしずかになる。

島影――実は増水に山脚をあらわれる台地は、もう眼と鼻の先にせまっている。台地全体が青々としたつよくかがやく樹木でおおわれている。目印にした泰山は背後にすぎ、高台に水没もせず、いくらかの人家が見えた。

「のみなさらんか？」

胴の間から立ってきた、水夫の一人が、壺をさし出した。――中から強い芳香がツンとした。

「孟津で手に入れた酒だ。――酒もこのごろは、殷よりも、周領の方がうまい。価も高くない。殷はいずれ周にぬかれるな」

礼をいって壺を手にした時、竜はちょっと体をそらせて、その細口の壺をながめた。

――黒くて艶のある、薄手の、素朴だがいい恰好をしている。

「いい壺だ」と竜はいった。「あんたもこんな壺をもっているな。――このあたりでできるのか?」

「もうつくるものもすくなくなったが、このあたりは昔はみんなこういう壺をつくっていた」と氾はいった。「もっと南の、長江のあたりにも、だいぶひろまっているよ。――このごろでは、殷、周式の陶器がはやっているが、東海沿岸の小さな村では、まだこれをつかっているものも多い。中には、ずいぶん古くからつたわるものをつかっている家もある。――しかし、こういう壺は、やはりこのあたりが特産で、いいのができる。昔は船につんで、東海沿岸に、よく交易にいったということだ」

「ほう……」と竜は、つよい黍酒を一口のんで眉をしかめながらつぶやいた。「交易に?」

「ああ――いくつかは海のむこうの島にまで、もっていったそうだ」

「海のむこうの島?」竜は顔をあげた。「ほう?――何の交易をする?」

「交換するものなど、ありゃしない。やつらはまるで禽獣だからな。こちらのものは、布帛の切れはしにいたるまで、やたらにほしがるが、こちらのほしいものなんて、ほとんどない。――が、まあ、水や食糧は手にいれなきゃならんしな。連中は精悍だから、時々機嫌をそこねると襲ってくる。石のやじりの矢を射るのがうまい。――だがまあ、大ていは友好的で、何かみやげをもっていってやると海辺の連中は歓迎してくれる。いっしょに、変な食べ物を食ったり、なまの魚をさいたやつなんか食って、おかしな酒をのまされて、しらみだらけの女を抱かされる……」

「壺はたくさん持って行くのかい？」

「別に交易するほど持って行くわけじゃない。連中の中には、壺つくりのうまいやつがたくさんいる。奴ら自身の間でそれを交易につかったりすることもある。——だけど、こんなに美しい、薄手の壺は、まだつくれない」

竜は、酒壺を汜の方にまわした。

濁水中に碇《いかり》がなげられ、軽舟がおろされて、水夫の二、三人が岸辺にむかった。——本来の舟着き場は、水面下に深く沈んでいるのであろう。高い崖上に、三、四人の人影があらわれ、竜にはほとんどわからぬ方言で、声高に水夫たちと話しあっている。ききとりにくいが、殷都で船をむりやり徴発されかけて、やっと免れた、というような事をいっているらしい。陸上の人の二人は半裸で、そのうちの年とった一人は、上半身いっぱいにいれずみしていた。

「今夜はここへ船泊りする」と船長は、たそがれのせまる水面を見わたしながらいった。「陸でねたければ、宿をたのんであげてもいいが、明日は水がひくから、船はずっと沖へ出ているぞ」

「明日は萊州だ」と汜は、竜の肩をたたいて、うれしそうにいった。「しばらくおれの村にとどまるがいい。中原とはまたちがった、海の世界が見えるぞ」

3

萊州の氾の村で、竜は一カ月をすごした。

戸数三十戸ほどの村で、背後の斜面をきりひらいてわずかな畑に雑穀をつくり、家畜をかっているほかは、村人はほとんど海に出る。——漁もするが、やとわれて海をわたり、交易に従事することも多い。また、時には自分たちで、南北に船をすすめて、沿海の交易をおこなったり、大陸の豪族にやとわれて、戦争に従事したりする。

その地に来て竜は、山東の樹相が、中原のそれよりもはるかにゆたかに、密度の濃いのを見ておどろいた。特に、氾たちの村より、山東半島の南側、黄海に面した側には巨木があり、それをつかって大船をつくる。東につき出した半島の山地と、西の山東台地との間は、地峡になっていて、川が南北にながれており、萊州の入江に流れこむ川を南へむかってさかのぼれば、簡単に南側の瑯琊《ろうや》の側に出られた。

冬は、渤海をへだてて、東北から烈風が吹く。萊州の背山に雪がつもることもある。漁もできないので、屈強の男は長江（揚子江）沿岸へ出かせぎに行く。自分の船をもって南へ行くものもいるが、半島の南側の連中の方がゆたかだから、水夫としてやとわれて行くものも多い。——長江河口部の北岸、のちの呉の地に大族があり、南岸の越人と、長江、沿岸航行、さらに南方漁業、交易をきそっていたから、そこの大船の持ち主にやとわれて、一冬を南洋への往復にすごすものも多かった。

冬、寒気がつよく、烈風の吹く渤海側も、冬期には魚の大群がよせることがあり、それを目がけ、村にのこった老幼が網を張るが、魚族の数は、年々すくなくなるという事だった。

「冬の魚は、どうやらだんだん北へ行ってしまうらしい」

と老漁夫の一人が語っていた。

竜が何よりもおどろいた事は、この地に、東北の山戎《さんじゆう》の俗と、南海の蛮の俗とがいりまじっている事だった。――山地森林中を、半裸というより褌《ふんどし》一本で大弓をもって徘徊している、明らかに南方系と思われる人もいれば、袴《はかま》に脛《すね》までおおう長靴をはき、毛皮の短衣を着て、冬、山中に罠猟を得意とする、短弓をあやつる戎俗の人もいる。半島の南側の斜面山中には、南方風の人が多く、北側は戎俗の人が多い。――しかし長江河口附近に発する海洋の人の勢力が、平地があらわれて各地に農耕が発達するにつれ、近来急速に東海沿岸にのびはじめ、南俗の人は、次第に山中に追いこまれつつあるようだった。海洋に働くものの中には、南海の俗にならって、魔よけのいれずみをしているものも多い。

「東海の島にわたりたいというのか？」

竜ののぞみをきいて、あの老いた水先案内人の梁爺は、赤らんだ瞼《まぶた》の間から、鷲《わし》のような眼を鋭く彼の顔面にそそいで、しわがれた声できいた。

「わたってどうなさる？」

「どうという事はありません。ただ、行ってみたいだけです」

梁爺は、前歯のぬけた口をあけて、声をたてずに笑った。

「ただ行って——かえってくるのか？」

「かえらないかも知れません。——島のさらに東へ行って見ます」

梁爺の表情が、ちょっとけわしくなった。——瞼が、まぶい海面をながめるようになかばたれさがり、その下の眼球は、射るように強い光を放った。

「東海の島の、さらに東だと？」と梁爺は低い声でいった。「どの島のことだ？」

「どの島という事はありません。大地は東北へとひろがっている事はきいています。しかし東方の島のさらに東については、誰も教えてくれません。——東へとつらなる島がありますか？」

梁爺は、だまって考えこんだ。——沈黙がおちてくると、夕闇にのって、蚊の鳴く声がきこえはじめる。氾はだまって立つと、小さな土製の炉に、蚊ふすべの木をほうりこんだ。いい香りのする煙がまわりに立ちはじめる。

「本当に、ただ行ってみたいだけか？」

と梁爺は念を押すようにきいた。

「そうです」と、竜はひっそりとこたえた。

「ふう……」というように梁爺はうなずいた。「面白い人だ」

そういうと、梁爺はプイと立って、どこかへ行ってしまい、そのままかえってこなかった。

貧しい雑穀に芋、それに、こればかりはやたら豊富な魚介を食べながら、竜はなお三日をすごした。——晴れた日、山地へのぼると、黄濁の渤海をへだてて、はるか東北方の水平線に、雲のつらなりのような山々が見える。長山、と氾はおしえてくれた。その北に、さらに山地がひろがり、そこが山戎の地で、かつて山戎の軍が幾度かこの海をわたって山東へやってきた事があるという。——いまでも、時折、交易船があらわれ、また、こちら側から、長山の島々に漁に出かけている。

「あの東に、さらにのびている陸地がある」と氾はいった。「東海の島とはそれか?」

「いやちがう。その陸地は本土と地つづきらしい。山東の岬の東に、南北に長くのびている、大きな陸だ。その沿海にすむ人たちとは、ずいぶん昔から往き来している。おれたちの知り合いで、何代も前に、むこうにすみついた人もずいぶんいる——何しろ、南に面した良港がたくさんあるからな」

「あんたも行ったことがあるか?」

「何度もある。——おだやかな、いい人たちだ。ひろい畠もつくっている。背後の山地には、山戎ともちがう荒っぽい連中がいて、時々攻めてくるといっていたが……」

「その陸の南は?」

「南の方は、またちょっとちがった人たちが住んでいる。おれたちよりは、南部の人にちかいようだ」

「その南は？」

氾は突然口をつぐんでしまった。

「陸は、山東の東海中に、どこまでつづいている？——大陸か？」

「おれはよく知らん……」と氾は顔をそむけて、つぶやくようにいった。「陸は南で切れて、そのさらに南に大島がある。——大島との間には、早い海流の流れる水道があって、黒い海水が北東へむかって流れこんでいる。波浪は荒く、冬は風が吹き、夏は霧の立つ難所だ——その水道のむこうに、黒い大湖があるというが、行ったものはすくない。夏、かなり奥へはいりこんでかえってきたものもいるが、冬は雪風が吹きあれて、行ったものはない。——梁爺なら知っているだろうが、語りたがるまい」

「むこうの陸へは、どのくらいかかる？」

「北の島へは、順風なら二日、東へは四日でつく」と、氾はいった。「北にしろよ、竜。北の陸なら安全だ。万一、難船しても、かならずどこかの陸へ流れつける。東の陸も、北によった方ならいい。しかし、南へくだるほど危険だ」

その夜、突然梁爺の所から、啞の奴隷が使いにきた。——啞といっても、中原にいる時、悪口の罰に、舌をきられた男だから、耳はきこえる。しかし、無学の巨漢が、寝台の横にぬっと立ち、いきなり口をふさいだのには肝をつぶした。

奴隷は唇に指をあて、しずかにしろ、と、合図しながら、月明りの中で梁爺の持ち物の貝と鰐魚の牙をつらねた飾りを見せ、ついてこいと身ぶりでしめす。

「汜は？」

ときくと、首をふる。

そのまま外へ出て、崖の上の梁爺の家にむかった。――泥でできた中原の家屋とちがって、木や竹を多くつかった夏家屋の奥で、梁爺は魚油の灯のもとに、瞑目してすわっていた。――竜がはいって行くと、無言でむかいの藤と竹で編んだ椅子にすわれと手でしめした。

卓の上に、木の枝をくみあわせた、二尺に一尺五寸ぐらいの枠がある。枠の中には、また黒光りする木の枝が、縦横に不思議な形でくみあわされ、ところどころに赤く、また青く光る小さな巻貝や、羽毛がとめられてある。木の枝は、いくつかの色に塗りわけられ、その色は、はげては何度も塗りなおされたもののようだった。――よほど古いものと見え、羽毛などは虫が食い、ほとんど軸だけになってしまっている。

「わしの祖は、南海の人だった――」彼がむかいにすわると、梁爺は瞑目したままポツリといった。「勇敢な水人たちの長だったという。四代前に、その支配する小島が、突然火を噴いて沈み、一族は北へのがれて、島づたいに二代かかって山東の地へついた。――大海の勇者の裔も、大陸にくれば水路を読む案内人にすぎん。――いや大陸の人も、はるか太古は、もっと淳朴だった、と、これはわしらではない、江南の地に、はるか水天のわかれたころよりすむという、越の海人の長老からきいた話だ。越人の祖は、南海の人に大舟をつくることをならい、はるか北方と往き来していた。そのころは、長江はずっと奥地の、荊《けい》の地（現在の湖北・湖南省あたり？）にまでいりこんだ入江であり、二つの大湖を形づくっていたという。――また、中原は、葦のはえた広大な浅海で、越人の海船は、太行山のすぐそばまでのりいれる事ができた。そのころは、山麓の人は素朴で、海人の方がはるかにゆたかであり、南海の産物を――とりわけ美しい貝を、彼らはほしがった。貝を財貨として、南海のものは、北陸ものよりきわめてゆたかであったという。そのころは、南海人が、北陸人を今でいう、〝蛮人〟とかげでよんでいたくらいだ。南海の、今は惨めに没落し、滅亡しかかっている小部族の中には、その祖先は河水を溯行し、山西の北にある大海で、その地の蛮族に、航海と漁の方法を教えてやったという伝説をもつものがあるくらいだ……」

「山西の北にある大海？」竜は首をかしげた。「山西の北は、黄土の沙漠や乾いた大草原があるのみだとききましたが……」

「だが、太古には、あの地に大海があったという伝説は、あちこちの小部族がつたえている。水天のわかれるころ、天地鳴動して、太行の山地と、南の秦嶺の山地との間がさけ、そこから大海の水が、黄河となってながれ出した。それまでは、陝州のあたりで滝をつくる小河にすぎなかったという。――この時、はるか北西の海より流れ出した水は、山西に濁水をまいて、下流斜面にすむ人獣を、ことごとくあらい流したという――」

竜は、呆然と遠くを見るような眼付きをした。

「大洪水ですね……」と竜はつぶやいた。

「とてもこの間の洪水の比ではなかったろう……」と梁爺はつぶやいた。「だが、その記憶をもつものは、ほとんど小部族になりさがり、各地へちらばって海辺を恐れて奥地の高地へうつりすむようになってしまった。——だから、その話をつたえるものはすくない。中原にひろがっていた内海沿岸を根城にしていた海人の中にも、ほろんだものはすくなくない。そのほんの一部が、山東の島にのこった、とわしは考えている。江南の海人たちはそれほどの打撃をうけなかったが、彼らはもう、江北の勢がほろんだあとに、進出することはできなかった。——河水はいっそうはげしく黄土を浅海に堆積《たいせき》させ、海が退いて、そこに広大な泥濘《でいねい》の陸があらわれ出したからだ、という」

「そして一方——」と竜はつぶやいた。「山西の北の大海はひ上って、あとに沙漠があらわれた……」

「そうだ。——狄人（北方の遊牧民）の中に、大海のひ上った話をつたえる部族があるという。だが、そこがひ上ってくると、山西の北に、大海のしめりをうけてひろがっていたゆたかな草原——羊や牛を何万頭とやしなっていた草原は、次第にかわいて沙漠となり、牧人たちは、ずっと貧しくなって、南へ、東へ、また西へとうつらざるを得なくなった、という」

竜は、ホッとため息をついた。——オルドスの北にひろがるゴビの沙漠——今は大ステップと、沙漠になり、西北風が黄塵を万丈に吹き上げるオルドスの地に、その地域いっぱいにひろがる大海があったとすれば……夏の海風は太行山地に雨をふらせながら、なお山西の地に雨をはこび、大海より発する湿気は、気候をやわらげて、ゴビの沙漠はゆたかな高原を維持することができたかも知れないのだ。

　それが一方ではオルドスの海が乾上り、中原海が埋って行く。沖積世初期の海進のあとに海退がはじまり、浅海の沖積土が露出して行く。――奥地が乾燥しはじめ、草原は不毛の砂漠にかわって行く。

　陸の時代！――竜はそう思った。

「すると……江北の海人たちは、その後〝中原の海〟からしりぞいていったのですね？」

「そう――中原の海には草がはえ、ついで灌木、喬木がおいしげりはじめた。――〝大海変じて桑田〟となる、というありさまだったろう。かろうじて、蓬萊《ほうらい》二島によった海人たちも……」

「ちょっとまってください……」竜は声をあげた。「蓬萊の島ですって？――それはどこの事です？」

「はて――山東の東と西の山地が、昔は中原海の海中にある二島だった、といわなかったかな？――もっとも、蓬萊は、陸人のよび名だ。おいしげる草木の名によって、名づけたらしい。この萊の地が、古《いにしえ》の萊島、西の泰山のある島が、蓬島だ……」梁爺は、眼をまんまると見ひらいている竜の顔をのぞきこんだ。

「どうした？――何をおどろいている？」

「いや……いや……何でもありません」といって、竜は突然笑い出した。「ある事を思い出したからです。——そうですか。ここが古の蓬萊島だったのですか……。すると、扶桑の海というのは……」

「扶桑の海というのは知らないな……」と梁爺はいった。「とにかく、そういうわけで、海人のほとんどは、遠く南海に退いた。——北方にのこったものは、東海沿岸をのぞいて、断髪文身の俗さえすてた……」

中原は一つの大海だった……と竜はなおぼんやりと考えた。——とすると、東海もまた、海人にとって、陸人にとっての「大陸」にひとしいものなのではないだろうか？

「奥地に草原がなくなり、沙漠があらわれ、中原に陸があらわれると、かつての海辺山麓河口によっていたものたちが、まだその泥土の陸に進出しきらないうちに、奥地の牧人たちが、この中原へめがけて殺到しはじめた。——北から……西から……。だが、山麓の肥沃な台地中、河筋の土地は、農人たちがおさえている。当然衝突が起こる。牧人は武士の気があって、気が荒く、戦闘につよい。騎射をものにしてから、牧人の方が圧倒的につよくなった。——農人は、争いを好まない。食料物産をゆたかにつくり、物をおくって、侵出する牧人をなだめようとする。牧人は一気に農人の地を攻めて、多くを掠《かす》め、ひきあげて行く。だが、そのうち、農人の間にとどまって、一定の作物をうけとりながら、別の牧人の部族が攻めこんできた時、これをふせぐ役をするために、やとわれて定着するものがある。——そうすると、農人たちの国も次第につよくなり、これをぬくには、いっそう強い武力が必要となる。土をたがやし、泥土をこねて器や家をつくる農人の技術が、牧人の軍事指揮者に指導されて、城砦や長壁をつくる技術になる。闘いの度に、農人の上に立つ牧祖の軍人はつよくなり、その力は強大になり、広域に砦をきずくため、多くの農人をかりたてねばならないようになる。――ついには、それさえたりなくなり、諸方に討って出て、周辺の弱い小族をとらえて、生口《どれい》としてつれてきて働かせる。小農人や生口の力で、広大な都城をきずく、河川の流れをかえ、堤をつくり、また広大な農地をひらいて、さらに強大になる。――こんな事が、何回となくくりかえされて、お互いに戦争が段々とつよくなり、中原に次第に強豪の部族ができていった。そのうち、北より、また西より入ってくる牧人の勢は、大した問題ではなくなってきて、中原の諸族が争うようになる。好戦の指導者にひきいられて、闘えば多量の生口と、広い土地、また大量の貢が手にはいる。そのうち諸族のもっとも強大なものが、諸王を連合して、帝となる。こんな事が、本当に何千年とくりかえされてきたのだろう。――牧人と、中原の陸との関係は、夏期のはじめに太行をこえて、この地にはいったとつたえられる一部族の古譚によくあらわされている。太行の北で、山嶽をこえてきた、その一族の首長は、眼下に茫々とひろがる中原の草地を見て、それを槍でさしていったそうだ。〝山麓の乾地は、先人の占める所だが、あの中原は、今、あらわれたばかりで、誰のものでもない。あの葦《あし》のゆたかにしげる中ほどの湿原こそ、われわれの子孫が王たるべき国だ……〟」

「何で、で、ですって？」竜の声は上ずり、顔は青ざめていた。「その最後の文句を、もう一度きかせてください。――成句になっているんですか？」

「ああ、そうだ。――だがいったいどうした？　後半の句は、〝あの葦のゆたかにしげる、中ほどの湿原こそ、われらの子孫が王たるべき国だ……〟」

「おお！」と竜は、顔をおおってうめいた。「おお！――何という事だ！」

「おかしな男だな」梁爺は眉をひそめた。「こんな古譚が、なぜ、そんなにあんたをおどろかすのだ？――あんたは、狄人か？　顔かたちからいってそうは見えぬが……」

「いえ――何でもありません」竜は、興奮で青くなった顔を、やっとあげた。「いったいそれは――いつごろのことですか？」

「さあ、夏朝のはじめとつたえるから、もう千年も昔の事ではないかな」

「その話をつたえる部族は、まだのこっていますか？」

「さあ、わしも若いころに、その部族の長老にきいたのだが、そのころはすでに、部族は殷化して、ほとんど分散してしまっていた。――祖先は中原にはいれず、北方へ去ったといわれるから、その連中の間では、もっとのこっているかも知れない……」

「わかりました……。どうかつづけてください……」

「今までの話は、脇道だ……」梁爺は、歯のない口をあけて笑った。「老人は、話し出すと長くなっていかん。まあ太古、陸人のつたえる歴史とはことなった、海人の歴史があった、という事をいいたかっただけだ。――陸人、とりわけ農人は、定着して邑をつくり、都を設け、諸官を整えて、大廈に記録をよくのこす。しかし、牧人や海人は広野大海を広くわたって動き、技術のほかは、もっとも肝要の事だけ、しっかりと頭《ここ》にいれておかねばならん。したがって、古い事を大きくさかのぼってつたえるものもすくない……」

梁爺はそういって、やっと卓上の奇好な模様のくまれた、木の枠を指さした。

「さて――あんたが、東海に行きたがっていると知って、このことを教えたものかと大分考えたが、やっと決心もついた。――ところで、これは何だと思う？」

「さあ――」と竜は首をひねった。「窓飾りか何かでしょうか？」

「あんたは、ずいぶん僻遠の地を、広く見てまわってきたようだ。――これに似たものを見たことはないか？」

「あッ！」と竜は叫んだ。「あります――はるか西南の地で、舟民の長《おさ》の一人が、これに似たものを……」

「そう――これは南海の島人がつかう、海図だ」と梁爺はいった。

4

いわれて見ても、とてもそうとは見えない。――つかわれている黒色の、あるいは暗紫色のかたい木は、たしかに南冥の地に産するものとわかるが、細い枝や竹をくみあわせ、不規則に縦横にならんだ線や、青く、また赤く光る貝や、羽根は何をあらわすのか？

「これを、わしは祖父からつたえられ、父からよみ方をならった」と梁爺はいった。

「よみ方といっても、ただこれだけのよみ方をならっても何にもならん。かぎりなく海をわたり、太陽太陰、星の形、島影、潮の流れ、風、波浪、雲、海の色、また魚鳥や虫の形まで、すべての意味をよみとれるようになってから、はじめてこれが役に立つようになる。——素人のあんたに説明しても、何の役にも立つまいが、この木の枝は、南から北へむかう海流だ。枝わかれする所は、流れも枝わかれする。竹は、冬、北から南へ逆流する海流だ。白い羽毛は島をあらわし、巻貝は星をあらわす。——青い貝は青い星、赤い貝は赤い星だ。夜、北天に斗星のある時はこの貝を北斗にむけ、北斗が低く、沈むあたりでは、夕天、暁天に二度、この貝とこの貝に相当する星に、枠をあわせる」

竜はただただおどろいて、まるで出たらめな工芸品としか見えない「海図」を見いった。——この「暗号」がよめるものは、陸人をのぞいてどのくらいいるのだろう？

「ここに、大きな羽毛の列がありますね」と竜はいった。「この一番大きくて、つよくまがっている枝の、横にまがった所にそって……」

「そう——それが、東海の大島だ」と梁爺はいった。「陸人で知るものはほとんどおらず、海人でも、東の方を知るものはほとんどいない。——この太い枝が、大きく横へまがって先がいくつにもわかれているあたりと、もう一本縦に走る枝のまじわるあたりに、

×印がいくつもきざみつけてあろう？　これは、海中の大河、死の早瀬だ。これにのりこんだものは、それこそはてしない大海に押しながされて、二度とかえれぬ、という」

「その東に、行ったものはないのですか？」

「ないとはいわぬ。しかし……」

そういって梁爺は口ごもった。そして、話をそらすように、卓の下から、木の板をとり出した。木枠とほぼ同じ大きさで、何かの形が丹青にぬりわけてある。――木枠の下にしいて、上から見ると、左方が大きくはみ出す。

「見なさい。これはわしがつくった海岸線の図じゃ。――こうかさねると、陸地と海流の関係がよくわかろう。赤い所が陸、青い所が海じゃ」

たしかに、そうして見るとよくわかった。――左方の、大きな赤い斑文は中国大陸、そこにつき出した山東半島の、北に渤海湾、南に黄海、そして渤海の北につき出している、現在でいう遼東半島、朝鮮半島の姿は、東岸があいまいにぼかしてある。下部、つまり南方は、はるかに大きく、現在の福建、広東のあたりまで描いてあり、台湾、フィリピンのあたりに、形はあいまいながら、ちゃんと島形が描かれている。

これを見ると、渤海、遼東湾、そして西朝鮮湾が、北方騎馬の人、山戎の海であり、黄海が山東、南朝鮮、江北の人の海、東支那海が越人の海であることが、まことによくわかるのだった。――老人のノスタルジイか、大陸部中原は、丹塗りの上に、さらにうすく青泥をぬり、山東の二山地、古代の蓬莱二島のみが赤くのこしてある。

「わかるかな?」竜が、山東の地に眼をすえているのを見て、梁爺は照れくさそうに笑った。「だが、こうしてみれば、かつての蓬萊の島が、いかに海人にとって、大きな地位をしめていたか、見てとれよう」

たしかに老人のいう通りだった。――もし老人の語った古伝の如く、古代中原が、一面の浅海であったとすれば……そして、そのころすでに、海辺に活発な航海をする人たちが進出していたとすれば……蓬萊の二島は、北に渤海をへだてて満州の地、東に黄海をへだてて朝鮮西岸、西に中原海をへだてて黄土台地、南に海峡をへだてて、安徽《あんき》の岬と、大海中の大島として、航海の枢要の地であったろう。――そこに南海の、断髪文身の海族もきたろうが、西の漢人、南の呉人、北からは狄戎《てきしゅう》、あるいはさらに東北の人もきたであろうし、朝鮮の人もきたであろう。またここを中枢にして、東西南北の人が交流したであろう。山東の地は、いまの都城からはなれた、ただの辺隅の土地ではなく、中原のひらかれる前から、高い文化がここにかさなっていたと考えられる。孔子をはじめのちの世の聖人賢哲が、多くこの地に発した事も、あながち封ぜられてここへ来た斉王の、臨淄《りんし》における文化奨励策によるものとだけはいいきれまい。――だが、今その海は、一面の陸と化し、山東の人は蚕を飼い、あの有名な山東の絹をつくるために、一面に桑をうえている。まことに「桑海の変」とはこれをいうのだろうか?

「海がなくなって、海人の栄もずっと南にしりぞいてしまった……」梁爺はつぶやくようにいった。「海人が海をうばわれたら、陸人が陸をうばわれたにひとしい。――陸人を載《の》せて、大海をわたると、陸影が見えなくなったとたんにまっさおになってうろたえはじめ、船酔いをやってあわれなさまで、一刻も早く、ただ陸を踏みたがるが、わしらにとって、海上は陸よりはるかに安心だ。大風は雲を知り、季節を知って避ければよい。季節のおだやかなころ、大船にのって鏡のごとき平坦の海をすべって行く快は、あのギクシャクした車にのって、ほこりをまきあげながらガタガタ道を行くのにくらべものにならんよ。山のそびえる陸をはなれても、わしたちには、海という広大にして平らか、誰も領有することのない大地があるのだ。凶暴の狄人も、ここまでは追ってこれない。海洋の下を、羊の大群のごとき大魚の群れが回遊し、磯に接してもぐれば、海の果物のごとき貝があり、香高い海の野菜もある……。南海の珍宝は、山嶺の玉よりはるかにゆたかできらびやかだ」

「渤海の北の人も、航海にたけているのですか？」と竜は海図を見ながらいった。

「ああ——大船はもたぬが、北海の水人の勇敢さは、南海のそれにおとらないよ。——北には、山戎はじめ、山地や森や草原にすむ人ばかりと思ったら大まちがいだ。そういう事が、殷都にこもってうぬぼれているものにはわからない。——南海の海人が、鰐魚や竜巻きをおそれないように、北海の海人は、風雪をおそれない。わしらから見たら、びっくりするような軽舟で、舳にしぶきが凍りつくような海へのり出して行き、河をさかのぼる。山戎のために船方をつとめて莱州へきた北海の水人にきいたのだが、北海では冬、雪とともに大魚群がやってくるそうだ。——川をさかのぼる時は、魚の背をふんでわたれるほどであり、沖合に網をいれれば、網が破れなければ五隻の船が沈むほどの魚群が集まる、と……。彼らは、冬の間に、一年分の食料をとり、塩漬、乾物にしてたくわえる。布のかわりに魚皮で履をつくり、窓には魚皮をはって、冬の寒気をふせぎながら明りをとるらしい」

「北海へ行った事はないのですか？」

「ない。――東方の陸と島には、何度も行ったが……」

「しかし――」と海図をさしながら、竜は考えるようにいった。「中原が陸となれば、この東海の島が、次の蓬萊島の役を果たすのではありませんか？」

「そうは行くまい。――かつて蓬萊島は、三方をゆたかな海にかこまれた大海中の島であったから栄える事ができた。だが、この島々はあまりに東にはなれすぎている。この大海（といって、老人は東シナ海をさした）に面するこの島の西岸だけが、萊人も、南海人もわずかにうつり住み、東陸の人とも交流があるが、一つは、この大海をわたれる季節がかぎられていることと、もう一つは――いまは陸の時代がはじまり出したばかりだ。奥地は乾き、中原の沃野は、諸方の山野にちらばってくらしていた人々を、はげしい勢いで吸いよせつつある。中原へむかって集まり出した勢はとまるまい。噂は噂をよび、西、北、南の諸族も、熱にうかされたように中原にむかって動いている。――東海はしばらく、敗者の海、中原の炉の吹き出す灰燼《かいじん》の流れこむ海になろう。この大勢は、当分の間かわるまい」

「敗者の海――大陸中原の、塵芥の流れよる島ですか……」と竜は腕ぐみした。「西からだけでなく、この図を見ると、南からも流されてきますね」

「北からも、この東陸の背をつたわって流れこもう。――この島は、北、西、南の残渣の流れつく所だ。死者を海に流す俗のある海人が、忌んで近よりたがらぬ故も、そこにあるのかもしれぬ。だが、わしは恐れるようなことはない。島人は、たしかに貧しく、その俗は低いが、気風は大陸のそれに染まぬ淳朴のものたちばかりだ。山林を焼いて畑をつくり、扁舟を出して漁する。南海の島人が流れついたか、文身《いれずみ》し、まげをいう部族もあるが、山野をかけるのもあり、いつもはおだやかに、時に勇敢に闘い、質朴にくらして、人をだます事を知らない。――島は、その奥がどれだけ深く、どれだけの人が住むかわからないが、その人たちも、決して都人のいうように、鬼や怪ではない、とわしは思う。――この島の南岸は、このあたりでとだえ、そこから北にも陸がつづいている。というが、わしはよく知らぬ」

「ここからその島へ行けますか？」

「今ならまだ東陸へわたって、そこから陸ぞいに南下すれば行けようが、まもなく海が荒れて航海はあぶなくなる。その時期がすむと、海はおだやかになってくるが、この竹に見られるように、東陸の南端の水道より、南下する流れがつよくなり、北風が吹き出せば、海路はまた困難になる。もっともいい時期が、春秋二回ある」

「島の東へ行くのは、どうしたらいいでしょう？」

「島中を東西に流れる大河があるともきくが――わしの知るかぎりでは、秋にいったん長江へくだり、呉人の水夫をかりて、西南の風にのって大海へ出る。大海中の、ほれ、この孤島により、そこからこの太い、〝海中の大河〟にのれば、島の南岸を東行できる。――水流と風を、一つよみちがえれば、西端へついてしまい、北冥の水道を流されれば、どこへ行くかわからない」

竜は、あの一面の濁水の海の中を、舳にたって、微動だにせずに水流を読んでいた、この老人の堂々たる姿を思いうかべた。――その技術は、おそらく、南海の黒ずんだ海の上で、海流をよんでいた祖先からつたわったものにちがいない。

「この島は、この大海を縦横にのりまわす、水人の根拠地以外、内陸を開きようがないのでしょうか？」

「追い追いにひらかれては行こうが、時がかかろう。ただわしは、この島は、何かがあった時……」

といいかけた時、突然外でバタバタと足音がひびき、

「梁爺！　梁爺！」と、はげしくよばわる声がきこえた。

老人がすばやく、海図を卓下にかくした時、髪を朱巾でくくった半裸の男が、汗まみれになってとびこんできて叫んだ。

「梁爺！　大変だ。いま亳邑《はくゆう》から早船で、周軍がついに殷領にうちいったと知らせてきた」

「なに?」と梁爺は腰をうかした。「それで——都はどうなった?」

「殷軍は謀反があいついで、牧野で大敗だ。周軍は殷都にせまり、紂王は麓台《ろくだい》に火をはなって自殺された」

「おお!」梁爺は、がたんと音をたてて椅子に腰をおとした。「で——……の殿様は……」

といいかけたが、その時は戸外がもっとさわがしくなり、人々が怒声をかわしながら、松明をかかげて、坂道をかけおりて行くさわぎがかさなって、老爺のつぶやきは、ききとれなかった。

5

まもなく西方から、傷ついた敗兵が、船で、また陸路でおちのびてきた。——その数は意外にすくなく、百人内外だった。槍をつき、戈をひきずり、血まみれで息たえだえの将を下士が負い、手傷を負っていないものはなく、いずれも最後まで闘った、親衛に近いものたちと思えた。済水の岸に出むかえた、莱州の人々の前に、美服の上に皮鎧をつけた、一見貴族と知れる壮漢がおりたった時、梁爺は群衆の中から、ころげおちるように走りよってひざまずき、「殿様……」と一言いったきり、むせび泣いた。「人心が、あれほど

「梁爺か?——残念だ」と、その貴人は美髯をふるわせていった。

までに、殷をはなれているとは思わなかった。――王の暗愚はわかっていたが、直衛の将の一部までが、戈を後にむけるとは……」

「王の御一族は？」と、梁爺は涙だらけの顔をあげてきいた。

「妃は王とともに死んだ。――だが王子禄父《ろくふ》は周王の手におちた。一応天命革《あらた》まる時、の義をたてての戦さだ。牢を放ち、城内の食糧財宝を民にわけて、さっそく人気とりの手をうちはじめている。革命の義をとなえる以上、王子を殺すわけには行くまい」そういうと貴人は、唇をまげて笑った。「これからまた、馬鹿芝居がはじまるぞ、爺《じい》……」

「そのような事を、このような場所でおっしゃられては……」と梁爺はあわてた。「とにかく、御休息所をしつらえました。そちらの方へ早く……」

そういうと、梁爺は、水夫たちをふりかえってどなった。「追手の様子はどうだ？――見にやったものは、どうしたぞい？」

「奄《えん》のあたりまで、周軍の一部がきたというが、それ以上は追ってこない」

と声がかえってきた。

「気にするな」と貴人はふりかえって、吐きすてるようにいった。「陝水の山猿どもだ。名にしおう、東夷の地まで、簡単にはいってこられるものか！」

「したが、いずれはここも、武王の手がのびると思わねばなりますまい」

と梁爺はつぶやいた。

思わぬ中央の大政変のため、竜の渡海は、その年の秋までのびた。――秋になっても、梁爺は貴人の傍につききりで、みずからはのり出さない。梁爺がのりこまなければ、東海の島へ行くのは、おぼつかないというので、しかたなしに、竜は、東陸とよばれる、南朝鮮へ行く便にのり、往復した。東陸の地は、山畑がよくひらけ、平地の農耕もすすみ出しており、人々は小邑にちらばりながらも、ゆたかにおだやかにくらしていた。海縁部には、南海の俗がすこしはいっているが、大体は土地固有のものらしい。内陸には山戎の風もはいっている。よほど権勢ある首長以外は、床をつくらず、大部分の人々は、大地に円型の穴をほり、中央に炉を切り、屋根を草や木の枝で葺いて住んでいる。貴人は四方に柱をたて、流れ屋根をふいた家にすみ、大陸風に土壁をきずく所もある。

東陸はまずしく、出すものといえば、乾魚、乾貝、毛皮、それに生口《どれい》ぐらいしかなかった。――こちらからは、陶器、木工品、安い細工物、布帛などをつんで行く。絹は貴重品だから、そんな寒地にはつんで行かない。

いずれにしても、この航海でわかったことは、内陸中原とは別に、東方から北方の海上にかけて、小規模ながらきわめて活発な航海がおこなわれている、という事だった。そして、その原動力は、はるか南海にあるらしい。南海上では、貝貨《ばいか》の使用がすでに一部おこなわれ、子安貝、美しい巻貝、二枚貝の需要が、島嶼民の間で急激にたかまりつつあった。越人や南海の一部の人々の中に、有帆の大船をしたてて交易にのり出すものがふえてきた。そして、この大船――といっても、せいぜい二十メートルまで――による、長距離航海技術がもたらされた源は、はるかずっと西方、インダス川流域から、中東へかけての地域をピークとするアーリア系諸族の南下が、四、五百年前から起こり出し、このころ、インドにおいてはガンジス川流域にまで侵入しはじめていた。——アーリア侵入による、インダス文明の崩壊は、インダス河口からアラビア海、ペルシャ湾を経て、世界最古の大文明地帯、チグリス、ユーフラテス河口をむすぶ沿岸航路、さらには紅海をさかのぼって、スエズ方面にまでその足跡をのばしていたインダス大航海民の大部分を洋上にのがれさせた。

彼らの大部分はメソポタミアへ、また東部アフリカへ吸収されたろうが、その一部ははるかに東行し、ベンガル湾からマライの岬をまわり、インドネシア海域にまでその影響を及ぼす。その弱いインパクトが、東南アジア海域で増幅され、さらに南風と黒潮にのって、越の地まで及んできたものらしい。そして……。

渤海が灰色の雲でおおわれ、北方山戎の地より吹く冷風が、海の湿気を雪にかえておくりこむ冬がやってきた。黄濁の海は荒れた。——そんな寒冷の日、扁舟に毛皮を山とつんだ北方の交易船が流れついたのには、一驚した。彼らは毛皮を物品とかえ、春、海が静まるのをまって、また北方にかえって行く。

春がくると、海がうそのようにおだやかになって、あたたかい日がつづいた。東北の海上にもやがたつような暖い日、海岸で人々がさわいでいるので、いってみると、水平線に忽然と、ゆらめくような緑の島影がうかんでいた。島影は、しばらく見えていたが、やがて風が吹きだすと消えて行った。蜃気楼だった。

周の中原経営は、うまく行っているようだった。殷の地は、武王の二弟の監視下に、禄父をたてておさめ、黄河上流の故地にかえった武王は、新都鎬京の建設を、七分通り完成していた。

春の深まるころ、そして東方航海にいい時期になったころ、竜は、あの殷朝貴人の楼によばれた。一応朱柱をたて、壁は白土を上ぬりしてあるが、楼といっても板葺きの、質素なものだった。

貴人は、質素な麻服を着て、梁爺とともにいた。

「お前かな、東海へわたりたいといっているものは……」と貴人は髯をしごいて、おだやかにいった。「ずいぶん諸方を見て歩いたということだな」

「はい、南海からさらに西方へかけて……」と竜はこたえた。

「東海だけが、未見です」

「東海の大島へわたって、どうする？」

「別にどうという事はありません。ただ行ってみたいだけです」

「いつぞや、東海の大島の、東のはての、さらにその東はどうなっているか、と問うた事があったな」と、梁爺は半眼に瞼をとじていった。

「知っているのですか？」

「知らぬ事もない。が、直接行ったわけではむろんない……」と梁爺は抑揚のない声でいった。「あの東海の島の、さらに東の海をわたり、かえってきたというものに、あった事がある。嘘をいうような男ではない。が、あまりに途方もない話故、さすがのわしも信じかねる」

「行ってかえってきたですと？」竜は眼を見ひらいた。「その人はどこにいるのです？」

「もう十年も前に死んだ――それもここではない。毒蛇も食人の俗をもつ蛮族もいる南冥の大島でじゃ」梁爺は、あいかわらず低い声で語った。「十二年前、わしは会稽の地へ行き、そこで越人の水夫の漕ぐ長舟にのって、南海の島々を二年もかけてめぐった事があった。火をふく島、珊瑚の海、極彩の鳥のいる島々をめぐって、その高山と密林におおわれた、大陸のごとき大島についた時、越人は、ここが大島の群る海の終りだといった。そこから東は、大海に中ほどの島がちらばり、さらにその先は、大海の中に、はるかはなれて、小島がちらばっているだけで、そこから先は越人も知らぬといっていた。――ところが、さらに越人にせがんで、中島の一つにわたった時、そこにすむ、全裸の土人の中から、突然わしをよぶものがあった……」

「そんな所で！」と竜は驚きの声を発した。「萊州の人だったのですか？」

「いや――それがなんと、あの東海の島で、わしによくなついていた島人だったのだ」

「あの東海の島人が、そんな南にまで？」

「いや、ただ南へ行ったわけではない。これが途方もない話なのだ。――まあききなさい。その島人は、わしらの航海をまねて、潮にのり、島のずっと東まで、小さなくり舟でわたる事を知った。何回も往復するうち、彼も東海島の東のはてあたりまで行くようになった。わしと南海で顔をあわせた五年以上前——と、その男はいうのだが、島人は、ちゃんとした暦を知らぬから怪しい——彼は、新しくつくった大きなくり舟に、仲間七人とのり、東のはてを目ざした。ところが、季節が悪くて嵐にあい、海上を吹きまわされ、気がついた時は、はやい流れにのせられて、矢のように流され、島影ははるか後方に遠ざかりつつあった。——あの海図にあった、〝海中の黒い川〟にのりいれたのじゃ」

「助かるわけはありませんね」と竜はいった。「それに流されて、かえってきたものはいないのでしょう?」

「だが、その男はかえってきた……」と梁爺はいった。「信じられぬ事だが……雨にめぐまれたのと、食糧の芋をたくさん、もっていったので助かったとしか思えない、とその男もいっておった。たずさえた、手製の壺に雨をうけ、船中で芽をふき、育つ芋をかじり、海中の魚を釣ったり、銛でさしたりして、月が二度、みちかけしたのち……」

「二カ月!」竜はさけんだ。「二カ月も、そんな小舟で!——信じられません」

「まあききなさい。——二カ月の間に三人が死に、一人が気が狂って海にとびこんだ。のこる三人は、二カ月めに、東方に雲が長く、高くつらなるのを見た。大陸があった、というのじゃ。ほとんど人影の見えぬ、だが途方もない陸が……」

「無知な蛮族のいう事を信じていいものか……」と貴人も、眼をまるくしてつぶやいた。

「その陸についた時、彼らと同じように黒髪、半裸、体を文身のかわりに朱丹で彩った人があらわれた。――言葉は通ぜぬ。だが、手まねで来た方角をいうと、連中はおどろいたように介抱してくれた。西の島にかえりたいといっても、首をふる。三月その地にいて、三人は、また舟を出し、陸地にそって南へ行った。彼らは、南へ行けば、南海の島々につくかも知れない。そうしたら、そこでもとの島へ送ってくれる、山東の海人にあえるかもしれないと思った、というのだ」

「おかしな感覚ですね」と竜はつぶやいた。

「むりもない。そんな陸地は、わしら海人でさえ誰も知らぬ。――岸辺岸辺で、ある時はおだやかな、ある時は気性のあらい人々にあい、ある時はつかまって殺されかけたりしながら、一年かけてくだっていった。だが陸地ははてしなくつづく。やがてたえがたく暑い海へ出て、ここが南海かと思ったが、様子はちがう――とうとう、望郷の思いに苛《さい》まれて、また一人が死んだ。その地の土人は気の毒がって、永住をすすめてくれ、さらにたずさえた土器をめずらしがったので、製法を教えて、二年をすごした。だが西方への思いはたちがたい。土地の人に、西へわたる術を知らぬかときくと、西方の小島の噂はあり、昔、わたったものもいたという。それをきいて矢も楯もたまらず、自分で工夫して、くり舟二隻を横につないで、その上に板をはり、葦の帆をつくり、食料と水をたっぷりつみこんで、土人のとどめるのもきかず、二人で舟出した。途中、小島を見かけたが、潮流がはやくてたちよれず、一カ月半で、はじめて小島についた。そこの土人は、彼らの見知った南冥の人に似ているのでほっとしたが、彼らは西の大陸も東の大陸も知らぬという。北の方の島なら知っているというが、どうもそれではないらしい。――さらに舟出して西をめざしたが、途中大風にあって、舟はこわれ、さらに一人が失われ、彼のみが、やっとその島の、もう一つ東の島の岸辺にうちよせられた、という。その島につれてこられて、もはや航海する気力もなくなってから、さらに一年たって、わしにあった……」

「つれてかえってやらなかったのですか？」

「もちろん船にのせてやった。だが、気力が失せたのか、越人のうつりすむ南海の島へかえる途中、船中で死んだ……」

「かわいそうに……」と貴人はいって、立ち上った。「きっとその男は難船の際に気がくるって、途方もない悪夢を見たのだ」

そういうと貴人は、裾をひるがえして奥へはいって行った。梁爺もだまって立ち上がると出ていった。

あとに竜のみが、凝然と眼をひらいたままとりのこされた。

6

さらに一年たった。

この間に、竜は、ついに一度だけ、東海の島へ行く機会をもった。

しかし、それは梁爺ののる船ではなく、親友の氾ののる船だった。――滞在期間も、わずか二日だった。もともと、東陸をめざしたのだが、海上に出てから風が悪く、つよい西北風に南へ吹きよせられ、水行七日にして島影を見たので、島によって風待ちし、のちに北へむかう事にしたのだった。

濃い緑におおわれ、高山を背後にたたんだ大きな島は、島とも思えぬほどの偉容をしめしていた。平野のほとんどない湾内へ船をのりいれると、まるきり無人の島のように見えた。だがまもなく、山頂から竹法螺《ほら》のなりわたる音が、湾の四方の山壁にこだまし、水辺にわらわらと、半裸の男女があらわれた。

南冥人ほどではないが、陽焼けし、体軀が小さく、鼻は低い。漆黒の髪はすこしちぢれているものもいるが、大体直毛だ。女は髪をあまずに背にたらし、男は髷《まげ》を結《ゆ》って、竹櫛《たけぐし》でとめている。男は褌一つ、女は木の繊維をあんで朱や茶に染めた腰布をまき、乳房の間に貝や、鮫の牙の飾りをたらしている。成人の男は体一面に文身し、顔に朱丹の泥で模様を描き、年とった女は、顔は口唇に黥《いれずみ》している。男女とも眉がこく、かなり毛深い。男はもじゃもじゃひげをはやし、女も上唇にうすくひげのはえているものがいる――子供はできものだらけ、男女とも虱《しらみ》だらけだ。

船長から、中原の常識からすれば、あわれなほどの贈物があたえられ、仮泊の許可と、水、食物の供給が約された。――連中は芋と、魚介、それにこれが猪かと信じられないぐらいにやせた猪一頭、野鳥二羽をもってきた。首長らしい、いれずみだらけの老人があらわれ、船長と主だったもの数人が、宴に招待された。海浜に火がたかれ、竹の楽器をつかった単調なおかしな音楽と、若い娘たちの緩慢な踊りがはじまった。

「これでも、ここの連中は、われわれとつきあっているから、ずいぶんひらけているんだ……」と氾はささやいた。「農具もいいのを持っている。飾りも多い。布帛もたくさんあるし、機織の術もすすんでいる。――だが、こちらから見れば、交易に値するものが何もないんだから、しようがない」

「これは――」プツプツ音をたてる、白濁した酒をいれた、小さな壺をささげながら、竜はつぶやいた。「この土地のものがつくったんだな……」

赤い、素焼きの土器だ。表面はざっと平滑につぶされているが、輪積みにしたあとがのこっている。縄文というよりも、櫛か何かでなでたりおしたりしたような圧痕がある。

「そんな、手づくりの不細工なもの、しかたがないだろう？――奴らがおれたちの黒陶をそれほど欲しがらない所を見ると、それでいいと思っているのかも知れないがね」

だが、竜の顔には、いい知れぬ感動がうかんでいた。

そして、島をはなれる時、その顔には、いい知れぬ悲哀がうかんでいた。ゆたかな中原の高文化にくらべて、島人はあまりに貧しく、飢餓や疫病は常に傍にあった。子供のほとんどは栄養不良であり、成人男女のほとんどは悪疫にかかっていた。――華夏（中国）人は、下っぱの水夫さえ、この連中を軽蔑し、嘲笑い、時には面とむかって罵倒したりした。連中のいう冗談に、こんなものがあった。――山東のけちんぼの老婢が、長年つかっていた籐編み漆ぬりの便器が、ついに破れたので海へすてた。便器は海流にのってこの島に流れついたが、島人は狂喜し、この便器を神の贈り物として手あつくまつり、首長が頭にかぶって冠にした、というのである。

中原と、この島と、わずか洋上千キロをへだてての、このはげしい格差に、竜は胸つぶれる思いだった。

東陸の地につくと、武王の死と、成王の即位のしらせがはいっていた。一と月をすごしてかえってみると、殷の旧市に、禄父を擁した管・蔡の武王二弟が、幼主成王の摂政となった周公、召公に叛を起し、成王軍に討たれて禄父が弑《しい》せられた、という噂がとんでいた。——そして、莱州の東の小邑では、貴人が軍装して、まわりに親衛の兵を集め、騒然たるありさまだった。

「王子が存命されると思えばこそ、闘いをさけ、この地にひそんでいたのだ。紂王の子孫が弑《しい》されたとあらば、もはや謹慎は無用、寡兵で斬り死にしても、周軍に、一泡ふかせてくれるわ」

と、貴人は叫んでいた。

「おしずかに——王子禄父さまが弑せらても、殷室の裔《すえ》は、まだ王子微子啓さまがおられます」と袖をとらえて、微動だにせずに説得しているのは、梁翁だった。「それより、今度こそ周軍は、彼らのいう東夷の完全な服属をはかり、大軍をむけてきましょう。ここは爺におまかせくださいませんか？」

「まかせろといって、どんな策があるのだ？」

「東海の大島にうつり、土人をうちしたがえ、彼の地をひらいて勢力を涵養し、のち機を見て中原の回復をはかります」

あっ！　と竜は声をたてた。――だが幸いにしてその声は、その場の騒然たる雰囲気にのみこまれた。

「あるいは――彼の大島は東西に長くのび、また北へものびて、その大いさは東陸をはるかにしのぎます。土人は性未だ淳朴にして、討ちしたがえるも帰順させるも、東陸よりはるかに容易です。ここに一国をたてれば、やがては強国となりましょう。あるいは、さらに東へ進み……」

「戈《ほこ》をおさめい！」と貴人はそこまできいた時、まわりの兵にむかってどなった。「評定じゃ……」

かくて――竜にとっては、二度目の東海行が、それから間もなくおこなわれた。

今度は、梁爺がすでに手配してあった、呉人がつくった大船三隻――一隻に六十人をのせ、牛馬食料兵器をつみこみ、呉人、越人、青人の水夫たちに、貴人の手兵、それに農人工人に奴婢をのせた。暮夜ひそかに山東をはなれていったん会稽にくだり、ここより東行して十日……。今度は前回よりずっと北の、大河のそそぐ湾についた。葦は野をおおい、海辺には草葺き高脚の小屋、そして河岸の丘陵上に、いくつもの小屋が見える。

斜面を耕して芋をつくり、またわずかに稔りの悪い、粟、稗などの雑穀をつくっている。

例によって、土人首長たちの出むかえをうけ、謁見したあと、貴人は梁爺にむかっていらだたしげにいった。

「この僻蛮の地をひらいて、一国をたてよというのか？」

「歳月はかかりましょう」と梁爺は深く頭をたれた。「まずここをひらいて根拠地とし、次いで華夏より人をいれます。それから東方を討ち——百年の余を要しましょう」

「わしは気にいらぬぞ。——あのように、不潔、魯鈍にして、蛮風にひたっている土人を、生口として使っても、何ほどの役に立つとも思えぬ。それよりいっそ梁爺——いつかわしに話してくれたな。この島の、東の涯てにひろがる広漠の太洋の、さらに東にあるというあの大陸……彼の地へわたって見ぬか？　中原も、大海にくらべれば小さい。わしは中原のかわりに、この太洋とその彼方の大陸を征服したい」

「そのお言葉、期しておりました」梁爺の眼の光は、まぶしいほどつよくなった。「爺も、最後の未知の海に、いどんでみたいと思います」

「行けるか？」

「わかりませぬ。——が、島にそって東行しつつ、充分に準備はいたしましょう」

三隻は湾をはなれて南行し、やがて東流する〝海中の大河〟にのった。——途中、所々の半島の入江や湾により、何カ月もの航海にたえ得るように、水、野菜、果実、乾魚などを島人から補給した。

「よいか、われらのあとに、歳月を経て、また西方から大船がくるやも知れぬ」生まれてはじめてみる大船に、ポカンと口をあけている島人たちに、どういうつもりか知らぬが、梁爺はかんでふくめるようにいった。「その時は、またその大船の人にしたがうのだぞ」

「お前はどうする？」

最後の寄港をした時に氾はきいた。

「勿論、おれたちといっしょに行くのだろう？」

「いや――おれはこの島にのこる」と竜はいった。「ここでおろしてもらう」

氾は意外な顔つきをした――もうわかっているのだ。リュウ……数千年の未来からきた時間旅行者、日中混血の歴史学徒にとっては、この太洋の東にある陸が、何であるかという事も……。

もちろん、いつか梁爺の語った、新大陸へ流れついた縄文人が、彼の地でつくり方を教えたという土器こそ、一九六〇年代にエクアドルの古インディオの文化遺跡中より発見され、識者を呆然とさせた、九州縄文土器そっくりのその土器であるかどうかということや、今東方へ、無謀な船出をしようとしている殷人たちの一行が、ほぼ一世紀後にはじまって、何世紀ものちにやがて殷器そっくりの青銅器をうみ出しはじめる先マヤ青銅器文化のオリジンであるかどうか、という事を見きわめたくはあったけど……。

だが、おれは、ここへのこる――と、東方海上に小さく去って行く三隻の船影を、岬に立って見おくりながら、リュウは思った。――いまは、紀元前千年、この地は、ようやく縄文後期が終り、晩期千年がはじまろうとしているのだ。そして、遠くメソポタミアでは、古代都市文明がいくつも崩壊し、古代帝国に興亡をかさね――やがて、大陸では周おとろえて春秋の世となり、戦国の世となり、孔孟はじめ、諸子百家が争鳴し……そのころやっと、こちらは、弥生稲作が、西方ではじまりかけるのだ。

千年――いや千数百年もの、絶望的な格差！

華人の侵冦と蔑視も無理はない。この島上に、三千年ののち、あのめまぐるしい技術文明がきずかれ、中原南海東北に攻めこむ力をもつようになるとは、いったい誰が想像できよう。この貧寒の蛮地が世界第二位の生産力をあげるようになるとは、どうやって想像したらいいだろう！――そして、今海中より浮き上ったばかりに見える、海と山とがせまって、沖積原のほとんどないこの大島が、三千数百年ののち、ほとんど水没してしまうとは！

だが、おれはここにいて、もう少しこの人たちの事を知らねばならぬ――と、身を寄せることになった小村落へ足を進めながら、リュウは思った。――おれの母方の親戚たちの日本人が思っていた、これこそ日本だと思っていたものは、あまりにも中国の借りものだった。最古の伝といわれるものさえそうだった。そしてまた、東海の野蛮な後進国日本は、――とりわけ知識人や指導者は、大陸のおこぼれを、何でも彼でもありがたがって、とりいれた。あの弥生期に大量に入りこむ銅剣も、中国においては鉄器の使用がすすみ、実戦にはほとんど役に立たなくなったから、日本へ大量に払いさげられた、中古兵器だった事を――日本人は知っていたろうか？　白村江で唐軍と戦って大敗し、おそれおののいて内陸に遷都して防塞をかため、唐が大国らしく、寛容をもってのぞむと、たちまち朝貢して、今度は何でも彼でも唐風でなくてはならぬと、学問、宗教、文物、風俗、制度までやたらに唐風をとりいれ、ついには律令制度までいれて、長安そっくりの都までつくってしまった。そのみっともない「拝中主義」は、太平洋戦争に敗れたのち、アメリカに対してやったのと、そっくりそのままではないか？　江戸期には、亡国明《みん》の朱子学を、学問の正統とするお粗末さだ。――もっとも、それがこの国を、すみやかに変化させ、進歩させせてきたのだけれど。

その滑稽な軽躁ぶりも、また、この国の土人に固有のものだったろうか？――それも知りたい。しかし、一方、この隔絶された島の人は、九千年にわたって、あの力づよい、デモーニッシュな、炎のような縄文土器をつくってきた。あれこそ、この島人に固有のもの、オリジナルなものの一つであることはまちがいあるまい。何千年にわたって、この僻遠の山島の上で、大陸高文化の影響を少しもうけず、あれだけのものをつくり出してきた、あの心の秘密はどこにあるのだろう？　彼らは、その九千年の間に、どんな心を育ててきたのだろう？

おれは、これから、それをさぐるのだ。――そう心の中でくりかえしながら、リュウは、低い屋根の群がる方へ、ゆっくりとおりていった。

お糸

1975

第三部の最後はとても美しい短編で。

天保七年のもうひとつの江戸を舞台としたパラレルワールドもの。一九世紀の風俗に二〇世紀の科学技術が混在した架空の幻想世界。主人公は、そんな江戸に暮らす、女であることを意識し始めたばかりの一九歳の少女。そんな少女がある男性に恋をし、思いの丈を打ち明け、美しい夕焼けの拡がる高台で言葉を交わす、ただそれだけの物語。

この小説についてはあまり解説することがない。否《いな》、正確に言えば解説すべきことは多々あるのだが——たとえば、この作品の基本的な構造は「地には平和を」と同じであり、また主人公と男の関係は『果しなき流れの果に』の恋人と主人公の関係と明らかに並行していて、ただ異なるのはここでは前者で「少年兵」、後者で「待つ女性」だった存在が「生命力の溢《あふ》れる少女」に変えられており、そこに『日本沈没』を経た小松の微妙な日本観／女性観の変更が現れているとかなんとか——、あまり解説する気がおきない。この小説に関しては、お糸ちゃんかわいい！という感想ひとつでよい感じがする。実際、「うまれてはじめて、穴っぽこにでもおちこむように好きになってしまった男と、いまはここでこうして話をしているのが、ただもうわくわくするほどうれしく、時おりふくらんだ胸の先がきゅっと痛くなる。あたし、ほんとにどうなっちゃってるんだろう……」などという萌え萌えな文章を前にして、いったいどのような分析が可能だというのか！

初出は『ＳＦマガジン』一九七五年二月号（早川書房）。

1

このごろ妙に気がめいってしかたがない。

霜月《しもつき》がすぎて師走《しわす》へかかり、毎日からっと晴れわたった初冬の空がつづいていたが、空《から》っ風が吹き出す前の、ぬけ上るように明るい空を見上げても、一向に気が晴れず、かえってほっと溜息が出る始末だった。

「いやだよ、お糸……」と、奥で髪結《かみゆ》いのおきんさんに髪を梳《す》いてもらっていた母親が、耳ざとく聞きとがめて声をかけた。「いい若い娘が、気障《きざ》な溜息なんかつくもんじゃないよ」

「はい……」お糸は小さくこたえて、いつのまにかとまっていた手をまた動かしはじめた。「ごめんなさい、おっ母さん」

「お糸ちゃん、ほんとにこのごろ、どうしちゃったんだね？」おきんさんが、力をこめて母のおりくの髪を梳き上げながら笑った。「何だか、ぽっとしてるよ。看病づかれじやないかい？　お前さんも、髪を結いなおしてあげようか？」

「まだ、いいわよ。――一昨日《おとつい》、結ってもらったばかりだもン」

お糸は、小さな摺《す》り鉢《ばち》の上で、いそがしく手を動かして文鳥の餌《えさ》を摺りながらつぶやいた。

「でも、暮れはこっちも忙しくなっちまうからね。早めにやっといた方がいいよ。――お正月は、何にしようかね、高島田かね？」

「いやよ、そんなの……。大げさだわ」

「いつまでも、桃割れでもないよ」と母が口をはさんだ。「ちっとはおとならしくしなきゃね」

「そうだよ、お糸ちゃん。――お前さんがお嫁に行くときは、私がきっと腕によりをかけて、大一番の文金高島田を結ったげるからね。早く、このおきんさんに、腕をふるわせとくれよ」

おきんさんは梳き櫛を動かしながら、歯ぐきをむき出して笑った。――母親も髪を強くひかれて、頭をがくがくさせながら笑っている。

お糸は少し赤くなって、摺る手をとめ、小鳥の餌入れに摺り餌をうつした。

南向きの縁側いっぱいに、陽《ひ》があたたかくさしこんでいる。――縁先で、三毛猫が、柔毛《にこげ》に陽ざしを吸わせながら、気持ちよさそうに背中を板にこすりつけ、ごろり、ごろりと寝がえりをうってはもがいていた。

たつかせた。

鳥籠《とりかご》の蓋《ふた》をあけて、餌を入れてやろうとすると、文鳥が、チッ、チッと鳴いて羽をば
「よその猫かい？」

母親が、首をがくつかせながらきいた。

「ううん……」お糸は庭先の、葉がすっかりおちた柿の木の梢《こずえ》を見上げながら言った。

「大きなかけすが来てるの……。のこった柿を食べに来てるんだわ」

まっさおな空を背景に、毎年一つだけのこしておく頂の柿の実が、珊瑚《さんご》玉のように照りかがやいている。その実の傍の枝に、大きな黒っぽい鳥がとまって枝をゆすっている。

塀の外を、いなりずし売りの声が近づいてきた。

「買ってきましょうか？」

と、お糸は母親をふりかえった。

「今、何字だえ？」

「もう三字五分前ですよ」

髪を梳きおえたおきんさんは、指にはめた土圭《とけい》を見て言った。

「もうそんなかい……」母親は、疲れたように、首を左右に動かしながら言った。「じゃ、お八つにしようよ。――あ、それからお糸や。ここに錦絵鏡《にしきえ》をもって来とくれ。三字から、ほら、試合がはじまるから……」

「いいよ、お糸ちゃん。お前さんは、いなりずし買っといで。まごまごしてると行っち

まうよ」おきんさんは、立ち上りながら手をふった。「どっちの鏡にします？　おりくさん、小さい方？」

「尺五寸の新しいのがあるから、それにしてくださいな」と母親は、後にたたんでつみ上げた蒲団《ふとん》に背をもたせながらいった。「もう八寸やそこらは見にくくってねえ」

台所から皿を持って裏木戸を押し、小走りに表へ走り出ると、いなりずし屋は門の前を通りすぎる所だった。

「あの……」とお糸は声をかけた。「くださいな」

いなりずし屋はふり返った。――豆絞《まめしぼ》りの手ぬぐいを頭にのせ、桟留縞《さんとめじま》の法被《はっぴ》の襟《えり》もとから紺のにおうような腹がけがのぞいていた。豆絞りの下の顔は、ぬめっとした、青みがかったような白さで、眼にちょっと険《けん》があり、苦み走った、役者のようないい男だった。――一文字に生えそろった濃い眉の下から、涼しい眼でまっすぐ見つめられると、お糸の動悸《どうき》は急にはやまり、顔にぱっと血がのぼった。

「おいくつさし上げやす？」

すし屋は、眼もとでニコッと笑って、さびたいい声できいた。――笑うと眼の険が消えて、何ともいえない愛嬌がうかんだ。

「ええ、あの……」お糸は、汗が顔ににじむのを感じながら、かすれた声でやっと言った。「六つ……いいえ、八つ」

「へい、毎度……」

すし屋は、肩にかついだ小ぶりの餅箱《もちばこ》の蓋《ふた》をとり、中身をおおった布巾を半分めくると、黄金色の薄揚《うすあげ》に包まれたいなりずしを、長いぬりの箸《はし》で、お糸の持って来た皿にとりわけた。

お糸は皿の上に小ぎれいにならべられて行くいなりずしを、遠いものでも見るようにぼんやり見つめていた。――すし屋は、最後に筆生姜《しょうが》をそえ、酢づけの山椒《さんしょう》をちんまり傍にもりつけると、つい、とさし出した。

皿をうけとり、夢の中にいるような気分で、機械的に代金をわたすと、手を出しながら、すし屋はまたにっこり笑った。

「お嬢さん、きれいだね……」とすし屋はあやすように言った。「いいお嫁さんになんなさいよ」

はっとしたとたん、指先が男の掌《てのひら》にふれて、電気にかかったように手をひっこめると、胸もとにすしを盛った皿をかかえこむようにして、お糸は一息二息あえいだ。

「おっとっと……」すし屋は、道化た身ぶりで手を泳がした。「すしをおっことさないようにしておくんなせえよ、もうそちらに渡しちまったんだからね」

そう言いすてるなり、肩にひょいと餅箱をかつぎ上げたかと思うと、もう二、三間も先をとっとと歩きながら、

「おいなーりさん！」

と呼び声をあたりにひびかせていた。

遠ざかって行くいなりずし屋の後姿を、お糸は憎いものでも見すえるように、しばらくあえぎあえぎにらみつけていた。それから、くるっと踵《きびす》をかえすと、門内にかけこんだ。

母たちのいる表座敷の方から、わっと大勢の歓声がきこえて来た。——錦絵鏡で、母が、また好きな剣術の試合を見ているらしかった。

お糸は、まだどきどきする胸をやっとおさえて、襖《ふすま》をあけると、そっと皿を中に押しやった。

「ありがとよ——おや、何だえ。布巾《ふきん》ぐらいかけるもんだよ。埃《ほこり》がかかるじゃないかえ」と母はふりかえって言った。

「いいやね、おりくさん。風もねえんだし、すぐ埒外の事じゃないか」と、おきんさんはとりなし顔で言った。「お糸ちゃん、湯は焜炉《こんろ》にたぎってるだろうから、悪いけどお茶をつまんどくれな。あたしゃ、手が油くさいから……」

「おやまあ、豪気に買ったもんだね」と母は皿に眼をうつしてつぶやいた。

「ええ……でも……今夜お父っつぁんが旅からかえるでしょ」

お糸はどぎまぎしながら、とっさにとりつくろった。

「というのは口実で、ほんとは、このごろちょいちょい通る、いい男のいなりずし屋にぽっとなっちまったんじゃないかい?」おきんさんは歯ぐきをむき出した。「さっきの売り声は、どうもあのすし屋みたいだったよ。——ほーらほら、かくしたって顔が赤くなった」

お糸はぴしゃんと襖をしめて台所へつっぱしり、あとにおきんさんの、がらがらした笑い声がのこった。

台所で鉄瓶の口についた笛がたかだかと鳴っていた。——いつ焜炉のつまみをまわして焰《ほのお》を消したのかおぼえていなかった。まだたぎる音をたてながら口から斜めにまっすぐ湯気をふき出している鉄瓶を前にして、お糸は肩をあえがせながら立っていた。自分がどうなっているのかわからなかったが、やたらに顔が上気して、泣きたいような、はげしい感情におそわれていた。

おきんさんなんかきらい！——とお糸は胸の中ではげしく叫んでいた。——おっ母さんもきらい！　あのすし屋も……いけ好かない！　色男ぶって……もう、金輪際《こんりんざい》あいつからは買ってやらないから！　しゃくり上げそうになるのを、せいいっぱい唇をむすび、肩を上下させてこらえながら、それでも手はひとりでに動いて、土瓶に焙《ほう》じ茶をふりこんでいた。——湯のしずまるのを待つ間、あやつりのように、凍氷室《いてひむろ》から、白くかちかちに凍った鮪《まぐろ》の中とろの切り身を出して、箱氷室の上段にうつした。異国の旅からかえってくる父親のために、今夜刺身を、と心づもりしていたのが、頭の片隅にのこっていて、頭は上気のあまりぼっとしているのに、体が勝手に動いて、夕餉《ゆうげ》の準備をしていた。

大ぶりの湯呑みに二つ、たっぷり香り高い焙じ茶をそそいで、とり皿二枚、箸《はし》二ぜんと一緒に盆にのせ、お糸は表座敷へ行った。

母と髪結いは、一心に、錦絵鏡をのぞいていた。――絵鏡の中では、白鉢巻きに襷《たすき》がけ、袴《はかま》の股立《ももだ》ちを高くとった、面長の、若い、きりっとした顔だちの侍が、木太刀をとって、白木張りの道場の中央に歩み出て来た所だった。わーっ、というまわりの歓声の中に、

「西方、厚木又之丞殿……」

という呼び出しの声がひびきわたった。

「ほら、この厚木ってお侍、これが私のひいきなんだよ」と母親は、はしゃいだ声で言った。「それほど強くないけど、何たって、様子がいいだろ」

「だけど、相手の原田寅之進ってのは、強いよ。勝ち目はないよ」

おきんさんは、細い葉巻をふかしながら言った。

「いいんだよ。負けたって、負けっぷりがきれいなんだから……」

白髪白髯の審判が出て来て、蹲踞《そんきょ》の形で木太刀の切尖《きっさき》をあわした二人の剣客に何か言い、太刀先の上に白扇をのばした。――二人は立ち上り、白扇がひかれた。裂帛《れっぱく》の気合が、鏡面からほとばしり、木太刀が二合、三合、乾いた音をたてて打ちあわされたと思うと、一方の手から、からっと音をたてて太刀がとび、

「それまで！」

という鋭い声が、かかった。

「あーあ、やっぱり負けちまったよ」

と母ががっかりしたように肩をおとした。

「それにしても、おりくさん、よくまあ女だてらに剣術《やっとう》なんかがお好きだね」

「一番男らしくっていいじゃないかね。相撲なんかよりも、まだからっとしてて――病み上りで、気ぶっせいな時なんざ、あのやっ、とう、ってのを見てるとせいせいするよ……」

「ちょいとよその所を見てよござんすかね？」

おきんさんは、鏡台に手をのばした。

「ああ……あたしゃ、ちょいと見づかれたよ――ついつい力を入れて見るもんだから……」

さしわたし尺五寸の丸い鏡面の下につき出ている柄を、少し横へまわすと、うつっている場面と音がかわる。

ででん――太棹《ふと》の音がはいって、鏡面いっぱいに、見台をつかんで力みかえった義太夫語りの顔がうつり、

〽この垣一重が黒金の……

と声をしぼるのが見えた。

「浄瑠璃《じょうるり》も、ちとうっとしいやね……」とおきんさんは、眉をひそめてすぱりと葉巻の煙を吐き出し、また少し柄を動かす。

派手な藤色の羽織を着た、しわだらけの男が、眼をむき、口をとがらせて何か言った。

どっと客席が笑いくずれる。

「あ、こりゃ、いいや」髪結いは相好をくずした。「おりくさん、ごらんなね、朝寝坊むらくだよ……」

お糸は、母と髪結いのやりとりを聞きながら、だまっていなりずしを小皿に二つずつとりわけた。——のこりに布巾をかけ、小皿を湯呑みと一緒に、笑いこけている二人の方へさし出すと、すっと立って、

「ちょっと出て来ますから……」

と言って、部屋を出た。

「何だえ。お前、食べないのかえ?」

と母親がふりかえった。

「今ほしくないの」とお糸は言った。

「お待ち、どこへ行くんだね」

「お父っつぁんがかえってこないか、ちょっとそこらへんまで見てくる……」と言って、お糸は襖をしめた。「何なら船着場まで、むかえに行ってみるわ」

何だね、あの娘《こ》は……お父っつぁん、お父っつぁんって、ねんねだか何だか……。と母が言うのが襖ごしにきこえた。

ねんねなものですかね——と、あの出しゃばりのおきんさんがおっかぶせるように言った。——年ごろですよ。まあ、さっき紅葉をちらしたとこなんざ、すっかりいいお色

気が出て……。

2

日がすっかり短くなって、四字前だというのに、もう影が長くなりはじめていた。小春日和《こはるびより》といっても、そこは師走で、日がかたむくと、もうそこここの物かげから、しん、とした寒さが立ちこめてくる。

袢纏《はんてん》をはおって表へかけ出して来たものの、父親はまだかえってくるはずもなく、船着場は遠く、行くあてもなくただ足を早めて、川っぷちまで来て、橋をわたりかけた。

橋板にこぽこぽ鳴る日和下駄《ひよりげた》の音に、ふとわれにかえって、おのずと足がおそくなる。

――橋の中ほどで、欄干《らんかん》にもたれて、ぼんやり水をながめた。

しばらく晴天がつづいたので、川の水はすくなく、そのかわり冷たそうに澄んでいて、かるい音をたてて橋の下を流れている。――冬になると、鮒《ふな》や蝦《えび》はどこへ行っちまうのかしら、とお糸は水をながめながらぼんやり考えた。

眼をあげると、寒む寒むとした枯木をそわせてゆるくまがった川のむこうに、遠い山が見え、その頂が白くなっていた。――もうじき、あの山の向こうから、江戸の町に空っ風が吹く。大寒む小寒む……と子供たちがうたうのもきかれるだろう。

だが、西からわずかずつ、色を深めて行く初冬の青空は、雲もなく、風もなく、おだやかな夕暮れへとむかっていた。

その空に、二つ、三つ、と白いものがうかんでいる。子供たちが凧《たこ》をあげているのだが、そのうちの誰かが機械凧《からくり》もとばしているらしく、ぶんぶんと虻《あぶ》の羽音のような音と、子供たちの甲ン高い歓声もきこえてくる。

そんなものに眼を馳《は》せながら、いったい、何をしにとび出して来たんだろう、と思うと、何とはなしに物がなしくなった。

ふと、あのいなりずし屋の顔が、眼にうかぶ。――お嬢さん、きれいだね、と言って、にやりと笑った顔が……

――馬鹿にされた！

と思うと、妙にうずうずした、くやしさ、腹だたしさがこみあげて来て、お糸は唇をかみ、とん、と下駄で橋板をふみならした。

え、ほ、え、ほ……という声が橋のむこう側からちかづいてくる。――重い足音が、橋板をとどろかせた。

お糸は欄干にもたれたまま、ちらと橋をわたってくる機械駕籠《からくりかご》を見て、そのまま水を見つづけた。――駕籠は、鉄の脚をぎくしゃく動かしながら後を通りすぎかかる。

と――足音はふとどまって、

「ほい！」

駕籠の中から声がかかった。

「お糸坊じゃないか。川なんかのぞいて、身投げでもする気かえ？」

「あら、浜松町のおじさん……」

お糸は眼を見はって、ぱっと顔をかがやかせた。

「いやですよ。身投げなんて……。川ン中のぞいてごらんなさいな。こんな水じゃ、こぶができちゃう」

「それでも、そろそろ日暮れってころに、若い娘が一人、ぼんやり橋の上から川をのぞきこんでる図なんざ、おだやかじゃねえ……」

浜松町の源伯父――もう七十に手がとどこうという、おだやかな顔つきの老人で、髪が半白を通りこして、白に近かった。駕籠の引き戸をあけて、おりたった所を見ると、鉄御納戸《てつおなんど》色の袷《あわせ》に、銹色紬《さびいろつむぎ》の羽織を着、茶献上の帯に白扇をはさんで、何かの寄り合いのかえりらしかった。

「こんな所で何をしてたんだえ？――おっ母さんと、言いあいでもしたか？」

「別に……」

お糸は、白い、ふっくらとしたくくれ顎を、黒繻子《くろじゆす》の襟にうずめて、ちょっとすねたように首をふった。

「おりくの具合はどうだ？――おとつい見たとこじゃ、よほど元気になったようだが……」

「もう、ずっといいんです。今日はひさしぶりに髪を梳いてもらいました」

「そいつあよかった。——長患《ながわずら》いったって、大した病いじゃなかったが、まあ、このまま床を上げられりゃ、何よりだ。お糸坊も、病人のわがままで気づかれなこったろうが、もうちょっとの辛抱だ。もうそろそろ、お父っつぁんもかえってくるんだろう?」

「ええ、今日なんです……。それで、船着場までむかえに行こうかと思って、家を出たんだけど……。おっ母さんには、長っ尻で世話焼きの髪結いさんがついてるから……」

「船着場へ?——品川かい? 何字につくんだえ?」

「五字前だと思ったけど……」

「おや、それじゃ、早く行かないと大変だ……」

源伯父は、瑞西《すいす》製の、電気で動くという、精巧な袂土圭《たもとどけい》をのぞいてつぶやいた。

「今からじゃ、乗合軌道で行ったら間にあわねえぜ。——そうだ、お糸坊、伯父さんと一緒に駕籠におのり。これじゃ乗合よりおそいが、こいつで早駕籠寄場《よせば》までおくってやろう。それで飛脚路をつっぱしってもらやあ、まにあうぜ。いいってこと、伯父さんのおごりだあな」

「うれしい。ほんと?」

お糸ははしゃいだ声を出して、手をうちあわせ、とび上るようなしぐさをした。

「これ、子供じゃあるまいし、ちっとはたしなみな」と口で言いながら源伯父は眼を糸にした。「さ、そうきまったら、早く乗りな。——こうなりゃ、伯父さんも一緒に行ってやる」

お糸は、引き戸をいっぱいにあけて、駕籠にのりこんだ。——のりつけないので、髪をこわさないように、裾を乱さないように、中にはいるのに、ちょっと苦労する。はいってしまえば、中はわりにひろびろとして、源伯父とむかいあわせに腰かけて、膝元が二寸ばかり間があくほどだった。

源伯父は、慣れた動作で、裾をぽんと股にはさむように駕籠にのりこむと、

「いいよ、やってくんな」と言った。「ここからなら——そうだな、小石川の早駕籠寄場へ急いでくれねえか？　そこでのりすてるから……」

「へい……」

と駕籠の天井にとりつけられた黒い箱から、くぐもった声がして、駕籠がゆらりと持ち上った。——お糸はあいた戸から、首を出すようにして、かつぎあげられるのを見ていた。天井を走る、鉄板箱型のかつぎ棒の前後、棒鼻の所から黒びかりする鉄の筒が下にのび、鋲打ちの鉄箱とつながっている。鉄箱の両側に二本、ふしのある細目の筒でできた脚が出ていて、その半分ほどの所がかぶせつぎになり、かつぎ出す時にそのつぎ目がぬーっとのびて、駕籠を四、五寸ほどもち上げるのが、子供のころから面白くて、流しの辻駕籠に客がのる時などあきずに見たものだった。

ほかに棒鼻に、夜道を走る時、強い光を出す電気龕灯《がんどう》が二つ、それに、ほい、ほいのかけ声が出てくる小さなラッパ……。駕籠の脚は、黒くやわらかい、革のようなものを底打ちした平べったい鉄の足をどしりとふみ出して、ゆらりと歩きはじめた。ほい、ほ

い、の声が発せられ、意外にゆれない。——あの鋲をうった箱ン中に、機械《からくり》がはいっているのかしら、と、お糸は思った。

　ふしぎだが、お糸にはよくわからない。

　これが同じ機械《からくり》駕籠でも、早駕籠になると、もう脚はついていない。車になるか、中には脚も車もなし、駕籠の底から強い風をふき出してうき上り、飛脚専用路を、文字通り風をまいてすっとんで行く。——町の区割り内は人間の走る速さ以上で走る乗物は禁じられていて使えない。

え、ほ……と先棒と後棒で声をかけあいながら、駕籠は夕暮れの街を、今までより少し速い足どりで、とっとと走りはじめた。——時おり、先棒のラッパから、はい、ごめんなさい、ごめんなさい、と前を行く通行人に声がかかる。駕籠は、わずかに左右にゆれるだけで、案外ゆれない。

「おう、だいぶ風が冷《つ》べてえの……」とむかいの席にすわった源伯父が、襟元をかきあわせた。「お糸坊、引き戸をしめてくんな」

はい、と言って、お糸は引き戸をしめた。——戸についている二尺に尺五寸ぐらいの窓に、ぎやまんの板がはまっていて、そこから急速にたそがれて行く外の街が見える。

　もうあちこちに、青い常夜灯や、赤い大きな披露目《ひろめ》行灯《あんどん》、あたたかく黄ばんだ民家の明りがぽつぽつ見えはじめる。

「寒かないかえ?」と源伯父はきいた。

「え、少し……」

「年をとると、冷えに弱くなっての……」源伯父は、腰かけた横にある、小さな漆ぬりの輪をまわした。「うす暗くてうっとうしい。——ほれ、おめえの左肩ン所にあるぽっちを押しな」

　言われた通りにすると、駕籠の天井が、一尺四方ぐらい、ぽっと明るくなる。——檜《ひのき》板と褐色《かちいろ》ぬりの桟をくみあわせた舟底天井に、細竹の枠をはった天井行灯がついていて、和紙を通して、やわらかい、やや青みをおびた光が、せまい駕籠の中をみたした。

　見まわすと、辻駕籠だろうがずいぶん小ぎれいにできている。——両の引き戸は、外側は薄金板ばりに海老茶《えびちゃ》の塗りをかけているが、内側は、杉柾目《まさめ》の板ばりを桟でとめ、壁は、日野間道縞《ひのかんどうじま》の布ばりで、中綿は、小さな木瓜《もっこう》型の鋲を千鳥にうってとめてある。床は銹朱の雲斎布をはりつめ、むかいあった、腰かけはそれぞれ二人がけで、台と枠は孟宗竹、背もたれは籐編みで、お糸の側には緋縮緬《ひちりめん》の座蒲団二枚、源吉伯父の側には、紫繻子の座蒲団がおかれてあった。

　駕籠の中が、ほかほかとあたたかくなってくる。

　ぎやまんの窓ごしに、流れて行く外の景色をながめていたお糸は、駕籠が時折りやや大きくゆれて、膝元が源伯父の膝にふれるのを気にして、身を斜めにしようとした。

——と、その時、駕籠が大きくゆれて前に体が泳ぎ、源伯父の膝に手をついてしまった。

「すみません……」

あわてて、坐りなおしたが、顔が赤くなった。——まだ顔も見わけられない赤ン坊のころから、実の親よりかわいがられ、甘え、甘やかされて来た伯父が、突然、様子のいい初老の「男性」として意識されはじめ、お糸は袂をくみあわせて胸にあて、どぎまぎした。

「どうした、お糸坊……」赤くなって伏せられたお糸の顔を追って、源伯父の笑った眼が糸のように細くなった。「お前《ま》はん……今日、何かあったのかえ？」

「いいえ……別に……何もありません」

お糸はますます赤くなり、声がのどにからまった。

「早えもんだの。こないだまでおむつをひきずっていたお糸坊も、気がついてみりゃ、鬼も十八、あけて十九か……」

源伯父は、胸からぬいた煙管入れの蓋を、ぽんと音をたててぬきながら、感にたえたように言った。

「ふっくらとした、いい体つきになった。——おめえの父っつぁんは、忙しい商売で、おっ母さんは病気がち……実の娘がこんなに熟れちまってるのに、まだねんねのつもりであまり気がまわらねえと見える。こりゃ悪い虫のつかねえうちに、この源吉が、三国一の聟《むこ》をめっけてこなきゃなるめえ」

「いや、伯父さん！」

と小さく叫んで、お糸は袂で顔をおおった。——なぜか、また、あの小憎らしい、いなりずし売りの顔がちら、と頭のすみにうかぶ。

ふっ、ふっ、ふ、と、笑って、源伯父はぷかりと国分の輪を吐いた。

「いやったって、人間男も女も年ごろになりゃ、自然《じねん》の色気が開いてくるのは、こりゃお天道《てんとう》さまのきめたこった。首ふったって、どうにもなるこっちゃねえ。ついこないだまでは、ほれ、そんなにやたらに赤くなったり、色っぽくしなをつくったりしなかったもんだ」

「伯父さん、きらい！」と顔をおおったままお糸は身をもんだ。「私なんか……だめです。こんなお多福だし……内気だし……お嫁にもいかないし、お聟さんもいや」

「内気はともかく、お多福はねえだろう、――ちったあ年ごろらしく、身のまわりをかざって、紅白粉の一つでもつけりゃあ、何々小町でさわがれるのは眼に見えてる。お前はんがお多福だったら、え、お糸坊、弁天さまあどうなるんだ？　裸足で逃げ出さざあなるめえ」

いや、いや、とますますかたく両袂を顔におしあて、身をもんで、下駄まで小さくふみならすお糸を見ながら、源伯父は心からおかしそうに、天井をむいて、あっはっは、と高笑いを吹き上げた。

3

北品川の沖から、やや北よりに東へ、ちょうど八ツ山の沖あいにかけての海を埋めたてて長い防波堤を作り、そこが西洋南洋がよいの天狗船の船着場になっている。

高輪の先まで飛脚路を早駕籠ですっとばして来た源伯父とお糸が八ツ山でまた町駕籠にのりかえて、船着場へついたころは、もう江戸湾の沖はとっぷり暗くなり、西の方も夕映えに富士の影が辛うじてのこっているぐらいだった。

濃藍の空に、星が美しく光りはじめ、北の方には江戸の灯が、地上に星をぶちまけたようにいっぱいに輝いている。——海のむこうにならんでちらつくのは、千葉の灯だろうか。

海から吹く風が冷たい。

船着場には、ずらりと船宿がならんで、道や広場いっぱいに明りをあふれさせている。——広場には、乗客見送り客をおくりこみ、またつみこむ、町駕籠、乗合駕籠の、龕灯《がんどう》や赤提灯の明りがごったがえし、つみおろしされる船荷をつみかえる荷車が、機械《からくり》の音をひびかせて、早荷道から波止場の荷倉へ、ひっきりなしに出入りしている。

大和屋《やまとや》、和蘭陀屋《おらんだや》、英吉利屋《いぎりすや》、世界屋など、色とりどりの華やかな絵行灯《あんどん》や、看板をかけた船宿がひしめきあっている通りを、雑踏をかきわけて歩きながら、源伯父はきいた。

「お父っつぁんは、どこの船でつくんだね？」

「今朝とどいた飛脚便には、汎米《ひろめ》屋さんの船でつくって書いてありましたけど」

「そうか――お父っつぁん、米利堅《めりけん》に行ってたんだな」

北西《きたにし》屋と於魯西《おろし》屋の間にはさまって、一きわ大きな汎米《ひろめ》屋の船宿があった。総二階の軒にずらりと提灯をつるし、表に大きな地球儀をかざり、その後に万灯を配して、提灯の色がわりで、ＰＡＮと西洋文字をうき上らせている。

ひろい入口をはいると、広土間は、見送り、出むかえ、乗船を待つ大勢の人々でごったがえしていた。土間の一方は、乗船の手つづきをする帳場になり、客は帳場格子の前にならんだり、上《あが》り框《がまち》に腰かけたりしながら、金をはらい、切符を買っている。帳場のむこうでは、鼠唐桟に角帯をきりりとかけ、前垂れをつけた汎米屋の手代小番頭や、空色地矢絣《かすり》に椎茸髱《たぼ》、黒繻子帯を立て矢の字に結んだ、御殿女中風の女たちが、客の行き先を聞き、便を説明し、手荷物をうけとり、乗客名簿を記入し、切符をわたし、きりきりたちはたらいている。――女たちの中には、西洋から来たらしい、金髪碧眼の、人形のような女性もいた。

あまり出歩く事のないお糸は、絹のようなやわらかい金髪を、高島田に結い上げた女性がめずらしく、思わず見とれていた。大理石のように白い肌の底に桃色の血がすけて見え、鼻がすらりと高くのび、海のように青い眼が、愛嬌をたたえて動く。――少し訛

りがあるが、流暢な江戸言葉で、

「あい、そうでござんす、紐育《にゆうようく》なら、この安港《あんかれつじ》まわりが、いっ、いっち早うござんす」

などと客に対応している。

「これ、お糸坊」と源伯父が袖をひいた。「そんな所でぼんやりしてちゃあ、迷い子になっちまうぞ。こう来や」

はっとして、ふりかえると、土間の奥にとりつけられた紙袋のらっぱから、ぼうーっ、と竹法螺のような音がきこえ、

「船が出るぞーう。南海丸が出るぞーう」

と、銅鑼声がなりわたった。

「はい、どちらさまも、お待ち遠さまでございました。汎米屋南海丸、布哇《はわい》まわり羅府《ろさんぜるす》行きのおのりこみでございます……」

と、髷の刷毛先をちょいと曲げた、いなせな中番頭が叫んでいた。

土間の奥総格子でしきられた客待合の床几から、振分け包、合羽、饅頭笠といった旅姿の乗客がぞろぞろと立ち上って、土間のつき当りの乗船口へ向う。

「毎度ありがとうございます。どちらさまも、おしずかにお立ちくださいまし。お忘れものなさいませんよう。乗込み口は三つにわかれております。船出は定刻でございます。――毎度ありがとうございます。どうかみなさまお気をつけて……行ってらっしゃいませ……」

愛想よく客の間をたちまわり、誘導する番頭や女中を横目で見ながら、源伯父は、土間の人波をかきわけて、帳場の反対側へすすんだ。

「今聞いたら、太平丸の到着は少しおくれるそうだ」源伯父は、土間の一隅に立つ、大きな櫓土圭《やぐらどけい》を顎でしゃくった。「桑港《さんふらんしすこ》から、一気にくるんだから、無理もねえ。――お腹《なか》へったろう。何か入れようじゃないか」

「え……」とお糸はうなずいた。「だけど……おっ母さんにおくれるって事、早問答で知らせときます」

「そうしねえ」と伯父はいった。「ここで待っててやるから」

土間の入口の所に、黄色や朱にぬられた早問答筒《はやもんどうづつ》がずらりとならび、大ぜいの人が筒に耳をおしあてて、土間の騒音に負けまいと、大声でわめいていた。

ちょうどあいた問答筒の小穴に、一文銭を入れて、お糸は箱にくっついている算盤玉をはじいた。――耳筒の底に、ちーん、ちーんと鈴の鳴る音がきこえて、まもなくおきんさんのがらがら声がした。

「あ、おきんさん。まだいてくだすったの？」とお糸は口筒にむかって言った。「え、いま船着場なんです。源伯父さんと途中で今いっしょ……お父っつぁんの船、少しおくれるそうですけど、伯父さんといっしょだから心配しないようにって、おっ母さんにそ言ってくださいな。お腹《なか》すいたようだったら、台所の清盛《きよもり》箱にお粥のはいった行平がいれてありますから、ぽっちを押せばすぐあったまります。そうねえ、刻みは三、四分でいいでしょ。え、お腹いっぱい？　ま、あのおいなりさん、二人でみんな食べちまったの？」

お糸はくすっと笑った。

「ほんとにすみませんねえ、おきんさん――まだいてくださるの？　いいんですか？　じゃおねがいします。――あ、そうそう、流し台の下に三河屋の徳利があって、灘の新酒がはいってますから、二合ぐらいなら上ってくだすってても――どうせ、お父っつぁん、そんなに飲みやしませんから……みんなはだめよ。じゃ……」

問答筒をおいて、もとの所へかえってみると、源伯父は待合所の上り框《がまち》に腰かけて、煙草をふかしていた。

土間をはさんで、帳場の反対側が一段高くなって畳をしきつめた大広間になっており、火鉢、座蒲団、衝立《ついたて》をおいて、送り迎えの客の待合所になっている。――大勢の人たちが、火鉢をかこんでしゃべったり、待合所の奥にある屋台から、鮨やおでんをとって来て、燗酒をちびちびやったり、大広間のあちこちにおいてある二尺の錦絵鏡を囲んだりしていた。中には、箱枕をかりて、横になって鼾をかいている男もいる。

「二階が座敷になってる……」と源伯父は上り框から腰を上げながらいった。「こんどは、お糸坊、ちょっと待っててくんな。手水《ちょうず》をつかってくる。――冷えはじめると、どうも年寄りはいけねえ」

源伯父が厠《かわや》に立ったあと、お糸は伯父の腰かけていたあとに腰をおろし、首をまわして近くの錦絵鏡を眼の隅にのぞかせていた。

鏡面一杯に、いかにも高貴な、大名藩侯格らしい武士の顔がうつっている。――藤色に霰《あられ》小紋の肩衣をつけ、切れものらしい顔つきで、一言一言、吟味するように喋ってい
る。

「あれは、どなただえ？」

と、綿入りのちゃんちゃんこに背をまるめた老人が、火鉢にもたれながらきいた。

「知らねえのか？　勘定奉公矢部駿河守さまだ」

唐桟《とうざん》の羽織に二子縞、髪は疫病《やくびょう》本多でしゃくれ顎にうすいおきあばた、羽織の紐がわりに南蛮わたりらしい琥《こ》珀《はく》玉の念珠《こんたつ》をめぐらし、縮緬の帯に懐中土圭《かいちゅうどけい》の金鎖を気障ったらしくからました、瓦版作者とも見える中年男が、物織りぶって答えた。

「おや、お勘定奉公は大草さまじゃなかったかいのう……」

「冗談じゃねえ、じいさんおくれてるぜ」疫病本多の男は、ちっ、と舌を鳴らして、軽蔑したように口を歪《ゆが》めた。「前の勘定奉公大草安房守様は、今は筒井和泉守様とならんで江戸町奉公――この九月の終りから、勘定奉公は矢部様とならんで神尾備中守様だ。おめえさん、いまの江戸の町奉公も知らねえのか？」

「はい、わしの在は小田原じゃでのう」

この間のびしたやりとりで、まわりがげらげらっ、と笑った。――中年男は渋面をつくって横をむく。

「おや、ありゃ井伊の殿さまじゃねえか」と、かわった画面を見て、別の男が言った。――白羽二重の羽織に肩衣はなし、面長の貴人がうつっている。

「へえ、御大老の顔っての絵鏡で見るのはじめてだ。――今夜は何だい？　何かよほどえらい事でもあったのかい？」

「何でもねえ。毎月三日、この波割りのこの時刻は、定例で幕閣のおえら方が、ずらり御顔を出される。この時ばかりは、写絵《うつしえ》屋の絵取筒が、御城本丸柳営の中枢、黒書院囲炉裡之間まではいる事をゆるされ、御老中諸侯三奉行御右筆、柳営のおえら方が、こもごも御政道のあれこれをくつろいで沙汰されるのをうつす事ができる。〝囲炉裡之間《いろりのまご》御政道絵解《せいどうえとき》〟って、この九月からはじまった番組だ。――知らねえのか？」

「知らねえや。おらあこの時刻、毎晩結城糸あやつりの〝東海道中膝栗毛〟を見てんだい」

まわりがまたどっと笑った。――お糸もつられてくすりと笑った。あやつり人形芝居の弥次喜多もの、それは子供たちに大人気の狂言だ。

「まあ、ふだんはそんな子供だましの気散じでよかろ」――と疫病本多の男は、かまわず弁じたてた。「だが、月の三日は、悪いこた言わねえ、この番組を見さっし。――日本最高の御政道にたずさわってござらっしゃる方々が、執務の合間の御閑談にかこつけて、世間話の態で、むずかしい政事《まつりごと》をわっちらに絵解きしてくださろうてんだ。おめえさんがたにみんなのみこめるたあ言わねえが、聞いているうちに、国内《くにうち》の事、異国の事、わかる気がありゃあ、そのうち胸に落ちる。広い世界に眼が開ける。気が大きくなる。人間がかわる……」

「も一つおまけに瘧《おこり》がおちる」と誰かがまぜっかえす。

「犬が逃げるぞ」

「煙管の雨が降らあ」

わあわあ笑って、ぶちこわしになった。

「時に、公方様《くぼう》、ちかぢか御代をゆずられるという噂をききますが……」せっかく気障男の講釈をつぶしたのに、すくない胡麻塩髪を、ちょんぼり後頭にとんぼをとまらせたように結い、羊羹色の紋服にしゃっちょっこばった野暮天がまた水をむける。「はて、そうなると、年をあけて、ひさかたぶりに、将軍さまえらびの札入れと言う事になりますべいか？」

「とっさん、えれえ事を知ってるね……」と疫病本多はまた勢いをもりかえし、まわりをねめつけた。「江戸の人じゃねえね。国はどこだえ？　上州高崎？　えれえもんだ。高崎の人ぁ働き者で眼はしがきく。それにひきかえ、江戸ものは、せっかくおひざもとにいながら、江戸っ子を鼻にかけ、今日明日の眼先をおっかけて、面白おかしくくらす事しか考えねえ。会津、越後や、長州薩摩の遠国もの、はては上方のぞろっぺえにまで、股をすくわれる事になるてえもんだ。——さようさ、たしかに十一代家斉《いえなり》公、政務にいささかつかれられたとかで、御在世のまま将軍職御隠退、という噂は、風の便りにちらり、ちらりとつたわってくる。だが、そいつあ台閣の秘中の秘……どうなるかわからねえ。が、あっしが、ほんの座興に筋を読みやしょうか？　まず、十一代様御隠退があるとすりゃあ来春から夏へかけて、その時、十一代様が御自分で御世継ぎをつよくお推しなさるか、それとも四十年ぶりに、将軍職札入れになるかは今ン所五分と五分――と言いてえ所だが、何しろ十一代さま御後室は四十人、お腹さま十六方に五十六方の御子様がおありンなるという、どえらい艶福者、子福者であらっしゃる。そのうち、御世継ぎに推したい方もござらっしゃるだろうて。と言って、御世継ぎ御指名できまったのは、これまで二代しかねえから、まず、十一代様御推挽を出して、その上で形ばかりの札入れてえ事になるとにらんだ。その中で、どなたが――となると、こりゃあっしにもわからねえし、うかつにゃ言えねえ……が、このうがちの平六、ただ一つだけ言える事がある。それは……ほれ、あのお方だ……」

指さした絵鏡に、いま、顴骨《けんこつ》の高い、細面にうす鬚の、まだ四十代と見える貴人の顔がうつっていた。――口数は多くない。が、その切れ長の眼が、時々きらりとするどく光る。

「さあ、よしか。あの方は、おととし西丸老中から老中になられた水野越前守忠邦さま、浜松城三万石の御城主だ。御老中の中で、大老格の井伊様をのぞいて、一番のきけものは、あの方をおいてない。あの水野様が、今、ひそかにかついで運動している方が、札入れがあろうと、十二代様になる、と――まあ、こうしとくから、この先どうなるかよーく見ときねえ」

とうとうまくしたてて、うがちの平六、得意満面としゃくれ顎をまわりにふりまわしたが、あたり一同、その長広舌にいささか毒気をぬかれて、声もない。――やっと一人、座をすこしはなれて腕枕にひっくりかえり、行儀悪く寝たまま組んだ脚をはね上げていたのがぽそりと言った。

「新公方様札入れったって、こちとら関係ねえや。――札入れやるのは、どうせ御武家だけだろ。なあ、御隠居」

「いかにも……。それも布衣《ほい》、つまりお目見得以上の方ばかりだ。諸士はまた、その布衣の中から、将軍職えらびの札入れ人をえらぶ」と十徳に宗匠頭巾の老人が、鬚をしごきながらうなずいた。

「たしかに、こちらと関係ない。が、そのうちそうも言っておられんようになるかも知れんぞ。お上のねっておられる種々《くさぐさ》の改革案の中に、四民評定衆の中から、将軍えらびの札入れ人を何人か出したらどうか、という案が、つよまっているときく」

「こいつあおどろいた！」あおむけにひっくりかえっていた男は、はね起きるように上半身を起した。「将軍さまといやあ、お武家の大棟梁《でえとうりよう》だろう。――それをえらぶのに、どうして百姓町人の事をきめる評定衆が札入れするんだい？」

「ささ、それがな。――いかにも将軍は武家の棟梁、が、それも思えば昔の事、泰平がつづいて戦はなく、今の公方さまは言ってみれば、天下四民の上に立って、政事《まつりごと》の中心になるお方だ。評定衆の重だったものが、札入れにくわわってもおかしくはあるまい」

「はあ、理屈はそうだろうが——だんだんええ世の中になってくるなあ」

「そう言や、評定衆えらびの札入れも、もうじきだな」と別の男が言った。「来春だろう。——またどことも、にぎやかな事になるぞ」

「待たせちまったな」

源伯父がそばへ来て、声をかけた。

「手水場の所で、川崎在の知り合いにあってな。——つい長話しちまった。さ、二階へ行って、何かちょいとしたものでもつっつこうじゃねえか」

「ええ……」

〝太平丸、到着おくれ。予定六字〟

と書いた札を見ながら、お糸は立ち上った。

「ねえ、伯父さん。——公方さまが、もうじきかわるかも知れないんですって……」

先に立って階段の方へ行く伯父の背に、お糸は、今きいた話をつげた。

「ああ、——そういう噂もきくな……」と伯父は言った。「何しろ、十一代様が将軍職になられたのは、伯父さんがはじめて小店一軒もった、二十歳《はたち》のころだからな。天明のころ——たしか六年だった。御老中に田沼さまといって、大そう権勢のある方がおられてな。印旛沼《いんばぬま》の干拓をなさったり、貿易や問屋まで、お上でにぎられて、えらい金をつくられ、世間の口がやかましくなって、やめられた。——そんな時代のすぐあとだから、もう五十年になる」

「田沼さまって、悪い方だったの？」

「いいや——あながちそうとばかりも言えねえ。あの方はずいぶんと土地も開いたし、産業商売も大そうに繁昌した。ただ、出身が小身で小姓、側用人と格が低かった上、やり方が強引すぎた。それに、全部をふところに入れたわけじゃあねえ。いろんな事にばらまかれたらしいが、とにかくお金を集められすぎた。それで上でも下でも、田沼さまのお金の力をえらく憎んだ」

「それからあの——将軍さまえらびの札入れに、評定衆も加わるかも知れないんですって……」

「へえ！——そいつあ、初耳だ。そんな噂があるのかい？」階段を二、三段上った所で、源伯父は、さすがにおどろいたように眼をむいてふりかえった。「お糸坊……お前は、そんな話が好きなのかえ？　わかるのかい？」

「いいえ……」お糸は無邪気に首をふった。「ただ、今あそこできいた話を、そのまま言っただけ……。好きも何も、それがどういう事なのか、ちっともわかンないんです」

源伯父はふっと苦笑して、

「そうだろうな」

と言うと、階段を上っていった。

外から見ると総二階の建物だが、中は土間の所が吹きぬけになっている。廊下をはさんで、一方が大広間をいくつかの大衝立で区切った気楽な一品料理、他方に三、四人から二十人ぐらいまで、さまざまの大きさの部屋がならんで、こちらは会席膳も出すらしい。一部屋、宴会をやっているらしく、襖ごしに歌三味線と俗曲がにぎやかにもれてくる。――大広間の方は、時分どきとて、八分の入りで、頭を芥子坊主にした鼻たれや、お煙草盆に結った小娘をつれた家族連れ、お店《たな》ものらしい二人、三人連れ、腹がけぱっちに、汚れた鉢巻きもとらず、酒に赤黒くなった顔をふりたてて、相棒に口汚く誰かの事をののしっている職人らしい男、ぼうぼう月代《さかやき》に、青黒い顔色をして、頰に傷があり、この寒空にくたくたの二枚単重《びんぞろ》で、片手をふところに、ちゅっちゅと楊枝で歯をせせっているやくざものらしい眼つきの鋭い男、羽織をぬいで、大あぐらに腕まくりし、ごつごつした腕をむき出しにして、一言ごとに傍若無人の哄笑をあげている、遠国の勤番侍らしい二人づれ、あるいは、蛸《たこ》の脚一本を皿におき、一本の徳利の酒を、いかにも惜しそうにちびちび飲んでいるやつれた浪人者、書生頭の田舎者らしい青年の口に、鍋からとった煮えた身をむりやり押しこんでいる、つぶし島田に袢纏《はんてん》の、下品に仇《あだ》っぽい女――そういったたぐいの客が、にぎやかに飲み食いしている。その間をぬって、台子《だいす》や鍋、皿小鉢、焜炉《こんろ》に徳利などを持った、襷《たすき》がけ赤前垂れの女が、ほこりをはきたてる勢いで右往左往している。

「おう、姐《ねえ》や――ちとすいてる所はあるかえ?」

と源伯父は、色の黒い運び女の一人に声をかけた。

「あい、いま奥の障子ぎわがあいたよ。――はずれで廊下に薄べりひいてるから、ちっと寒かあ、ようおすか？」

「おう、座蒲団《ざぶ》せえくれりゃあ、廊下だってかまうこたねえ。寒けりゃあったけえものを食べるまでよ。――それほど暇がねえ。急いでくんな」

ひらりと袂から手が出て、運び女の持っている盆の上に、いくつかのお鳥目《ちょうもく》がおかれる。

「おや、すいやせんねえ。――すわっててくらっせえ。すぐ注文を聞きに行くから……」

衝立と衝立の間、客がわらわらとすわっている間を、はい、ごめんなせえ、ごめんなんしょとわけて奥へすすむ。――大広間の畳敷きがつきて、一間廊下が、まわりを鉤型に走っているあたり、薄べりの上に、ぺたんこの弁慶縞の座蒲団三枚、あっちこっちに散るまん中に今残肴がひかれたばかりらしい塗りの小さな卓袱台《ちゃぶだい》が、まだ醤油《したじ》や煮汁のこぼれをのこしたままおいてあった。

「お、ここはいいや……」

源伯父は、座蒲団をまっすぐなおしてすわりながら、障子の方をむいて言った。

「板の間の冷えこみは、ちときついが、海を見ながら、とは、おつりきだ。――お糸坊、寒くねえか？」

「いいえ……」お糸は上気した頬に手をあてた。「寒いどころか、にぎやかでのぼせそう」

三尺九尺の戸障子の腰板の上が、幅一ぱいに、高さ二尺ほどのぎやまんの一枚板がはめこまれ、廊下にすわれば、波よけ堤に区切られた品川の海、出船入船のにぎわいが、すぐ眼の前に見わたせる。乗船場は反対側になっているので、巨船に視界をさえぎられる事もすくない。

源伯父の鼻薬がきいて、色の黒い運び女がすぐ来た。ぬれ布巾で台を拭きながら、

「何になさんす？」ときく。

「そうよな。この冷えこみじゃ。刺身でもあるめえ。しゃもでもどうだえ？　お糸坊……」

「ねぎま鍋もありやすよ」

「じゃあたし、ねぎまにするわ」とお糸は言った。

「それから、二合ばかり熱くしてくんな。――酒は？　花菱？　けっこう――つき出しは……」

「今日はしゃこがいいよ」

「ちげえねえ。品川だ。とにかく急いでくんな」

お糸は、ぎやまんの窓ごしに、暗い海をながめていた。

水面に無数の灯をうつして、亜米利加行きの南海丸が、桟橋をはなれて行く。

入れちがいに、さっきついたらしい、どこかの回船屋の船が、波をかきわけ、船脚をゆるめて、水先船の上にある赤い提灯にみちびかれながら、桟橋へ近づいてくる。波よけの堤のさらに沖を、小山のような大きな船影が、赤い灯青い灯を檣《ほばしら》にかがやかせながら江戸の港の方に動いて行く。――あれは、きっとどこか遠くから来た、万石船だわ、と、お糸はぼんやり思った。

船着場の沖へ出て入った南海丸は、ずらりと明りのならんだ横腹を見せて、ゆっくり舳《へさき》をまわした。――ごうごうという機関《からくり》の音が、海面にとどろきわたり、ぎやまんの窓がびりびりとふるえた。

南海丸は、夜目にも白い波を蹴たてて走り出した。みるみる速さがくわわり、その巨大な船腹が次第に浮き上りはじめる。と、船腹は、あっという間に水面をはなれ、窓の明りのずらりとならんだ船体が夜空にうかび上った。

巨大な鳥のように翼を大きくひるがえすと、その明りはたちまち空の星にまじって遠ざかって行く。

――天狗船がとびあがる所、はじめてみたわ……と、食い入るように旋回して行く灯を見入りながら、お糸は胸をたかぶらせていた。――あの船、これから高い高い、何万尺の空を、何千里もとんで、布哇《はわい》とかって、暑い南の島へ行き、それから米利堅とか亜米利加って国まで行くんだ。……ほんとにあんなに大きな船が、空をとぶなんて信じられない、まったくどうなってるんだろう……。

体をひくと、暗いぎやまんの板に、自分の顔がぼんやりうつっている。——と、その顔がふとまたあのいなりずし屋の顔にかわる。いい、とその顔に鼻をしかめて見せて、お糸は眼をそらせた。

酒とつき出しと、鍋がいっぺんに来た。——ちいさな焜炉に備長《びんちょう》がかんかんおこり、しゃもとねぎまが、別々に小鍋じたてになっている。

源伯父は自分で徳利をとって、あちち、と耳をつまみながら、ぐい呑みに酒をつぎ、きゅっと一ぱいやって、へえっと首をふり、

「いやあ、寒い時ぁ、これがこたえられねえ……」

と、品よく額をぽんとたたいた。

「あら、すみません……」

お糸は、手ばやく手巾を出して、徳利にそえると、さ、もう一つ、と伯父にさし出した。

「おう?」と源伯父は、それを見て、眼をまるくして笑った。「お糸坊、手つきがいいじゃねえか。——手首をかえしてつぐなんざ、すみにおけねえ!」

「うちでちょいちょい、お父っつぁんのお酌をさせられるもんですから……」とお糸ははずかしそうに片手の甲を口にあてた。「さ、お早く……あつくって持ちづらいわ」

なみなみとつがれて、おっとっと、と口を持って行き、ぐびりと飲んで盃をおくと、

今度は自分で徳利をとりあげて、

「どうだい、お糸坊も……」

「あら、あたし……」とお糸はまごついた。

「一ぺえぐらいいいじゃねえか。伯父さんのつきあいだ。——ほれ、そこに猪口《ちょこ》も来てる」

うん、と気をとりなおしたようにうなずいて、お糸はすわりなおし、猪口をとり上げて、つき出した。

「いただく……あたし……」

おうおう、と相好をくずしながら、源伯父は徳利をかたむけ、お糸は、一杯、二杯とあおった。

鍋がぐつぐつとたのしげな音と湯気をたて、体がぽっとあつくなる。——頭の中が、心地よくまわり出し、座敷全体がふわふわ浮き上るような感じだった。

「お、来た来た！」

と隣の席で誰かが叫んだ。

「おい、見なよ、太平丸だ。汎米屋の空千石だぜ」

「わあ、すげえ！——でっけえなあ。空千石てえだけあらあ。なみの天狗船の三つ分はありそうじゃねえか」

お糸も鍋から顔をあげ、ぎやまん窓から外を見た。——一面の星空を底からゆすり上げるようにごうっととどろかせながら、とてつもない大きな天狗船が、今、黒々とした翼をひろげ、ふくれ上った船体を、わずかに右、左とかたむけながら、波止場の水面へおりてくる。舳には二灯の龕灯が怪物の巨眼のように煌々《こうこう》とかがやき、その船底が暗い水面に、すっと糸のような水脈《みお》をひくと見るや、ざあっと滝津瀬のような白波が底から吹き上げ、船体をおおいかくしてしまった。

「伯父さん！——太平丸よ、ついたわよ！」お糸は興奮して立ち上った。「あの空千石に、お父っつぁん乗ってるのよ。さ、鍋なんかうっちゃっといて、早くむかえに行きましょ！」

「これ、……お糸坊……そんなにあわてなくたって、まだ関所で手形あらためや荷物しらべがあるんだから……急に立っちゃあぶねえ。おめえ、えらく飲んじゃって、足もとが——」

源伯父はあわてて盃をひっくりかえしながら、腰を浮かして、手をのばした。

勢いよく立ち上ったとたんに、上体が後の方に大きく泳いだ。——反射的に足をふみ出して釣り合いをとろうとしたが、まるっきり腰から下がいう事をきかない。あら、どうしたんだろう、と思う間もなく、膝がもつれ、上体がふらりと斜めになってしまった。あ、酔っぱらったんだわ、と、頭のすみでぼんやり考えた時には、もうすぐ後の二人連れがかこんでいる、鍋ものの上におおいかぶさっていた。

大変！　煮えかえっているお鍋ン中につっこんじゃう！——とお糸は一瞬思った。焜炉がひっくりかえって、煮汁がとびちって、皿小鉢がわれて……と、そんな情景が、走馬灯のように酔った頭をかすめたが、もうどうにもなるものでもなかった。

おっ！　とか、あぶねえ！　とか言う声が遠くできこえた。華やかな衝立がたおれるように、隣りの鍋の上にたおれかかったお糸の眼の隅で、何かがひらりと動くと、あとほんの一尺という所でその体はがっしりと抱きとめられた。

今までお糸に背をむけて、連れの僧体の老人と鍋をつついていた男が、すばやい身のこなしで立ち上ると、あわやという所でしっかりとたおれかかったお糸の体を抱きとめた。

「あぶねえあぶねえ……」と抱きとめた男が、おかしそうに言うのを、お糸はがんがん鳴る頭の隅にきいていた。「酔いなすったかね、娘さん。もうちょっとで鮟鱇《あんこう》鍋で顔を洗うところだったぜ」

すみません、と言おうと思ったが、はずかしさと酔いでかっとして、声が出なかった。――男は、よいしょと斜めになったお糸をまっすぐに立たせようとした。お糸も立とうとしたのだが、膝の力がぬけてしまって、後へたおれまいとすると、男の胸に、どすんと顔をぶっつけるようにもたれかかってしまった。

ぷん、とまあたらしい藍の臭いがした。と、同時に、かすかに男の体臭がした。

あら、大変！――と、お糸は、わあんと鳴っている耳鳴りの底で、大あわてにあわてた。――あたし、知らない男の人の胸に、顔くっつけてる！　それも、素肌に……。

まっかにほてった頬に、ひやりとなめらかなものが押しつけられている。冷えこんで来たのに、男は卸《おろ》し立ての藍微塵《あいみじん》の素袷《すあわせ》で、そのすこしはだけた襟元からのぞく、かたい胸の皮膚に、ぺったり頬をくっつけてしまっているのだった。

「や、どうもすいやせん！」肝をつぶして、もたもたしていた源伯父が、やっと立ち上って来た。「あっしが、なれねえ酒をのませちまったもんだから……」

すみません、すみません、とお糸もしっかり立とうともがきながら、口に出して言おうとした。が、酔いときまり悪さ、うまれてはじめて、知らぬ男の肌へふれた恥かしさに、かっかとしてしまって、夢の中のようにまるで声が出なかった。——もがくようにして、やっと男の胸に腕をつっぱって体をはなすと、今度はがくりと首があおのいた。

「おや、お嬢さんは……」

と朦朧となりそうな視野の中で、色の白い男の顔が、おどろいたように眼を見はった。

「あ！」とお糸は、いきなり脳天からずしんとしびれが走ったように、棒立ちになった。

「あなたは昼間の……」

いなりずし屋さんという声はのどにひっかかった。——酔いも何も、一瞬にとんでしまったようだった。

「おや……誰じゃと思うたら、本郷のお糸坊じゃないかな……」

台のむこう側で、たった今、鍋焜炉ひっくりかえっての灰神楽になろうとしたのも知らぬ顔に、鮟鱇の肝をぱくぱく食べつづけていた老僧が、盃をぐい、とあおって言った。

「そっちは、浜松町の源吉ッつぁんか……。お糸坊、あんたはいつからそんな飲んべになった？」

小鉢にとった菜や豆腐を、すすりこむようにかきこんだ僧は、がりりと歯の鳴る音をたてて、む、と顔をしかめた。

「何じゃ、これは？――お糸坊の簪《かんざし》からとんだ珊瑚玉じゃないか！……ほう、いたた、何本ものこってない歯が、またやられてしもうたわい」

4

究淵山了源寺――小日向村と小石川の境いあたり、道からだいぶすっこんだ、草ぼうぼう、竹藪だらけの、こんな寺が、いったい寺社奉行の台帳にのっているのか、と思われるような、小っぽけな破れ寺だが、その本堂で、住持托空は、歯のかけた口をあけ、まばらな顎ひげをふるわせて、烏《からす》の鳴くような声で笑った。

「なんじゃ、それでは、お糸坊は恋わずらいか？」

ぶくぶくの畳に、綿の出た座蒲団をしいて、障子の破れ目からぴゅうぴゅう吹きこむ空ッ風に、さむそうに身をちぢめている二人の男――一人は浜松町の源吉、もう一人はお糸の父親辰造だった。

「まあ、早い話がそういうことで……」と辰造は、渋面つくってうなずいた。「あれから一緒にかえったんですが、もうまるっきりほーとしちまって、せっかくあつらしが買ってかえってやった米利堅みやげも見むきもせず、次の日から、何だか様子がおかしくなって、味噌汁の中に沢庵《たくあん》ぶちこむやら、座敷箒《ざしきぼうき》で表をはくやら、突然泣いたと思ったらまた笑い出したり、いやもう、話になりやせん。嬶《かかあ》にこっそりきいたんですが、月の障りはすんだばかりだというし、この忙しい暮れの十三日、煤払いの日は、嬶ともども寝こんじまうありさまで……ええ、やっと、二日おくれで、兄貴の所から手をまわしてもらって煤払いをすませた所なんです」

「あまりおかしいんで、うちの女房《やつ》を聞き役にして、蒲団かぶってまっかになっているのを、からめ手からやっと聞き出したら――というわけなんで……」と源吉が話をついだ。「私も弟も、こいつの女房も、まあかなり年をとってからの子でやすからね。私にゃ子がねえし、みんなよってたかって、ただかわいい、かわいい、とばかり思ってたのが、いつの間にか……考えてみりゃ、あれだって明けて十九、鬼も十八番茶も出花を、今まで何もなかったのが不思議なくれえでやすが、まあ、そういったわけで、とんだ晩稲《おくて》に育っちまいましてね。それがこうなったのは、おそまきながら片輪じゃねえ事がわかったんだから、めでてえこった。赤いおまんまでも炊いて配ったらどうだって言ってやったんですが……」

「それでもまあ、へたな色悪《いろあく》や銀流しにひっかかったんじゃなくて、こちらのお知り合いだってわかっただけでもほっとしました……」と辰造がうけた。「どうでやしょう。

――あの若え衆《わけし》との縁談《はなし》、何とかものにならねえもんでしょうか？　船着場でちらと見ただけだが、たしかにいい男っぷりだ。気風《きっぷ》もよさそうだし、男が見てたってすがすがしてくるぐれえで――ほんとの江戸前てえ感じだ。お糸が一眼惚れしちまったのも無理あねえ、とは思うものの、何しろああいい男じゃ、女どもがほうっちゃおきますめえ。いろいろありやしょう。ま、そこらへんからおききしてえんですが……」

「いかさま、湯島柳橋の芸者衆や、浅草へんのお茶っぴいに、だいぶさわがれるようじゃが――はて、箱入りの処女《おぼこ》に、こうもろに惚れられるとはの。弱ったものじゃて」

和尚、まばらの顎ひげをひっぱって、馬の小便のような渋茶をすすり、歯っ欠けくせに塩豆をぼりぼりかじって、口では言いながらさほど弱ったような顔もしない。

「全体あの人の素性は、何なんでしょう？――お聞かせねがえやせんか？　どうも、いつもいなりずしばかり売ってるとは見えねえんですが……」

「おおせの通り、あれが本業というわけではない……」もったいぶって渋茶をすすり、また塩豆をかむ。

「ま、いろいろやるな、羅宇《らう》のしかえ、二八そば、番付け売り……色男すぎて紙屑買いはやらんが、時には堅気《かたぎ》の旅商人風にもなり、時には二本さして遠国に旅をする。諸国見まわりというやつだ……」

「へえ、それでは、あの……」源吉は辰造と顔を見あわせて、「やっぱりお武家……まさか隠密《おんみつ》か何か……」

「ちがう。公儀諸侯、いずれも関係ない。また武士でもない。しらべてまわるのも、日本ばかりとはかぎらん。唐天竺から、欧羅巴、米利堅、阿弗利加にもおよぶ」

「じゃ、いったい……」

「さあ、そいつをお前さん方に言うわけには行かん。また、言ったところで、とてもわかるまい……」和尚はにやにや笑う。

「そうもったいぶらずに、教えておくんなせえまし。——あの方と和尚さんは、古くからの知り合いで……」

「うんにゃ、半年前に、この寺に来たばかりじゃ。もっとも、素性はちゃんとわかっておるが……」

托空和尚、口をもぐもぐさせて、塩豆をかみながら、丹田に手をくみ、眼を半眼にして、しばらく何かを考えるようだったが、やがて、かっと眼を見開くと、

「お糸坊にはかわいそうじゃが、あの男はだめじゃ。あきらめなさい」

ずけり、と言ってのけた。

こちらは、狼狽して、辰造などは顔色も、紙のように白くなった。

「そんな——それじゃお糸は、首をくくるか大川に身を投げちまいます」

「はあて、それも弱ったの……」

また豆を食い、瞑目し、——しかし口ほどに弱った風でもない。

「何とか、なりませんでしょうか？　年が明けたら、月々こっそりはらいこんでおいた、

例の大和屋の世界道中講、あれでもって欧羅巴へでも行かせてやろうと――気をまぎらそうとその話をしてやったのに、上の空でただぼーとして、返事もしやがらねえ。若え娘っ子だったら、とび上って首ッ玉かじりついてくれそうなのに、よほどいかれてるんで――親馬鹿はわかってますが、どうにも不愍《ふびん》でならねえ。このごろは食も細っちまって、あっしまで、飯も酒ものどをとおりにくくなってしまいやして……」

色白小柄な源吉にくらべて、陽焼けして、恰幅もよく、みるからに世界を股にかける遠国商人らしい壮年の辰造が、涙ぐまんとばかりにしてうつむくのに、托空はただそっぽをむいて豆をぽりぽりかみながら、弱った弱ったとつぶやくばかりだった。

「いかがなもんでしょう。せめて御本人に、こちらの事情をつたえて、気持ちを聞いていただくわけにには行きやせんか？」

と源吉が見かねたように、和尚の顔をのぞきこんだ。

「本人？――本人一存《ま》ではどうにもならん。あれはあれで、つとめのある身じゃによって……。そもそもお前はんらは、この寺をなんと心得る？　究淵山了源寺は、ごらんの通りのぼろ寺じゃが、ただの寺とはちがうぞ。といっても、お前はん方には、説明しようもないが――ま、待たっしゃい。それほどまでにいうなら、本人ではなくて、いま御仏の意向をきいてあげるから……言うておくが、御仏の心はどうなるかはわからんぞ」

言うなり和尚、すわったまままくるりとふりむいた。本堂で本尊を背にしてすわっていたのだから世話はない。――猿臂《えんぴ》をのばして、ずいと鉦《かね》木魚をひきつけ、がん、ぽくとたたきながら、般若経をとなえはじめた。本尊は弥勒《みろく》、両脇に文殊《もんじゅ》、虚空蔵《こくうぞう》の二菩薩……なんとなく妙なとりあわせだが、ぼろ寺なのに本尊三仏は、像も大きく、容《かたち》も尚《たっと》く、手入れもよく行きとどいている。香炉の埋み火に抹香を投げ入れ、濛々《もうもう》と立ちこめる煙をとおして、ゆらめく電気蠟燭の明りの中に、三菩薩像が妙になまなましく見える。——経をききながら、強い抹香の煙にまかれているうちに、背後の二人もだんだん妙な気持ちになってきて、仏像の眼や口が動いたような気さえした。

と、そのうち托空和尚、ふいに読経をやめて、ゆっくりこちらをむいてすわりなおし、

「御仏の御返事では、どうとも本人の気持ち次第、という事じゃった。——いや御仏の慈悲は、誠にもって広大無辺、本人がどう思い、どうきめるか、つまりは本人まかせでよい、と……まずはめでたい、——というには早すぎるが、これでお糸坊もお前はん方も、くどいても甲斐がない、というわけではなくなったな」

「じゃ、あの……」辰造は愁眉をひらいて体をのりだした。「あの若え衆……時蔵さんとやらを口説きおとしさえすりゃ、お役目の方は何とかなるんで……」

「さあ、何とかするのは、あの男の方じゃ。——しかし、あんたらやお糸坊が口説きおとせるかどうか。それもなかなかの難題じゃて。……お役目、つとめと言うても、大切なようで、見方によってはまったくどうでもええようなもんじゃからの。所詮、一切皆《いっさいかい》空《くう》、空即是《くうそくぜ》色《しき》……」

「そうときまったら、さっそくにでも、あっしらが御本人にあたって見やす……」と源

吉は立ちかけた。「いま、あの人は、どこに……」

「さあ、今日はまた、いなりずし売りの恰好をして出たがの……。ひょっとすると、また辰造どんの家の方をまわっとるかもしれん」

托空和尚、豆をつまみながら、ひやっ、ひやっ、というような声で笑った。


「時蔵さん……て、役者の名前みたいね」

と、お糸は袂をもてあそびながら言った。

「ちげえねえ……」いなりずし売りの風体で、頭の手拭いだけとった男は、屈託なげに笑った。「ちょいちょいそう言われるが、播磨屋とは何の縁もねえ。――勝手につけた名だ」

眼の下の江戸の街を、空ッ風が塵と埃を巻いて吹きぬけて行く。――が、ここ南をうけた、ちょいとした岡の斜面には風もあたらず、晴れわたった師走の空の下に、ぬくぬくとした日だまりをつくっている。

年の瀬に、いつまでも鬱々とわがままをしてもいられない、と、気をとりなおして早起きし、あれこれ片づけものなどして、なお胸が晴れないので、無理に気をひきたてようと髪をいじり、無い事に、うすく紅をひいてみたその時、――塀の外を、あの呼び声が通りかかった。

どうやってとび出したのかまるでおぼえていない。――上ずった声で呼びかけ、男がふりむき……それからいったい何をしゃべってどうなったのか、何しろかーっとのぼせてしまって、笑ったり泣きそうになったり、……男が、あったかい笑顔で応対してくれたのに、すがりつく思いで、ふらふらとついて来て、はっとわれにかえった時は、何がおかしかったのか男が破顔し、わかったわかった、まあ、そこらで休もう、と言った時だった。

気がつくと、家から三、四丁もはなれた所に来てしまっており、町並みをはずれて、高台のあたりにさしかかっていた。

ごめんなさい、商いのお邪魔をしちまって、と、おろおろすると、なにいいんだ、今日はよく売れて、あとこれだけだから——と、蓋《ふた》をずらすと、ほんとに五つ六つしかのこっておらず、ちょうど腹もへった、二人で食べちまおうよ、と言われて、くすくす笑った。

それから——日あたりのいい岡の中腹、森にかくれて、下から見えぬ斜面の枯草にすわって、とりとめないおしゃべりの間に、男が根っからのいなりずし売りでない事、ずいぶんひろく、あちこちを歩いている事などを聞き出していた。

が、そんな事はどうでもよかった。妙なきっかけとはいえ、うまれてはじめて、穴っぽこにでもおちこむように好きになってしまった男と、いまはここでこうして話をしているのが、ただもうわくわくするほどうれしく、時おりふくらんだ胸の先がきゅっと痛くなる。あたし、ほんとにどうなっちゃってるんだろう……と、思いかえしはするのだが、思いかえしたってどうなるものではなかった。

「お糸ちゃんは、ほんとうに、純真《うぶ》だなあ……」

と、時蔵に溜息をつくように言われて、あらためて赤くなると一緒に、べそをかきそうになって、

「ええ、あたしなんか、どうせだめです。内気で、気がきかなくって、馬鹿で、おっちょこちょいで、世間知らずで……」

と、むやみに草をむしると、

「おいおい、別にくさしたんじゃねえ。そうすねることたあねえやな」腕枕でひっくりかえっていたのがむっくり上体を起して、あやすように顔をのぞきこんだ。

それだけで、もうきげんがなおって、笑いがうかんで来てしまう。――われながら、他愛ないったらない。

晴れた空に、凧《たこ》が上り、鳶《とび》が輪をかく。品川沖には、西国がよいらしい天狗船がおりて行く――城のむこうに、富士のお山もくっきり見えて、師走というのがうそみたいなのどかさだ。

その明るい景色に眼を細めながら、時蔵は枯草を一本ぬいて口にくわえ、つぶやくように、

「お糸ちゃんは……これから先、何をしたい？」

ときいた。

「何をって……別に……」お糸はちょっとめんくらってこたえた。

「別にって――だんだん大きくなってくだろう……」

「当り前じゃない。小さくなっちゃたまらないわ」お糸は声をたてて笑った。「これから先、何するって――どうせ、お嫁さんになるでしょ……」

時蔵さんの……という言葉が、するりと口からとび出しかかったのを、やっとこらえて、袂をくしゃくしゃにもんだ。

「それから……赤ちゃんをうんで……」

「それから?」

「それからって……一生懸命世帯のきりもりして……お婆さんになって――いい仏さまになりたいわ」

「それだけかえ?」時蔵はふっと、何か考えこむような眼つきをして言った。「お嫁に行って……子供をうんで、育てて、……年をとって……死んで……それだけ?」

「だって、ほかに何があるのよ。好きな人のお嫁さんになれて、その人の子供をうんで、死ぬまで一緒にくらせたら、こんなにいい事ないじゃないの……」

どさっ、と時蔵はまた頭の後に腕をくんでひっくりかえった。

あたし、また馬鹿な事を言っちまったかな、とお糸は心配して男の顔をのぞいた。

――が、男は、やわらかい日ざしを顔いっぱいにうけて、心底からうれしそうに、おかしそうに笑っていた。

「いいな……」と時蔵は眼をかるくつぶり歯を見せて笑った。「本当にいいな……。それでいいんだな。それでいいこった」

「何よ」とお糸は、思わず時蔵の腕をゆすぶった。「何がおかしいのよ。どうせ、あたしなんて馬鹿なんだから……」

「とんでもねえ！——その逆だ」

時蔵の顔はまだ笑っていた。——お糸は、何となく悲しくなって、空をながめた。

「時蔵さんは……」とお糸は沈んだ声でいった。「また、どっかへ行っちまうんですか？」

「さあてな……」と時蔵はつぶやいた。

「お嫁さんは——いないの？」

「お嫁さん？……」時蔵の声は、ふいにうつろになった。「お嫁さん……」

「いるの？」

「いねえよ……」

「もらわないの？」

答えず、時蔵は、片肱ついてお糸の顔をのぞきこんだ。

「お糸ちゃん……今年ぁ何年だ？」

「何年って……」お糸は鳩が豆鉄砲を食ったような顔をした。「天保七年よ。きまってるでしょ」

「天保七年……」時蔵は遠くを見つめるような眼つきをした。「本当は……この年に、日本中、どえらい飢饉に見まわれたんだ」

「飢饉って……それ、何の事？」お糸はいぶかった。「今年は、夏が寒かったんで、北の方で、少しお米の出来が悪かったってきいたけど……飢饉なんて、聞かないわ」

「それが、あったんだ。本当は……」時蔵は乾いた声でつぶやいた。「天保三年にも陸《みち》奥《のく》でえれえ飢饉があって、四年、五年と凶作で……そして、今年七年には全国的な大凶作、大飢饉があった。陸奥《みちのく》の方じゃ、人間が死骸を食ったっていう」

「そんな！——なんて恐ろしい！」お糸は青くなって、思わず肩をすくめた。「人が人を食べるなんて……うそよ！　仙台に親戚がいるけど、こないだ遊びに来たわよ。何も言ってなかったわ」

「そうだ——この世では、そうなんだが……」時蔵は、憂鬱そうな顔で草を噛んだ。

「お糸ちゃん……お前さん、天狗船にのった事あるかい？」

「いいえ、まだ……」お糸は首をふった。「お父っつぁんは、商売でしょっちゅうのってるけど……あたしとおっ母さんは、空をとぶなんて、何だかおっかなくて……乗合軌道や早駕籠はちょいちょい乗るわよ」

「錦絵鏡や早問答筒は……あるだろ？　そういったものは、本当はずっとあとの世になってつくり出されるものさ。もともとは、この天保の世なんかに無かったものだ。亜米利加《あめりか》や英吉利《えげれす》や、仏蘭西《ふらんす》などという国とつきあう事のできるなあ、まだ二、三十年も先の事——本当なら、今はまだ、日本人は欧羅巴や亜米利加に行っちゃいけねえんだ……」

この人、いったい何を言っているのかしら……と、お糸は少し気味悪くなって、時蔵の顔を眼の隅から盗み見た。——本当は、何だかだって……何だかさっぱりわからないわ……。

「言ったって、どうせお糸ちゃんにゃわかるめえな。——わからなくっていい。寝言だとでも思ってきいときゃいい……」時蔵はうすく笑って空に顎をしゃくった。「きれいな空だな——富士があんなにくっきり見えてる」

「ええ——」お糸も西の空にむかって手をかざした。「まだ空ッ風がそんなにつよくないから……でも時々、空が黄色っぽくくもるのよ」

「そいつは黄土のせいだ……」時蔵は街を見わたした。「が——江戸の空気はきれいだ。川の水もきれいだ。小鮒《こぶな》や小蝦《こえび》もいる。夏になれば、下町の軒先にも、蝶々や蜻蛉がとんでくる。深川に螢がとぶ。大川じゃ白魚がとれる……」

「それがどうしたっていうの？」お糸はふりかえった。「川に魚がいて、夏に蝶々や蜻蛉や螢が出てくるのはあたり前じゃない？」

「だが、蠅《はえ》や蚊やごきぶりはあんまりいねえ……」時蔵は鼻にしわをよせた。「天狗船や機械《からくり》駕籠があんなに動いているのに……電気《えれき》はどの家にもはいり、夜の街をあんなに……明るくしているのに……空気はすみ、川の水はきれいで、海もきれいで、虫や魚も死にやしない。本当は、こりゃあおかしいんだ。誰かがおかしいんだ、と思わなきゃいけねえ。が、誰も気にしねえ。物をつかえばごみが出る。物によっては毒が出る。うんとつかえば、それだけ、たくさん、早くたまり、河が汚れ、空が汚れ、魚や虫が死ぬ。やがて人間も……」

お糸はだまって草の茎を平たくつぶし、くみ紐のように編んでいた。――本当に、寝言みたいな事いってる……。この人、こんなくせがあるんだろうか？

「お糸ちゃん――お前さん、天狗船や機械《からくり》駕籠の仕くみがどうなってるか知ってるか？どうやってつくるか……」

「知らないわ……」お糸は首をふった。「知るわけないじゃない……」

「本当の事は誰も知らねえ……」時蔵は顔をこすった。「ちょっとした修理はできる。動かし方は大勢が知ってる。が……本当の仕組みは……」

お糸は時蔵の鼻の先に、枯草の組み紐をぶらさげた。――時蔵は、それをうけとって、苦笑した。

「話をかえような……」と時蔵は言った。「ま、これも寝言だと思っておきな……。そうだな、今からずっとずっとのちの事……それも、こう言った世の中の、のちの世ではなくて、別の仕方でつづいていった世の中の、ずっと先の話――何千年も、いや、万年以上も先の事だが……そのころになると、もう人の世は終りかけていた……」

「万年ぐらいで終っちまうの？」とお糸は無邪気にききかえした。「了源寺の和尚さんは、五十六億七千万年たつと、あのお寺の御本尊の弥勒さまとかって仏さまが、人間を救いに来てくださるって言ってたけど……」

「そうはつづくめえ。が――それにしても、意外に早く、人の世が終りかけちまったんだな。新しい機械《からくり》を次々にうみ出して、空をとんだり、水にもぐったり、山を削ったり、遠くと話したり、月へでかけたり、とんでもない事ができるようになった……」

「空をとんだり、遠くと話したりなんて、今でもやってるじゃないの」

「いや、だから、この世の事じゃねえ。別の世だ。いいからお聞きな。――そんなとんでもない事ができるようになったのに、そういった力の使い方にしくじっちまったんだな。宝の山を掘りあてて、頭がおかしくなっちまったみたいに、その力を、我欲やうぬぼれや、憎しみとむすびつけちまったんだ。その力を、最初は戦争《いくさ》につかったりしたもんだから、さあひでえ事だ。一つの戦争《いくさ》で、何百万、何千万と死ぬようになった。きれいな街や森や、いろんなものがぶちこわされた。戦争《いくさ》はそのうちわりにあわねえってわかって、あまりやらなくなったが、欲の方はとまらねえ。がっつきあって、眼がくらんで……あっというまに世界の鉱山《かなやま》を掘りつくし、森をきりつくし、魚をとりつくし、土地を荒しつくし、毒のごみ、毒の煙で、空も川も海も汚しちまって、――まったくあっという間に、この世界を住めなくしちまった。気がついた時は、獣も鳥もほとんど死に絶えて、人間の数もがっくりへっちまった。その前から、機械《からくり》はやたらに進んだが、人の心はすさみきり、情《なさけ》を忘れお互いの信《まこと》は失われ、力をあわせて世の中をたてなおさなければならない時に、みんな生きる気をなくし、ばらばらに……世の終りをむかえる事になった」

「まあ……」お糸は眉をひそめた。「そんな事ってあるのかしら……。だって、火事や地震や出水があれば、みんな助けあうものでしょ。人情ってものがあるわ」

「さあ、その人情がなくなっちまったんだな……」時蔵は酸っぱい顔をした。「で、まあ——人の世の終りにちかいころに、ちょっとかわったやつがいたと思いねえ。仕事は——まあ今で言やあ、芝居書きか、読本作者みたいなもんで……むろんそのころにゃあ、猿若町や黄表紙なんざありゃしねえがね、ま、そいつが——とんだめそめそした、女々しいやつだったが——そういう世の中がつくづくいやになっちまって、どうしてそうなったか、いろいろ考え、昔の事もしらべたんだな。それで、そいつは、機械《からくり》ばっかりやたら進んでも、一人々々がむやみに金持ちになっても、それだけじゃ世の中いいとは言えねえ。人の心がぎすぎすになって、人情ってものがなくなっちまったら、そんな世の中は地獄みてえなもんだとこう考えた。機械《からくり》ばかりすすんでも、人の世としては、昔の方がよっぽどいい……」

「ほんとだわ」とお糸はうなずいた。

「いや……ほんとうにそうかどうかは、実をいうとはっきりは言えねえ。ただ、その男がせまい、気の弱った心でそう考えた、とだけ言っととこうよ。で、その男は、ある時代の——特にある国のある時代に、ぞっこん惚れこんじまった。それこそ〝情〟ってものがまだある時代にな。〃故郷《ふるさと》へまわる六部の気弱り〃てえやつだ、ところでそのころ――ずっと先の人の世も終りに近づくと、今からじゃ考えられねえような、妙な機械《からくり》がいろいろできた。昔の世の中へ行ったり、ずっと先の世に行ったりする機械《からくり》とか、自分の頭の中で思い描いた通りの世界をつくり出しちまう仕掛けとかな……」

「まあ――いつだったか、釈場できいた、唐天竺の仙術みたいだわ」

「言ってみりゃあ、そんなものだ。そいつは、またそういった機械《からくり》をくみあわせて、得体の知れない仕掛けをつくりやがった。それで何をやったかというと……たしかに、日本の江戸時代、文化文政から天保へかけては、人の情ってものは、世の終りのころよりずっといい。が、実際の天保時代ってのは――さっき言った、大飢饉で人が飢え死にしたり、貧しい人、みじめな人がいっぱいいたり、石頭の役人がひどい事したり、まあ、この天保時代よりいろいろ具合の悪い事がいっぱいあった。そこで、その男は、いい所はのこして、そういう悪い所――とりわけ、貧しさ、せせこましさってやつだけ、なくせねえかと、妙な事を考えたわけよ。それにゃあ、もともとこの時代にない、いろんなすすんだ知恵や、機械《からくり》をくみあわせてみたらよかろう、と思ったんだな。それも、あんまり進んだ機械《からくり》は、かえって裏目に出るかも知れねえ。せいぜい百年から二百年先のやつを、この時代にみちびき入れようと……まったく妙な事を考えやがったものさ。どこらへんから手をつけやがったか、見当もつかねえ。どうも見た所、化政のころよりちょっと前――いや、もっと前かも知れねえが……」

「それで、時蔵さんは、何をしらべてるの？」

とお糸は、また草をもてあそびながらきいた。——時蔵の話は、まったく寝言みたいなもので、聞いててもわかりはしない。むりに筋道を追おうとすると、頭がいたくなってくる。

「おいらかえ？　おいらは……まあ、その男の事だが、大体昔へ行ったり、先の世へ行ったりする仕掛けをつかって、そんな事をやっちゃあいけねえんだ。いけねえって事になってるんだな」

「世の中の悪いこと、辛いことをとりのぞくのが、どうしていけないの？」

「どうしてって——うまく話せねえが、まあ、とにかく、いけねえ事なんだと思いねえ」

「それで、時蔵さん、しらべてるの？——じゃ時蔵さん、どっかの御奉行所のお手先？」

「まあ——そんなとこだな」時蔵は月代《さかやき》をぽりぽり掻いた。「そんなとこだが——おいらのおつとめてえのは……この世でもねえ。かと言って、もう一つの世でもねえ。言ったってこの仕組みは、お糸ちゃんにゃのみこめめえ」

「でも、ほんとにわかんない。——どうして、人情をのこして、飢饉や貧しさをなくしたらいけないのかしら……」

それをやると、歴史がかわっちまうから、とか、世の中、相対的安定の中にさまざまな矛盾があって、その矛盾がまた世の中を変え、ある面では進歩させる一つの原因にもなるのだから外からそういったものをとりのぞくと、世の中がある所で、変らなくなってしまう、などといっても、お糸にはわからない。――変るのがどうしてよくて、変らないのがどうしていけないか、とお糸にきかれたら――。

「それで、そのいけない事をした人、時蔵さんがふんじばっちまうの？」

「さあ、それが……」時蔵は渋面をつくった。「まだ、そいつが、本当に御法に触れるような事をしたのかどうか、そいつがよくわからねえ。もっとあと先をよく――戦国のころから、せめて元亀天正のころからしらべて見ねえと……。どうも辻つまのあわねえ所がある。この世で、乗物や機械《からくり》から出るごみや毒煙を、先の世へ持ってって捨てているのか、それとも……」

といいかけて、お糸がにわかに眼をかがやかし、体をのり出して来たので、言葉をのみこんだ。この天保の江戸も、世界も、――そしてお糸も……あのへたばりかけた弱虫男が、正体のもう一つはっきりしない妙な機械《からくり》をつかってつくり出した、あいつの「夢」かも知れない、なんて事は、今、若々しい胸を息づかせ、眼をきらきらと美しく輝かせて、こちらを見ている、江戸の十八娘に、とても言えやしない……。

「じゃ……時蔵さん、まだ、おしらべがあって、こちらにいるの？」お糸はせきこむように、はずんだ声できいた。「じゃ、あの……」

「お糸ちゃん……」時蔵は、やさしい声になっていった。「もう一度だけきくが――お前さん、本当に、これから先何がしたい？　どうなりたい？」

「だから言ったじゃないのさ、時蔵さんのお嫁になって、子供をうんで……」

言いかけて、はっと口に手を当て、今度は赤くなるかわりに青くなった。

「本当に……本当にそれだけかい？　ほかにもっと、何かないのかい？」

「どうしてそれだけじゃいけないの？」お糸の眼が、みるみるいっぱい涙をたたえた。

「好きな人と一緒になって……好きな人の子供をうんで……そんな贅沢なんかしたいと思わないけど、親子水入らずに、しあわせにくらして、共白髪になって……それ以外に、どんな事がのぞめて？　どうして、それだけじゃいけないの？」

お糸――色のぬけるように白い、ふっくらした下ぶくれの顔にくくれ顎……濡羽色の髪に尋常な富士額、……薄く紅さした可憐な唇を、涙をこらえるように白い、小さな歯できゅっとかみしめ、きれいに生えそろった弓形の眉の下で、鈴を張ったような瞳に涙をたたえ、時蔵の顔をひたと見つめていた。地味な飛び矢絣の綿服につつまれて息づく胸もとから、あけて十九の女の生命が、いっぱいににおいたち、叫んでいるようだった。

なぜ――ただこうして「ある」というだけでいけないのか？　なぜ――こうして「生きて」おり、その時代々々に人の世のかわらぬつつましい喜び、つつましいしあわせをもとめるだけではいけないのか？　それ以上、何をのぞめというのか？

「時蔵さん……」白い、いかにも娘らしくふくよかな手を、時蔵の膝にそえ、お糸はうるんだ声で、ささやくように言った。「あたし……あなたのお嫁になっちゃいけないかしら？――お仕事、わかってます。何日家をあけたって平気、だって、お父っつぁん、しょっちゅう遠国に行って留守なんだもの、慣れてます。わがままなんて、決して言いませんから……」

「お糸ちゃん……」深く感動したように、時蔵は、膝におかれた白い手をとり、それを両の掌ではさんだ。「あんたって人は……ほんとにかわいい女《ひと》だ……」

「じゃ……」お糸の顔が、ぱっ、と日がさしたように輝き、涙がすうっと引いた。「あたしを……時蔵さんのお嫁にしてくれる？」

さて……それは――というように、かすかに走った迷いと困惑の表情をかくすように、時蔵は眼を宙に馳《は》せた。

冬の日ざしはだいぶ傾き、南の空から寛永寺の七つの鐘がひびきはじめた。――新年まであとわずか十日をあまして、一つの天保七年師走の江戸の一日が、また暮れかかろうとしていた。

4　『日本沈没』より

日本沈没

エピローグ　竜の死

1973

作品集第一巻の主題は「日本」。その最後はやはり、一九七三年刊行のベストセラーにして小松の代表作、『日本沈没』で締めざるをえない。

ここに再録したのは、全七章から成る長大な『日本沈没』の最後の一章、日本列島の沈没がすでに始まり、登場人物たちそれぞれの物語が結末に向かってゆく場面である。長編の結末部分だけを抜粋し再録、というのは本来ならば許されることではないが、本作のあらすじはすでに十分に人々に知られており、他方、長さのため最後まで読み通した読者は意外と少ないという声も聞くことから、最終章単独の収録を決めた。小松の日本観、国家観、生命観が凝縮したかたちで多声的に展開される、読み応えのあるテクストである。

このテクストで注目すべき場面は多々あるが、そのなかでひとつだけ挙げるならば、やはり田所《たどころ》博士と渡《わたり》老人の山荘における長い会話だろう。前者は日本沈没の現実をいち早く見抜いた天才科学者、後者は災害対策計画を裏で支えた政界の黒幕であり、いわば二人は救国の英雄なわけだが、その前者が本当は日本沈没の事実を隠しておきたかった、日本人には「この島といっしょに……死んでもらいたかった」と吐き出し、他方で後者がそれを受けつつ、自分はじつは日本人ではないのだと告白するその遣り取りは、『日本沈没』全体のメッセージを一気に転倒し、拡散させる衝撃的な効果を備えている。『日本沈没』に登場する政治家や官僚はじつに勇敢に亡国の危機に立ち向かい、それゆえいっけんその強さこそがこの小説の主題であるようにも見えるのだが、しかし本当にそれはそうなのか。

初単行本は光文社刊。一九七三年。

北半球の半分をおおうユーラシア大陸の東端で、いま、一頭の竜が死にかけていた。玉を追う形で大きく身をうねらせ、尾をはね上げた体のいたるところから火と煙をふき出し、その全身は内部よりこみ上げてくる痙攣《けいれん》によって、たえまなくうちふるえ、かつて、巍然《ぎぜん》とそびえたつ棘《とげ》の間に、緑の木々を生い繁らせていたかたい背は、網の目のようにずたずたに切り裂かれ、その傷口からは、熱い血が脈うって流れ出していた。——そのやわらかい下腹を太古よりやさしく愛撫しつづけてきたあたたかな黒潮の底から、今は冷たい死の顎《あぎと》が姿をあらわし、獰猛《どうもう》な鱶《ふか》の群れのように、身をひるがえしては、傷ついた竜の腹の肉を一ひら、また一ひらと食いちぎり、はて知れぬ深海の底の胃袋へと呑みこんでいった。

すでに、中央構造線の南側、九州、四国、紀伊半島の南半分は、竜の体から切りはなされ、その大部分が海に呑みこまれていた。また、関東、東北でも、房総半島はすでに本土より、広い水面で切りはなされ、その突端は十数メートルも沈下し、陸中海岸は、太平洋側に斜めにつっこみながら、二十メートル以上動いていた。北海道は苫小牧、小樽が海水に浸入し、根室、知床が本土から切れて水没した。南西諸島や沖縄も、すでに一年以上前から同じような異変に見まわれだし、いくつかの島は、すでに姿を消していた。

竜の背後には、姿の見えぬ巨人がいた。

四億年前、幼い竜の種が、古い大陸の縁辺にまかれた時、一体の盲《めし》いた巨人も竜と大陸との間の地の底に生まれ、長い歳月の間、地の底にあって竜をゆっくりと大洋にむけて押しつづけた。母なる大陸をはなれて、波荒い大洋へ泳ぎ出すにつれて、竜は大きく育ち、体はしだいに波間に高くそびえ、その姿も雄渾潑《はつらつ》剌として、堂々たる成年の偉容をそなえてきた。

だが、今、その竜を押す巨人の盲目の力は、突如として竜の背骨をへし折り、その体をくつがえし、大洋へつきおとそうとする凶暴なものに変わってきた。――変動がはじまってから、わずか二、三年の間に、日本列島全体は、南南東の方角に数十キロメートルもずれていた。日本海側から押す力は、とくに本州中央部において強く、大地溝帯を境に、西側は三十キロメートル、東側は二十キロメートル以上南南東へ移動し、渥美湾西浦の豊川河口と、駿河湾大井川河口の間は、わずか数カ月の間に、直線距離にして二キロ半も東西にひらいてしまい、左右にひき裂かれた遠州灘ぞいの大地は、ずたずたに裂かれて豊橋、浜松、掛川の諸都市はすでに完全に海面下に沈み、泡立つ濁った海水は、南、中央アルプス山麓《さんろく》を直接洗い、天竜を逆流して、伊那盆地になだれこんで、ここを細長い湖に変えようとしていた。

日本列島で地底より吐き出されつづける大量の熱のためか、六月をまたずにしてはじまった梅雨の長雨に、太平洋岸の沖積平野は、ほとんど水没した。関東平野は一面の浅海となり、高崎、館林、古河のあたりまで、三千トン級、吃水五メートルの船が航行できるようになった。濃尾《のうび》平野も、岐阜、大垣、豊田まで、大阪平野は京都南部まで、筑紫平野の東は福岡県吉井《よしい》まで、そして福岡と久留米、大牟田は一面の水でつながってしまった。仙台平野も、仙台湾の水がはるかに北方の一関《いちのせき》、平泉《ひらいずみ》のあたりまで浸入し、北海道では、太平洋の水が帯広まで、また釧路平野の標茶《しべちゃ》までおしよせ、根釧《こんせん》台地は、ずたずたに裂けたリアス式海岸の様相を呈していた。

苦しみ悶《もだ》えながらも、竜は背後より押し、大洋底から引く、大地の底の凶暴な力にさからっていた。六月はじめ、まだその体の五分の四は波の上にあり、千尋《ちひろ》の水底からのびる冷たい死の手をふりはなそうと、必死の力をふりしぼっているようだった。竜がのたうち、火と煙と灼熱《しゃくねつ》の血をふき上げて咆吼《ほうこう》するたびに、長年にわたってその背や、鱗《うろこ》の間に住みついてきた小さな生き物たちが数知れず死に、また何十万年にわたって住みついてきた宿主の体をはなれて、海の外へ逃れようと右往左往するのだった。

――とりわけ新生代第四紀になって急速にふえはじめ、最近とみにその活動がさかんになり、竜の背をけずり、穴をうがって血を吸い、腹やのどや、柔らかい皮膚に無数の潰瘍《かいよう》やかさぶたをつくりはじめた二足の寄生生物は、必死の力をふりしぼって、蜘蛛《くも》の子を散らすように、死につつある宿主の体から逃れようとしていた。――竜の体のあちこちにつくったコロニーから、羽虫のような小さいものが数知れず空へ飛びたち、寄生生物をぎっしりと腹にかかえた何万という乗り物が、海の上を、四方に逃れつつあった。

竜はまだ生きていた。――だが、大洋底より引く力は日増しに強く、のたうつたびに大きく開く傷口より、空から海から浸入する冷たい水は、体内奥深くたぎる血と出会ってはげしく沸騰《ふっとう》し、高温高圧の蒸気と化して、竜の体を内部からさらにずたずたに破壊していった。やがてその冷たい死の手が、灼熱の心臓と出会うとき、竜の体はばらばらにひき裂かれ、無数の断片となって虚空に四散するだろう。もはや脈うつことなく、巨大な力をふりしぼってあらがうこともない、かすかな生命の余燼《よじん》ののこるその遺体を、暗く冷たい海溝は、無表情に呑みこみ、日もささぬ水底にほうむるだろう。――その時が近いことは、今は誰の眼にも明らかだった。竜の咆吼、痙攣、天にむかって吐く火と煙の息づかいは、すでに断末魔のそれを思わせた。

悶え、のたうち、毒を吐きつつ死んでゆく竜を、かつておのれの体の一片をもって生み出した年老いた母なる大陸は、いたましげな眼つきで見まもっているようだった。――陸より古く、陸よりもはるかに巨大な大洋は、その底にとりこもうとする犠牲《いけにえ》に対して、冷ややかで、超然とした態度をとりつづけているようだった。太古より数十億星霜の間、この惑星の表面において、海は陸と、その占める広がりをやりとりしつづけてきた。――その体内から、陸が生まれ、ある時は海がしりぞいて陸が大きくあらわれ、ある時は海がすすんで、陸地の多くをふたたび呑みこんだ。陸地はこの星の表面をさまざまな方向に漂い、さまざまに形をかえ、時にはいくつにも裂け、海に沈んだ。伝説のアトランティスもムウもこのはてしない歴史の間、海中より生まれ、また沈んだ陸の数々にくらべれば、ものの数ではない。まして今、陸が海にかえそうとしている小さな土地の一切れなど、たとえその上にかつて海から生まれた生物が一人よがりな「繁栄」をほこっていたとしても、なにほどのことがあろう――そう海はうそぶいているようだった……。時折り海が、この死にかけている陸地の一片に、冷淡で、弥次馬的な好奇心をしめすように見えることがあった。――そのたびに、無神経な重く冷たい海水が、暫定的な陸と海との境界を越えて陸地の奥深く浸入し、陸の上にあるものを無差別に、情け容赦なく押しつぶし、さらっていくのだった。

全世界の眼も、今はこの極東洋上の一角に起こりつつある「竜の死」にそそがれていた。カラービデオカメラを積んだ何十機もの観測機が、火と煙をふきつつ沈んでゆく列島の上をのべつ飛びかい、アメリカのＣＢＳ、ＮＢＣ、ＡＢＣの三大ネットワークが、ユーロビジョンが、ソ連東欧圏のテレビネットワークが、そしてアジアビジョンや、南米のＬＡＭビジョンまでが、太平洋上の通信衛星を通じて、かつて面積三十七万平方キロもあり、三千メートルを越える高山を数多くのせていた巨大な島の「断末魔」を週一度の定時番組で放映し、全世界で七億台を越えるテレビ受信機の画面の上で、四十億の人類の何十パーセントかが、注視しつづけた。

それは全世界の「人類」にとって、残酷でいたましいが、しかし興奮をさそう大スペクタクルだった。――さだかならぬ伝説の中に語られた幻のアトランティス大陸滅亡のドラマが、いま、現実のものとなって、この同じ時代、同じ地球上の一角に展開されつつあるのだ。いや、たとえアトランティスが大陸であったにせよ、そしてそこに繁栄していた古代の文明が、古代的尺度でいかほど豊かであったにせよ、いま沈みつつある極東の島の住民が、そこにきずき上げていた富と繁栄にははるかにおよぶまい。一兆ドルに近い社会資産と、それをもとにして年々世界第二位、三千五百億ドルのGNPを生み出し、二十一世紀には世界第一位になることを約束されていた一億一千万の住民……アジアにあってただ一国、いち早く近代化に成功し、大産業国家をきずき上げた「日本的」としかいいようのない特異な文化をもった国――その島国が、きずき上げた巨大な財産と、変化に富んだ美しい国土もろとも、この星の深部に由来する眼に見えぬ巨大な力によって、引き裂かれ、ふきとばされ、粉々ににぎりつぶされ、海底に沈もうとしているのだ。

全世界のマスコミが、その興奮をいやがうえにもかきたてた。アメリカ第七艦隊の空母フォレスタル、イギリス極東艦隊の空母ブルワーク、オーストラリア海軍の空母メルボルンは、もちろん救援活動のためもあって、日本近海に遊弋していたが、これら三艦はまた、世界じゅうのマスコミの取材センターにもなり、「パシフィックプレス・TV

センター」の名で呼ばれていた。――際物《きわもの》をねらって、アメリカで出版された「アトランティス、そして日本」というペーパーバックは、まさに即製の際物以外の何ものでもなかったにもかかわらず、あっというまに七百万部売れた。地球変動について前から言及していた、占星術師や予言者の発言をまとめた本も出て、これもたいへんなブームになった。

全世界の人々の中でも、とりわけはげしい、気も転倒せんばかりの興奮の渦にまきこまれていたのが、世界中の地質学者、地球物理学者たちだったことはいうまでもない。――この問題について、ユネスコに調査委員会ができ、アメリカ、ソ連、イギリス、フランスの各種測地、気象衛星合計七個の使用と、国連救出委員会の観測調査機構を通じての各種観測、調査が許可されていた。そのほか、アメリカ、ソ連、中国、インドネシア、オーストラリア、イギリス、フランス、西ドイツ、ノルウェーなどの諸国は、それぞれ自国の軍関係、国務省関係の専門調査機構をつくって活動を開始させていたから、全世界の地球科学関係の専門家は、専門課程の学生まで、またたくうちに払底《ふってい》してしまった。科学者たちにとっては、これは、まさに、「千載一遇」の大異変だった。たんに島が噴火して沈む――たとえそれが、かつてないほど巨大であっても――ということが、専門学者を興奮させたわけではない。それが、近年ようやくその基礎がかたまりだした動態地球学に、はかり知れない問題をなげかける「稀有な現象」であることが、明らかであったからである。マントル沈降点の突然の移動――理論的には、すでにモデルが提出されていたが——と、それにともなうおどろくべきスピードの海溝最深部の移動、わずか数年の間に、あのかたい地下で起こった、地すべり的な流動現象による急激なバランス変化、それにともなって地殻上で起こった爆発的なエネルギー放出……こういったことが、今なお陸地塊の中に痕跡ののこる、現代のそれからは想像を絶するような、かつてのはげしい造山運動にも起こっており、それがまだ発見されていなかっただけなのか、それとも、この地球の惑星進化の長い歴史の中で、過去において一度も出現したことのなかった、まったく新しい現象であり、この星の進化の様相が、「新しい段階」に足をふみいれつつあることの前触れの一つであるのか？

そういった問題の解答は、これからのちの長い論争と検証にゆだねられるであろうが、いずれにせよ、この現象が、近々この一世紀ほどの間に開始され、つい最近やっとその名のとおり「地球的規模」になりはじめたばかりの、地球という惑星の科学的探査と観測の歴史の中で、ただの一度も観測されたことも想像されたこともない大変動であることはたしかだった。

その興奮の中で、専門家の間では、古代人の空想・神話としてほとんどまともにとり上げられなかったアトランティスの急激な破壊と沈没が、一部の学者によって、真剣な論議の対象になりかかっていた。気象学者で地質学にはアマチュアだったためもあって、一時は葬り去られたヴェゲナーの「大陸移動説」が、戦後の古地磁気学の発展によって、ふたたびとり上げられ、完全に復活したように、誣説《ふせつ》とされたアトランティスの滅亡も、少なくともこの「日本沈没」のモデルで、可能性が考えられるかもしれない、というのがその理由だった。いや、インドやオーストラリアの学界の一部では、アトランティス伝説よりはるかに荒唐無稽とされているあのチャーチワードの「ムウ大陸神話」さえ、考えなおしてみるべきだ、という風潮が起こりかけていた。

　全世界のあらゆる階層、あらゆる立場の人々が、さまざまな、そして一種複雑な関心をもって、刻々と迫りつつある「竜の死」を見つめていた。——その消滅は、この惑星上の陸地総面積に対して、わずか〇・三パーセントたらずの喪失にすぎなかった。しかし「人間の土地」としてのこの地域の滅亡を考えるとき、その影響は、世界全体にとって、かなり大きく、複雑なものだった。その土地に、世界総人口の二・六パーセントが住み、年間一人当たり支出三千ドルを越える世界最高水準の生活を営み、その土地で毎年世界総生産の七パーセント近くが生産され、世界総貿易量の一四パーセント以上が、この島と世界との間にとりあつかわれていたのである。とくに日本は「アジアの工場」として、石油、石炭、鉄鉱石、銅、ボーキサイト、ウラン、硅砂、それに原綿や羊毛、飼料、食料、果物など、開発途上地域の一次生産品の大きなマーケットであるとともに、世界市場に対しては鉄鋼、機械、船舶、自動車、電子機器、家庭電機器具、繊維製品、雑貨、プラントなど、工業製品の重要な供給国だった。また、ここ数年来は、世界の資本マーケットの重要メンバーであり、また開発途上国にとって、長期信用の供与国としても急速にクローズアップされつつあった。日本が世界経済の中に占めていた役割は、すでに巨大なものだった。その巨大な集積が消滅し、その組織が大打撃をうけ、その国民の生活が、突然残りの世界の大きな負担になる。……しかも変動の被害は、日本海域付近に、かなり広範囲になる見こみだった。

全世界の人々は、テレビのブラウン管で、ニュース映画で、新聞やグラフ誌の紙面で、中天にすさまじい火と煙を噴き上げつつ沈んでゆく竜の姿を、食い入るように見つめていた。

「日本を救え！」の叫びは、国際機関や各国政府、またさまざまな団体のキャンペーンとなって世界をかけめぐり、各国の街頭で、募金や集会が行なわれたが、大部分の人々の心は、はるかな極東の一角に起こりつつある悲劇的なスペクタクルに対する第三者的な好奇心にみたされていた。心の奥底では、それは「自分たちの土地」で起こったことでなくてよかったという安堵と、異常な「繁栄」をしていた国の滅亡に対する、若干の小気味よさと、特異で理解しにくい、活動的な国民を、自分たちの国に大量にうけ入れなければならない不安、わずらわしさに対する予感などが、複雑にからみあっていた。

正確な意味で、真にこの問題に必死にとりくんでいるのは、悲劇の当事者たちだけだった。――日本の救出組織は、この災厄に対しても「日本の奇跡」を生み出そうとしているかのように、不眠不休で働きつづけた。終末が近づくにつれて、救出組織そのものの犠牲が鰻《うなぎ》のぼりにふえていった。各国の救援隊の中で、もっとも規模が大きく、もっとも日本と緊密に協力して最大の成果をあげ、すでに二百人を越える犠牲者を出していた、アメリカ海軍海兵隊の救出作戦司令ガーランド准将は、テレビのインタビューに、おどろきの念をこめてこう語った。

「日本の救援組織は、官、民、軍ともに、おどろくほど勇敢だった。――いくつかの実戦で、死地をのりこえてきたベテラン海兵隊員でさえ、二の足を踏むような危険な地点にも、彼らは勇敢につっこんでいった。同胞の命を救うとなれば、ある意味で当然であろうが、それにしても、あまりに無謀と思われる地点にまで、彼らが果敢に救援活動につっこんでいくので、私たちはしばしば、彼らは国土滅亡の悲しみのあまり、気が狂ってしまったのではないかと語りあったものだ……」

オンエアの時はカットされていたが、准将はこのあとにこうつけ加えた。

「私は、彼らは本質的にカミカゼ国民だと思う。――あるいは、彼らはことごとく勇敢な軍人だというべきかもしれない。――柔弱といわれる若い世代でさえ、組織の中では同じだった……」

刻々せまる終末の時にむかって、日本は「奇跡」にむかって死にものぐるいの挑戦をつづけていた。――ある意味で、それはすでに達成されていたかもしれなかった。その年の七月までに、六千五百万人が、地震と噴火と津波の中で、とにかく、日本本土をはなれていた。月平均千六百万人というハイペースである。この奇跡的なハイペースを維持し得たのは、大変動のはじまる直前から密命をうけてフルに活動をはじめた、全世界に名のとどろく、日本の総合商社の情報処理能力、組織運営能力にあずかるところが大きかった。だが、破壊と沈下がすすむにつれ、列島内の交通途絶、港湾、空港施設の破壊のため、救出ペースは、眼に見えておちてきていた。もはや大量の難民の集結と集中的つみとりは困難になり、各地域に少数ずつばらばらに孤立している人々をひろい集めてゆく、という手のかかる段階にさしかかっていた。

七月はじめまでに、日本国内で使用できる国際空港は、北海道の千歳だけになってしまい、その閉鎖も時間の問題だった。あとは、たとえば青森などのように比較的高い土地にあるローカル空港の一部や、軍用空港の一部、そしてまだ乾いた陸内にある平坦な草原などを航空輸送に使うよりしかたがなかった。

救出の主力は、今や国際線旅客機や客船から、ヘリコプター、不整地着陸性能とＳＴＯＬ性を持った軍用輸送機それに上陸用舟艇に完全にうつりつつあった。——この分野においては、ソ連陸軍の大型輸送機の性能は、眼をみはらせるものがあった。速度などほかの点はともかく、とにかく着陸装置が頑丈で、帰投燃料まで積んだかなりな重量で、相当深い草原や凹凸の土地に、らくらくと着陸してくるのだった。

日本の救出委員会は、国際救援隊の援助をうけて、七月中に救出人数を七千万人に押し上げようと悪戦苦闘をつづけていた。——変動開始後の死者、行方不明者の数字は、第二関東大震災をふくめると、すでに千二百万人を越えていた。その中には、せっかく乗機、乗船したのに、事故や海難に遇って死んだ人々もふくまれていた。救出隊の犠牲者の数も五千人のオーダーに達しようとしていた。そして、たえまなくうちふるえ、砕かれつつ沈みゆく島嶼《とうしょ》の上には、まだ三千万人を越える人々が、あるいは盆地に孤立させられ、あるいは海岸付近の丘陵に仮泊し、恐怖にふるえながら、救出の順番のまわってくるのを待っているのだった。その三千万人を一人のこらず助けようとして、日本政府の軍、官、民合同の全国救出組織三百万人は、文字どおり昼夜兼行、不眠不休、死にもの狂いの「追いこみ」をかけていた。

だが、七月、八月と日がたつにつれて、救出の成功率は眼に見えておちていくと同時に、救出隊の犠牲、難民の犠牲のほうは、冷酷に、確実に上昇していった。救出組織の中には、過労から倒れ、死亡するものも続出しはじめた。——四六時中降りつづけ、街や野や山を埋め、屋内の床やテーブルの上、はては寝具や食器から口中まではいりこむ火山灰の中で、そしていつも噴煙や漂う灰におおわれた硫黄のにおいのする陰鬱《いんうつ》な空の下で、たえず小さく、また時にははげしく鳴動する大地の上を右往左往しながら、通信機にわめき、仲間とどなりあい、群衆の哀訴嘆願や罵倒や悲鳴を聞き、日々拡大する犠牲のニュースや、次から次へとくる混乱した指令や、次から次へ起こる予定変更と格闘し、風呂にはいらず、ひげもそらず、食事や飲み物さえ一つまちがえばとりはぐれ、睡眠は一日二、三時間で、それもほとんどゆれる乗り物の中か、かたい椅子や、石ころだらけの大地の上の仮眠でしかない。——そんなことをくる日もくる日もくりかえしていると、救出委の全メンバーは、しだいに疲れはて、自分たちが何かまったく不可能なことに挑んでいるのではないか、このあれ狂う巨大な自然の力と途方もない混乱の中では、なにをやっても、どんなに努力しても、結局はむだなのではないか、結局自分たちも、まだあちこちに孤立して残っている人たちといっしょに、この灰に埋められ、暗く凶暴な海に呑みこまれてほろんでゆくのではないか、といった、もの悲しい絶望的な気分にみたされてくるのだった……。

茨城県水戸市木葉下《あほっけ》――水戸市西北方の、二百メートルほどの朝房山の東麓にある「あほっけ」という妙な読み方をする場所で、二、三十人の人々と救出の船を待っている片岡の心の中にも、そのもの悲しい気分が吹きつづけていた。すでに水戸市は完全に水没し、標高百メートルのその村落のすぐ下まで、鉛色の海がおしよせ、そこここの丘陵の尾根を岬に変えて、白い波が、樹林の梢を直接嚙んでいる。鹿島灘地震と津波におそわれたあと、水戸市中心部の市民の生きのこりは、津波の時に背後の山に全員退去したが、山中に逃げた人のうち、はぐれたり、山中で道に迷って最終の救出に乗りおくれて途方にくれている人たちと、そこで出会ったのだった。那珂川上流と鬼怒川の上流が市貝《いちかい》のあたりで、海面でつながってしまい、筑波山地は、完全な島になってしまった。

片岡たちの一行三人は、救出活動のためにそこへ来たわけではなかった。東海村の原子力発電所、研究所、そして原燃公社――すでに海面下数十メートルに沈んでしまっていたが――のあったあたりで、沈下前に何万トンものベトンでそのまま封鎖《シールド》して放棄したはずなのに、発電炉からか、それとも燃料再処理装置からか、高放射能の核分裂生成物《フイッシヨンプロダクツ》、つまり核燃料の〝灰〟にあたるものが流出して、海水を汚染しているらしい、というので、付近を巡回していたPS1で調査に来たのだった。スキューバダイビングのできる片岡は、他の乗組員といっしょに、P2Jからゴムボートに乗って、調査に加わった。汚染は大したことはなく、大量流出ではなくて、どこかパイプか何かに残っていたものが沈下後海水にとけ出したものらしかったが、調査を終えてゴムボートに上がったとき、津波におそわれた。

海面上にあって、津波の襲来をいちはやくみとめたPS1は、いったん離水しようとしたが、不運にも酷使しすぎた左エンジンが故障してしまい、一発停止状態で水面をかけずりまわってあがいているうちに横波を食らって転覆、片岡たちの乗ったゴムボートも、サーフィンのように津波の背に乗って何キロも内陸にはこばれ、水没した森の梢にひっかかってやっととまった。しかし、この時、引き波に隊員の一人がさらわれた。――くたくたになった体で、何とか夕方になって近くの陸地にたどりついた所が、朝房山の麓だった。

木葉下に疲労困憊した体を休めていた難民たちは、片岡たち一行の姿をみとめると救援隊員だと思って、歓声をあげてかけよってきた。――だが、逆に遭難したのだとわかると、落胆して、かえって絶望の色を濃くしたようだった。

「あなた方、通信機を持たんですか?」一行のリーダーらしい、もう六十すぎの朴訥そうな老人は、すがりつくような眼付きでたずねた。「火を焚《た》いて狼火《のろし》をあげることはずっとやっとるんですが……なにしろ、この降灰では、視界がわるいためか、どうも飛行機もみとめてくれよらんようです」

「通信機はありますが……出力が弱いし、それにだいぶあちこちぶつけたり、ぬれたりしていますから……」片岡はぐったりと岩に腰を下ろしながら、肩をおとしていった。

「まあとにかく、やるだけやってみます」

「たのみますだ。これ、このとおりおねがいしますだ……」老婆の一人が、しわ深い顔を涙だらけにして、手をあわせて片岡たちをおがんだ。「もうこうやって、十日以上も、山のあちこちを歩きまわっとりますだ。赤子《やや》の一人は具合がわるいんでごぜえます。――どうか、助けてやってくだせい。爺婆はどうなってもようごぜえますが、若えもんと女子供は、なんとか助けてやってくだせえまし……」

「あんまり、無理をいうてもいかんが……」リーダー格の老人は老婆の肩をたたいた。

「この人たちも、けさの津波にやられなすって、疲れていなさるんだから……」

「呼んでみろ……」と片岡は傍の同僚をふりかえっていった。「通じるか?」

「どうだか――朝からずっとスイッチを入れっぱなしにしちまったから、バッテリーがだいぶバテてる可能性がある」同僚は、携帯通信機をとりあげながらいった。「この近海に、船はいたかな?」

「さあ――けさ空から見たときは、一、二隻いたが、今はどうかな……」ともう一人はいった。「救難信号をうけても、その船や飛行機がじかに来てくれるわけじゃないからな。——まわってくるまで、だいぶかかるぞ……。それに……この地方は、もう四、五日前から、救出完了で閉鎖地域になっているはずだ」

「山越えして、反対側に出たほうがよくないか？」と通信機をいじっていたＰＳ１の乗組員《クルー》がいった。「あちらのほうが、まだ船やヘリの来る可能性がある」

「そうするにしても、すぐは無理だろう」片岡は、疲れきって声もなく、道端に腰を下ろしている女子供をまじえた一行をふりかえった。赤ん坊が力なく泣いているのが聞こえた。「おれたちだって無理さ。——とにかく救難周波数で呼んでみるんだな」

北西の方角で、たえずドウン、ドウンという音がして、山の斜面はびりびりゆれた。那須火山帯の、男体山《なんたい》や釈迦ケ岳《しゃかがだけ》が噴火している音だろう、と片岡はぼんやりと思った。ここでも、こまかい灰がたえまなく降り、頭に積もり、肩に積もっていた。二、三分おきに、小地震がおそってきて、大地がゆさゆさゆれたが、誰も顔をあげさえもしなかった。

「道が崖くずれやなんかでふさがってしまって、夜道を無理してのしているうちに、わしの村の女子供が山の中にまよいこみましてな……」と老人は陽やけした顔をしかめて、つぶやくようにいった。「いや、ひどいさわぎでしたわい。なんと、どうまちがえたか鶏足山《けいそく》のほうにまよいこんでしまいよって、捜すのに手間どっているうちに、指示された乗船地点が、沈んでしまいよりましてな……。あちこちまわってみたが、もう誰もおりやせん。まあ、あちこちの村や町が、居抜きで逃げていよりましたから、食物には不自由せんかったし、野宿もせずにすみましたが、なにしろあんた、この山のむこう側でもとんでもない所にまで、もう水が来ておりましょう」

　老人は眼下に泡を噛む灰や軽石のいっぱい浮いた海水をさした。

「こちら側は津波が心配で……けさの津波は、ほれあそこまで来よりました。おさまっても、水面がだんだん上がって来よる。――ここに腰をおちつけて、まだ二日目ですが、二メートルぐらい上がって来よった……」

「このあたり一帯が、どんどん沈んでいるんです」と片岡は答えた。「それに、八溝《やみぞ》山地全体は、北関東山地から、もうもとの距離にして十八キロメートルから二十キロメートルも東に動いています……」

「すると、筑波山が鹿島灘へつっこんでいってるわけですか？」

　そう……と片岡は口の中でつぶやいた。そして――日本海溝へ、だ。

「だめだ！」ぶつぶつ小さな音をたてる携帯通信機をいじりまわし、呼びかけつづけていた同僚が舌打ちした。「電源が弱っている。予備のバッテリーをいれた箱は波にさらわれたし……」

「乾電池なら、懐中電灯のがいくつかありますが……」と、中年のやせこけた男が背後から声をかけた。「まにあいませんか？」

「やってみるか――」と片岡はいった。「それでだめなら、まだ沈んでいないよろず屋でも捜せば、あるだろう」

「そんなことせんでも、バッテリーだったら、ここから二キロばかりもどった所に、自衛隊のトラックらしいものが捨ててあったが、あれが使えんか？」と老人はいった。

「さあ、もうバッテリーがあがっとるんじゃなかろうか？」

「やってみる値打ちありそうだ……」片岡は、鉛のようにだるい体をやっとのことでもち上げた。「どこらへんです？」

「待ってください。案内させますから……」老人は片岡たちから少しはなれた所でうずくまっている人たちのほうをふりかえった。「もう暗くなりますで、迷うといけません。道からだいぶひっこんだ、谷間の、妙な所に捨ててありましたから、見つけにくいです」

まだ七時少し前だというのに、あたりはどっぷりと暗くなりかかっていた。――西の空が、分厚い噴煙と灰で昼なお暗くおおわれているため、暗くなり方が、例年の八月とちがってずっと早いのだった。煙は頭上をも墨を流したように一面におおい、辛うじて東の水平線の上あたりに、細く、白茶けた青空らしいものが見えていた。完全に暗くなれば、西の空に爆発を続ける火山の炎が、にぶく赤黒く反射して見えるのだった。冷たい風が、ゴウゴウと山を鳴らして吹きはじめていた。この夏、人々は、あのギラギラかがやく盛夏の太陽をあおぐことなく、茶色がかった灰色の空を通して、血のように赤いどろんとした円盤を見るだけだった。月は、たまに見ることはあっても、ほとんど茶色に近く、星はついに見ることがなかった。例年より六度近くも気温のひくい冷たい夏が、日本列島の上を分厚くおおう灰の雲の下に、死の影のようにしのびよっていた。成層圏近くにふき上げられた何万トンという細かい灰は、やがて北半球の上をぐるりとめぐり、二年あと、三年あと、全世界は冷たい夏と大凶作に見まわれることだろう。

ほかのものにまかせられない、と思ったのか、老人も決心したように腰を上げた。

「船だ！」

という絶叫に近い叫びが、むこうのほうで上がったのはその時だった。

全身の痛みも忘れて、思わずのび上がって海上を見ると、水平線にのこる白光を横ぎって、意外に近い所に、黒い船橋とマストが動いていた。なぜか、舷灯も点けず、明かり一つつけていない。

「おーい……」と、人々は立ち上がり、手をふり、口々に叫んだ。「ここだ、助けてくれ……」

「火をたくんだ！」と片岡は叫んだ。「それから一番光の強いのを二つのこして、懐中電灯を全部こちらへ貸してください」

老人が何か大声でわめき、中年男がみんなのほうにすっとんで行った。——あたりでベキベキと手当たり次第に枝を折ったり燃やすものをどさりと投げ出す音がした。

「乾電池を使えるだけ使え」片岡は集められた懐中電灯を次々に点灯してためしながら、一番光度の強いものを、PS1の乗組員《クルー》にほうった。「これで救難信号を送るんだ。——大丈夫、四、五キロの距離だ」

もう一つの明かりをたよりに乾電池を懐中電灯のケースにいれたまま、ジャック付きコードで通信機につないだ同僚は、スイッチをいれて同調つまみをまわしたとたんに叫んだ。

「しめた、向こうは通信中だ」

「わりこめ」と片岡はいった。「自衛艦か?」

「いや——アメリカの船らしい」

その時、船の交信より、もっと大きな音声が、通信機からはいってきた。

「おい——」と、通信機を操作している男は顔を上げた。「このつい近くから、かなり強い電波が出ているぞ」

「というと——この近くにわれわれ以外に誰かがいる、というわけか?」片岡は思わずどっぷり暗くなりだしたまわりを見まわした。「何といっている?」

「わからん。時々英語がはさまるが、全体は英語をもとにした暗号会話だ……」

「いいからわりこむんだ」

「やってるよ。——だが、まだ応答してこない」

背後でどっと赤い火が天高く燃え上がった。老若男女が、炎を背景に、手をふり、てんでにわめいている。

「応答がないぞ」と光信号を送っていた男がいった。「なぜ、あの船は灯火管制をやっているんだ?」

「片岡……」と通信機にとりついていた男は顔を上げた。「陸と船との間に、もう一カ所、電波を出しているところがあるぞ。三元通話をやってる」

片岡は急いで、暗い海面に眼をこらした。闇の中にとけこみかけている沖の船影と、岸との間に、わずかにほの白く波頭が見える。その白い波は、沖へ向かって尾を引きながら、徐々にこちらへ近づいてくる。――その時、ずっと遠くで、ふいにエンジンの音がした。山ひだの関係でこちらに反射するらしいその音が、一つ二つ、三つまで数えられた。道のカーブの向こうに、ヘッドライトの光らしいものがうすく山肌を照らして動く。

「みなさん！」片岡は叫んだ。「急いでください！――上陸用舟艇が、もうじき岸へ着きます！」

「交信が切れた……」通信機から体をはなしながら、同僚はつぶやいた。「こちらを無視しやがった……」

暗闇の中を上陸用舟艇の接岸地点を捜すのは、大変に手間どった。――しかし、一キロほどはなれた水際に、車のヘッドライトが集まったのを目あてに、岩ですりむき、木の枝で怪我をし、斜面をすべりおちながら、やっと上陸用舟艇の接岸地点にたどりついた。そこは、猫のひたいほどの畑で、山の斜面に石を積んでつくってあり、海水は、その石垣の上端すれすれにまでおしよせ、小型のLC――揚陸艇《ランディング・クラフト》が接岸して舳の踏み板をおろしていた。大型の米軍トラックが三台、後尾を艇に向けてとまり、斜板《ランプ》を使って、キャンバスをかけられた大きな、頑丈そうな箱をいくつも下ろし、板と転《ころ》材を使って、艇に積みこんでいた。

「止まれ《ホールド》！」

暗がりの中から鋭い声がして、二丁の銃がむけられた。

「乗せてくれ！　女子供がいる！」

片岡は手を上げながら英語でわめいた。——背の高い、まだ若い、子供っぽい顔をした将校が近よってきた。その顔には、困惑の表情が浮かんでいた。

「民間人か？」

「おれたち三人はちがう。救援隊の観測班のものだ。だが残りは民間人だ……」

「この地区は、救助完了で閉鎖されたはずだ。……そう聞いてきた」

「道に迷って逃げおくれたんだ」

「何人いる？」

「二、三十人……」

「急げ《ハリイ》！」

と、問答を聞いて手を休めかけた兵隊たちをふりむいて上官はどなった。それから、ヘルメットをちょっとずり上げて、気の毒そうな、しかし冷たい口調でいった。

「お気の毒だ。だがわれわれは、最上部からの、極秘の特殊任務のために、危険をおかしてここへ来た。——救出はわれわれの任務ではない」

「あの母親や赤ん坊や老人たちを見殺しにするのか？　もう十日以上も、山中をさまよっていたんだ」

「残念ながら、私にはどうにもできない。——乗せようにも、あの船は小さくて、荷物を積めば、われわれが乗るのがやっとだ」

「どんな大事な荷物か知らないが、人間の命にかえられるか？」

「まったく気の毒だ。だが、私は軍人だし、この任務については、とくに命令厳守をいいわたされている。君たちとこうやって口をきくのも実は命令違反なのだ。乗せるわけにはいかん。……荷物を収容したら母船はすぐ出発だ」

「じゃせめて、本艦に連絡して、今すぐ救援を呼んでくれ！」と片岡は哀訴するようにいった。「この土地は、一日に三メートル以上沈んでいる。それも毎日加速されている。最高部まで、あと百メートルたらずだ。津波が来れば、きわめて危険だ」

「それも上司に聞いてみなければ約束はできん。——安全海域に出るまで通信は封鎖されているから……」

「畜生！　鬼！」と二人の押し問答を聞いていた、PS1のクルーが、日本語でわめいた。「貴様たちは……それでも人間か！」

「待て、スコット中尉……」

　トラックの影から、小柄な人物があらわれて訛りのある英語で声をかけた。

「積み荷一個を残したら、何人乗せられる?」

「それは……できません」紅顔の中尉は顔をこわばらせて叫んだ。「命令違反です」

「命令は結局どこから出ていると思う?——この作業の最終責任は、結局私が負うことになるのだ。答えたまえ。何人収容できる」

「五、六人です……」

「女と子供だけだ」

「八、九人——それ以上は無理です」

「じゃ、十人だ。私がのこる……」

「そんな……私が困ります!」

「困らないようにしよう。紙とペンを貸してくれ……」

その小柄な人物は、紙を受けとると、手早く何かをしたためてサインした。

「女性と子供は何人いますか?」とその人物は、相変わらず訛りのつよい英語で片岡たちに話しかけた。

「女性は六人です。子供が三人……」

「誰か男性が一人、ついて行ってください。片言でも、英語のできるのがいい」

「のこった積み荷は……どうなさるおつもりですか?」

「私が責任を持って何とかする。——最後から二番めのやつをのこせ。内容は私がいちばんよく知っている……」

「急げ！」中尉は兵隊に向かって叫んだ。「あなたたちも、急いでください。時間超過だ」

ふいにおとずれた夫たちとの別れに、ただおろおろして泣き声をあげている女たちを、片岡たちは押しこむようにして舟艇に押しこんだ。

「大丈夫！　また必ず会えるから！」とその小柄な人物は突然日本語で叫んだ。「とにかく、乗りなさい。私があとのことは責任を持つ！」

片岡はおどろいて、その人物のほうをふりむいたが、顔が影になってわからなかった。

「私、いやです！　のこります！」踏み板に足をかけたまだ若い女が、赤ん坊をかかえて叫んだ。「うちの人と離れるなんて、いやです。死ぬならいっしょに死にます！」

「とも子！」とのこった男たちの中から、泣き声に近い叫びが聞こえた。「とも子！　とも子！」

小柄な軍装の人物は、とび出そうとする男をさえぎった。「大丈夫だ。また必ずアメリカで会える。会えるようにしてあげる……」

踏み板が上がると、高まるエンジンの音の中で一斉に女たちの泣き声や叫び声が聞こえた。——陸にのこった男たちの間からも、口々に妻や子供の名を呼ぶ声があがった。が、ＬＣは爆音高く闇の中へ後退して行き、畑にならんだトラックのヘッドライトの光芒からたちまち消え去った。

闇の奥に爆音が遠のいてゆくと、あとはうつけたようなトラックの明かりが、ざぶり、ざぶりとうちよせる暗い波を照らしているばかりだった。夜の底をわたってゆく風の音が急にはっきりと聞こえてきた。まったく一瞬の出来事のようだった。のこされた男たちは、呆《ほう》けたように畑の中へ立ちつくしていた。

積みのこされた箱の傍《そば》にのこった、小柄な人物は、ゆっくりとヘルメットをぬいで、みんなのほうをふりかえった。

「あんた……」片岡はその顔を見ると、思わず叫んだ。

「へんな所で会ったな……」と邦枝は照れくさそうな笑いを浮かべた。「国家の官僚は、国家のために非情にならなければならない時があるが――この場合、できかねたよ。だめなもんだね。この仕事をやっていた男が地震で死んで、一カ月、代行してきたが……」

「この荷物につきそっていたんですか？」

「筑波にあったのを水戸へ、水戸が沈む前にこの山の中へ……」ゆっくりつぶやくように邦枝はいって、疲れ切ったような生あくびをした。「妙な任務だ。――女房にアメリカで会えるかと思ったが……」

「荷物の中身はなんです？」

「それは、今はいえん……」邦枝はぼんやりと、手に持ったヘルメットを見ながらいった。「おそらく――おれの口からは一生いえん。……そんなもんだ。役人ってものは……」

それから、箱のまわりをかこむようにして立っている男たちのほうに、まぶしそうに眼をむけた。

「あの箱を全部下ろして、あなたたちを全部、乗せてあげたかった。――しかし、そこまではできなかったんです。わかってください。あなたたちのことを考えなかったわけじゃない。しかし――私の立場は、すでに海外に逃れ、これから先ずっと海外で生きていかなければならない、何千万という同胞の将来のことを考えなければならなかったんだ。あの箱は――その人たちの未来と関係があるんです。それに……」そういうと、邦枝は、ぐったりしたような動作で、のろのろとトラックの運転台に這い上がった。「われわれだってまだ望みがないわけじゃない。――運転手にこっそりたのんで強力な野戦用通信機をのこしていかせましたからね……」

畑の土が、また、ゴッと鳴り、ゆさゆさとゆれた。――邦枝がエンジンをかけたトラックの運転台や荷台に、人々は疲れた表情で這い上がった。


八月半ば、南方洋上マリアナ付近に発生した中心気圧九一〇ミリバールの超大型台風は、刻々と北上し、もう半ば以上沈んだ日本列島に接近しつつあった。――つづいて第二、第三の大型台風が洋上に発生しつつあった。台風接近の情報を聞いて、各国救援艦艇は、かなりの部分が本土をはなれて難をさけた。中には、そのまま帰ってこないものもあった。

日本近海は、大噴火による熱対流で、ふだんの夏とかなりちがった気象状況にあったが、もしこれが本土を直撃すれば、日本は、火と水と地殻変動に加えて、「風」の打撃までうけることになるのだ。

八月以降、陸上をはなれて、海上自衛隊保有の最大の護衛艦、四千七百トンの〝はるな〟の上にうつされていたD―1で、中田と幸長は相も変わらず、情報の奔流にとっくみ、眼を血走らせて、不眠不休の日々をおくっており、台風回避のため〝はるな〟がはるか東方海上へ、全速力で本土をはなれつつあることを知らなかった。――五月に、皇室はひそかにスイスにうつり、日本の政府機関も、七月にパリに仮住居をおいた。

退避計画委は、救出対策本部と名をかえてホノルルにあり、すでに「日本という国」の大部分と、その中枢機構は、あのなじみ深い極東の一角をはなれ、沈みゆく列島の「外」に――ちりぢりばらばらに拡散して――移っていた。そこには、まだ新しい「まとまり」が形成される徴候はどこにもなかったが、六千五百万人の海外逃避先で、「生活」の問題ははじまりつつあった。露天のテント張りの難民キャンプで、バラック、兵舎、時には強制収容所同然の掘立て小屋で、食事、行動の自由、その他の問題が徐々にくすぶりはじめていた。

ほとんど着のみ着のままの格好で、それでもやっと「動かぬ大地」「沈まぬ乾陸」に落ちついてほっとした人々の背後には、断末魔の苦痛の中に荒れ狂い、のたうちまわる島々と、その上になお救援の手を待つ、三千万人近い人々がのこされていた。――六月、七月中の救出人員は、四百五十万人で、やっと七千万人の大台にのせようとしていた。しかし、同じ期間、死亡と判明した、あるいは判定された人々の数は、三百万以上とふまれていた。なかには、絶望のあまり、あるいはショックで発狂して、自殺するものもあった。

のこった二千万人の中には、みずからすすんでのこ救出の順番を他にゆずって、みずからすすんでのこった人たちもかなりふくまれていた。七十歳以上の高齢者が圧倒的に多かった。った日本の老人たちの中には、青年壮者に未来を託し、すでに十分長く生きたから、足手まといであるから、あるいは日本をはなれがたいから、この美しい、なれ親しんだ国土が永遠に失われては、もはや生きている甲斐《かい》もないから、みずから家族をはなれ、集結地から姿を消すものが少なくなかった。そして老人たちの中では、これまた圧倒的に男性が多かった。

そういった老人のなかでも、とりわけ高齢の一人が、赤茶けた灰に分厚くおおわれた府中の街の、樹木の多い広壮な邸宅の一室で、横たわっていた。頑丈な鉄筋コンクリートづくりの邸は、たび重なる地震にもたえて、そのほとんどがのこっていたが、しかし、金がかかった廊下も、室内も、着ている夜具の上も、たえまなくしのびこむ灰で埃をかぶったようになり、なお隙間からしのびこむ細かい灰は、しわだらけで髑髏《どくろ》のようになった老人の顔の上をさえ、うすく死に化粧のようにおおっていた。

「そうか……」老人は口の中でもぐもぐいった。「邦枝のばかめ……箱を一つ積みのこして、難民の女子供を積んだか……」

ヒュッ、ヒュッ、というように、老人ののどが鳴った。――笑っているのか、せきこんでいるのかわからなかった。

「で……本人はどうした？　箱につきそっていったか？」

「いえ……」老人の傍に正座した、いが栗頭の壮漢は、長い文面の英文電報に眼をおとした。「あとにのこった、とあります……」

老人のしぼんだ口がもぐもぐと動いた。――色のうすくなった瞳にはなんの表情も浮かんでいなかった。

「阿呆めが……いい年をして、人間がまだできとらん……」と老人はべつに腹をたてた様子もなくつぶやいた。「それで……どの箱を積みのこしたのか、書いてあるか？」

「はあ……〝箱《ボックス》B〟を邦枝さん自身が指定した、といっておりますが……」

ヒャッ、ヒャッ、というような奇妙な声が枕の上からした。壮漢がおどろいて眼を上げると、老人は歯のない口をいっぱいにあけ、相好をくずしておかしそうに笑っているのだった。

「知っておったのじゃな……」老人はあえぎあえぎいった。「あいつめ、油断のならんやつじゃ。――いつ、嗅ぎつけたろう？……あいつ自身に、そんな鑑定眼があるわけはないから、どこかで気がつきおったのじゃな……。この分なら、やつは何とか生きのびるじゃろう……。わかるか、吉村《よしむら》……」

「は？」

「箱《ボックス》Bの中身は……ほとんど偽物《ぎぶつ》じゃ……。わしがな……やったのじゃよ。ずっと前にな……誰も知らんことじゃ……。いやはや……ボストン美術館のオコンネルめにいっぱい食わせそこねたが……。まあええ……オコンネルにおうたら、よろしくいってくれ。老人最後のいたずらは……おそろしく鼻のきく部下の一人のために、おじゃんになったとな。……ところで、むかえは来とるのか？」

「はあ――ヘリは、こう降灰が多いと、エンジンに灰を吸いこんで危険だそうで、大型ジープが来ております。調布の先まで行けば、水陸両用車が……」

「よし……もう行け……。花枝は何をしとるのじゃ？」

「もう支度ができたと思いますが……」

「早う連れていけ……」

吉村と呼ばれた壮漢が、畳をざらざら鳴らしてあわただしく部屋を出ていくと、入れちがいに、襖の陰にでも隠れていたらしい娘が、すらりと敷居際に立った。

「なんだ……」老人は眼を動かして娘を見た。「そんな格好で、ジープに乗るつもりか？」

娘は、匂うような濃紫《こむらさき》の明石に、古風な、朝顔の模様のついた絽《ろ》の帯をしめていた。

――思いつめたように横たわっている老人を見つめていた娘は、突然足袋先を美しく反らせながら、老人の傍に歩みより、膝をつくや否や、はっと肩をおとすように顔をおおった。

「私……まいりません」と娘は顔をおおったまま、激したようなふるえ声でいった。「このまま……ずっとおそばにおります……」

「だめだ……」老人はあっさり否定した。「おまえは……まだ若い……。こんな老人といっしょに、死なすわけにはいかん……」

「いいえ！　いいえ！……私……おそばをはなれるくらいなら……」

「なにをいうちょるか……」老人は、とほん、とした調子でいった。「この期《ご》におよんで、そんな世迷い言をいうように、しつけてはおらんはずだぞ……。おまえはな……むこうへ行って、これから……しっかり……生きるのだ。なにをせい、かにをせいとはいわん。ただ、生きて……長生きするだけでいい。好きな男がおったら、嫁《とつ》ぐがいい。何度もいうたとおり、生活の心配はないようにしてある。ただな、花枝……いうておくが、ただ、生きるということは、これで辛いことだぞ……」

娘はとうとう畳の上に袂をなげ出してつっぷした。薄い肩先がふるえ、嗚咽《おえつ》が洩れてきた。——敷居際にまた顔をのぞかせた壮漢を目ざとく見つけて、老人は強い口調でいった。

「着替えを持ってきてやれ。パンタロン……ではない。ジーパン……とかいうやつ、あれがいい」それから老人はかるくせきこんだ。「……世話を焼かせよる……」

ゴーッ、とまたすさまじい地鳴りがして、部屋がすり鉢をするようにまわりだした。

吉村はよろけた。部屋の襖がはずれて倒れかかり、濛々と灰が舞い上がった。がらんとした屋内で、何かが高い音をたてておちる音がひびいた。鉄筋製の家屋がベキベキみしみしと無気味に鳴り、庭先で、ドサドサと、崖がくずれる音がした。

「早くせい……」と老人はいった。「道が通れなくなるぞ……」

吉村が、まだ音をたててゆれる屋内をよろけながら立ち去ると、老人は、ふと思いついたようにいった。

「花枝……」

「……」

娘は涙にぬれた顔を上げた。

「見せてくれるか？」

娘は白いのどを動かすように、息を引いた。——一呼吸おくと、娘は、つと立ち上がった。帯が鳴り、着物が肩をすべり、かすかな衣《きぬ》ずれの音がすると、よく育った、撫で肩の、豊かな円みと影をいたるところにやさしくしのばせた雪のような裸身が、ほの暗い、荒れ果てた室内ににおように立っていた。

老人は、娘の裸形を、かるく一瞥しただけで眼を閉じた。「日本の……女子《おなご》じゃな……」と老人はつぶやいた。「花枝……赤子《やや》を生め……」

「は？」

「赤子《やや》を生むんじゃ。おまえの体なら、大きい、丈夫な赤子《やや》が生める……。いい男を……日本人でなくともいい……。いい男を見つけて……たくさん生め……」

服を持ってあらわれた吉村が、裸身を見てためらっているのに気がつくと、老人は眼で合図した。

「連れて行け……」

吉村は、娘の後ろからレインコートをかけて、肩をおした。

「吉村……。花枝をたのむぞ」

「は……」壮漢は、静かに膝を折ってすわると、灰だらけの畳に手をついた。「会長……おさらばです……」

「もういい……」老人はまた眼を閉じた。「早く行きなさい……」

足音と嗚咽《おえつ》が遠ざかり、しばらくすると、表のほうでエンジンの音がした。——それも遠ざかってしまうと、あとには山容のすっかり変わってしまった関東山地が噴火をつづけるゴウゴウという山鳴りの音と、小きざみに間断なくゆれる大地に家屋がきしんだり、くずれたりする音が、あたりをみたした。そのむこうに、颯々《さつさつ》と空をわたる音が、しだいに強まり、やがて庭先から、建具のはずれた縁先を通して、一団の風がどっと吹きこみ、室内に積もった灰を吹きちらし、そのあとに、持ちこんできた灰を新しく積もらせた。

その縁先に影がさし、老人は、薄く眼をあけた。

「田所《たどころ》さんかな?」

と老人はかすれた声でいった。

「台風が近づいているようですね……」縁先の影は、たずさえてきた座蒲団をかるくはたいて、灰だらけの廊下におき、腰をおろした。「花枝さんたち、まだ大丈夫でしょうか……」

「あんた……とうとう行かなかったのじゃな……」老人はまた眼を閉じ、やや苦しそうに咳をした。「そうじゃろう、と思っていたが……」

田所博士の眼はげっそりとおちくぼみ、頰にはそげたような黒い影ができ、眼のまわりはくろずんで、十歳も二十歳も一度に年をとったように見えた。頑丈で分厚だった肩さえ、うすく肉がおちてしまっており、禿げた頭をとりまく頭髪は、灰のせいでなく、まっ白に変わっていた。——その姿を、幸長たちが見たら、びっくりするだろう、と思われるくらい、この学者の風貌は変わってしまっていた。

「動くジープがあれば……」屋内に背をむけたまま田所博士はつぶやいた。「山へのぼろうと思ったんですが……」

「こうまでなっては、とてものぼれまい」老人は、眼を開いたり閉じたりしていった。

「いよいよ……じゃな。あと、どのくらいじゃろう……」

「二カ月かそこらでしょう……」田所博士はそっと眼をぬぐった。灰がはいったのではないらしく、ふいたあとも、涙が、めっきりしわのふえた頰を幾筋も流れた。「人間が生きていられるのは……もう半月か、三週間か……でしょうね」

「田所さん……」なにかを思いついたように、やや高い声で老人は聞いた。「あんたいくつじゃった？」

「六十……五ですな……」と博士はいって、涙にぬれた顔で、ちょっとほほえんだ。「大学におとなしくつとめていれば、今年、定年です。退官記念講演というのをやって、あとは……」

「六十五か……若いもんじゃの……」老人はつぶやいた。「なぜ、死になさる……」

「わかりません。――悲しくて……」田所博士は、うつむいて低い声でいった。「悲しい……からでしょうね。私はどうも……いい年をしていますが、人間が、子供っぽいのです……」

「悲しいから……ほう……」

「私は――最初黙っていようと思ったんです」突然、感情が激したように、田所博士は、大声でいった。「あれを見つけた時……学界からは、だいぶ前から敬遠されていましし……最初は、私の直感の中でしか、あれは見えなかった。――そう……いつか、はじめてホテルでお目にかかったとき、自然科学者にとって一番大事なものは何か、とたずねられたのに、カンだ、とお答えしましたね。――その直感の中で、あれが見えたとき、私は、もちろん身の凍るような思いを味わった。だけど、同時にその時、このことは、どうせ誰にいっても証明できないし、すぐにはわかってもらえないに決まっていると思ったので……このことは、自分の胸の中にだけ、秘めておこう、かくしておこうと思ったのです……」

「いずれわかることじゃ……」

「しかし……ずっとおくれます……」田所博士の声は、懺悔《ざんげ》しているように、ためらい、ふるえた。「……対策の準備も、……何よりも、この変動の性格を見ぬくのが遅れるため、あらゆる準備は、一年以上……いや、二年でも遅れたでしょう……。今のアカデミズムのシステムでは、間際になっても、まだ、意見の対立があってごたついたでしょうからね。――科学というものは、直感だけでは、うけつけてくれませんからね。証明がいるのです。たくさんの言葉や、表や、数式や、図表をならべたペーパーがいるのです。開かれた心にうつる異常の相、などというものだけでは、誰も耳を傾けてくれません。まして私は……アカデミズムには憎まれていましたからね……」

「おくれて……それでどうなる？」老人は興深そうに聞いた。「犠牲は、二倍にも、三倍にもなったじゃろう。……準備が……誰も知らないうちから、商社の連中を使って、ひそかにはじめた手配りが、二年もおくれていたら、あんなに手まわしよく、大勢の日本人を救出できなかったじゃろう。だからこそ……あんたは、あらゆることに堪えて……最後には、酔っぱらいの気ちがい学者の汚名までかぶって……粉骨砕身してくれたのじゃ、と思ったが……」

「それは……そうです……。しかし……本当は……」田所博士の声は重苦しく、のどにつかえた。「本当は……私の直感を……私の見たあれを……私が、自分の直感をたしかめるために、無我夢中で集めた情報や観測結果を……かくしておきたかったのです……。そうして……準備がおくれて……もっとたくさんの人に、日本と……この島といっしょに……死んでもらいたかったのです……」

　老人の言葉はなく、ただ、かるい咳が聞こえた。

「おかしな話でしょう。――本当をいえば……私は日本人全部にこう叫び、訴えたかったのです。……みんな、日本が……私たちのこの島が、国土が……破壊され、沈み、ほろびるのだ。日本人はみんな、おれたちの愛するこの島といっしょに死んでくれ。……今でも、そうやったらよかった、と思うことがあります。なぜといって……海外へ逃れて、これから日本人が……味わわねばならない、辛酸のことを考えると……」

　また、重い風が、ドウッとたたきつけるように庭に吹きおろした。

　――田所博士の頰に、細かい灰がぱちぱちとあたり、顔の半面を白く染めた。風は、しかし、冷え冷えとした湿気を――そして心なしか、もうすぐ近くにまで押しよせている海のにおいを、はこんできているようだった。

「田所さん……あんた、やもめじゃったな？」と老人が、また、えへん、えへん、と咳をしながら聞いた。

「ええ……」

「なるほどな。……それでわかった。あんた……この、日本列島に恋をしていたのじゃな……」

「そのとおりです」田所博士は、そのことが、やっといえたのをよろこぶように、大きくうなずいた。「ええ……惚れるというより、純粋に恋をしていました……」

「そのかぎりなく愛し、いとおしんできた恋人の体の中に、不治の癌の徴候を見つけた。……それで、悲しみのあまり……」

「そうです……」突然田所博士は、顔をおおって、すすり泣きはじめた。「そのとおりです。……私は……あれを見つけたときから……この島が死ぬ時、いっしょに死ぬ決心をしていた……」

「つまり心中じゃな……」ヒュッ、ヒュッ、と老人ののどが鳴った。咳ではなく、老人は、自分のいった言葉がおかしくて、笑っているらしかった。「日本人は……おかしな民族じゃな……」

「でも——一時は、あつくなって……日本人ならみんな、きっとわかってもらえる、だから訴えよう、と思ったことがありました……」田所博士は、鼻をすすりあげてつぶやいた。「でも……結局、自分が惚れている女に、大ぜいの人たちもいっしょに心中させることもないと思って……」

「べつに独占したかったわけじゃあるまい。……あんたが訴えかければ、その気になったものが存外大ぜいいたかもしれん……」

「わかってもらえるはずだ、と思ったんです……」田所博士は、涙だらけの顔を灰色の空にむけた。「日本人は……ただこの島にどこかからうつり住んだ、というだけではありません。あとからやって来たものも、やがて同じことになりますが……日本人は、人間だけが日本人というわけではありません。日本人というものは……この四つの島、この自然、この山や川、この森や草や生き物、町や村や、先人の住みのこした遺跡と一体なんです。日本人と、富士山や、日本アルプスや、利根川や、足摺岬は、同じものなんです。このデリケートな自然が……島が……破壊され、消え失せてしまえば……もう、日本人というものはなくなるのです……」

ドウン……とまたどこかで爆発音がした。一呼吸おいて、百雷の鳴るような炸裂音が雲にこだましたのは、またどこかの地塊が裂け、地割れした音らしかった。

「私は……それほど偏狭な人間じゃない、と自負しています……」田所博士はつづけた。「世界中で、まわってこなかった所は南極の奥地だけです。若いころから、いたるところの山や、大陸や、土地や、自然を見てまわりました。地上で見る所がなくなってからは、海底を見てまわりました。――もちろん、国や、生活も見ましたが……それは、特定の自然にとりまかれ、特定の地塊にのっているものとして見たんです。私は――なんというか――地球というこの星が、好きでしたからね。そうやって、あちこち見てまわったうえで、私は日本列島と恋におちいったのです。そりゃ、自分が生まれた土地というひいき目はありましょう。しかし――気候的にも地形的にも、こんなに豊かな変化に富み、こんなデリケートな自然をはぐくみ、その中に生きる人間が、こんなにラッキーな歴史を経てきた島、というのは、世界中さがしても、ほかになかった。……日本という島に惚れることは、私にとっては、もっとも日本らしい日本女性に惚れることと同じだったんです……。だから……私が生涯かけて惚れぬいた女が、死んでしまったら、私にはもう……あまり生きがいはありませんし……この年になって、後妻をもらったり、浮気をする気はありませんし……なによりも……この島が死ぬ時……私が傍でみとってやらなければ……最後の最後まで、傍についていてやらなければ……いったい、誰がみとってやるのです?……私ほど一途に……この島に惚れぬいたものはいないはずだ。この島がほろびるときに、この私がいてやらなければ……ほかに誰が……」

あとの言葉はむせび泣きにおぼれた。

——老人のせきこみは、一しきりはげしくなったが、そのうちおさまると、しわがれた声がつぶやいた。

「日本人は……若い国民じゃな……」そういって老人はちょっと息をついた。「あんたは自分が子供っぽいといったが……日本人全体がな……これまで、幸せな幼児だったのじゃな。二千年もの間、この暖かく、やさしい、四つの島のふところに抱かれて……外へ出ていって、手痛い目にあうと、またこの四つの島に逃げこんで……子供が、外で喧嘩に負けて、母親のふところに鼻をつっこむのと同じことじゃ……。それで……母親に惚れるように、この島に惚れる、あんたのような人も出る……。だがな……おふくろというものは、死ぬこともあるのじゃよ……」

老人は、遠いことを思い出すように、眼を動かした。

「わしは……幼くして、孤児《みなしご》になった。――明治二十一年の、磐梯山噴火の時に……両親をいっぺんに失い……わけあって、記録は、そうは出ておらんが……わしはその時九つじゃった。――そのわしを、手もとにひきとり、実の姉とも、実の母とも、いえるほどいつくしみ育ててくれた……まだ若い、じつにやさしい日本女性らしい美しい女性がおった。が……その女性がまた、明治二十七年の庄内大地震で死んでしもうた。――わしは、奇妙に、地震や噴火に関係がある。……重傷者のはこばれておいてあった……たしか、お寺の本堂か何かで……わしは血だらけになったその女性にすがりついて、泣きに泣いて……その時わしは、その女性が死んだら、本当にわしも死ぬ気じゃった。その気配を、死の床で感じとったのか、息を引きとる間際に、その女性がわしにいったことは……生きなさい、辛くても、生きて……おとなになるのです、ということじゃった。その女性が死んだあと、わしは三日三晩、なきがらにすがって泣きあかし……」

田所博士は、じっとうなだれて、老人の言葉を聞いていた。――師の言葉を聞く弟子のように……。

「日本人はな……これから苦労するよ……。この四つの島があるかぎり……帰る〝家〟があり、ふるさとがあり、次から次へと弟妹を生み、自分と同じようにいつくしみ、あやし、育ててくれている、おふくろがいたのじゃからな。……だが、世界の中には、こんな幸福な、暖かい家を持ちつづけた国民は、そう多くない。何千年の歴史を通じて、流亡をつづけ、辛酸《しんさん》をなめ、故郷故地なしで、生きていかねばならなかった民族も山ほどおるのじゃ……。あんたは……しかたがない。おふくろに惚れたのじゃからな……。だが……生きて逃れたたくさんの日本民族はな……これからが試練じゃ……家は沈み、橋は焼かれたのじゃ……。外の世界の荒波を、もう帰る島もなしに、わたっていかねばならん……。いわばこれは、日本民族が、否応なしにおとなにならなければならないチャンスかもしれん……。これからはな……帰る家を失った日本民族が、世界の中で、ほかの長年苦労した、海千山千の、あるいは蒙昧《もうまい》でなにもわからん民族と立ちあって……外の世界に呑みこまれてしまい、日本民族というものは、実質的になくなってしまうか……それもええと思うよ。……それとも……未来へかけて、本当に、新しい意味での、明日の世界の〝おとな民族〟に大きく育っていけるか……日本民族の血と、言葉や風俗や習慣はのこっており、また、どこかに小さな〝国〟ぐらいつくるじゃろうが……辛酸にうちのめされて、過去の栄光にしがみついたり、失われたものに対する郷愁におぼれたり、わが身の不運を嘆いたり、世界の〝冷たさ〟に対する愚痴《ぐち》や呪詛《じゅそ》ばかり次の世代にのこす、つまらん民族になりさがるか……これからが賭けじゃな……。そう思ったら、田所さん、惚れた女の最期《さいご》をみとるのもええが……焼ける家から逃れていった弟妹たちの将来をも、祝福してやんなされ。あの連中は、誰一人として、そんなことは知るまい。また将来へかけて気づきもしまいが、田所さん、あんたは、あの連中の何千万人かを救ったのじゃ。……わしが……それを認める……わしが知っとる……それで……ええじゃろ……」

「ええ……」田所博士はうなずいた。「わかります……」

「やれやれ……」と老人は、息をついた。「わかってくれたら……何よりじゃ……。あんたが……考えてみれば……最後の難物じゃったな……。実をいうと、あんたをな……そういう思いのまま……死なせたくなかった。……本当は、それが心のこりじゃったが……今、あんたの話を聞いて、わしも、やっと日本人というものが、わかったような気がしたでな。……日本人というものは……わしにはちょっとわかりにくいところがあってな……」

「どうしてですか？」

老人のいい方に、ふとひっかかるところがあって、べつにそんな深い意味もなしに、田所博士は聞きかえした。

ふ、と老人は、短い息を洩らした。——しばらく、間をおいて、老人は、ささやくようにいった。

「わしは——純粋な日本人ではないからな……」それから、もう一つ、吐息をつくように老人はいった。「わしの父は……清国の僧侶じゃった……」

田所博士は、ちょっとおどろいたように、ふりかえった。——老人に何か問いかけようとして、老人の次の言葉を待つ形で、老人のほうを見ていたが、そのまま老人は一言も発しなかった。

「渡さん……」

そう声をかけてから、田所博士は、はっとしたように縁先に足をかけた。――老人の枕もとに膝をつき、しばらく顔をのぞきこんでいたが、やがて傍にぬぎすてられた、濃紫の明石の着物を、ふんわりとその顔の上にかけた。いよいよつよくなってきた風が、吹きこんできては、その着物をもっていきそうになるので、博士は庭におりて、石を二つばかりひろうと、ひるがえる着物の、両袖においた。

それから、老人の死体の枕もとにすわって、わびしげに腕を組んだ。

風音をつきやぶるように、またすさまじい轟音があたりにたちこめ、大地が猛烈にゆれ、鉄筋建ての家屋のどこかで、ビシッ、と梁《はり》の折れる音がした。

九月が、最後の山場だった。

――台風の合間をぬって、なお狂ったようにつづけられた救出活動は、九月下旬、救出隊の四組が爆発で死に、ようやく最後の数百人を救出したLSTが、台風の直撃をうけて沈没したのをきっかけに、ついにうちきられることになった。

四国はすでに百キロも南に動いて完全に水面下に没し、九州は裂けた南の端が、同じく何十キロか南南西に動いて、これも水没、中九州の阿蘇と、雲仙の一部が、辛うじて水面から出て、爆発をつづけていた。西日本は、琵琶湖のところで、竜の首がちぎれるようにちぎれて、東端が南へ、西端が北へ回転するように動き、ずたずたに切れた断片となって、なお沈下をつづけていた。――東北も北上山地は、もう数百メートルの海面下にすべり、奥羽山脈は、これまた四分五裂して、爆発をつづけていた。北海道は、大雪山だけがひょっとすると海面上にのこるのではないか、といわれていた。

断末魔の最後のドラマは、もはや誰も近よれなくなった中部山塊、関東山脈でつづけられていた――移動のエネルギーが、地下に熱を供給し続けるのか、ここでは破砕された山塊に海水が浸入しては大爆発がくりかえされ、山は粉々になってふきとび、しかも、全体として、大陸斜面を深海底の方向へむけて移動がつづいている。一時、裏日本側の土地が、逆に少し隆起したことがあった。しかし、それは横転して沈みゆく船が、沈没直前、一方の舷側を水面上に高く上げたようなもので、北より押す盲目の巨人の力は、この舷を、さらに深い海底へ向かって押しこもうとしていた。

〝はるな〟の士官室《ガンルーム》をほとんどつぶしてしつらえられたD―1の部屋の中でくる日もくる日も、波にゆられ、エンジンの音を聞きながら、膨大なデータを処理しつづけてきた中田は、ある日、ふと、次の仕事が、まったくなくなっていることに気がついた。――なんとなく呆然とした思いで、それでも思いきりわるく、書類をひっくりかえしたり、コンピューターの端末をいじったりしていたが、もはや、何もなかった。――いろんなものを整理して、膨大な報告書をまとめ、それに「作戦終了」の文字を書き入れるまでには、まだ山ほどの仕事がのこっていたが、もはや救出作戦に関する、新しい仕事は、どこからもはいってこなかった。

ふと気がつくと、救出本部と通信衛星経由で接続しているCRT端末に、「END＝

X、X＝09・30、0000J」の標示が出ていた。
胸にたれさがるほど伸びたひげごと、中田は脂の浮いた顔を両手でごしごしこすった。――それから、灰皿の中の誰かの吸いさしをくわえて、火をつけようとしたが、マッチがどこにもなかった。

ドアがあいて、幸長がはいって来た。――青黒い顔色でげっそりやつれ、眼ばかりギョロギョロしている感じで、彼も容貌がすっかり変わってしまっていた。

「まだやっているのか？」幸長は、あきれたようにつぶやいた。「作戦はゆうべの真夜中にうちきられた、と何度いったらわかるんだ。人のいうことなんか聞いてないんだから……」

「マッチを貸してくれ……」中田はいった。「で――日本は沈んだのか？」

「さっき、テレビで、観測機の映像をうつしていたが、三十分前、中部山塊が最後の大爆発を起こした……」幸長は、ライターの火をさし出してやりながらいった。「まだのこっているが、沈降と匍匐《ほふく》がつづいているから……まあ、のこっている部分も、いずれ沈むだろう……」

「まだ沈まずや、定遠は……だな」中田はいって。いがらっぽそうに煙を吐き出した。

「そうか――作戦うちきりはゆうべか……」

「あれから八時間以上たっている……」幸長は壁にもたれて腕を組んだ。「どうかしているよ……」

「結局、総計何人たすかった?」

「わからん。八月下旬の集計はまだ出ていないんだ……」幸長は疲れきったあくびをした。「これから――国連事務総長の、全世界に対するアピールと、日本の首相の演説がテレビである。見に行くか?」

「やなこった……」と、中田はいった。「演説なんて聞いて、何になる――」

短くなった煙草を灰皿に押しつぶすと、中田は勢いよく立ち上がった。

「終わった……終わった、か――。作戦終了――甲板へ出てみないか?」

煙も見えず雲もなく、のメロディを口笛で吹きながら、中田は大股に通路を歩いて行った。――幸長はあきれたような顔であとをついて行った。

甲板の上は、強い日ざしに照らされていた。作戦中、海面にいつも見えていた、おびただしい軽石や灰は見えず、海の色は黒いぐらい深く、風は飆々《ひょうひょう》と鳴り、〝はるな〟は二十八ノットぐらいの速度で、航行していた。

空は、まだ、青かった。だが、こころなしかその青さは、底に白濁をしずませている。

「暑いな……」陽ざしにまぶしそうに眼をしかめながら、中田はつぶやいた。「かなり陽が高いじゃないか――まだ朝だろう?」

「日本時間ではな――」と幸長はいった。「もう十四時間前から転進して、ハワイへむかっているんだ……」

「すると――日本の煙はもう見えんか?」

中田は、西北のほうの水平線に手をかざした。積乱雲の団塊が水平線にあった。灰色にぼんやりたなびいているのが、雲か、それとも列島上空をおおいつづける噴煙なのか、〝はるな〟の位置を知らない中田には、判定しようがなかった。

「まだ沈まずや、定遠は……」

と中田は、また、おどけた口調でいった。

「すこし休んだらどうだ?」幸長は、同僚の不謹慎さに眉をしかめていった。「君は頭がおかしくなってるみたいだ……」

「で——これでおしまいだな……」中田は手すり《レール》にもたれながら歯をむき出すようにいった。「日本列島は……おしまいだ。バイバイ、だ……。煙草をくれよ」

「ああ、そうだ……おしまいだ……」と幸長はつぶやきながら煙草の袋をさし出した。「おれたちの仕事も……」

中田は火のつかない煙草をくわえたまま、早いスピードでとびすさってゆく海面を見つめていた。——今度は、なかなかマッチをくれ、とはいわなかった。

「仕事といえば……」幸長は、ポツリ、といった。「ゆうべ……小野寺の夢を見たんだ。おれには、彼が、どうも、どこかで生きているような気がしてしかたがないんだ……。君はどう思う?」

返事はなかった。——しばらくして、傍の中田が、おしつぶされたような、ざらざらした、低い声で、ゆっくりつぶやくのが聞こえた。

「なんだか……ひどく疲れちまったな……」

幸長は、水平線から眼をはなして、傍をふりかえった。中田の巨体は、手すりにぐにゃりともたれ、だらんとあいた唇から、火のついていない煙草がすべって、もじゃもじゃのひげの上にひっかかっていた。

「おい、中田……」

おどろいた幸長が、肩に手をかけようとすると、中田の体はずるずると手すりからすべりおち、甲板の上に音をたててころがった。

そのまま、中田は大の字になって大鼾《いびき》をかきはじめた。――ぽかんとあいた口の中に、のどの奥まで強い日ざしがさしこんでいた。

暑い！――と、小野寺は叫んだつもりだった。――暑すぎる、クーラーを……いや、冷たいビールが先かな……。

ふと眼をあけると、うす暗い中に、丸い、小さな、少女の顔が浮かんだ。――少女は大きな眼で、心配そうに彼をのぞきこんでいた。

「痛む？」

と少女は聞いた。

「いや――暑いだけだ」と小野寺は、包帯だらけの顔で、口だけやっと動かした。「もう、そろそろ亜熱帯だからね……」

「そう——そうね……」と少女は悲しそうな眼をしていった。

「中田や幸長から、連絡はあったか？」

「まだないわ……」

「そうか……もうじきあるだろう」と小野寺はいった。「どうせ、タヒチに着いたら——みんなと落ち合えるんだから……。タヒチはいいぜ……もっと暑いけどね……」

少女の顔が小野寺の視野から消えた。またうとうとすると、頭にひやりと冷たいものがあてられた。

「ああ……これでいい……」と小野寺はつぶやいた。「これで涼しくなった……」

少女の顔が、また視野にあらわれた。大きな眼に、涙がいっぱいたまっていた。

頭が冷えると、少し記憶がもどってきた。——火山……噴火……ヘリコプター……玲子……（玲子？）……雪の中……地震……くずれる山……また噴火……おそいかかる灼熱の灰や火山弾……まっ赤に燃えながら、どろりと眼の上からたれさがってくる溶岩……。

そうだ！——と小野寺は、はっとして聞いた。

「日本はもう、沈んだか？」

「わからないけど……」と少女はいった。

「どっちみち……沈むんだ……」と小野寺はつぶやいた。「もう、沈んだろうな……」

眼を閉じると、何かつらい思い出が湧き上がってきて、眼蓋の裏に涙がふくれ上がり、頬を両脇にむかって流れるのが感じられた。

「お休みなさい……」少女はそっと指をのばして、こめかみへとつたう彼の涙をぬぐっていった。「ね、寝なきゃだめ……」

「寝るよ……」小野寺は、子供のようにすなおにいった。「でも、暑くて……体じゅうがひりひりして、たまらないんだ。——ところで、君は誰だ？」

「忘れたの？」少女は悲しそうにほほえんだ。「あなたの妻よ……」

妻だって？——と小野寺は、燃え上がる頭で考えた。——おかしいな……それは何かのまちがいだ。おれの妻は……火山灰に埋もれて死んだはずだ。……が、まあいい……。

「寝られない？」

「何か、話をしてくれないか？」小野寺は子供がせがむようにいった。「そのほうがいい。……子守唄より、お話がいいんだ……。昔から、そうして寝たんだ……」

「お話？……」そういって、少女は困ったように首を傾けた。「どんな？」

「どんなでもいい……悲しい話でもいい……」

「そうね……」そういって、少女は、そっと彼に寄り添うように——しかし包帯だらけの彼の体にさわらないように、体を近づけた。「私の——お祖母さんは、伊豆の八丈島の出なの。——結婚して、東京へ出て来たんだけど、母方の実家は、八丈なのよ。……お祖母さんは、腕のいい、黄八丈の織り手なんだけど、駆けおちしたんですって……。でも、お祖母さんは、生涯、島をなつかしがって、それで死んでから、お骨は、八丈島のお墓におさめたの。だから、私も、子供の時、何度か八丈島へお墓まいりに行ったわ。――こんな話、おもしろくない？」

「いや……」と小野寺はいった。「つづけておくれ……」

「その八丈島に、丹那婆《たなば》の話って、こわいような、悲しいような、かわいそうなような伝説があるの。――むかしむかし、八丈島は、地震の時の大津波におそわれて、全島民が一人のこらず死んでしまったんですって……。その中で、たった一人、丹那婆って娘だけが、櫂《かい》につかまって助かって、島の洞穴へ流れついたの。――昔のことだから、八丈島なんて、かよってくる舟なんてなかったんでしょうね……。全島民のほろんだ八丈島の洞穴で、丹那婆は、たった一人で生きていかなければならなかったの……。ところが、その丹那婆って娘は、その時妊娠していたのね……。だんだん、だんだんおなかが大きくなって、まもなくたった一人で、陣痛に苦しみながら、赤ん坊を生みおとしたの。その赤ん坊が、男の子だったのね……。そして、丹那婆は、たった一人でお産の後始末をし、生まれたての赤ん坊にお乳をふくませて、それを育てはじめたの……。今度は、赤ちゃんがいるから、島での丹那婆の生活は、今までよりずっと苦労だったと思うわ……。それでも丹那婆はなんとか、赤ん坊を育て上げた……。やがて赤ん坊は、りっぱな少年に成長した。ある晩、母親の丹那婆は、息子を呼んで、この島の島民が、昔、津波で全部死んでしまって、その息子をおなかにみごもった丹那婆だけが助かった話を聞かせたの。そして〝死んだ島の人たちのかわりに、島の人間を、私たち二人だけでふやしていかなければならない。だから、おまえは私と交わって、おまえの子種を私におくれ。そうしたら、私は、おまえの妹を生んであげる。妹ができたら、今度はおまえは妹と交わって、子供たちをふやしていくんだよ。……〃そういって、自分の息子と交わって、次に女の子を生んだの。息子は、その自分の妹と夫婦となり、そうしてだんだん子孫をふやしていった。……それが八丈島の島民だ、というの……」

小野寺は、熱にうかされた頭の中で、うつらうつらと一つのイメージをたぐっていた。

――丹那婆……八丈島……そうだ……小笠原……あの冷たく暗い、海の底……。

「なんだか……陰惨みたいな……すごいような話でしょ。これを聞いたとき、私、子供心に、くらあい、かなしい感じがしたわ。――丹那婆の墓ってのは、今も――いえ、ついこの間まで、八丈島の道ばたにあったのよ。丸い石を立てて、まわりにあの八丈島の海辺でとれる、丸い玉石を積んで……苔がはえてね……何も書いてなかったんじゃなかったかな。……明るい明るい日ざしに照らされてね、見たところ、何か、こう、かわいらしいような、暗いところなんてちっともないような、小さな、ちょこんとしたお墓よ。だけど、その下に、こんな、わびしいような、おそろしいような話が埋まっているの……」

少女は、ちょっと一息いれて、首をかしげた。

「私、子供の時聞いたけど、こんな話、長いこと忘れていた。――でも、今度、あの、あ、とで、急に思い出したの。そして、それからずうっと、丹那婆のこと、考え続けていたのよ。すごい人だなって……暗い、悲しい、いやあな話だけど、その丹那婆の話が、あれからずっと、私の心の底で、私のささえになっているの。そうだ、私だって、島の血をひいてる娘なんだから、たとえほかの人がみんな死んで一人になったって、生きていくわ。そうして、誰のでもいい、子種をもらって、赤ちゃんを生んで、一人でも育ててみせる。――もしその子が男の子で夫がどこかへ行ってしまったら、その子と交わって、また子供をふやすんだって……」

小野寺は、かすかに寝息をたてていた。――少女は、寝息をうかがうようにして、そっと体をはなし、ゆれる寝台から降りた。足音をしのばせるようにして、床におりたったとき、またふいに、小野寺がいった。

「ゆれるな……」

「ええ……」少女は、びっくりしたようにふりかえった。「痛む？」

「ああ……今、野島崎の南で、黒潮を横ぎっているところなんだ。だからゆれるんだ……」と小野寺は、にぶい口調でいった。「ハワイは、まだだいぶかかるかな。……ハワイ、そしてタヒチだ……」

「そうね……」少女は涙にくぐもった声でいった。「がまんして、少しお休みなさいね……」

小野寺は、ちょっとしずかになった。が、すぐ、今度は、ひどくはっきりした、切迫した口調でいった。

「日本は、もう沈んだろうか?」

「さあ……」

「そこの船窓から見てくれないか?――まだ、見えるはずだ」

少女は、ためらうように、そっと窓に近よった。

「日本は見えるか?」

「いいえ……」

「もう沈んだのかな。……煙も見えないか?」

「なにも見えないわ……」

しばらくして、小野寺は、苦しそうに寝息をたてはじめた。

少女――摩耶子は、反射的に右腕を上げ、切断された手首を、まるい棒のようにぐるぐる巻いた包帯で、そっと涙をぬぐった。

窓の外には、星一つない漆黒のシベリアの夜があり、早い冬にむかって冷えこむその闇の中を、列車は一路、西へむかって驀進《ばくしん》していた。

第一部　完

本書は河出文庫オリジナル編集です。